À PROPOS DE L'AUTRICE

Julia London a grandi au Texas, où elle nourrit très tôt sa passion de la littérature. Après avoir travaillé à Washington dans la fonction publique et voyagé pendant des années, elle décide de revenir au Texas pour devenir écrivain. Elle est aujourd'hui plébiscitée pour ses romances historiques et contemporaines.

Pour le baiser d'un libertin

Collection : VICTORIA

Titre original :
THE TROUBLE WITH HONOR

Ce roman a déjà été publié en 2015.

HARPERCOLLINS FRANCE
83-85, boulevard Vincent-Auriol, 75646 PARIS CEDEX 13
Service Lectrices — Tél. : 01 45 82 47 47 - www.harlequin.fr
ISBN 978-2-2804-7261-6 — ISSN 2493-013X

Composé et édité par HarperCollins France.
Imprimé en juillet 2022 par CPI Black Print (Barcelone)
en utilisant 100% d'électricité renouvelable.
Dépôt légal : août 2022.

MIXTE
Papier issu de sources responsables
FSC® C159065

Pour limiter l'empreinte environnementale de ses livres, HarperCollins France s'engage à n'utiliser que du papier fabriqué à partir de bois provenant de forêts gérées durablement et de manière responsable.

JULIA LONDON

Pour le baiser d'un libertin

Traduit de l'anglais (États-Unis) par
Marie-José Lamorlette

Victoria

HARLEQUIN

Pour ma mère,
qui m'a inculqué dès le début l'amour
des livres et de la lecture.

Chapitre 1

Les ennuis commencèrent au printemps 1812, dans un tripot situé au sud de la Tamise, dans la partie la moins recommandable du quartier de Southwark, connue pour grouiller de voleurs.

Que le vieux bâtiment, construit à l'époque des Vikings, soit devenu l'un des endroits les plus en vogue pour les gentlemen de la haute société dépassait l'entendement, mais c'était ainsi. L'intérieur était somptueux, avec ses épaisses draperies de velours rouge, son bois précieux et ses plafonds bas. Nuit après nuit, ces messieurs y venaient de leurs imposantes maisons de Mayfair, dans de luxueux coupés aux cochers dûment armés, pour passer la soirée à perdre d'outrageuses sommes d'argent au profit les uns des autres. Et quand un gentleman avait perdu la somme qu'il s'était fixée comme limite, il pouvait profiter de la compagnie d'une dame de petite vertu, dans l'une des nombreuses pièces privées de l'endroit.

Par une nuit glaciale, un mois avant le début de la Saison mondaine — date à laquelle les gentlemen délaisseraient le tripot pour les salons et les bals de Mayfair, devenus un rite printanier pour les riches et les privilégiés —, un groupe de jeunes dandys se laissa persuader par les sourires et les gracieuses supplications de cinq débutantes de les conduire audit tripot.

Il était dangereux et stupide pour ces jeunes gens de risquer de souiller à jamais la réputation de fleurs aussi précieuses, mais, fougueux et enclins à s'amuser, ils n'avaient pu leur refuser ce plaisir. Ils ne s'étaient pas laissé arrêter par la règle du tripot — pas de femmes —, ni par le fait que toutes sortes de mésaventures pouvaient arriver aux demoiselles. Ils n'avaient vu que le zeste d'aventure, propice à égayer la fin d'un hiver lugubre.

Ce fut là, dans ce tripot, que George Easton fit la connaissance d'une de ces débutantes : miss Honor Cabot.

Il n'avait pas remarqué le remue-ménage que les jeunes dandys avaient pourtant occasionné en arrivant avec leurs élégantes compagnes, tout excités de leur audace et très fiers d'avoir convaincu le portier de les laisser entrer. Il était à ce moment-là bien trop occupé à prendre trente livres à Charles Rutherford, banquier et joueur notoire, au cours d'une partie de Commerce. Il fallut que son partenaire s'exclame : « Par tous les diables, que se passe-t-il ? », pour qu'il relève la tête et aperçoive alors les jeunes femmes. Elles se tenaient là, au milieu de la salle, pareilles à des colombes ou des oies blanches, voletant et lissant leurs plumes, leur joli visage encadré par leur capuche. Elles pouffaient entre elles, tandis que leur regard allait et venait entre les nombreux hommes qui les reluquaient, comme ils auraient lorgné un paddock plein de belles juments.

— Bon sang ! marmonna George.

Il lâcha ses cartes, tandis que Rutherford se levait brusquement, manquant jeter à terre la pauvre fille assise sur ses genoux, et demandait :

— Qu'est-ce qu'elles fichent là ?

Puis il contempla le petit groupe en plissant les paupières.

— C'est fichtrement déplacé et ça ne peut être toléré ! Ces jeunes filles doivent être renvoyées sur-le-champ !

Les trois jeunes gens qui s'étaient lancés dans cette aventure se regardèrent. Le plus petit haussa le menton.

— Elles ont autant le droit d'être ici que vous, monsieur. On leur a permis d'entrer.

George pouvait voir au teint de son partenaire de jeu qu'il était au bord de la crise d'apoplexie.

— Alors, qu'elles s'asseyent et jouent, dit-il d'un ton détaché. Elles constituent sinon une trop grande distraction pour les gentlemen ici présents.

— Qu'elles jouent ? répéta Rutherford, les yeux exorbités. Elles n'en sont pas capables !

— Moi, si, dit une voix féminine.

Laquelle avait osé parler ? George se pencha pour voir, mais les petites colombes s'agitaient et se déplaçaient, et il ne put déterminer à qui appartenait la voix.

— Qui a dit ça ? demanda Rutherford assez fort pour que les gentlemen assis aux tables autour d'eux s'arrêtent dans leur jeu pour suivre la scène.

Aucune des jeunes dames ne bougea ; elles le fixaient avec de grands yeux. Puis, juste comme il semblait qu'il allait se mettre à tempêter, l'une d'elles s'avança timidement. La foule frémit tandis qu'elle regardait Rutherford, puis George. Ce dernier fut surpris par le bleu profond de ses yeux, ses cils sombres et le noir de jais de ses cheveux, qui encadraient son visage d'un blanc de lait. C'était bien le dernier endroit où il s'attendait à voir une telle beauté juvénile !

— Miss Cabot ? fit Rutherford, incrédule. Que diable faites-*vous* ici ?

Elle fit la révérence comme si elle se tenait au milieu d'une salle de bal et joignit ses mains gantées devant elle.

— Mes amies et moi sommes venues voir le fameux endroit où les gentlemen ne cessent de disparaître.

Des rires parcoururent l'assemblée. Rutherford parut alarmé, comme s'il était en quelque sorte responsable de ce manquement à l'étiquette.

— Miss Cabot… ceci *n'est pas* un endroit pour une jeune dame vertueuse.

L'une des oies blanches, derrière elle, s'agita et lui murmura quelque chose, mais miss Cabot ne sembla pas le remarquer.

— Pardon, monsieur, mais je ne comprends pas comment un endroit peut convenir à un homme vertueux, et pas à une femme vertueuse.

George ne put s'empêcher de rire.

— Peut-être parce qu'il n'existe pas d'hommes vertueux !

Ses yeux bleus étonnants se fixèrent de nouveau sur lui, et il en ressentit un curieux petit coup dans la poitrine. Elle abaissa son regard sur les cartes.

— Commerce ? demanda-t-elle.

— Oui, répondit George, impressionné qu'elle reconnaisse le jeu. Si vous désirez jouer, miss, alors allez-y, sapristi.

Rutherford était devenu blême et George fut assez amusé de le voir prêt à s'évanouir.

— *Non !* décréta alors le banquier en secouant la tête et en levant une main vers elle. Je vous demande pardon, miss Cabot, mais je ne *peux pas* vous soutenir dans cette folie. Vous devez rentrer chez vous tout de suite.

La jeune fille parut désappointée.

— Moi, je vais vous soutenir, dit George, et, de sa botte, il écarta une chaise de sa table.

Un nouveau murmure se répandit parmi la foule et le groupe serré des débutantes se remit à voleter, le bas de leurs capes virevoltant sur le parquet, tandis qu'elles pivotaient pour chuchoter entre elles.

— A qui ai-je l'honneur ? demanda-t-il.

— Miss Cabot, répondit-elle. De Beckington House.

Etait-elle la fille du comte de Beckington ? Disait-elle cela pour l'impressionner ? C'était sans effet sur lui.

Il haussa les épaules.

— George Easton. D'Easton House.

Les jeunes filles derrière miss Cabot gloussèrent, mais pas elle. Elle lui sourit joliment.

— Enchantée, monsieur Easton.

George supposa qu'elle avait appris à sourire ainsi très tôt dans la vie, afin d'obtenir ce qu'elle voulait. Il ne put s'empêcher de noter qu'elle était très attirante.

— Nous ne pratiquons pas des jeux de salon, miss. Avez-vous de l'argent ?

— Oui.

Elle leva son réticule pour le lui montrer.

Seigneur, ce qu'elle était naïve !

— Vous feriez mieux de ranger cela. Malgré les écharpes de soie et les bottes cirées que vous voyez autour de vous, vous êtes ici dans un repaire de voleurs.

— Au moins, nous avons une bourse, Easton. Nous n'avons pas tout investi dans un bateau qui a coulé ! lança quelqu'un.

Certains gentlemen se mirent à rire, mais George les ignora. Il avait bâti sa fortune avec de l'adresse et du travail, et quelques-uns en étaient jaloux.

Il fit signe à la charmante miss Cabot de s'asseoir.

— Vous semblez à peine assez âgée pour comprendre les nuances d'un jeu comme le Commerce.

— Ah oui ? rétorqua-t-elle, haussant un sourcil et prenant gracieusement place sur la chaise qu'un homme lui avançait. A quel âge est-on considéré comme assez vieux pour jouer à un jeu de hasard ?

Derrière elle, ses compagnes cancanaient farouchement. Elle regardait calmement George, attendant sa réponse. Rien ne semblait l'intimider, ni lui-même ni l'établissement ou quoi que ce soit d'autre.

— Je n'aurais pas la présomption de fixer un âge, répondit-il cavalièrement. Un enfant pourrait jouer, cela me serait bien égal.

— Easton ! dit Rutherford d'un ton d'avertissement, mais George ne suivait pas les mêmes règles que les hommes titrés qui se trouvaient là, et le banquier le savait.

Cette affaire risquait même d'être assez divertissante ; il n'avait pas d'objection à passer un moment en compagnie d'une femme — n'importe qui à Londres le confirmerait —, en particulier une femme aussi plaisante que celle-ci.

— Etes-vous prête à perdre tout l'argent que vous avez apporté ? lui demanda-t-il.

Elle rit, d'un rire argentin.

— Je n'ai pas l'intention de tout perdre.

Des rires s'élevèrent alors autour d'eux à cette réponse et un ou deux gentlemen se levèrent et s'approchèrent pour regarder.

— On doit toujours être préparé à perdre, miss Cabot, la prévint-il.

Elle ouvrit son réticule avec soin, sortit quelques pièces et sourit fièrement. George nota mentalement de ne pas se laisser charmer par ce sourire… au moins tant qu'il était à la table de jeu.

Rutherford les fixa d'un air choqué, puis se rassit lentement, avec une réticence manifeste.

— Est-ce que je distribue ? demanda George, en ramassant le jeu de cartes.

— Je vous en prie, répondit miss Cabot, qui mit ses gants de côté, bien rangés à côté de ses pièces.

Elle parcourut la salle du regard, tandis que George battait les cartes.

— Savez-vous que je ne suis jamais venue au sud de la Tamise ? J'ai passé ma vie à Londres et je ne suis encore jamais venue jusqu'ici, vous rendez-vous compte ?

— Je veux bien le croire, déclara-t-il d'un ton traînant, tout en distribuant les cartes. Votre mise pour commencer, miss Cabot.

Elle jeta un coup d'œil à ses cartes et plaça un shilling au centre de la table.

— Vous n'irez pas bien loin avec ça, dit George.

— Est-ce autorisé ?

Il haussa les épaules.

— Oui.

Elle se contenta de sourire.

Rutherford suivit, et la femme qui s'était tenue sur ses genoux avant l'intrusion reprit sa place. Elle glissa lascivement sur sa cuisse, défiant miss Cabot du regard.

— *Oh !* murmura celle-ci, s'avisant apparemment du genre de femme à qui elle avait affaire, et elle détourna les yeux.

— Etes-vous choquée ? chuchota George, amusé.

— Un peu, répondit-elle, jetant un nouveau coup d'œil

à la femme. Je pensais qu'elle serait plus... ordinaire. Mais elle est très jolie, n'est-ce pas ?

George décocha une œillade à la compagne de Rutherford. Il la qualifierait de piquante. Mais pas de jolie. Miss Cabot, *elle*, était jolie.

Il prit connaissance de sa donne — il avait deux rois. Ce serait une victoire facile. Il plaça sa mise.

Une serveuse passa avec un plateau de nourriture pour une table où l'on s'était remis à jouer. Miss Cabot la suivit du regard.

— Miss Cabot..., dit George.

Elle se tourna vers lui.

— Votre jeu.

— Oh !

Elle examina ses cartes et prit un autre shilling qu'elle posa au milieu.

— Messieurs, nous avons une mise de deux shillings, ce soir. A ce rythme, nous pouvons espérer finir la partie à l'aube, annonça George.

Miss Cabot lui sourit, ses yeux bleus pétillants d'amusement.

George se rappela alors qu'il ne devait pas se laisser attirer par de jolis yeux, non plus.

Ils jouèrent de nouveau, et Rutherford en oublia sa réticence à jouer avec une débutante.

Au tour suivant, miss Cabot misa deux shillings.

— Miss Cabot, soyez prudente. Vous ne voudriez pas perdre tout ce que vous avez durant la première partie, dit l'un des jeunes dandys avec un rire nerveux.

— Je ne pense pas que cela me coûtera davantage de perdre tout ce que j'ai en une partie ou six, monsieur Eckersly, répondit-elle d'un ton jovial.

George gagna le pli, comme prévu, mais miss Cabot ne parut pas démontée le moins du monde.

— Je pense qu'il devrait y avoir plus de jeux de hasard dans les salons mondains, pas vous ? demanda-t-elle au groupe toujours plus dense qui se rassemblait autour d'eux. C'est plus divertissant que le whist.

— Seulement si l'on gagne, fit remarquer un homme.

— Et avec l'argent de son père ! répliqua miss Cabot, ravissant les spectateurs ainsi que les jeunes colombes qui l'avaient accompagnée, et qui avaient maintenant l'attention de plusieurs gentlemen.

Ils continuèrent à jouer, miss Cabot misant un shilling de temps à autre et plaisantant avec la foule. Ce n'était pas le genre de jeu à fortes mises que George appréciait, mais il appréciait miss Cabot. Beaucoup. Elle ne correspondait pas à l'image qu'il se faisait d'une débutante. Elle avait de l'esprit, était enjouée, s'enchantant de ses petites victoires, débattant de son jeu avec quiconque se trouvait derrière elle.

Au bout d'une heure, sa bourse ne contenait plus que vingt livres.

— Augmentons-nous les mises ? demanda-t-elle gaiement, tout en se préparant à distribuer les cartes.

— Si vous pensez que vous pouvez suivre, vous avez toute mon attention, dit George.

Elle lui jeta un regard malicieux.

— Vingt livres, dit-elle, et elle se mit à donner.

George ne put s'empêcher de rire de sa naïveté.

— Mais c'est tout ce que vous avez !

— Alors vous allez peut-être me suivre ?

Elle leva les yeux vers lui. Ils pétillaient toujours, mais d'une façon légèrement différente : elle le défiait. Le ciel lui vienne en aide, elle préparait quelque chose, et il n'aurait pas pu être plus ravi. Il lui fit un grand sourire.

— Miss Cabot, je dois vous conseiller de ne pas tout risquer, dit le dandy qu'elle avait appelé un peu plus tôt M. Eckersly et qui était devenu de plus en plus nerveux au fur et à mesure que la partie progressait. Il est temps que nous regagnions Mayfair.

— Je prends acte de votre prudence et de votre notion du temps, monsieur, répondit-elle suavement, les yeux toujours posés sur George. Vous allez me faire plaisir, n'est-ce pas, monsieur Easton ? Vous allez me suivre ?

George n'avait jamais été homme à opposer un refus à une dame, en particulier une dame qu'il trouvait aussi captivante.

— Estimez-vous satisfaite, dit-il, en hochant poliment la tête. Je vous suis.

La nouvelle se répandit rapidement dans tout le tripot, et, en quelques minutes, d'autres spectateurs s'attroupèrent pour voir la débutante perdre une belle somme au profit de George Easton, l'homme qui se proclamait lui-même bâtard du défunt duc de Gloucester.

Les mises augmentèrent, jusqu'à ce que Rutherford, atterré à la perspective qu'une débutante lui doive de l'argent, se retire du jeu. Il ne resta que George et miss Cabot, celle-ci demeurant remarquablement calme. C'était bien l'attitude de quelqu'un de Mayfair, pensa George. Elle ne se souciait pas de perdre l'argent de son père — pour elle, ce n'était que de la magie, les pièces sortaient de nulle part.

La mise avait atteint cent livres, et George fit une pause. Il appréciait la hardiesse de sa partenaire de jeu, mais n'avait pas l'habitude de prendre une telle somme à des débutantes.

— Nous jouons maintenant pour cent livres, miss Cabot. Votre papa mettra-t-il cette somme dans votre réticule ? demanda-t-il.

Les hommes, autour de lui, s'esclaffèrent.

— Juste ciel, monsieur Easton, c'est une question bien personnelle ! Je devrais peut-être demander si *vous* serez capable de sortir cent livres de votre poche, dans le cas où je gagnerais…

La petite impertinente ! Il y eut de nombreux murmures autour d'eux, et George ne put qu'imaginer le ravissement que la remarque de la fière jeune femme avait causé autour d'eux. Il jeta une poignée de billets sur la table et lui fit un clin d'œil.

— Je les aurai.

Elle suivit sa mise avec un bout de papier que quelqu'un lui tendit, signant de son nom une reconnaissance de dette de cent livres.

George étala ses cartes. Miss Cabot étouffa une exclamation de surprise. Il avait une tierce, dont la meilleure carte était un dix. La seule main qui pouvait battre la sienne était une tierce à l'as, ou trois cartes de même valeur.

— C'est impressionnant ! dit-elle.

— Je joue à ces jeux depuis longtemps.

— Oui, bien sûr.

Elle leva les yeux et lui sourit, et, lorsqu'elle le fit, George comprit qu'il était battu. Son sourire était trop coquin, trop triomphant pour ne pas accompagner la certitude d'une victoire.

Quand elle étala son jeu, des exclamations montèrent, suivies par des applaudissements. Miss Cabot l'avait battu avec trois dix. George fixa ses cartes, puis leva lentement les yeux vers elle.

— Puis-je ? demanda-t-elle, et elle se servit de ses deux mains pour ramasser pièces et billets.

Elle prit toute la mise, jusqu'à la dernière pièce, la glissant dans son délicat petit réticule. Elle remercia George et Rutherford de lui avoir permis de jouer, s'excusa poliment, remit sa cape et ses gants, et rejoignit sa petite troupe d'oies blanches.

George la regarda partir, tapotant des doigts sur la table. Lui, un joueur expérimenté, venait d'être refait par une débutante !

C'est donc ainsi que ses ennuis avec Honor Cabot commencèrent.

Chapitre 2

La soirée musicale de printemps de lady Humphrey était considérée comme *l'événement* au cours duquel les dames de la haute société révélaient leurs aspirations en matière de mode pour la nouvelle Saison, et chaque année, inévitablement, une dame s'y faisait remarquer. En 1798, lady Eastbourne fit son apparition vêtue d'une robe avec des manches qui lui découvraient les épaules, ce que beaucoup avaient jugé si osé et néanmoins si plaisant que les langues s'étaient agitées pendant des semaines à Mayfair. En 1804, miss Catherine Wortham choqua tout le monde en déclarant qu'elle ne portait aucune sorte de dessous sous sa robe de mousseline qui laissait en effet voir à tous l'ombre de ses jambes.

En ce début de printemps 1812, ce fut miss Honor Cabot qui fit grande impression dans sa robe ajustée, pourvue d'un décolleté audacieux. Elle était vêtue d'une exquise soie de Paris dont on pouvait raisonnablement supposer qu'elle avait coûté un prix exorbitant, étant donné la quantité de broderies et de perles qui dansaient le long de l'ourlet et le fait que l'Angleterre était en guerre avec la France. La soie était bleu paon et mettait en valeur de manière exquise ses yeux bleu foncé. Ses cheveux, aussi noirs qu'une nuit d'hiver, étaient ornés de minuscules cristaux qui reflétaient la nuance de la robe.

Honor Cabot était une véritable beauté, nul ne pouvait le nier. Ses toilettes étaient toujours superbement coupées, sa peau crémeuse joliment rehaussée par ses cils sombres, ses lèvres pleines couleur rubis et ses joues roses. Elle était en général d'une humeur charmante et ses yeux étincelaient de gaieté lorsqu'elle riait avec ses *très nombreux* amis et admirateurs.

Elle avait la réputation de repousser jusqu'à ses limites le comportement chaste et modeste que l'on attendait des débutantes. Tout le monde avait entendu parler de sa récente incursion à Southwark. Un scandale ! Les gentlemen de la haute société l'avaient qualifiée en plaisantant de « fière-à-bras ».

Ce soir-là, une fois le récital terminé et les invités conviés à traverser Hanover Square afin de rejoindre la maison des Humphrey pour le souper, ce n'était pas la robe ravissante et osée de la « fière-à-bras » qui faisait jaser. C'était sa coiffe.

Quelle œuvre artistique que cette coiffe ! D'après lady Chatham, qui se disait une autorité dans tout ce qui touchait à la chapellerie féminine, elle avait été confectionnée par la prestigieuse boutique Lock & Company, dans Bond Street, le summum dans le domaine de la parure pour dames. Elle était faite de crêpe noir et de beau satin bleu, et l'étoffe pincée en un tout petit éventail sur le côté était maintenue en place par une aigue-marine scintillante. De cet éventail partaient deux très longues plumes de paon qui, toujours d'après lady Chatham, venaient d'Inde, ce qui laissait entendre qu'elles étaient très supérieures aux plumes de paon anglaises.

Quand miss Monica Hargrove vit la coiffe posée avec désinvolture sur la tête brune d'Honor, elle en eut presque une attaque.

Le bruit qu'un incident s'était produit entre miss Cabot et miss Hargrove dans le boudoir des dames se répandit si vite dans Mayfair qu'il atteignit la demeure du comte de Beckington, sise Grosvenor Square, avant miss Cabot elle-même.

Honor l'ignorait encore lorsqu'elle se faufila dans la maison, au chant du coq. Elle gravit prestement l'escalier et se réfugia dans sa chambre où elle jeta la coiffe sur la méridienne, ôta la magnifique robe que Mme Dracott avait faite spécialement pour elle, et sombra rapidement dans un sommeil profond et sans rêves.

Elle fut réveillée avec rudesse un peu plus tard et ouvrit les yeux pour voir sa sœur de treize ans, Mercy, penchée sur elle et la dévisageant avec attention.

Cela lui causa une telle frayeur qu'elle poussa un cri et se mit sur son séant, serrant les draps contre elle.

— Mercy, qu'y a-t-il, au nom du ciel ?

— Augustin te demande de venir, répondit Mercy en la scrutant derrière ses lunettes à monture métallique.

Mercy était comme elle, brune aux yeux bleus, tandis que leurs sœurs Grace — qui avait vingt et un ans, soit un an de moins qu'Honor — et Prudence — âgée de seize ans — étaient blondes aux yeux noisette.

— Augustin ? répéta Honor en bâillant.

Elle n'était pas d'humeur à voir son beau-frère ce matin. Etait-ce seulement le matin ? Elle jeta un coup d'œil à la pendule de la cheminée, qui indiquait 11 h 30.

— Que me veut-il ?

— Je ne sais pas, répondit Mercy en sautant sur un

pouf au pied du lit d'Honor. Pourquoi as-tu des cernes sombres sous les yeux ?

Honor grogna.

— Avons-nous des visites, aujourd'hui ?

— Juste M. Jett, répondit Mercy. Il a laissé sa carte pour toi.

Ce cher M. Jett ! Rien ne pouvait le persuader, semblait-il, que jamais Honor ne consentirait à être courtisée par lui. C'était son lot, dans la haute société londonienne, d'attirer des gentlemen pour qui elle ne pourrait jamais éprouver d'attirance, même en faisant les plus gros efforts d'imagination. M. Jett avait au moins le double de son âge et, pire, il avait de grosses lèvres. Que les femmes soient censées accepter n'importe quel homme dont la fortune et la position étaient comparables aux siennes l'ulcérait. Et la compatibilité des âmes, alors ? Et l'estime ?

Elle avait approché une telle profondeur de sentiments l'année de ses débuts. Elle était tombée follement amoureuse de lord Rowley, un beau et charmant jeune gentleman. Elle en avait été très éprise, et avait cru — avait été amenée à croire — qu'une demande en mariage se profilait à l'horizon.

Une demande en mariage se profilait bien… mais pour Delilah Snodgrass.

Honor avait appris leurs fiançailles lors d'un thé et avait été si assommée par la nouvelle qu'elle était rentrée précipitamment chez elle et que Grace avait été obligée de l'excuser. Elle en avait eu le cœur brisé et avait souffert de cette amère déception pendant des semaines. Rowley escortait miss Snodgrass partout, et Honor s'était sentie devenir de plus en plus insignifiante dans son chagrin.

Comment avait-elle pu se tromper à ce point ? Rowley ne

l'avait-il pas complimentée sur son apparence et ses succès ? Ne lui avait-il pas murmuré à l'oreille qu'il aimerait beaucoup l'embrasser autrement que sur la joue ? N'avaient-ils pas fait de longues promenades au parc ensemble, parlant de leurs espoirs pour l'avenir ?

Le lendemain de cette nouvelle ahurissante, elle l'avait rencontré par hasard. Il lui avait souri, et son cœur s'était emballé. Elle n'avait pu s'empêcher de se confronter à lui et de lui demander, aussi poliment que possible, ce qu'il était advenu de la demande en mariage qu'*elle* avait attendue.

Elle n'oublierait jamais, aussi longtemps qu'elle vivrait, l'expression de surprise du jeune homme.

— Je vous demande pardon, miss Cabot. Je n'avais aucune idée de la force de vos sentiments, avait-il répondu d'un ton d'excuse.

Elle en avait été complètement désarçonnée.

— Vous n'en aviez *aucune idée* ? Mais vous êtes venu me voir plusieurs fois ! Nous avons marché dans le parc, parlé de l'avenir, nous nous sommes assis côte à côte pendant l'office du dimanche !

— Eh bien, oui, avait-il admis, l'air très mal à l'aise. J'ai beaucoup d'amies parmi le beau sexe. J'ai fait d'innombrables promenades et eu beaucoup de conversations intéressantes. Mais je le répète, je n'avais pas conscience que vos sentiments avaient dépassé les limites de l'amitié. Aucun signe extérieur ne me l'a montré.

Elle en avait été sidérée. Evidemment qu'elle n'avait montré aucun signe extérieur de son attachement ! Elle était une jeune fille correcte ! Elle s'en était tenue à une attitude convenable et chaste, ainsi qu'on le lui avait appris ! Elle avait sagement attendu qu'il fasse le premier pas, comme elle supposait que cela se faisait.

— Et je dois vraiment insister sur le fait, miss Cabot, avait-il ajouté avec une expression peinée, que si je l'avais su, cela n'aurait rien changé.

Il avait un peu rougi, haussant les épaules sans conviction.

— Notre union n'aurait pas été convenable.

Ces mots avaient encore plus abasourdi Honor que sa duplicité.

— Pardon ?

Il s'était éclairci la gorge et, fixant ses mains, s'était montré plus explicite :

— En tant que fils aîné d'un comte, on attend de moi que je vise un peu plus haut que la belle-fille de Beckington… ou la fille d'un évêque, puisque c'est le cas.

Il l'avait ensuite regardée dans les yeux. Mais à peine.

— Vous comprenez ?

Elle avait compris, ah, ça oui ! Pour lui, et pour tous les gentlemen de Mayfair, le mariage était une affaire de position et de statut. Il ne se souciait visiblement pas d'amour ou d'affection. Il ne se souciait visiblement pas d'*elle*.

La blessure de cet été-là l'avait profondément marquée, et elle n'en avait jamais vraiment guéri. Elle s'était juré et avait juré à ses sœurs qu'elle ne se laisserait jamais, *jamais* remettre dans une telle situation.

— Dis à Augustin que je descends tout de suite, s'il te plaît.

— D'accord, mais tu ferais bien de ne pas tarder. Il est très en colère contre toi.

— Pourquoi ?

— Je ne sais pas. Il est fâché contre maman, aussi. Apparemment, il lui a dit que les Hargrove venaient dîner hier soir, et elle assure qu'il ne l'a pas fait. Elle n'avait pas prévu de repas, et ils se sont disputés.

— Oh ! non… Et que s'est-il passé ?

— Nous avons mangé de la poule bouillie, répondit Mercy. Je dois y aller, maintenant, ajouta-t-elle avec légèreté, avant de sortir de la pièce en gambadant.

Honor grogna et repoussa les draps. Elle aimait beaucoup Augustin. Il était son beau-frère depuis dix ans, maintenant. Il avait vingt-quatre ans, n'était pas plus grand qu'elle et un peu corpulent. Il n'avait jamais été du genre à marcher ou à chasser, préférant passer ses après-midi au club, à lire ou à débattre avec ses amis des manœuvres navales britanniques, avant de tout leur raconter en détail au souper, ce qui était très pénible.

Mais en dépit de son existence affreusement morne, Augustin Devereaux, lord Sommerfield, était un homme bon, aimable et qui se souciait d'autrui. Même s'il était aussi faible et terriblement timide avec les femmes. Pendant des années, Honor et Grace avaient pu le plier à leur volonté. Les choses avaient changé, bien sûr, lorsqu'il était tombé amoureux de Monica Hargrove et qu'ils s'étaient fiancés. Ils seraient mariés à ce jour, si la santé de son père n'avait pas décliné. Il n'aurait guère paru convenable de célébrer les noces de l'héritier Beckington, alors que la vie du vieux comte ne tenait qu'à un fil. Ce dernier souffrait de consomption. Les nombreux médecins qui avaient défilé à son chevet ne lui donnaient plus que quelques mois, sinon quelques semaines à vivre.

Honor revêtit une simple robe de jour, se brossa les cheveux et les garda défaits, trop fatiguée pour les relever. Elle descendit et trouva ses sœurs et Augustin dans la pièce du matin. Qu'ils soient tous réunis et que Grace arbore une mine aussi sombre n'annonçait rien de bon. Toutefois, la vue de la nourriture sur le buffet revigora Honor.

— Bonjour, vous tous ! lança-t-elle d'un ton enjoué en traversant le tapis d'Aubusson pour prendre une assiette, tout en essayant de se rappeler la dernière fois qu'elle avait mangé.

— Honor, très chère, à quelle heure êtes-vous rentrée, si je peux me permettre ? demanda Augustin d'un ton un peu sec.

— Pas si tard, répondit Honor en évitant son regard. Je n'avais pas l'intention de rester aussi longtemps, mais lady Humphrey a décidé de jouer au faro et j'ai été prise dans une partie excitante…

— Au *faro* ! Ce jeu grossier auquel s'adonnent les vauriens dans les tavernes ! Ma parole, ne prenez-vous donc *jamais* en considération le fait que votre conduite fera jaser ?

— Si, toujours, répondit Honor, sincèrement.

Augustin cligna des paupières et fronça les sourcils.

— Quel gentleman voudra d'une débutante qui joue la fortune de son beau-père jusqu'au petit matin ? demanda-t-il, changeant de tactique.

Honor réprima une exclamation et planta fermement son regard dans celui de son beau-frère.

— Je *n'ai pas* joué la fortune du comte, Augustin ! J'ai joué ce que j'ai gagné justement !

Elle était assez douée au jeu et n'avait pas l'intention de s'en excuser. Moins d'un mois auparavant, n'avait-elle pas pris cent livres à M. George Easton devant tout le monde, dans un tripot de Southwark ? Elle se rappelait encore la lueur de défaite dans les yeux du gentleman.

Mais Augustin ne se montra pas apaisé pour autant.

— En quoi gagner au jeu améliore-t-il votre réputation ?

— Parle-nous de la soirée musicale, suggéra Prudence avec entrain, ignorant sciemment l'humeur querelleuse de leur beau-frère. La musique était-elle divine ? Qui y était ? Que portaient les dames ?

— Ce qu'elles portaient ? répéta pensivement Honor en s'asseyant à côté d'Augustin, son assiette pleine de fromage et de petits pains. Je n'ai pas remarqué, vraiment. Les toilettes habituelles, je suppose, de la mousseline et de la dentelle...

Elle haussa légèrement les épaules.

— Y avait-il des *coiffes* ? demanda Augustin d'un ton irrité, en lui chipant un petit pain.

Honor sut alors qu'il avait eu vent de sa querelle avec Monica. Elle n'hésita qu'un instant avant de se redresser, de sourire à son beau-frère et de répondre :

— Je ne me souviens que de la mienne.

— Vous voyez, Augustin ! s'exclama triomphalement Grace. Il est *impossible* qu'elle ait pris celle de Monica.

— Pris ? répéta Honor, incrédule.

— Je vous accorde qu'Honor peut être agaçante, mais elle n'est pas malhonnête, poursuivi Grace, comme si Honor n'était pas assise face à elle. Bien au contraire ! Si l'on peut lui faire une critique, c'est qu'elle est *trop* honnête !

— Comment peut-on être trop honnête ? demanda Prudence. On est honnête ou on ne l'est pas.

— Je veux dire qu'elle manque souvent de discrétion, expliqua Grace.

— Merci ! dit Honor d'un ton aigre. Trop aimable !

Grace battit des cils d'un air innocent, comme si elle était dans l'incapacité de revenir sur ses paroles.

— En tout cas, on peut assurer que miss Hargrove

ne manque pas de sincérité, reprit Augustin d'un ton sévère. Elle ne se plaindrait pas à moi, si cette histoire n'était pas vraie.

Il ponctua cette déclaration en fourrant le reste du petit pain dans sa bouche, mâcha avec enthousiasme, tout en jetant un regard noir à Honor.

Celle-ci se retint de dire que Monica Hargrove manquait de beaucoup de choses. Elle était bien placée pour le savoir ! Elle la connaissait depuis leurs six ans, leurs mères ayant trouvé commode d'employer un maître de danse pour elles deux. Ce maître — un sot affecté avec un nez pointu et de longs bras maigres, comme se le rappelait Honor — ne s'était intéressé qu'à Monica et lui avait donné les meilleurs rôles dans leurs récitals. En outre, les costumes de Monica avaient toujours des ailes, alors que les siens n'en avaient pas, un fait qu'elle aurait peut-être pu supporter, si Monica ne s'était pas tant rengorgée à ce sujet. « Peut-être que votre façon de danser s'améliorera et que l'an prochain, vous pourrez avoir ce costume », disait-elle en se contorsionnant, afin qu'Honor puisse voir la chose dans toute sa splendeur.

La compétition entre elles n'avait fait que s'intensifier au fil des seize années suivantes.

— Monica porterait même le plus léger désaccord à votre attention pour que vous la regardiez favorablement et moi non, dit-elle.

— Niez-vous que miss Hargrove a commandé une coiffe chez Lock & Company, demanda Augustin, et qu'elle a été consternée de la voir sur *votre* tête, à la soirée musicale ? Cela a dû lui causer un choc, la pauvre chère.

Mercy, qui tournait machinalement les pages d'un

livre, se mit à rire à cette remarque, mais Grace la fit taire d'un regard sévère, puis dit d'un ton apaisant à Augustin :

— C'est sûrement un malentendu.

— Non, fit Augustin en secouant la tête. Miss Hargrove m'a dit qu'elle s'est confrontée à Honor au dîner, et que, naturellement, Honor a nié. Mais quand miss Hargrove a mentionné qu'elle avait commandé la coiffe pour une belle somme, Honor a répondu : « Elle n'était pas *si* chère. » Là, vous voyez ? Elle a quasiment avoué à miss Hargrove qu'elle la lui avait prise !

— Je voulais seulement dire que lorsque *j'ai* acheté cette coiffe, je n'ai pas trouvé son prix exorbitant, déclara suavement Honor.

Les joues d'Augustin se mirent à se piqueter de rouge, comme toujours lorsqu'il était agité et troublé.

— Honor, ce…

Il s'arrêta, gonflant un peu le torse, tandis qu'il essayait de montrer de l'autorité.

— Ce n'est pas acceptable !

— Qu'est-ce qui n'est pas acceptable ? riposta-t-elle en lui tendant son assiette, pour lui offrir un autre petit pain. Elle a admiré ma coiffe, puis prétendu qu'elle était à elle. Comment pouvait-elle être à elle, je vous le demande, alors que la modiste me l'a vendue et qu'elle était sur ma tête ? Vous pouvez vous renseigner auprès de Lock & Company, si vous voulez.

L'air troublé d'Augustin s'accrut, tandis qu'il essayait visiblement de résoudre en lui-même le mystère.

— Je ne voudrais pas dénigrer votre fiancée, Augustin, poursuivit Honor, et je veux que nous soyons amies, vraiment ! Mais je vous avouerai en privé que certaines fois, je redoute ses véritables intentions.

— Ses intentions sont pures ! se récria-t-il. Il n'y a pas de femme plus aimable, plus douce dans tout Londres !

Il voulut soudain lui prendre la main, et, rencontrant une assiette, saisit son poignet d'un air suppliant.

— J'insiste *vraiment* pour que vous ne preniez pas ses coiffes, Honor. Ou… ou que vous n'achetiez pas celles qu'elle convoite.

Derrière lui, Grace leva les yeux au ciel.

— Vous avez ma parole, dit solennellement Honor. Je ne les prendrai pas.

Le gloussement qu'elle entendit venait de Prudence, qui faisait de son mieux pour ne pas rire ouvertement.

— Je ne peux tolérer de désaccord entre vous, poursuivit Augustin. Vous êtes ma belle-sœur et elle sera mon épouse. Je n'apprécie pas les commentaires que l'on fait en ville sur vous deux, et ce n'est pas bon pour papa.

— Non, vous avez raison, bien sûr, admit Honor, se sentant légèrement remise à sa place. Comment va le comte, ce matin ?

— Il est épuisé. Je suis allé le voir après le petit déjeuner et il m'a demandé de fermer les rideaux. Il avait passé une nuit blanche et voulait dormir.

Il se leva de table, son ventre frôlant la nappe, tira sur son gilet qui avait tendance à remonter quand était assis, et ôta sa serviette de son col.

— Si vous voulez bien m'excuser ?

— Bonne matinée, Augustin ! dit Grace d'un ton plaisant.

— Bonne matinée ! lança Honor.

— Pru, Mercy, reprit Grace, montez vous faire coiffer, voulez-vous ? Nous emmènerons maman faire une promenade à cheval au parc après le déjeuner.

Mercy bondit de table.

— Pourrai-je monter l'alezan ?

— Demande à M. Buckley, répondit Grace en leur désignant la porte d'un geste.

Quand Mercy et Prudence furent sorties, elle sourit gentiment au valet qui les servait ce matin-là.

— Merci, Fitzhugh. Miss Honor et moi nous arrangerons, maintenant.

Le valet sortit à son tour et referma la porte derrière lui.

Lorsqu'elles furent seules, Grace tourna la tête et fixa un regard sombre sur Honor qui mangeait avec appétit, feignant de ne rien remarquer.

— Qu'as-tu fait exactement ? demanda-t-elle à voix basse.

— Rien.

Mais Honor ne put réprimer un sourire.

— D'accord. J'ai acheté une coiffe.

Elle mordit dans un morceau de fromage.

— Alors pourquoi Monica est-elle si contrariée ?

— Parce qu'elle l'avait commandée pour elle, je suppose.

Le sourire d'Honor s'élargit.

Grace la dévisagea un instant, puis éclata de rire.

— Tu es incorrigible ! Tu nous *perdras*, tu sais !

— C'est faux. On peut très bien me corriger.

— Honor ! s'exclama Grace, riant toujours. Nous étions convenues que tu ne la contrarierais plus.

— Qu'est-ce qu'une malheureuse coiffe ? dit Honor en repoussant son assiette. Elle était là, dans la vitrine de Lock & Company, et je l'admirais. La vendeuse a été très heureuse de me dire que bien que miss Monica Hargrove l'ait commandée un mois plus tôt, elle n'était pas venue la payer. Elle languissait dans la vitrine, Grace… Une coiffe magnifique ! Dont les couleurs n'allaient pas du tout au teint pâle de Monica ! Et les dépenses que la boutique avait engagées pour la fabriquer n'étaient pas couvertes ! La vendeuse a été ravie que je l'achète. Et je me moque complètement que Monica l'ait commandée. Elle est tellement désagréable ! Sais-tu ce qu'elle m'a dit, hier soir ? ajouta-t-elle, en se penchant légèrement en avant.

Elle marqua une pause et prit une voix sourde et menaçante.

— Elle m'a dit : « Je sais ce que vous mijotez, Honor Cabot, mais cela ne servira à rien. Augustin et moi allons nous marier, et vous ne pouvez rien faire pour l'empêcher. Et lorsque nous serons mariés, écoutez-moi bien, vous pourrez aisément vous retrouver dans un cottage des Cotswolds où vous n'aurez pas besoin de jolies coiffes ! »

Elle s'adossa à sa chaise pour laisser porter ses mots.

Grace étouffa une exclamation.

— Les Cotswolds ! Pourquoi ne pas nous bannir dans un désert africain ! Honor, c'est *exactement* ce que nous craignions, et regarde ce que tu as fait !

Honor souffla et prit un autre morceau de fromage.

— Crois-tu vraiment que Monica a autant d'influence sur Augustin ? Penses-tu qu'il ne se soucie pas de ses sœurs ?

— Je le crois, oui ! répondit Grace avec emphase. Je crois qu'elle a une grande influence sur lui ! Et Augustin peut bien tenir à nous, quand le comte mourra, crois-tu que Monica partagera Beckington House, ou Longmeadow, ou n'importe quel autre endroit avec nous toutes ?

Honor soupira. C'était un fait avéré dans leur monde qu'un comte fraîchement émoulu et sa nouvelle épouse n'accueillaient pas volontiers chez eux la troisième femme d'un père défunt et quatre belles-sœurs. Grace avait raison, mais Monica était si... *impérieuse*, tout en se montrant par ailleurs si parfaite, si modeste, si réservée, si jolie !

— Vraiment, tu peux être tellement irréfléchie par moments ! poursuivit Grace. Qu'en sera-t-il de Prudence et de Mercy, alors ? Et de maman ?

Il serait difficile pour leur mère de trouver un nouvel époux que la perspective d'entretenir quatre filles célibataires enchante, surtout compte tenu de leur train de vie assez élevé et des dots à fournir. Les Cabot n'avaient pas apporté beaucoup d'argent dans ce mariage, certainement pas assez pour doter quatre jeunes filles. Elles dépendaient entièrement de la générosité du comte.

Pire, il était presque certain que leur famille se retrouverait en marge de la haute société si quiconque suspectait ce que Grace et Honor savaient à propos de leur mère : qu'elle perdait lentement, mais inexorablement la tête. Cela avait commencé deux ans auparavant, après un déplacement à Longmeadow, leur propriété à la campagne. Lady Beckington avait eu un accident ; son cabriolet léger s'était renversé et l'avait jetée sur la route. Physiquement, elle s'était remise, mais, depuis lors, Honor et Grace avaient remarqué qu'elle n'avait plus tous ses esprits. Il s'agissait surtout d'oublis, mais il y avait d'autres signes, des pertes de mémoire moins anodines. Une fois, elle avait parlé d'aller voir sa sœur à Vauxhall, comme si celle-ci était encore en vie. Une autre fois, elle avait été incapable de se rappeler le titre du comte.

Et il semblait que son état s'aggravait de jour en jour. La plupart du temps, elle avait l'esprit clair et était une présence constante auprès de son époux. Mais elle pouvait par moments poser plusieurs fois la même question ou commenter le temps à trois ou quatre reprises en l'espace de quelques minutes. Honor avait bien essayé de lui parler de ses absences qui devenaient plus fréquentes. Elle s'en était irritée. Elle avait même suggéré à Honor que c'était peut-être *elle* l'étourdie.

— Et je ne pense pas avoir besoin de te rappeler que le comte ne s'est pas levé depuis deux jours, ajouta Grace.

— Je sais, je sais, dit tristement Honor.

Elle ramena ses pieds sous elle.

— Grace… Je me disais… Si Monica n'épousait pas Augustin…

— Elle l'épousera, la coupa sa sœur. Il est complètement entiché d'elle. Il lui court après comme un petit chien.

— Mais si Monica en était détournée par une plus grande fortune ?

— Quoi ?

Grace la regarda d'un air méfiant.

— Comment ? Pourquoi ?

— Suppose qu'elle soit attirée ailleurs. Cela nous donnerait un peu de temps pour arranger les choses. Lorsque le comte aura disparu, Augustin épousera Monica dès qu'il le pourra, et alors que se passera-t-il ? Mais s'ils ne se marient pas aussi vite…

— Oublies-tu qu'Augustin l'aime ? lui rappela Grace, luttant visiblement pour rester calme.

— Non. Mais c'est un homme. Il aura tôt fait de l'oublier et d'en trouver une autre.

— Notre Augustin ! s'écria Grace, incrédule. Monica Hargrove est la première femme qu'il ait regardée, et il lui a fallu des années pour cela !

— Je sais, concéda Honor avec une petite grimace. J'essaie seulement de trouver une façon de retarder leur mariage.

— Jusqu'à ce qu'il se passe quoi ?

— Je n'ai pas encore trouvé.

Grace l'étudia quelques instants, puis secoua la tête.

— C'est ridicule ! Monica ne lâchera jamais sa proie — Augustin pourrait devenir aveugle et muet qu'elle ne s'en soucierait pas. En outre, j'ai un meilleur plan.

— Lequel ? demanda Honor, sceptique.

Grace se redressa sur sa chaise.

— Nous nous marions les premières et *rapidement*. Si nous le faisons, nos époux n'auront d'autre choix que d'accueillir nos sœurs et notre mère, quand le comte mourra.

— Qui est ridicule, à présent ? rétorqua Honor. Tu crois vraiment que nous pouvons faire apparaître un époux en claquant des doigts ? Qui épouserions-nous ?

— Toi, M. Jett…

— Non ! C'est un plan *minable*, Grace. Et je te rappelle que ni toi ni moi n'avons reçu de demande en mariage. Ensuite, je ne *veux pas* me marier maintenant. Je n'ai pas envie de m'occuper d'un homme et de faire ce qu'il veut, ni d'être isolée à la campagne où il n'y a pas de haute société, simplement parce qu'*il* le désire.

— De quoi parles-tu ? Qui connais-tu qui a été isolée à la campagne ? demanda Grace avec surprise. Vraiment, Honor, ne souhaites-tu pas te marier ? Avoir de l'amour, de la compagnie, des enfants ?

— Si, bien sûr, répondit Honor d'un ton incertain.

En réalité, elle appréciait sa liberté. Elle n'aspirait pas au mariage, ni à fonder une famille comme d'autres femmes de son âge semblaient le faire.

— Mais pour le moment, je n'aime personne et je ne veux pas me marier simplement parce qu'on l'attend de moi. Trouver le bon parti, provoquer la demande en mariage avantageuse… tous ces impératifs qu'on nous impose m'ulcèrent, dit-elle avec des gestes irrités. Nous sommes des femmes libres. Nous devrions choisir et faire ce qui nous plaît, comme un homme en a le droit.

— Mais d'autres personnes dépendent de nous, fit observer Grace.

Ce rappel atténua momentanément l'ardeur d'Honor.

— En outre, ta façon de voir est faussée par le rejet de Rowley…

— Ce n'était pas précisément un *rejet*, objecta Honor, mais Grace leva la main pour l'arrêter.

— Je ne disais pas cela pour te peiner, Honor. Néanmoins, reconnais que ton jugement a été faussé. Tu ne laisses approcher personne.

Avant qu'Honor ne puisse s'élever contre une idée aussi ridicule, Grace conclut :

— Alors, nous sommes d'accord ? Nous *devons* faire quelque chose.

— Oui, bien sûr que nous sommes d'accord. C'est pourquoi je vais faire en sorte qu'un gentleman séduise Monica pour l'éloigner d'Augustin. Et je connais exactement celui qui sera susceptible de le faire.

— Qui ? demanda Grace, sceptique.

Honor sourit à son idée brillante.

— George Easton !

Les yeux de Grace s'élargirent. Sa bouche s'ouvrit. Il lui fallut quelques instants pour retrouver sa langue.

— As-tu complètement perdu l'esprit ?

— Non ! Il est l'homme parfait pour cela.

— Parlons-nous bien du George Easton à qui tu as réussi à soutirer cent livres dans cette scandaleuse partie de cartes à Southwark ?

— De lui-même, répondit Honor en remuant sur sa chaise, légèrement embarrassée.

Grace poussa un gémissement désespéré ou choqué, Honor n'en fut pas sûre, puis se leva soudain et contourna sa chaise en décrivant un cercle complet, une main dans le dos, la traîne de sa robe de mousseline froufroutant derrière elle. Lorsqu'elle refit face à Honor, elle croisa les bras sur sa poitrine et la regarda de haut, l'air sévère.

— Pour que les choses soient *parfaitement* claires, tu parles bien de celui qui se proclame le *bâtard* du défunt duc de Gloucester ? L'homme qui perd une fortune aussi aisément qu'il en bâtit une ?

— *Oui*, affirma Honor, confiante dans son idée. Il est beau, il est le neveu du roi et il a actuellement les poches bien garnies, comme nous le savons.

— Mais c'est un homme qui n'a pas de vrai nom ! Ni de relations ! Nous pouvons admettre qu'il soit le fils du duc, mais ce dernier ne l'a jamais *reconnu*. Et je n'ai même pas mentionné que le duc actuel, le demi-frère d'Easton, s'il faut l'en croire, le déteste cordialement et interdit à quiconque de prononcer son nom devant lui ! Pour l'amour du ciel, Honor, il ne bénéficie d'aucun des privilèges de sa naissance supposée ! Monica Hargrove ne renoncera pas au titre de comtesse de Beckington pour lui, l'enfer dût-il geler !

— Elle le pourrait, insista Honor. Si elle était convenablement séduite.

Grace battit des cils. Elle se laissa choir sur sa chaise, les mains sur les genoux, regardant sa sœur, bouche bée.

— Quelle idée dangereuse et ridicule ! Tu dois me promettre que tu ne feras pas quelque chose d'aussi lamentable, Honor…

— Lamentable !

Elle était vexée que Grace ne voie pas l'intelligence de son plan.

— Je compte seulement qu'il l'attire, pas qu'il la compromette ! Il a juste besoin de lui faire croire que d'autres gentlemen s'intéressent à elle, et peut-être qu'alors elle souhaitera explorer une possibilité ou deux avant d'épouser Augustin. Cela me semble tout à fait simple et brillant, à moi. Tu as une meilleure idée ?

— Oui. Si *tu* ne veux pas te marier, moi, *je* le ferai.

— Oh ! Et tu as des offres dont tu ne m'as pas parlé ?

— Non, répondit Grace en reniflant. Mais j'ai quelques idées sur la façon dont je pourrais en obtenir une.

— Par exemple ?

— Ne t'en préoccupe pas. Promets-moi simplement que tu ne feras rien d'aussi insensé.

— Très bien, très bien, répondit Honor avec un geste impatient de la main. Je promets. Et maintenant, laisse-moi manger. Je suis affamée.

En toute honnêteté, elle avait l'intention de tenir sa promesse. D'une façon générale, elle avait *toujours* l'intention de tenir ses promesses.

Sauf que cet après-midi-là, justement, elle rencontra par hasard George Easton.

Chapitre 3

Finnegan, le majordome-valet-valet de chambre de George, lui avait repassé sa redingote de beau drap brun, son gilet marron et doré et son écharpe marron foncé. Il les avait accrochés là où George les verrait forcément : juste devant la table de toilette, lui cachant la vue du miroir, ainsi que des rasoirs, brosses et boutons de manchette qu'il rangeait là.

Avant l'arrivée de Finnegan, George s'était contenté de mener sa maison avec deux valets ordinaires, une cuisinière et une gouvernante. Mais sa maîtresse, lady Dearing, l'avait imploré d'engager le domestique, quand son mari l'avait renvoyé. D'après elle, son renvoi était dû à des restrictions financières. Or George connaissait très bien les restrictions, pour les avoir fréquentées en plus d'une occasion, durant ses trente et un ans sur cette Terre.

Ce ne fut que plusieurs semaines après qu'il apprit la véritable raison du brusque départ de Finnegan : lui aussi avait été invité à partager le lit de lady Dearing. George savait que sa maîtresse était délurée, mais le *vale*t ? C'était inacceptable. Malheureusement, il avait eu le temps de s'habituer à Finnegan. Aussi avait-il promptement congédié la maîtresse et gardé le majordome.

Il avait fini de s'habiller quand Finnegan apparut sur le seuil de sa suite, un chapeau à la main.

— Qu'est-ce que cela ?

— Votre chapeau.

— Je vois, mais pourquoi me l'apportez-vous ?

— Vous avez rendez-vous avec M. Sweeney. De là, vous prendrez les deux miss Rivers aux écuries Cochran. Vous avez invité ces jeunes dames à monter à cheval avec vous.

George plissa les paupières.

— Ah oui ? Et quand ai-je lancé cette invitation ?

— Hier soir, apparemment. Le valet des Rivers a apporté un billet disant que ces dames étaient ravies d'accepter.

Finnegan sourit. Ou prit un air railleur. George ne savait jamais très bien.

Il ne se souvenait pas d'une invitation quelconque, mais après tout, il s'était amusé plus qu'il ne l'aurait dû au Coventry House Club, la nuit précédente. C'était un club pour les hommes comme lui, fréquenté par des commerçants et des gentlemen de la haute société qui jouaient gros, appréciaient le whisky et les cigares américains. Ce club était tout sauf collet monté, comme George imaginait le White's dans St James.

Tom Rivers, le frère des jeunes dames, s'y trouvait aussi la veille au soir.

— Miséricorde, marmonna-t-il, et il se leva, tendant la main pour prendre le chapeau.

Il descendit l'escalier, garni d'un épais tapis, de la belle maison de Mayfair qu'il avait achetée discrètement au duc de Wellington. Ce dernier n'était pas chaud pour vendre à un homme de son espèce — à savoir le bâtard d'un duc et le demi-frère d'un autre duc qui le méprisait profondément —, mais voulait bien de son argent.

La maison était spectaculaire même pour Audley Street, la rue élégante de Mayfair. Un lustre en cristal de la taille d'un cheval était suspendu au haut plafond du vestibule, et l'escalier descendait en arrondi autour de lui. Les murs recouverts de soie étaient ornés de tableaux et de portraits, tous achetés par le duc.

George les remarqua à peine ce jour-là, mais il les avait souvent scrutés, cherchant une ressemblance avec lui. Il supposait que n'importe lequel de ces nobles personnages aurait pu être son ancêtre, et que cela n'avait guère d'importance. Quand on est le fils d'un duc et d'une femme de chambre que son amant a renvoyée en apprenant sa grossesse, on peut être assuré de rencontrer beaucoup de portes fermées et de silences pénibles, lorsqu'on se renseigne sur son lignage.

Le valet, Barns, se tenait à la porte et l'ouvrit avant que George ne l'atteigne. C'était une initiative de Finnegan. Ce dernier était jusqu'à ce jour la seule personne, dans la vie de George, à le traiter comme le petit-fils d'un roi et le neveu d'un autre. Mais George n'était pas sûr d'apprécier ces égards. Il préférait ouvrir ses portes tout seul. Il préférait aussi seller lui-même ses chevaux — il était habile à cela, ayant appris le coup de main quand il était garçon d'écurie dans les Ecuries royales, pendant que sa mère vidait des pots de chambre.

— Merci, Barns, dit-il.

Il dépassait son valet d'une tête. Il avait la haute taille de la famille royale, mais la robustesse de sa famille maternelle, où tout le monde avait travaillé de ses mains et de son dos pour gagner sa vie. Il y avait un portrait de son père accroché dans Montagu House, portrait qu'il avait étudié à l'occasion. Il pensait avoir le nez fin et aristocratique de

Gloucester et son menton carré, les cheveux de sa mère, châtains aux reflets dorés, et ses yeux bleu pâle. Les autres enfants qui travaillaient dans les Ecuries royales disaient qu'il était un bâtard. Pas le neveu d'un roi.

Son cheval attendait sur les pavés, devant la maison. George lança une pièce au garçon qui se tenait près de sa monture, et qui l'attrapa adroitement par-dessus l'encolure de l'animal avant de l'empocher, en lui tendant la bride.

— Bonne journée, monsieur, dit-il, et il détala vers les écuries.

George coiffa son chapeau, sauta en selle et partit au trot dans Audley Street.

Il entra dans les bureaux de Sweeney et Fils un quart d'heure plus tard. Sam Sweeney, son avoué et agent, arborait un grand sourire.

— Qu'est-ce que cette mine ? demanda George en tendant son chapeau à une femme d'un certain âge qui portait une coiffe de dentelle.

— Une mine de joie, de bonheur, répondit Sweeney en lui prenant la main et en la lui serrant avec enthousiasme. Entrez, monsieur Easton. J'ai de merveilleuses nouvelles.

— Le bateau a-t-il été trouvé ? Est-il au port ?

— Pas exactement.

L'avoué le précéda dans son bureau. Une fois à l'intérieur, il prit soin d'épousseter un fauteuil en cuir de son mouchoir, puis le désigna à George d'un geste large.

— Le *St Lucia Rosa* est au port, annonça-t-il, lorsque George fut assis. J'ai parlé personnellement au capitaine. Il dit que Godsey et son équipage ont bien atteint l'Inde et qu'ils devaient repartir une semaine plus tard pour l'Angleterre. Ce qui signifie que le bateau devrait être au port dans la semaine.

Le soulagement submergea George comme une rivière en crue. Il avait investi une part importante de sa fortune dans ce bateau et ne pouvait supporter l'idée d'avoir tout perdu, de devoir recommencer à zéro.

— Et nous devons garder à l'esprit que le capitaine Godsey est un marin à la grande expérience, lui rappela Sweeney.

C'était lui qui l'avait trouvé. George se fiait à son jugement ; ils travaillaient ensemble depuis des années, maintenant. Ils avaient commencé en investissant l'argent que le duc de Gloucester avait laissé à George à sa mort, quelques années plus tôt. C'était la seule reconnaissance qu'il avait jamais reçue de son père. Ce n'était pas une somme importante, en vérité, juste assez pour apaiser la conscience d'un homme qui se sentait coupable, alors qu'il allait rencontrer son Créateur. Tout le reste était allé à son fils aîné, William, le demi-frère de George, un homme qu'il n'avait rencontré qu'une fois et qui avait promptement décrété qu'il ne permettrait jamais à George Easton de mettre le pied dans tout établissement de Londres dont il faisait partie.

George avait appris à faire abstraction de la pénible déception d'être jugé d'après les circonstances de sa naissance, d'être traité de menteur, de fripouille qui prétendait à la fortune des Gloucester. A la place, il s'était concentré sur l'objectif de se faire un nom par lui-même. Il avait investi beaucoup d'argent dans sa dernière entreprise : importer du coton d'Inde.

C'était un grand risque, mais il avait bâti sa fortune en prenant des risques, puis en les gérant avec soin. Tandis que sa richesse croissait, sa confiance en lui grandissait également. Il plaisait aux femmes, mais ne s'était jamais autorisé à avoir des sentiments pour elles. Il jouait à un jeu d'homme, tirant des satisfactions d'où il le pouvait, et tenant ses conquêtes à distance.

Il était conscient de sa place dans le monde. Et il espérait que cette place s'étendrait bientôt au marché du coton.

La guerre avec la France avait permis à des hommes comme lui de découvrir un potentiel commercial inexploité. Deux ans auparavant, il avait conclu un accord avec un Indien pour l'importation de coton dans les îles Britanniques. L'entreprise s'était avérée périlleuse, hérissée de nombreuses embûches propices au désastre. Mais c'était ainsi que George choisissait de mener sa vie : il prenait des risques. D'énormes risques. Et le risque lui réussissait ; il le gardait sur la brèche, lui donnait l'impression d'être en permanence sur le fil du rasoir.

Sa première importation l'avait rendu euphorique. La marchandise était arrivée à bon port et il avait réalisé un profit époustouflant. Il avait tiré parti de cette première percée dans le commerce en achetant un bateau et un équipage, afin d'importer plus de coton en Angleterre.

C'était de loin la chose la plus risquée qu'il avait faite. L'équipage pouvait partir avec la cargaison et la vendre lui-même. Le bateau pouvait couler en route. Il pouvait être attaqué par des pirates. Toutes sortes de choses pouvaient arriver, bien plus que George ne pouvait en imaginer, étant donné qu'il n'avait jamais navigué de sa vie. Mais s'il avait misé juste, le rapport qu'il en tirerait ferait de lui un homme immensément riche. Sinon, eh bien… il trouverait autre chose.

Il prendrait un nouveau départ.

Sweeney et lui parlèrent encore des délais nécessaires pour vendre le coton lorsqu'il arriverait, puis George quitta ses bureaux d'un pas beaucoup plus léger que lorsqu'il y était entré.

Les jumelles, miss Eliza Rivers et miss Ellen Rivers, l'attendaient, comme convenu, aux écuries Cochran. Elles étaient accompagnées d'une femme à la mine aigre qui devait être leur nourrice, vu qu'elles étaient d'un âge très tendre, ce que George trouva presque risible pour un homme qui venait d'avoir trente et un ans. Mais elles étaient tout excitées et avaient les yeux qui brillaient par ce frais après-midi de printemps, les joues rouges comme des pommes.

— Ma parole, dit-il, je ne peux décider laquelle de vous est la plus jolie !

Elles gloussèrent et il aima leur rire, qui avait quelque chose de printanier. Il fut content de partir avec elles dans Rotten Row, leurs chevaux plus petits trottant à côté de son cheval arabe qui avançait nonchalamment.

Il découvrit très vite qu'elles aimaient terminer mutuellement leurs phrases, ce qui rendait leur conversation difficile à suivre. Il était en train de calculer combien de pas seraient nécessaires pour les ramener à l'écurie — il se plaisait à se distraire par des exercices mathématiques, de temps en temps —, lorsqu'il fut surpris par un nuage bleu qui fondait sur lui à une vitesse folle.

Il se pencha en avant sur sa selle, scrutant cette vision, et s'aperçut qu'il s'agissait d'une femme lancée au galop. Elle chevauchait si vite qu'il pensa que son cheval s'était peut-être emballé. Il était prêt à rattraper l'animal et à sauver la cavalière, quand celle-ci s'arrêta juste devant eux avec un grand sourire.

— Bonjour, miss Rivers… Miss Rivers…, dit-elle, essoufflée et enjouée à la fois, tout en portant sa main gantée à son chapeau.

Les compagnes de George furent si médusées de son arrivée qu'elles ne purent que la regarder bouche bée, mais George la reconnut tout de suite : Honor Cabot.

Elle eut un sourire éclatant.

— Monsieur Easton ! dit-elle comme si elle venait seulement de le remarquer. C'est un plaisir de vous revoir !

— Miss Cabot, répondit-il en inclinant la tête. Vous nous avez causé une belle frayeur.

— Vraiment ?

Elle rit gaiement.

— Je vous demande pardon, ce n'était pas mon intention. Je voulais seulement dégourdir les jambes de ma vieille jument, dit-elle en se penchant sur l'encolure de sa monture, la tapotant avec enthousiasme. Miss Rivers, comment vont vos parents ?

— Très bien, merci, répondit l'une des sœurs.

— J'en suis très heureuse. Je ne voulais pas interrompre votre promenade, et je vais vous laisser continuer. Je vous demande pardon pour la frayeur.

— Ce n'est rien, dit l'autre jumelle.

— Bonne journée !

Son sourire se fit un peu charmeur lorsqu'elle jeta un coup d'œil à George.

— Monsieur Easton, dit-elle, et elle laissa son regard glisser sur lui avant de faire volter son cheval et de s'éloigner.

Curieusement, George sentit ce regard descendre tout le long de son corps.

Soudain, miss Cabot tira sur la bride et lança une œillade par-dessus son épaule.

— Pardonnez-moi, mais je viens d'avoir une idée ! Monsieur Easton, je crois savoir que vous dînerez chez Gunter's à 5 heures cet après-midi, avec, entre autres, mon beau-frère, lord Sommerfield.

Dîner avec Sommerfield ? Sûrement pas ! Il n'avait que faire des hommes mollassons qui préféraient les livres au sport. Il la regarda avec curiosité, se demandant comment elle avait pu commettre cette erreur.

— Je me demandais si vous auriez l'amabilité de lui transmettre un message ? Je ne le verrai pas aujourd'hui du fait d'autres engagements.

— Je ne…

— Si cela ne vous ennuie pas, le coupa-t-elle vivement, pourriez-vous lui dire que je viendrai le chercher avec la voiture du comte à 17 h 30 ? Je ne voudrais pas interférer dans votre réunion.

George ouvrit de nouveau la bouche pour expliquer qu'elle le confondait avec quelqu'un qui prenait le thé dans des salons de thé à la mode, mais elle s'empressa d'ajouter :

— Vous n'oublierez pas, n'est-ce pas ? 17 h 30 devant chez Gunter's. Je serai dans le coupé du comte.

George eut alors l'étrange et absurde impression qu'elle essayait de leur arranger un rendez-vous.

Non. Impossible. Ce n'était pas une chose qu'une jeune miss convenable ferait. Pourtant, elle venait de le faire. Que pouvait-elle vouloir ? C'était déconcertant. Et fichtrement piquant !

— Je serai enchanté de lui transmettre le message, dit-il. 17 h 30. Je n'oublierai pas.

Elle sourit.

— Merci.

Elle se tourna et éperonna sa jument, partant au galop pour rattraper d'autres cavaliers.

Miss Eliza Rivers le fixait, manifestement surprise.

— Connaissez-vous miss Cabot ? demanda-t-elle.

— J'ai été présenté, répondit-il sans s'étendre. Continuons-nous ?

Il talonna son cheval et fit une remarque sur le beau temps.

Il n'avait pas été *présenté*, si l'on s'en tenait au sens strict du terme, mais avait fait sa connaissance à Southwark, où il était tombé sous son charme et où elle avait joué de lui comme d'une harpe.

Et s'il y avait une chose qu'il détestait, c'était perdre !

S'il y avait une chose qu'il détestait davantage, c'était perdre face à une belle femme.

S'il y avait une chose qu'il détestait encore plus, c'était perdre face à une belle femme devant un public, juste parce qu'il avait préféré admirer son délectable décolleté au lieu de regarder ses cartes !

Il était bien incapable d'imaginer ce que miss Cabot mijotait, mais il avait la ferme intention d'être au rendez-vous dans l'après-midi. C'était un geste audacieux de sa part de conspirer pour le rencontrer, seule, loin des regards indiscrets.

Ce n'était pas une invitation qu'un homme de n'importe quel acabit déclinerait, et lui moins que tout autre.

Chapitre 4

Honor s'habilla avec soin pour son rendez-vous avec George Easton. Il ne s'agissait pas de lui donner une fausse impression, étant donné qu'elle s'aventurait déjà en terrain glissant. Elle se rappelait parfaitement le regard pénétrant qu'il avait promené sur elle, à Southwark. Il lui fallait donc quelque chose de modeste. De sage.

Elle choisit une robe de mousseline blanche à col haut, gansée de vert, et enfila par-dessus un spencer vert foncé. Elle mit un chapeau assorti et des gants vert sombre.

Elle s'étudia d'un œil critique dans le miroir au-dessus de sa coiffeuse. Cela irait — nul ne suspecterait qu'elle était allée chez Gunter's pour autre chose qu'une tasse de thé ou une glace. Certainement pas pour y rencontrer un gentleman seule, sans chaperon !

— Certainement pas, marmonna-t-elle en souriant à son reflet.

Mais son sourire lui parut forcé. Comme si ses lèvres savaient à quel point elle se conduisait mal.

Elle mit quelques pièces dans le réticule orné de perles que Prudence lui avait confectionné, puis descendit, prenant soin d'éviter tous les endroits où Grace pourrait être. Elle demanda à Hardy, le majordome, de faire amener le coupé.

Alors qu'elle attendait, debout dans le vestibule, Augustin entra dans la maison.

— Honor ! s'exclama-t-il, surpris de la trouver là. Vous sortez ?

— Prendre le thé, répondit-elle d'un ton léger, espérant ne pas paraître aussi nerveuse qu'elle l'était en réalité. Vous verrai-je au dîner ?

— Au dîner ? Non, je crains que non.

Il tendit son chapeau à Hardy et ajouta fièrement :

— Je dîne avec miss Hargrove et ses parents, ce soir.

Il jeta un coup d'œil au majordome et murmura :

— Vous dirai-je un secret ?

— Oh oui ! J'adore les secrets !

Il tira sur son gilet qui remontait sur son ventre. Ses yeux bruns brillaient, son sourire était irrépressible.

— Je ne l'ai encore dit à personne, mais papa est d'accord avec moi sur le fait que miss Hargrove et moi devrions nous marier ce printemps.

— Ce printemps ? répéta Honor avec un pincement au cœur.

— Oui, n'est-ce pas merveilleux ? Quand j'ai expliqué à papa que miss Hargrove était impatiente de se marier — et moi aussi, bien sûr —, il a réfléchi qu'il pourrait rester malade pendant *des mois*, et qu'il ne rimait à rien de repousser indéfiniment le mariage. Je pense qu'il aimerait me voir marié avant… l'inévitable.

Honor tenta de cacher le choc que lui causait cette nouvelle sous un sourire éclatant.

— J'aimerais beaucoup annoncer une date lors de notre réunion annuelle à Longmeadow, ajouta Augustin d'un air heureux.

Les Beckington recevaient pour une partie de campagne

dans la propriété du comte, chaque année, avant l'ouverture du Parlement. L'imposante maison géorgienne possédait près de trente chambres d'hôtes et cent invités au moins venaient chaque printemps.

— Quel meilleur moment et quel meilleur endroit ? poursuivit-il, tout content.

— Oui, en effet, répondit Honor, son esprit se mettant à surchauffer.

La réception à Longmeadow débuterait dans trois semaines à peine !

— Monica est un peu anxieuse. Je lui ai conseillé de ne pas s'agiter ainsi, en lui assurant que mes sœurs ont été toujours été *très* accueillantes.

— *Particulièrement* avec les bons amis, je me plais à le penser, renchérit Honor.

Comme il lui plaisait d'exclure Monica par cette précision, mais il était inutile d'embrouiller les choses pour le moment !

Augustin jeta un coup d'œil en direction d'Hardy, puis se pencha plus près d'elle et chuchota :

— A mon avis, elle a l'impression que toutes les quatre, vous pourriez la voir comme une intruse dans notre cercle familial. Je lui ai assuré que rien ne pourrait être plus éloigné de la vérité. Elle s'est sentie plus à l'aise quand je le lui ai dit, et m'a rappelé que de toute façon, vous aurez toutes des époux, très bientôt.

Il lui sourit avec indulgence.

— Je ne voudrais pas parler pour elle, mais je crois qu'elle prendrait grand plaisir à œuvrer pour ces heureux événements, si elle le peut.

— Je n'en doute pas, répondit sincèrement Honor.

— Vous devriez y songer, ma chère. On ne peut pas

vivre indéfiniment sous l'aile de son père, ainsi que je le découvre moi-même.

— Non, bien sûr que non.

Monica commençait donc déjà à semer ses graines ? Raison de plus pour intervenir sans tarder.

— Quelle heureuse occasion en perspective ! Assurez bien Monica qu'elle ne sera *jamais* vue comme une intruse, dit-elle en tapotant la poitrine de son beau-frère à chaque mot, pour mieux insister.

La porte s'ouvrit ; un valet entra.

— Ah, voici votre voiture…, dit Augustin avec bonne humeur. Je transmettrai vos félicitations à miss Hargrove, n'est-ce pas ?

— *Absolument*, lui assura Honor, qui s'imaginait plutôt les mains autour du cou de Monica.

— Bonne journée, ma sœur !

— Bonne journée, Augustin.

Elle le suivit des yeux tandis qu'il s'éloignait en se dandinant et en sifflotant. Elle se tourna vers la porte qu'Hardy lui tenait ouverte.

— Le ciel nous aide tous, Hardy, murmura-t-elle lorsqu'elle passa devant lui.

— En effet, miss.

Elle aperçut George Easton dès que le coupé tourna dans Berkeley Square. Comment aurait-elle pu le manquer ? Sa silhouette était imposante. Il s'appuyait à une rambarde, une jambe passée sur l'autre, les bras croisés souplement, et observait les gens qui traversaient le square. Cette nuit-là, à Southwark, elle avait été émoustillée par son beau visage et l'aura de virilité qui émanait de lui. Elle comprenait maintenant pourquoi il passait pour être le plus grand débauché de Londres, avec de nombreuses liaisons à son actif.

Elle ouvrit l'orifice qui permettait de communiquer avec le cocher.

— Jonas, veuillez vous arrêter devant chez Gunter's et ouvrir la portière au gentleman en redingote noire et gilet doré, s'il vous plaît.

La voiture commença à ralentir. Honor rajusta nerveusement son chapeau. Elle n'eut qu'à penser à Monica et à un mariage imminent pour que sa résolution se renforce.

Un instant plus tard, elle entendit la voix grave de Jonas, puis la portière s'ouvrit brusquement et George Easton, toujours appuyé à la balustrade, se pencha et regarda à l'intérieur.

Honor lui fit un sourire engageant.

— Bonjour !

Il s'écarta de la rambarde et se redressa de toute sa hauteur. Il était vraiment *très* grand. Avec ses jambes musclées et ses larges épaules, il paraissait presque trop colossal pour tenir dans l'habitacle. Il s'avança d'un pas nonchalant, une expression indéchiffrable sur le visage. Tout comme lors de cette soirée à Southwark, il avait une façon de la regarder qui donnait à Honor l'impression qu'il voyait à travers elle, lisant aussi bien dans ses cartes que dans ses pensées. Elle s'était sentie troublée, ce soir-là, comme si un millier de papillons voletaient dans sa poitrine.

Elle ressentit soudain le même trouble.

Il s'arrêta devant la portière ouverte, haussa un sourcil et dit :

— Votre beau-frère doit dîner ailleurs.

Elle ravala sa nervosité.

— Ne voulez-vous pas monter, monsieur Easton ?

Il pencha la tête de côté, la jaugeant, puis la parcourut du regard avec nonchalance, de son chapeau jusqu'à l'ourlet de sa robe. L'ombre ténue d'un sourire releva le coin de sa bouche. Il saisit la poignée et monta aisément. La voiture se balança lorsqu'il s'installa de tout son poids en face d'Honor et que la portière claqua derrière lui.

Elle avait deviné juste — il était trop grand. Ses genoux encadraient les siens et son corps emplissait quasiment la banquette. Il se tenait assis de façon décontractée, un bras passé sur le dossier. Il lui évoquait un loup en train d'observer calmement un lièvre sautillant sur le chemin.

Il la salua.

— Miss Cabot…

— Monsieur Easton, comment allez-vous ?

Elle frappa au plafond et lança :

— Une promenade autour du parc, je vous prie, Jonas.

Puis elle referma l'orifice et sourit à son invité.

— Merci d'être venu.

— Comment résister à une invitation aussi inhabituelle ?

Sa voix était lisse et grave, et elle fit naître en Honor un frisson qui s'attarda dans sa poitrine, avant d'aller se loger dans son ventre.

La voiture prit un virage inattendu ; le genou de George Easton heurta sa jambe. Il ne dit rien, mais sourit comme si cela l'amusait.

— Eh bien, miss Cabot ? Que me vaut cette promenade sans précédent autour du parc, dans une voiture Beckington ? Désirez-vous me séduire ? Si oui, j'y suis favorable.

Son regard glissa jusqu'à sa poitrine bien couverte.

— Je trouve que la séduction est l'un des plus grands plaisirs de la vie.

Honor avait une envie folle de baisser les yeux pour s'assurer que son spencer était bien boutonné.

Easton la dévisagea.

— Eh bien ? Je suis empli de curiosité.

Les paumes d'Honor étaient devenues moites et son cœur tressaillait, l'empêchant de prononcer la moindre parole. Mais elle devait parler, car le moment de sa plus grande folie était arrivé.

— J'ai besoin d'une faveur, monsieur Easton.

Il haussa un sourcil interrogateur.

— C'est-à-dire, si vous voulez bien avoir cette amabilité...

Elle sourit.

Le regard de son hôte la parcourut de nouveau, s'attardant un peu plus longtemps sur sa poitrine.

— Nous connaissons-nous si bien que vous puissiez me demander une faveur ?

Il toucha son pied de sa botte.

— Je...

Il souriait, maintenant, comme s'il avait la haute main, et qu'il n'y avait pas d'autre réponse possible que *non*.

Ce sur quoi il avait raison : elle ne pouvait répondre que *non*. Mais ce fut son expression satisfaite qui donna à Honor le cran dont elle avait besoin.

— Le fait que je possède une centaine de vos livres pourrait le laisser penser, monsieur.

Il faillit s'étrangler sur son sourire. Ses yeux, remarqua Honor, étaient d'une nuance étonnante, d'un bleu pâle de soie de Chine. Elle imagina fugacement ce que ce serait d'être allongée sous cet homme et de le regarder dans les yeux.

— Touché, miss Cabot. On ne m'a jamais demandé une faveur de cette manière, mais vous êtes si gracieuse que je ne peux refuser. Relevez donc vos jupes, et permettez-moi de contempler la tendre vallée à laquelle je prodiguerai du plaisir…

— *Quoi ?* s'exclama-t-elle, tandis qu'une bouffée de honte brûlante la traversait. Non, *non*, vous vous méprenez !

— Vraiment ? demanda-t-il avec un sourire charmeur.

— Il s'agit d'un autre genre de faveur. Pas… pas de *cela*, dit-elle d'une voix altérée.

Il rit.

— Je ne fréquente pas les mêmes salons que les débutantes, déclara-t-il en guise d'explication.

Que voulait-il dire ? Elle battit des cils, perplexe. Le picotement sensuel qu'elle éprouvait fut momentanément oublié au profit de son indignation.

— Pour l'amour du ciel, je ne vous demande pas non plus de *danser* avec moi ! Mon carnet de bal se remplit dès que j'entre dans une salle.

— Se remplit complètement ? demanda-t-il avec une pointe d'ironie dans la voix.

— Je veux dire que je ne m'arrange pas pour rencontrer des gentlemen en privé afin de leur demander de me servir de cavalier. Ou quoi que ce soit d'autre, ajouta-t-elle vivement.

— Je ne pensais pas que vous m'aviez invité pour me demander de vous tenir compagnie, miss Cabot. Je pensais que vous m'aviez donné rendez-vous pour des raisons plus évidentes et plus…

Il s'arrêta, se passa la langue sur les lèvres en la contemplant et acheva :

— … *divertissantes.* Mais à présent, je suis certain que

vous m'avez fait venir pour me mêler à quelque manigance de débutante pleine de duplicité. Ce qui n'a rien d'attirant.

Le cœur d'Honor battait follement, et son esprit passait en revue toutes les raisons « divertissantes » qu'il avait évoquées.

— Comme c'est étrange, dit-elle, en s'efforçant désespérément d'ignorer ses propres pensées. A vous entendre, on croirait que les débutantes passent leur temps à manigancer.

Ce que, elle en avait bien conscience, elle était exactement en train de faire.

— A cela ou à dormir. Allons, ne soyez pas timide, dit-il en lui faisant signe de poursuivre. Je suppose que je ne suis pas opposé à accorder des faveurs, en général… Surtout s'il y a quelque espoir que je puisse tirer personnellement un bénéfice de ladite faveur.

Son regard tomba de nouveau sur sa poitrine.

— Ouvrez votre spencer.

— *Non !* se récria Honor, à la fois horrifiée et émoustillée.

— Alors je suppose que nous en avons terminé, déclara-t-il, en esquissant le geste de frapper au plafond.

Honor déboutonna aussitôt son spencer. Easton haussa un sourcil ; elle fronça légèrement les siens et écarta les pans du vêtement.

Il s'adossa alors au siège, et l'étudia de façon détachée. Elle était habituée à la manière dont les hommes la regardaient. Mais elle ne l'avait jamais ressenti aussi intensément. Son sang se mit à pulser dans ses veines. Elle n'aurait su dire si elle était outrée ou complètement excitée.

— Hmm, fit-il d'un ton pensif, contemplant sa robe à col haut. Ce n'est pas vraiment un progrès.

Honor referma vivement son spencer.

— Comme je vous l'ai dit, monsieur Easton, je ne suis pas venue ici pour badiner.

— Apparemment pas, en effet. Ou alors vous manquez terriblement d'imagination dans vos tentatives de séduction !

Son sourire lent et délibéré eut pour effet de déclencher le long de l'échine d'Honor un délicieux friselis qui s'installa ensuite au creux de son ventre.

— Néanmoins, je pense que ce serait agréable pour nous deux.

Elle était incapable de penser. Son imagination l'emportait au galop.

— Continuez donc, miss Cabot. Je suis sur des charbons ardents. Si je n'ai pas la permission de vous montrer le plaisir que votre jeune cœur a pu se représenter, alors je vous en prie, dites ce que vous attendez de moi.

Du cran, allez…

Elle ignora son souffle court, la chaleur qui courait dans ses veines, le désir d'ôter complètement son spencer et se lança :

— Je ne vous mentirai pas, monsieur Easton. Cette faveur implique un peu de… persuasion.

— Encore plus intéressant !

Il posa le regard sur ses lèvres.

— Je savais que vous étiez hardie, miss Cabot. Une jeune dame de votre position n'apparaît pas dans un tripot de Southwark sans qu'une rivière d'audace coule dans ses veines.

Il sourit comme si cette idée lui faisait plaisir.

— Quelle sorte de persuasion avez-vous à l'esprit ?

Il tendit la main, saisit le ruban de son chapeau entre deux doigts et en caressa le velours.

Elle le lui retira.

— J'ai besoin que vous séduisiez quelqu'un.

Il reprit son ruban et sourit d'une façon si charmante qu'Honor se sentit fondre — en partie.

— C'est ce que j'essaie de faire, miss Cabot.

Elle libéra de nouveau le ruban.

— Pas *moi* !

Il éclata de rire, et son rire se réverbéra dans la poitrine d'Honor.

— Dommage ! Mais je suppose que vous êtes trop tendre, finalement. Est-ce quelqu'un que je connais, ou quelqu'un que je choisirai ?

— Quelqu'un que *je* connais.

Elle se prépara à s'expliquer, mais George Easton lui saisit abruptement le poignet et resserra les doigts autour, son pouce pressé contre son pouls. Pouvait-il sentir comme son cœur s'emballait ? Puis ce même cœur manqua un battement et elle connut un bref instant de terreur en voyant sa main sur elle : elle semblait énorme par rapport à son bras. Elle n'avait aucune idée s'il allait lui faire du mal, la forcer…

— De quoi diable parlez-vous ? demanda-t-il d'un ton soyeux, passant son pouce sur l'intérieur de son poignet.

Dieu lui vienne en aide, elle ne pouvait fléchir maintenant — elle s'était déjà dangereusement éloignée des convenances et de la décence !

— Comme je le disais, j'ai grand besoin que vous séduisiez quelqu'un.

Il souleva son bras, toucha de ses lèvres sa peau sensible à travers l'ouverture de son gant, puis leva la tête avec un sourire entendu.

— Il semblerait que ma séduction marche mieux que je ne le pensais, dans cette voiture.

Il l'attira à lui. Ses yeux étincelaient.

— Si ce n'est vous, petit oiseau, alors *qui* ?

— Miss… miss Monica Hargrove.

Il battit des cils, lâcha soudain son poignet et s'adossa à la banquette.

— Miss Hargrove, répéta-t-il d'un ton incrédule.

Honor hocha la tête, heureuse de l'occasion de reprendre son souffle. Elle pressa une main sur sa poitrine, inspira.

— Sommerfield n'est-il pas fiancé à miss Hargrove ?

Elle opina.

— Votre beau-frère !

Comme elle n'ajoutait rien, Easton la surprit en se remettant à rire.

— De toutes les idées *répréhensibles*…

— *Répréhensibles !* protesta-t-elle. Bonté divine, monsieur Easton, je ne vous demande pas de la *déshonorer* ! Je vous demande simplement de détourner son attention, précisa-t-elle, en agitant vaguement les doigts dans une direction indéfinie.

— Dans quel but devrais-je détourner son attention ? demanda-t-il en imitant son geste.

— Le but est évident, il me semble.

— Le seul but que je peux voir, c'est de pousser votre beau-frère à rompre ses fiançailles, et je ne peux imaginer quel motif vous auriez de…

— J'ai mes raisons, coupa-t-elle d'un ton sec.

— Vraiment ? fit-il en croisant les bras. Et quelles sont-elles ?

— Vous n'avez pas besoin de le savoir…

— Je n'ai pas besoin de le savoir ? Sapristi ! Vous me demandez de tourner la tête de la fiancée de votre frère et vous me dites que je n'ai pas besoin de savoir *pourquoi* ?

— Je ne m'attendais pas à ce que vous *discutiez* avec moi, riposta-t-elle, pétulante, et elle joua avec la frange du rideau, réfléchissant rapidement. Je ne peux divulguer ce que je sais au sujet de miss Hargrove, reprit-elle, mais je peux vous assurer que j'ai de très bonnes raisons de souhaiter qu'elle n'épouse pas Augustin.

Elle lui jeta un coup d'œil ; il la regardait maintenant avec dédain. Ses yeux étincelaient toujours, mais d'une manière différente.

Elle déglutit.

— Aucun bien ne peut sortir de leur union. Vous devez me faire confiance, insista-t-elle. Et je pensais… je pensais que vous accepteriez peut-être de m'aider.

— Bien sûr, dit-il d'un ton railleur. A cause de ce que je suis.

— Oui ! Parce que vous êtes un homme qui prend des risques et aussi…

Elle ne put s'empêcher de le passer en revue, ses larges épaules, ses jambes musclées, sa belle bouche.

— Et aussi *quoi* ? Un *bâtard* ? Un homme dont la simple association avec une débutante lui fait de l'ombre ?

— *Non !* se récria-t-elle, se sentant rougir. Je voulais dire que vous êtes bel homme, monsieur Easton. Et… et riche. Du moins, c'est ce que l'on dit. Naturellement, je n'en sais rien moi-même.

— Naturellement, répéta-t-il avec une pointe de dérision.

Juste ciel, lorsqu'elle disait ces choses à voix haute, elles lui paraissaient si absurdes ! Elle jeta de nouveau un coup d'œil vers la fenêtre, essayant de revenir à son plan, qu'elle avait du mal à se rappeler sous le regard sensuel de George Easton. Ce plan lui avait paru quasiment parfait quand elle l'avait conçu, mais Grace avait raison : c'était ridicule.

Il attira de nouveau son attention en donnant un léger coup contre son genou. Elle le fixa.

— Et si Sommerfield brise ses fiançailles ? demanda-t-il. Avec le peu de conscience qui vous reste peut-être après avoir demandé une telle faveur, vous croyez que vous lui épargnerez un embarras conséquent et lui éviterez de souffrir ?

Il ne l'avait pas complètement rejetée ?

— Eh bien, dit-elle en remuant sur son siège, mal à l'aise. Je ne le dirais pas *exactement* ainsi, mais…

— Mais ?

Il se pencha en avant, si bien que son visage n'était plus qu'à quelques pouces du sien.

Il lui saisit le genou et le pressa, ce qui fit qu'elle perdit le fil de ce qu'elle disait.

— Avec Beckington sur son lit de mort, vous craignez qu'une nouvelle comtesse ne soit pas encline à entretenir quatre belles-sœurs comme elles aimeraient être entretenues, n'est-ce pas ?

Honor réprima une exclamation. Comment l'avait-il deviné ?

— Et vous voulez empêcher Sommerfield d'épouser miss Hargrove, afin de pouvoir continuer à vivre comme il vous plaît. *Cela*, miss Cabot, est plus qu'un peu *répréhensible* !

Il lui pressa le genou une nouvelle fois, comme pour ponctuer ses dires, puis s'adossa au siège, les deux bras étendus sur le haut des coussins, avec l'air de se croire infiniment supérieur à elle. Puis il haussa un sourcil, la mettant silencieusement au défi de le contredire.

Elle ne pouvait guère le faire, mais ne se laisserait pas réprimander, non plus. Pour qui diable se prenait-il ? Elle se pencha à son tour et posa la main sur *son* genou, mais ses doigts en couvrirent à peine la largeur. Et lorsqu'elle essaya de le presser, elle le trouva aussi dur que de la pierre.

— Et si c'était mon intention ? Quelle différence cela ferait-il pour vous ?

Il rit d'un air ravi.

— Par Dieu, vous *êtes* hardie ! Vous admettez donc que c'est vrai ?

— Je comprends comment ces choses marchent, monsieur Easton. Je ne suis pas née de la dernière pluie.

— Non, certainement pas !

— Avant que vous ne songiez à me tancer, je vous rappellerai que vous êtes coupable vous aussi de rechercher *votre* bonheur particulier, sans égard pour les conséquences que cela peut entraîner.

Elle serra son genou aussi fort qu'elle le put, mais cela ne sembla lui faire aucun effet.

— Pardon ? fit-il, riant de bon cœur, à présent. Que voulez-vous dire ?

Elle s'adossa à la banquette et croisa les bras.

— Je vous en prie, répondit-elle en levant les yeux au ciel. *Tout le monde*, en ville, est au courant de votre liaison avec lady Dearing ! Et cela s'ajoute aux rumeurs selon lesquelles vous auriez également une liaison avec lady Uxbridge et Mme Glover, que vous avez séduite alors que vous courtisiez sa fille…

— D'accord, d'accord, dit-il d'un ton enjoué, levant la main pour l'arrêter. Vous avez prouvé ce que vous vouliez.

— C'est aussi mon avis, répondit-elle d'un ton guindé, en lissant sa robe sur ses genoux.

Une autre pensée lui traversa l'esprit : était-ce ainsi qu'il avait séduit miss Glover ?

— Quant à miss Hargrove, la vérité est que je suis un peu coincée.

— Vraiment ? demanda-t-il d'un air sceptique, avant d'agiter la main avec grandeur pour l'inciter à continuer.

— C'est un fait, dans notre société, que les femmes qui ne bénéficient pas de la protection d'un frère, d'un père ou d'un oncle sont assez impuissantes. Ce n'est pas comme si nous pouvions gagner notre vie, n'est-ce pas ? La seule façon de nous en sortir est de bien nous marier.

— Comme miss Hargrove a clairement l'intention de le faire, fit-il remarquer. Comme *vous* devriez le faire, si vous voulez mon opinion.

— Merci, mais je me passe de votre opinion.

Il eut un grand sourire, et ce frémissement troublant parcourut une fois encore Honor.

— Miss Hargrove aurait de nombreuses offres si elle voulait, dit-elle.

Ce qui était vrai. L'admettre avait beau l'affliger, Monica était une belle femme, admirée tant par les hommes que par les femmes.

— Elle pourrait choisir quelqu'un d'autre qu'Augustin. Mais comme c'est lui qu'elle a choisi, les enjeux sont très élevés pour moi.

— Vous devez avoir quantité d'offres, vous aussi. Ne serait-ce pas une meilleure solution ?

— Oui, bien sûr, le seul espoir d'une femme : faire un bon mariage ! Merci de votre confiance, mais nous ne parlons pas de moi.

— Vous auriez peut-être dû solliciter la faveur d'une demande en mariage, miss Cabot. Je trouve l'idée du bonheur conjugal *beaucoup* plus séduisante que ce que vous me proposez.

— Je vous demande pardon, rétorqua Honor indignée. Je ne demanderais *jamais* à un gentleman d'offrir de m'épouser !

— Je vois. Vous ne demanderez pas à un homme de vous épouser, mais vous lui demandez de séduire la femme qui doit devenir votre belle-sœur.

— Il s'agit de deux choses très différentes, monsieur Easton ! Ma sœur Grace et moi ferons notre chemin dans la société avec ou sans le soutien d'Augustin, mais mes plus jeunes sœurs n'ont pas encore fait leur entrée dans le monde et elles ne peuvent espérer réussir aussi bien sans présentation convenable. En outre, ma mère…

Elle s'interrompit et inspira profondément.

— Votre mère ?

Et voilà. Elle en avait trop dit ! Elle lissa de nouveau sa jupe, nerveusement.

— Ma mère ne va pas bien, poursuivit-elle en levant les yeux. Mais personne ne le sait.

Il la regarda d'un air acéré pendant un instant, puis dit doucement :

— Je suis navré de l'apprendre.

Sa gentillesse la surprit. Et, assez curieusement, son tressaillement intérieur se propagea à la surface de sa peau.

— Je doute fort que ma mère trouve une autre position qui fournira à mes jeunes sœurs le genre d'occasions dont Grace et moi avons profité. Je crains qu'elles ne soient bel et bien écartées de la bonne société.

— Pourquoi ne pas faire part de vos craintes à Sommerfield ? Il me semble être quelqu'un de correct. Il verserait sûrement une pension…

— Il est trop facilement influencé par l'opinion de

miss Hargrove. Et miss Hargrove est… C'est-à-dire, elle voudra…

Honor poussa un soupir de frustration ; son raisonnement était difficile à expliquer.

— Eh bien, je ne vous mentirai pas, dit-elle avec lassitude. Miss Hargrove ne m'aime pas du tout.

— Vous en êtes certaine ?

— Oh ! Tout à fait, répondit-elle avec un geste de la main. Elle ne me trouve pas plaisante.

— Vraiment ?

Il sourit de nouveau.

— C'est très étrange, étant donné que *moi*, je vous trouve très plaisante.

Cette remarque fit courir un nouveau petit frisson sur l'échine d'Honor. Elle ne voulait pas sourire, mais sentit le coin de ses lèvres se relever malgré elle.

— Même telle que je me présente à vous ?

— Même ainsi.

Il lui sourit avec chaleur.

Son sourire n'avait rien de séducteur, et pourtant… pourtant Honor en perdit une nouvelle fois le souffle.

— Alors dites-moi, miss Cabot… Si je devais agréer à votre requête bizarre, répréhensible et peu judicieuse pour sauver vos pauvres sœurs et votre mère souffrante…

Elle étouffa une exclamation surprise et ravie.

— Vous *allez* le faire ?

— J'ai dit *si*, la reprit-il. Mais *si* je devais accepter, qu'aurais-je en retour ?

— Que voulez-vous dire ?

— Allons, ma chère… Je vous ai vue avec des cartes en main. Vous êtes bien trop futée pour croire que je ne vous demanderai rien en échange de cette faveur.

Apparemment, elle n'était pas aussi futée qu'il le pensait, car cette idée ne lui avait pas traversé l'esprit.

Il se pencha brusquement en avant et laissa descendre son regard sur elle d'une façon délibérée, puis revint fixer son visage. Ses doigts se posèrent sur sa mâchoire, puis en suivirent lentement la ligne, ce qui fit s'emballer le cœur d'Honor.

— Qu'êtes-vous prête à m'offrir en échange ? demanda-t-il d'une voix basse et soyeuse.

Elle s'écarta de lui.

— Comment osez-vous…

Il la prit par le bras et la ramena à lui.

— Comment *j'ose* ? répéta-t-il, tout en fixant sa bouche.

Il avait l'air gourmand d'un chat jouant avec une souris, et décidant de la durée du jeu avant de porter le coup fatal.

— Comment j'ose demander une récompense pour une mauvaise action ?

Il s'empara abruptement d'un de ses seins, comme si c'était la chose la plus naturelle au monde. Honor retint son souffle ; il sourit et se mit à le palper.

— Comment j'ose demander une faveur en échange ? reprit-il d'un ton suave, tandis que des petits foyers de désir s'allumaient le long de l'échine d'Honor.

— Vous demandez *trop*, dit-elle en se reculant. Comment pouvez-vous vous prétendre un gentleman ?

— Je ne me suis rien prétendu du tout, très chère…

Il passa le revers de ses doigts sur son sein, lui envoyant par cette caresse une autre langue de feu dans le dos, puis prit son visage dans ses mains et caressa sa joue de son pouce.

Le cœur d'Honor battait si fort qu'elle s'étonnait qu'il ne sorte pas de sa poitrine. Elle comprenait comment il pouvait séduire et réclamer une femme. Elle comprenait pourquoi tant de femmes l'avaient pris pour amant. Elle était attirée par lui, par son regard intense, à la fois admirateur et avide. Par sa façon de la toucher, implacable et pourtant douce.

— Permettez-moi de suggérer un échange adéquat, dit-elle vivement, avant que le chat ne dévore sa proie. Je vous paierai…

Sa voix s'était mise à trembler légèrement.

— Il y a ces cent livres que je vous ai prises au jeu. Je pourrais vous les rendre en échange de votre aide.

— Vous me restitueriez cent livres, justement gagnées, à la place de ceci ? demanda-t-il, passant un doigt sur la pointe de son sein.

— En vérité, répondit-elle, les yeux fixés sur sa bouche, je vous en rendrais quatre-vingt-douze.

Elle ne jugea pas nécessaire de lui dire qu'elle s'était acheté une coiffe, des chaussures et quelques dessous avec les huit livres manquantes.

— C'est tentant. Mais ce n'est pas de l'argent que j'ai à l'esprit.

Il fit glisser la main sur sa nuque et l'attira à lui.

— Je pense à quelque chose qui ne sera rien que pour vous.

Il approcha sa bouche de son oreille et murmura :

— Quelque chose qui ébranlera votre cœur timide et mettra de l'éclat sur vos jolies joues. Savez-vous ce qui avive les joues d'une femme, miss Cabot ?

Elle essaya de détourner la tête, mais se trouva incapable de s'y contraindre.

— Je ne suis pas une fillette, monsieur Easton !

— Non ? murmura-t-il, en prenant le lobe de son oreille entre ses lèvres douces et humides, et en le mordillant.

Juste ciel, elle allait expirer ! Elle ferma les yeux, se pénétrant de son odeur — chaude et épicée —, du contact de ses mains sur elle. Elle les imagina sur toute sa personne et craignit que son cœur ne lâche, qu'elle ne meure, là, sur cette banquette. Et cependant, elle réussit à rester calme.

— Je peux vous offrir quatre-vingt-douze livres, rien d'autre. Je ne ferai pas d'autre échange, monsieur.

Il se rapprocha, ses lèvres contre sa joue, et Honor crut qu'il allait l'embrasser. Son esprit lui criait de frapper au plafond, d'appeler Jonas au secours. Mais la part délurée de sa personne voulait demander : *Embrassez-moi, embrassez-moi, embrassez-moi…*

Il fit remonter la main sur ses côtes, et l'arrêta tout près de son sein.

— Je vais réfléchir à votre offre, murmura-t-il encore, son souffle chaud et moite glissant sur sa peau, la tentant au point de la rendre folle, ou presque.

Elle rouvrit les yeux.

— Vous comptez donc le faire, dit-elle doucement. Vous allez m'accorder cette faveur.

— Maintenant, vous êtes fautive *et* présomptueuse. Je n'ai pas dit que je le ferai.

— Mais je peux voir que si, affirma-t-elle en se tournant face à lui, rayonnante. Merci, monsieur Easton !

Il prit ses doigts dans les siens.

Elle s'empressa d'ajouter :

— Passez me voir demain, à Beckington House, je vous prie. Je pourrai m'expliquer plus ouvertement.

— J'ai beau faire, je ne peux imaginer comment vous pourriez être plus ouverte, miss Cabot.

— Je *savais* que vous accepteriez !

— Je n'ai rien accepté du tout.

— Je vous attendrai à 14 h 30. Les filles seront à leurs études et Augustin à son club. Merci, monsieur, répéta-t-elle d'une voix pleine de gratitude. Je vous suis redevable.

Elle voulut frapper au plafond pour signaler à Jonas que la promenade était terminée, et se rendit alors compte que George Easton tenait toujours sa main.

Chapitre 5

Honor rentra à Beckington House encore toute troublée par son dangereux rendez-vous, le cœur battant follement, et pénétra d'un pas aérien dans le vestibule, où elle trouva Prudence et Mercy en train de se quereller bruyamment.

— Honor ! s'écria Pru dès qu'elle la vit. S'il te plaît, dis à Mercy qu'elle doit me rendre mes pantoufles tout de suite !

— Mercy, rends tout de suite ses pantoufles à Pru, dit Honor sans regarder les pieds de la benjamine.

— Mais pourquoi doit-elle toujours les avoir ? se plaignit Mercy. Je ne vois pas quel mal il y a à les lui emprunter de temps en temps !

— Tu ne vois pas quel *mal* il y a ? s'emporta Prudence. Honor, tu dois vraiment faire quelque chose. Elle est complètement dénuée de scrupules ! Si tu n'insistes pas pour qu'elle me les rende, je vais les lui ôter moi-même !

— Mercy, voyons…, protesta Honor d'un air absent, tout en dénouant les rubans de son chapeau, s'attardant sur le velours que les doigts George Easton avaient caressé.

Des doigts qui avaient aussi caressé son bras, son visage, sa poitrine ; elle frissonna à ce souvenir.

— Ces pantoufles sont à Pru, et tu en as plein ta garde-robe.

— Qu'est-ce que cette histoire de pantoufles ?

Joan Devereaux, leur mère, arriva du couloir.

— Personne n'ôtera des pantoufles de force à personne, mes chéries.

Ses yeux bleus brillaient ; il n'y avait pas trace du brouillard qu'Honor y remarquait, lorsqu'elle n'était pas complètement présente. Leur mère était une femme majestueuse, un modèle de grâce et d'élégance ; elle avait été considérée autrefois comme l'une des plus belles femmes de la haute société. Elle leur sourit avec chaleur, les regardant tour à tour.

— Qu'y a-t-il, mesdemoiselles ?

— Toujours la même chose, maman, répondit Prudence d'un ton exaspéré, en se dirigeant à grands pas vers l'escalier. Mercy a la mauvaise habitude d'emprunter mes affaires sans permission, et il ne lui arrive jamais rien !

— N'est-ce pas un peu dramatique, Pru chérie ? demanda lady Beckington en la regardant monter les marches avec emportement.

— Il est normal que vous disiez cela : vous n'êtes pas la partie lésée ! lança Prudence par-dessus son épaule, avant de disparaître au sommet de l'escalier.

Lady Beckington soupira et regarda sa benjamine d'un air réprobateur.

— Mercy, ma chérie, tu dois vraiment apprendre à demander les affaires de ta sœur au lieu de les prendre purement et simplement. Je suggère que tu ailles t'excuser et que tu lui rendes ces pantoufles. Maintenant, va t'habiller pour le dîner.

— Mais nous venons juste de prendre le thé ! se plaignit Mercy.

— Va, dit sa mère en la poussant doucement vers l'escalier.

Elle offrit son bras à Honor, et celle-ci fut heureuse de le prendre, remarquant dans le même temps que les broderies sur la manche de sa mère étaient abîmées — les fils se détachaient.

— Que s'est-il passé ? demanda-t-elle en se penchant pour regarder.

— Quoi ?

Sa mère baissa à peine les yeux sur sa manche.

— Aucune importance. Où étais-tu, cet après-midi ? s'enquit-elle, alors qu'elles s'engageaient dans l'escalier.

— Nulle part, répondit Honor avec un sourire contraint.

— Je te connais bien, Honor. Et je gage que ton absence au thé avait à voir avec un gentleman.

Honor se sentit rougir.

— Maman…

— Tu n'es pas obligée de me le dire, déclara lady Beckington en lui pressant la main avec affection. Mais ta pauvre mère espère au moins te voir considérer l'idée que le temps est venu pour toi de t'intéresser à un seul soupirant et de songer à te marier convenablement.

— Pourquoi devrais-je me marier maintenant ?

L'idée la troublait. Elle se sentait trop… inachevée.

— Parce qu'il le faudrait. Il y a tout un nouveau monde qui attend ton entrée. Tu n'as pas à être timide.

— Timide ! On me traite de « fière-à-bras », maman !

— Tu l'es peut-être dans les salles de bal. Mais je te connais, et je pense que ton cœur est toujours meurtri.

Dans des moments comme celui-ci, il était difficile de croire que sa mère perdait l'esprit. Dans des moments comme celui-ci, Honor se disait que ce n'était pas le cas, que Grace et elle l'avaient simplement imaginé. Sa mère paraissait à l'aise, très présente et tout à fait maternelle.

— Que vais-je mettre au dîner ? demanda-t-elle, changeant de sujet pour ne pas être questionnée davantage.

Lady Beckington rit.

— Très bien, comme tu voudras. Ta robe de soie bleue, répondit-elle. Elle te va très bien au teint.

— D'accord.

Elle accompagna sa mère jusqu'à sa suite et sonna Hannah pour s'occuper d'elle. Puis elle se rendit dans sa propre chambre. Elle ne fut pas surprise d'y trouver Grace, plantée sur le nouveau tapis d'Aubusson, les bras croisés sur la poitrine. De la lumière entrait à flots par les fenêtres qui ouvraient au couchant, jetant des ombres sur les murs tapissés de soie et le visage de sa sœur.

Mais ces ombres ne cachaient pas le courroux de Grace.

— Où es-tu allée ? lui demanda-t-elle sévèrement.

— Je suis sortie.

— Ça, je le sais déjà. Hardy a dit que tu as pris la voiture pour aller chez Gunter's.

— Pourquoi tu me poses la question, alors ? fit Honor en haussant les épaules.

— Je ne vois vraiment pas pourquoi tu irais *seule* chez Gunter's. On ne va pas manger une glace *seule*. Je ne peux m'empêcher de me demander si quelqu'un t'y attendait. Peut-être un certain fils non reconnu d'un duc ?

Honor battit des cils.

— Comment pourrais-tu le savoir ?

— Mercy t'a vue parler à un gentleman au parc, sotte que tu es ! Elle l'a parfaitement décrit.

— Apparemment, ses lunettes lui améliorent la vue

mieux que nous ne l'espérions, déclara Honor d'un ton traînant, jetant sans soin son chapeau sur son lit.

— Alors, tu ne le nies pas ?

— Non.

— Juste ciel ! s'exclama Grace, semblant prendre à témoin de son inconscience les guirlandes et les chérubins en papier mâché qui ornaient le plafond. Tu m'avais *promis* !

— Je sais.

— Songe au scandale que tu peux causer !

— Grace ! Il n'y a pas de scandale. Je suis désolée si…

— Epargne-moi tes excuses, je te prie, l'interrompit Grace, en se laissant choir d'un air théâtral sur la méridienne, devant la cheminée. Tu n'as jamais l'intention de rien faire, tu es toujours désolée. Quand tu as suggéré ce plan ridicule, j'en ai ri. J'étais assez naïve pour croire que même *toi*, tu n'irais pas jusqu'au bout, que même *toi*, tu ne prendrais pas autant de risques pour une mauvaise plaisanterie !

Honor fronça les sourcils, vexée que sa sœur la connaisse aussi bien.

— Ce n'est pas une plaisanterie, en tout cas pas pour moi. Et franchement, Grace, tu en portes une part de responsabilité, non ?

— *Moi !*

— N'est-ce pas toi qui as insisté pour que je monte à cheval dans Hyde Park avec maman et les filles ? Si je n'y avais pas revu Easton, j'aurais continué à mener ma vie sans accorder une autre pensée à cette histoire.

Grace la regarda, bouche bée. Puis elle éclata de rire et retomba sur les coussins de la méridienne.

— C'est le raisonnement le plus absurde que j'aie jamais entendu !

Honor ne pouvait en disconvenir.

— Très bien, fit-elle en s'asseyant au pied de la méridienne. Je reconnais que j'ai été un peu impétueuse. Mais l'idée était encore fraîche à mon esprit et il était là, escortant les jumelles Rivers, entre toutes. Je me suis dit que s'il accompagnait ces deux pipelettes, il trouverait certainement Monica mieux qu'elles.

— *Bien sûr* qu'il trouverait Monica mieux que ces deux-là, mais ce n'est pas vraiment la question, n'est-ce pas ? La question, c'est que tu es allée rencontrer cet homme toute seule, un homme que tu connais à peine, et à qui tu as proposé une chose absurde, intrépide, catastrophique !

— C'est un point de vue, concéda Honor d'un ton las. Si une femme doit se frayer un chemin sans époux dans ce monde d'hommes, elle doit prendre de gros risques pour réussir. Ce n'est pas comme si j'avais un avoué qui pouvait rencontrer le sien pour négocier. Ce n'est pas comme si je pouvais offrir de l'argent à Monica pour qu'elle se trouve un autre prétendant. Je suis une fille et, en tant que telle, je ne dispose de rien pour changer mon existence, hormis ma main à donner en mariage. Et je trouve cela tout à fait exaspérant si je me laisse aller à...

— Honor...

— Bon, d'accord... Si cela peut te tranquilliser, oui, je l'ai rencontré devant chez Gunter's. Nul ne m'a vue à part Jonas. Easton est monté dans la voiture et nous avons parlé.

Grace ne parut pas du tout tranquillisée, mais plutôt effarée par cet aveu, si Honor en croyait la façon dont elle enfouit son visage dans ses mains. Elle tenta de l'apaiser en lui caressant les cheveux.

— Je ne vois pas d'autre solution pour nous, chérie.

— Honor… Tu *dois* te soucier de ta réputation, qui, je te le ferais remarquer, a déjà été mise à mal en plusieurs occasions.

Grace releva la tête et haussa un sourcil blond, la mettant au défi de la contredire.

— Je ne me suis pas *si mal* conduite, marmonna Honor.

— Peux-tu imaginer les bavardages qui feraient rage comme des vents d'hiver autour de ce square, si quiconque t'avait vue ?

— J'en ai bien conscience.

Elle savait qu'elle était trop impétueuse pour son propre bien. Elle n'avait aucun désir de voir sa réputation ruinée et comprenait l'inquiétude de sa sœur.

— Peu importe tout cela. Tu t'es lancée et tu l'as fait…

Grace se tourna soudain pour lui faire face.

— *Eh bien ?* Qu'a-t-il dit ?

Honor lui sourit d'un air rusé.

— Il a dit que mon plan était répréhensible.

Grace étouffa une exclamation.

— Mais qu'il le considérerait.

Sa sœur ne respira pas d'un moment.

— *Quoi ?* Il va le faire ?

— Je le saurai demain.

Honor se leva et commença à déboutonner son spencer.

— S'il accepte, il viendra ici.

— *Ici !* Que va penser Augustin ?

— Calme-toi ! Augustin ne pense à rien d'autre qu'à ses noces. J'ai demandé à M. Easton de venir à 14 h 30, quand les filles seront à leurs études et notre frère à son club.

Grace parut sur le point de formuler une objection, mais le son d'une toux pénible et caverneuse leur parvint du couloir ; elles se figèrent. Peu après, elles entendirent les pas de leur mère se hâter dans cette direction.

Grace s'affala sur la méridienne.

— Cela empire, n'est-ce pas ? demanda-t-elle d'un ton morose, parlant de la santé du comte.

— Je crois.

— Ton plan est complètement fou, tu sais ?

— C'est la chose la plus gentille que tu pouvais dire à son propos, déclara Honor en se serrant près de sa sœur, à qui elle donna un coup d'épaule complice. Mais au moins, il est divertissant.

Grace sourit avec réticence.

— Je crains que tu ne sois au-delà de tout espoir.

— Pas du tout ! *J'explose* carrément d'espoir, au contraire…

Un mouvement attira soudain son regard ; elle se redressa et se tourna vers la porte. Leur mère se tenait sur le seuil, fixant l'intérieur de la pièce.

— Maman ? dit Honor en se levant. Quelque chose ne va pas ?

Lady Beckington fronça légèrement les sourcils.

— Maman, répéta Honor en la rejoignant. Vouliez-vous voir le comte ?

— Oh ! Honor, dit la comtesse avec un soulagement manifeste. Tu es rentrée ! Oui, le comte ne va pas bien, je devrais aller le voir, ajouta-t-elle en lui serrant avec affection la main, avant de se tourner et de repartir vers la chambre de son époux.

Honor regarda Grace.

— Je ne comprends pas. Il y a moins d'un quart d'heure, elle allait parfaitement bien.

— Nous devrions faire venir le Dr Cardigan, suggéra Grace.

— Et risquer que toute la haute société apprenne son état avant même que le comte ne trépasse ? Le Dr Cardigan voit toutes les vieilles dames de Mayfair ! Nous ne pouvons pas, Grace. Pas tant que nous n'y sommes pas absolument obligées.

Cela brisait le cœur de voir une mère bien-aimée et intelligente sombrer lentement dans la sénilité. Honor ne pouvait songer à une seule personne ayant une piètre opinion d'elle. Joan Devereaux avait été pleine de ressources ; elle avait su mieux que quiconque se frayer son chemin dans une salle de bal et réussir à entretenir ses filles après la mort de son époux. Honor n'avait que onze ans, à l'époque, mais elle se rappelait sa mère portant à une amie deux vieilles robes avec lesquelles elles avaient créé ensemble une robe splendide. Elle l'avait portée à un grand bal et, le lendemain matin, elle les avait réunies toutes les quatre dans son lit pour leur parler du comte de Beckington.

C'était la nécessité qui l'avait poussée à rechercher l'attention du comte, mais Honor croyait sincèrement qu'elle en était venue à chérir son époux plus âgé. A coup sûr, personne, à Mayfair, ne la blâmerait, si elle confiait le malade à une infirmière, mais elle refusait de le faire. Elle s'occupait de lui chaque jour.

Les quintes de toux du comte leur parvinrent de nouveau.

— Je vais aller l'aider, dit Grace en se levant de la méridienne.

Arrivée à la porte, elle lança un coup d'œil à sa sœur.

— Sois prudente, Honor. Tu joues à un jeu très dangereux.

— Je le serai, lui promit Honor.

Plus tard, elle se rappellerait cet instant et sa promesse. Elle n'avait pas cru, alors, que George Easton viendrait à Beckington House.

Mais il vint.

Chapitre 6

Il en fallait beaucoup pour sidérer George, mais Honor Cabot y était parvenue. De son rendez-vous hardi à sa suggestion ridicule, *absurde*, il n'aurait pu être plus stupéfait que si le roi avait décidé de le reconnaître comme son neveu légitime.

La veille, il avait quitté Berkeley Square le sang bouillonnant dans les veines, excité comme il l'était toujours par une jolie femme, et aussi contrarié par miss Cabot que par lui-même d'avoir été de nouveau pris au piège de son charme. Qu'avait donc cette débutante pour le capturer ainsi d'un sourire ? Quoi qu'il en soit, il l'avait quittée déterminé à ne plus jamais la revoir. Elle était synonyme de problèmes. De fait, il avait même été tenté un moment de se rendre à Beckington House et d'expliquer à ce benêt de Sommerfield ce que sa belle-sœur prévoyait de faire. Elle ne méritait pas moins.

Mais il n'y était pas allé. Il était rentré chez lui, s'éloignant le plus vite possible d'une paire d'yeux bleus bordés de cils sombres qui s'obstinaient à luire dans son esprit.

Bon sang ! Sacré bon sang !

Après une bonne nuit de sommeil, avait-il pensé, les choses s'arrêteraient là ; il n'accorderait même pas une pensée fugace à la jeune femme. Il était donc sorti dans la soirée comme à son habitude, avait dîné avec plusieurs gentlemen au Coventry House Club. Mais les cartes pas plus que les discussions ne l'avaient intéressé, et il était rentré chez lui avant minuit.

Finnegan n'avait pipé mot quand il avait pénétré d'un pas raide dans le vestibule, bien avant l'heure habituelle. Il avait simplement haussé un sourcil sombre en prenant son chapeau.

— N'affichez pas cet air satisfait ! avait lancé George d'un ton sec, en passant devant lui.

Il s'était couché très tôt, mais s'était tourné et retourné dans son lit. Finalement, il s'était mis sur le dos, un bras au-dessus de la tête, l'autre sur son estomac, et avait fixé d'un œil noir et la mâchoire serrée le dais au-dessus de lui, ressassant cette rencontre absurde.

La suggestion d'Honor Cabot était la chose la plus stupide qu'il ait jamais entendue ! En outre, c'était exactement le genre de menace qui le faisait frémir, lorsqu'il voyait des escouades de débutantes s'égailler dans Mayfair — de sottes jeunes filles vêtues de jolies couleurs et jouant sottement à se faire courtiser.

Mais, pire encore, le jeu auquel jouait Honor Cabot était nuisible.

Le problème, c'était qu'il était le type d'homme à être intrigué par les femmes dangereuses. Et il ne se faisait aucune d'illusion : Honor Cabot était dangereuse de nature et l'était plus encore par sa beauté et son sourire incandescent. Or, de façon fort regrettable, la duplicité et la beauté étaient ses premières faiblesses, quand il s'agissait des femmes.

Pourquoi, s'était-il demandé dans le noir, ne pouvait-il

pas être homme à se contenter d'une femme vertueuse ? Le genre de femme chaste qui ferait une bonne épouse et lui donnerait de beaux enfants ? Quelqu'un qui le pousserait à aller à l'office du dimanche et à donner des aumônes aux pauvres ? Qui lui ouvrirait ses jambes, conformément à son devoir ? Un jour, sans doute, choisirait-il une femme pour cette raison, pour sa bonté et sa pureté. Elle lui apporterait ses chaussons et ses lunettes, et il passerait ses soirées avec un livre pendant qu'elle ferait sa couture.

Un jour.

Mais pas maintenant, pas avec un bateau en retard au port et des acheteurs qui attendaient son coton.

Alors comment se fit-il qu'il se retrouva le lendemain après-midi à 2 h 30 dans Grosvenor Square, contemplant l'imposante Beckington House avec ses rangées de fenêtres qui paraissaient noires dans le grand soleil ?

Une pure folie, indéfendable.

Personne ne répondit lorsqu'il frappa trois fois de suite et il s'était quasiment détourné, prêt à s'enfuir, quand la porte s'ouvrit soudain brusquement. Un homme aux cheveux clairsemés se tint devant lui, l'air impérieux.

George sortit une carte de visite de sa poche intérieure.

— M. Easton pour miss Honor Cabot, je vous prie.

L'homme hocha la tête, disparut un instant, et revint avec un plateau en argent qu'il lui tendit. Quand George y eut déposé sa carte, la porte s'ouvrit plus grand. Le domestique s'écarta et inclina la tête, lui indiquant qu'il pouvait entrer. Ce qu'il fit, passant juste le seuil. Puis, d'un geste hésitant, il ôta son chapeau.

— Si vous voulez bien attendre ici, monsieur Easton, je vais informer miss Cabot de votre visite, dit le majordome en s'éloignant d'un pas martial, tenant le plateau bien haut.

George leva les yeux vers le plafond très élevé et le lustre ouvragé accroché loin au-dessus de lui. Il y avait des tableaux sur les murs, des portraits, des paysages. Le sol de marbre étincelait et des chandeliers garnis de bougies neuves à la cire d'abeille étaient bien alignés sur une table voisine.

Il entendit le majordome revenir avant de le voir, son pas vif résonnant dans le couloir où il avait disparu quelques minutes plus tôt.

— Si vous voulez bien me suivre, monsieur, dit ce dernier.

Il posa avec soin le plateau en argent — vide, maintenant — et partit à l'opposé de l'endroit d'où il avait surgi.

George le suivit. Ils longèrent un couloir garni d'un tapis, passant devant des portes de bois ciré, des appliques et d'autres bougies à la cire d'abeille. Cela rappela à George le plaisir de sa mère, lorsqu'elle pouvait se permettre d'acheter une ou deux de ces bougies et débarrasser leur habitat de l'odeur du suif pendant quelque temps.

Le majordome entra dans la dernière pièce à droite. Il ouvrit grand la double porte et, du pied, mit en place un cale-porte. Il traversa jusqu'aux fenêtres, ouvrit les rideaux, les attacha et se tourna vers George.

— Le confort de cette pièce vous convient-il, monsieur, ou dois-je envoyer un valet pour allumer du feu ?

— Ce ne sera pas nécessaire, répondit George avec raideur. Je n'ai pas l'intention de m'attarder.

— Très bien, monsieur. Si vous avez besoin de quoi que ce soit, la sonnette est là, dit encore le majordome, lui indiquant d'un signe de tête une épaisse cordelette en velours près de la porte. Miss Cabot vous rejoindra bientôt.

Il quitta la pièce.

George posa son chapeau et examina un portrait en attendant, un ancêtre Beckington au visage bouffi. Il regardait toujours les portraits dans les maisons comme celle-ci, cherchant une ressemblance quelconque avec lui-même, un indice qu'il pourrait avoir un lien de parenté. Mais cet homme ne ressemblait pas du tout à l'ancien duc de Gloucester, hormis peut-être son nez légèrement aquilin. Il était si concentré sur ce trait qu'il n'entendit pas approcher miss Cabot jusqu'à ce qu'elle entre dans la pièce dans un nuage jaune pâle, sa traîne tournoyant derrière elle tandis qu'elle pivotait pour jeter un coup d'œil dans le couloir et refermer les portes sans bruit.

Elle pirouetta de nouveau avec un sourire lumineux, les mains jointes sous sa poitrine, rappelant un enfant de chœur qui se préparait à chanter. Mais toute similarité avec quoi que ce soit d'angélique s'évanouit lorsque George remarqua que sa robe ne la couvrait pas jusqu'au menton, contrairement à celle qu'elle portait la veille. Celle-ci était très décolletée et les rondeurs crémeuses de ses seins semblaient prêtes à déborder de son corselet… incident que George aurait été ravi de voir se produire.

Elle ne parut pas remarquer sa fascination pour son décolleté.

— Vous êtes venu, dit-elle d'une voix altérée.

Maudit sot qu'il était, oui. Il inclina la tête.

— J'ai peine à le croire ! J'étais si certaine que vous ne viendriez pas, et je n'avais aucune idée de ce que je pourrais faire dans ce cas. Mais vous êtes ici ! s'exclama-t-elle en écartant les bras. Vous allez m'aider !

— Avant que vous ne vous envoliez de joie, miss Cabot, comprenez que je suis venu non pas pour vous aider dans votre folie, mais pour vous dissuader de poursuivre un tel projet.

Elle cligna de ses charmants yeux bleus.

— M'en *dissuader*, répéta-t-elle comme si c'était une notion étrangère pour elle, ce qui était très probable, suspecta George. Mais ce n'est pas possible, monsieur Easton ! J'ai pris ma décision. Et quand je me suis fixé un but, je m'y tiens. Alors, allez-vous m'aider ?

Il ne put s'empêcher de rire devant sa détermination obstinée.

— Non.

— *Non ?*

— C'est de la folie, une folie complète, miss Cabot. C'est une chose détestable à faire à un frère et à une amie, et je sens qu'il est de mon devoir de gentleman de vous en détourner — pas de vous soutenir.

Le sourire éclatant d'Honor pâlit. Elle croisa les bras.

— Très bien, monsieur Easton. Vous avez fait votre devoir de gentleman, dit-elle d'un ton irrévérencieux. Et *maintenant*, allez-vous m'aider ?

Il la fixa et ne put se retenir : il rit de nouveau.

— Vous êtes sans doute la femme la plus têtue que j'aie jamais rencontrée !

— Alors vous n'avez peut-être pas rencontré autant de femmes que je l'ai entendu dire, rétorqua-t-elle avec impertinence. Pensez-vous que je vous présente cette requête à la légère ? Que c'est un caprice de jeune fille ? Pas du tout, monsieur. Monica Hargrove a l'intention de mettre ma famille à la porte, lorsqu'elle épousera mon frère. Elle me l'a dit. En outre, je ne crois pas un instant que vous soyez venu jusqu'ici pour me dire que vous ne m'aiderez pas. Vous auriez pu m'envoyer un billet ou m'ignorer complètement, non ?

C'était vrai, et le fait qu'elle le lui fasse remarquer si brutalement mit George légèrement mal à l'aise. Il haussa les épaules.

— Que vous ne l'ayez pas fait m'indique que vous devez au moins avoir *considéré* ma requête. Est-ce que je me trompe ?

Il avait l'impression d'être un vilain petit garçon surpris à faire une sottise. Elle le tenait, cette jeune miss habile et rusée, comme elle l'avait fait cette nuit-là à Southwark. Et elle le savait, car un sourire apparut sur ses lèvres pleines, creusant une petite fossette dans chacune de ses joues. Ce sourire fut comme une bouffée d'air sur des cendres chaudes, et George sentit une minuscule flamme s'allumer en lui.

— Il semble que nous soyons d'accord, reprit-elle d'un ton suave.

— Pas si vite !

Il laissa son regard descendre lentement le long de ses courbes et remonter. Il aurait tant aimé faire glisser ses doigts et sa langue sur cette chair crémeuse, humer ses cheveux !

— Si je ne peux pas vous dissuader…

— Vous ne le pouvez pas.

— Alors il est maintenant de mon devoir de gentleman de m'assurer que vous ne fassiez pas de mal à miss Hargrove.

Elle rayonna, sachant qu'elle avait gagné.

— Comme c'est aimable à vous !

— Je ne suis pas du tout *aimable*, miss Cabot. Mais j'ai certains principes. Je ne suis pas sûr que l'on puisse en dire autant de vous.

— Votre sollicitude pour Monica me touche. Je désire

seulement qu'elle prenne conscience qu'il existe pour elle d'autres possibilités, peut-être plus séduisantes, afin qu'elle ne se précipite pas à l'autel comme elle semble vouloir le faire. Aucun mal à cela…

— On peut en débattre, dit-il, pris dans les filets de son charme.

Il se rapprocha d'elle et ajouta :

— Il reste à présent la question de ce que je recevrai en échange de cette faveur… abominable.

— Bien sûr, répondit-elle avec modestie, croisant les bras sur sa poitrine.

— Commençons par convenir que vous me rendrez mes cent livres.

— Quatre-vingt-douze, corrigea-t-elle.

— Oui. Pour quatre-vingt-douze livres, donc, vous aurez une démonstration de conduite libertine qui tournera la tête de miss Hargrove, dit-il en posant son regard sur sa bouche. Cela devrait suffire.

— Ah…

Elle haussa un sourcil bien épilé.

— Quoi ? demanda-t-il.

— Rien, répondit-elle d'un ton léger, levant une épaule. C'est juste que vous semblez très sûr de votre fait.

Il la dévisagea, souhaitant ardemment que l'impertinence de cette femme choyée et privilégiée ne le fascine pas autant qu'elle le faisait.

— Naturellement, j'en suis sûr, miss Cabot.

— Oh ! Je ne voulais pas vous insulter, dit-elle, et son tendre sourire le traversa comme une flèche. Je ne doute pas que vous tourneriez la tête de la plupart des débutantes…

— Vous n'arrangez pas la situation.

Elle se mordit la lèvre.

Il eut très envie de mordre cette lèvre, lui aussi. Voilà qui ne lui plaisait pas, vraiment pas du tout ! Il fronça les sourcils, contrarié de ne pas mieux se maîtriser. Lorsqu'il commençait à désirer des choses de ce genre, il faisait des bêtises. Plusieurs femmes, à Londres, pouvaient en témoigner.

— Eh bien, je suis d'accord pour parler à miss Hargrove et lui débiter… un compliment de dandy ou deux, dit-il avec un geste du poignet, en échange de quatre-vingt-douze livres.

Il tendit la main pour sceller le marché.

Mais elle regarda sa main avec réticence.

Il soupira.

— Pour l'amour du ciel, qu'y a-t-il, maintenant ?

— J'accepterai à une condition, répondit-elle en levant un doigt.

— Vous n'êtes pas en position d'imposer des *conditions*…

— Soit, dit-elle vivement. Néanmoins… vous devez me permettre de vous instruire.

Il fallut un moment pour que ces mots s'insinuent dans le cerveau de George.

— Je vous demande pardon, mais je n'ai certainement pas besoin que vous *m'instruisiez* ! Vous êtes venue à moi pour mon expérience, non ? Je pense être bon juge des efforts requis pour séduire une jeune débutante, répondit-il en soufflant d'un air indigné.

— Oui… mais je la connais mieux que personne, objecta Honor, relevant la tête pour le regarder dans les yeux.

— Bonté divine, vous parlez comme si j'étais en culottes courtes !

— Ce n'est pas ce que je…

Soudain, il l'attrapa par la taille et l'attira à lui.

— Monsieur Easton ! Que faites-vous ?

Honnêtement, il n'en avait aucune idée. Il réagissait à une pulsion tout à fait primaire.

— Je n'ai pas besoin de vos instructions, répéta-t-il à voix basse, et il passa le revers de ses doigts sur sa tempe.

— Vous êtes trop familier ! se récria-t-elle, mais ses mains se refermèrent sur ses bras, et elle n'essaya pas de lui échapper.

— J'en ai conscience.

Il promena son regard sur son visage.

— Et pourtant vous appréciez cette familiarité. C'est ce que je voulais démontrer…

— Etes-vous toujours si sûr de vous, monsieur ?

— Et vous ?

— Vous faites passer le fait que je sois offensée pour un malentendu, dit-elle tout près de sa bouche, et la pulsation qui battait dans ses veines se fit plus forte encore. Mais ne vous y trompez pas : je *suis* offensée.

— Si vous étiez *offensée*, dit-il en l'imitant, vous me donneriez des coups de pied et de griffes comme toute jeune fille convenable pour vous libérer.

Il haussa un sourcil, la mettant au défi de prétendre le contraire.

Elle le regarda, l'air renfrogné.

— Ha, ha ! dit-il en passant les doigts sur sa clavicule, qui lui parut menue et fragile. Il semblerait que je connaisse les femmes bien mieux que vous.

Elle répondit en lui envoyant un bon coup de pied dans le tibia.

Il la lâcha aussitôt et porta la main à sa jambe endolorie.

— Ouille !

Miss Cabot mit ses mains sur sa taille et le fusilla du regard.

— Je vous accorde que vous connaissez les femmes, monsieur Easton. Tout le monde, à Mayfair, sait *à quel point*. Mais moi, je connais Monica Hargrove. Je sais ce qui la séduira et ce qui lui déplaira, et j'insiste pour que vous me laissiez au moins vous préparer !

Il connaissait les femmes, certes, mais il n'en avait encore jamais rencontré une comme Honor Cabot. Et lorsqu'elle sentit que sa façade virile se craquelait, cela n'arrangea pas les choses, car un sourire se mit à éclairer lentement son visage. Sapristi, ces sourires le démontaient ! Ils chantaient en lui, lui emballaient le sang, lui raidissaient le corps. Comment se pouvait-il que ce brin de fille l'affecte autant ?

Il se redressa avec un soupir résigné.

— Je sais qu'elle sera à la salle de bal Garfield ce vendredi, poursuivit-elle.

Les pensées lascives de George firent place à la terreur. Il connaissait la salle de bal Garfield ; tout le monde à Londres la connaissait. Toute la haute société y allait. Toute sa vie, le grand monde lui avait été présenté comme un idéal, l'univers dans lequel il ne serait jamais bien accueilli, et il savait que sans sa fortune, il n'y serait pas toléré du tout. S'il perdait cette fortune — ce qu'il était peut-être sur le point de faire —, il en serait banni comme un paria. Rien n'était plus méprisable aux yeux des aristocrates que quelqu'un qui avait essayé de devenir l'un des leurs et avait échoué.

Il avait été traité toute sa vie comme s'il était déficient, comme s'il était moins qu'un simple mortel, parce que son père ne l'avait pas reconnu. Cette absence de légitimation était devenue le fardeau honteux qu'il devait porter. De ce fait, il s'était entraîné à garder son cœur à une longueur de bras de n'importe qui, à maintenir une distance émotionnelle avec autrui. Il se voyait comme les magnifiques chevaux de démonstration de la cavalerie royale qu'il brossait, quand il était enfant. Comme eux, il était fier et levait haut la jambe, avec des mouvements précis, une apparence digne d'envie. Mais il ne regardait jamais à droite ni à gauche, ne convoitait jamais ce qui ne se trouvait pas sur le chemin qu'il s'était tracé. Il avançait, la jambe haute, la tête encore plus haute.

Il avait eu sa part de déceptions blessantes et, pourtant, il ne se jugeait pas amer — bien au contraire, il se voyait généralement comme un homme heureux. Mais d'un autre côté, il se donnait du mal pour éviter des lieux mondains comme la salle de bal Garfield.

— *Non*, répondit-il fermement.

— Monsieur Easton ! Quelle meilleure occasion ? insista miss Cabot, les yeux brillants de sa victoire sur lui.

Pour la deuxième fois.

— Je pense que j'ai été très clair lors de notre première rencontre. Je ne fréquenterai pas de salle de bal.

— Mais je peux faciliter votre entrée…

— Vous pouvez *quoi* ? Je n'ai pas besoin que vous me facilitiez quoi que ce soit, miss Cabot ! Vous serez peut-être étonnée d'apprendre qu'il y a des gens comme moi qui ne se soucient tout simplement pas de passer une soirée au milieu de débutantes insipides, et de supporter leurs minauderies !

Le sourire de miss Cabot ne fit que s'élargir sous l'effet d'un joyeux scepticisme, et la pulsation reprit dans les veines de George.

— Vous ne me croyez sûrement pas aussi naïve,

monsieur, rétorqua-t-elle avec impertinence. Vous ne voulez pas aller dans cette salle de bal parce que vous ne pouvez y entrer sans une invitation. Mais je peux vous en procurer une. Et vous devez convenir que c'est l'occasion parfaite. Augustin ne sera pas présent, et il vous faudra simplement parler à miss Hargrove et lui suggérer que vous la trouvez attirante.

— Je n'ai pas besoin d'aller dans une salle de bal pour cela, dit-il d'un ton sec.

— Vous pensez donc le faire dans la rue ?

Elle le prit soudain par la main.

— Venez, dit-elle, et elle l'attira au milieu de la pièce. Tenez-vous juste là, je vous prie.

Elle alla chercher une chaise près de la cheminée, la plaça devant lui, s'assit et arrangea ses jupes avant de croiser gracieusement les mains sur ses genoux.

— Voilà, nous sommes dans la salle…

George la fixa.

— Allez-y, dit-elle avec un charmant sourire. Faites comme si j'étais miss Hargrove et que vous vouliez me parler.

Elle remua un peu, puis détourna les yeux.

George ne pouvait croire qu'il se tenait dans un salon de Beckington House, engagé dans ce jeu stupide.

— C'est idiot, grommela-t-il.

— S'il vous plaît ! insista-t-elle d'un ton angélique.

Juste ciel ! Il marmonna un juron, se passa la main dans les cheveux et s'inclina.

— Bonsoir, miss Hargrove.

Miss Cabot lui jeta une œillade de côté.

— Oh ! monsieur Easton, dit-elle, et elle hocha poliment la tête avant de regarder de nouveau ailleurs.

George la fixa, irrité. Ce n'était pas la façon dont il essaierait de tourner la tête de Monica Hargrove, pas du tout. De fait, il n'avait jamais approché une femme de cette manière et s'interrogeait sur ceux qui le faisaient. Cela lui paraissait un peu désespéré. Etait-ce ainsi que les jeunes gens se conduisaient, dans les salons de Mayfair ?

Honor lui lança un regard en biais.

— Asseyez-vous à côté de moi, murmura-t-elle.

— Pourquoi ?

— Vous devriez être au niveau de mes yeux. Vous semblez si…

Elle le parcourut du regard, et rougit légèrement, sembla-t-il à George.

— Grand, conclut-elle. Vous paraissez très grand, en me dominant comme vous le faites.

Il ne voyait pas en quoi cela importait.

— Je *suis* grand.

— Mais c'est plutôt intimidant pour une jeune femme impressionnable. Je vous en prie, asseyez-vous.

— Intimidant !

Il laissa fuser un petit rire.

— Je pense que rien ne peut vous intimider, miss Cabot.

— Certes ! Mais nous ne parlons pas de moi. Nous parlons de miss Hargrove.

— Sapristi !

Il prit la chaise près de lui pour la placer à côté de miss Cabot.

Il s'assit. Elle détourna les yeux, ne parla pas. Qu'était-il censé faire ? Il se creusa la cervelle pour trouver quoi dire.

— Il fait beau.

— En effet.

Elle ne le regarda pas.

— Je vous demande pardon, monsieur Easton, mais on me réclame à l'autre bout de la salle.

Elle se leva brusquement et s'éloigna d'un pas glissant. Comme il ne la suivit pas — devait-il la poursuivre comme un petit chien, aussi ? —, elle pivota et le regarda en fronçant les sourcils.

— Par tous les diables, à quoi cela rime-t-il ? demanda-t-il.

— La question, monsieur Easton, c'est que vous n'avez pas retenu mon attention. Tout ce que j'ai vu, c'est un grand homme qui n'a rien à dire.

Sa remarque toucha un point sensible en lui. C'était précisément la chose qu'il craignait : de ne jamais être à la hauteur de ce que la haute société attendait de lui.

— Cela suffit ! s'emporta-t-il. Je refuse de participer à une cour compliquée et chorégraphiée !

Il se leva et marcha directement sur elle.

— Que faites-vous ? s'exclama-t-elle.

Il ne répondit pas. Il contourna une chaise et continua à approcher. Elle s'écarta vivement de son chemin, mais se retrouva coincée entre une table et la porte. Elle pivota, se pressa contre la porte, et ses yeux s'élargirent tandis qu'il la rejoignait et appuyait effrontément une main à côté de sa tête.

Elle battit de ses grands yeux bleus levés vers lui. Sotte jeune femme ! Elle n'avait pas idée qu'elle excitait le démon de la luxure chez un homme.

— Je vais vous montrer comment attirer l'attention d'une jeune femme impressionnable, miss Cabot.

— Est-ce ainsi que vous allez le faire ? Parce que vous êtes trop direct, *de nouveau*. Ce genre de choses requiert un peu de finesse.

Il sourit et contempla une fois de plus sa délectable silhouette.

— Je n'ai même pas commencé à y mettre de la *finesse*, marmonna-t-il, et il se pencha, la tête près de celle d'Honor, son souffle dans ses cheveux. Je sais exactement comment m'y prendre, ajouta-t-il doucement, et il tourna la tête de façon que ses lèvres frôlent sa tempe. Vous n'avez pas besoin de vous énerver.

— Alors, pour l'amour du ciel, ne parlez pas du temps !

Il était enclin à la prendre en main immédiatement, à lui montrer comment un homme séduisait une femme. Néanmoins, il contrôla son désir ; il appréciait les plaisirs de la chair, aimait les satisfaire, mais n'était pas homme à batifoler avec une jeune fille qui n'avait pas plus d'expérience qu'une oie blanche.

— Au diable le temps, je parlerai de l'ivoire de sa peau, dit-il en effleurant sa joue de ses lèvres. Du parfum de ses cheveux, ajouta-t-il en plongeant le nez dans les siens. Puis je mentionnerai le désir qui monte chez un homme, lorsqu'elle lui fait la grâce d'un sourire.

Miss Cabot ne bougea pas. Le rose lui vint aux joues et elle prit une grande inspiration, avant de relâcher lentement son souffle.

— Cela ira pour un début, je pense, dit-elle.

Il perçut le léger tremblement de sa voix et se sourit à lui-même, s'approchant plus près, sa main trouvant sa taille.

— Vous voulez que je tourne la tête de miss Hargrove, ma douce ? Non seulement je la lui tournerai, dit-il d'un ton lisse en se serrant contre elle, mais je lui donnerai envie d'ouvrir les jambes comme une fleur.

Miss Cabot inspira vivement, et sa poitrine se souleva.

— *Non*, chuchota-t-elle.

— Non ? Je ne la posséderai pas, si c'est ce que vous craignez. Malgré ce que vous pensez savoir, je suis un homme qui a du discernement.

Il pressa son érection contre sa hanche.

— Je ne mets mon sexe que là où il est apprécié.

Il posa un baiser sur sa tempe, sentant le battement frénétique de son pouls sous ses lèvres.

— Je ne laboure que des champs d'or filé, marmonna-t-il encore, posant la bouche sur son cou.

Il le suça légèrement, passa la langue sur sa peau, tandis que sa main remontait jusqu'à sa poitrine et qu'il prenait un sein dans sa paume pour le palper.

— Aucun gentleman qui se respecte ne poserait la main sur une dame, dit-elle d'une voix altérée, tout en penchant le cou pour lui en faciliter l'accès, les yeux à demi fermés.

Il faillit en rire. Sa bouche glissa jusqu'à son oreille, et il lui en mordilla le lobe.

— Non. Mais vous n'êtes pas venue me trouver parce que je suis un gentleman qui se respecte, miss Cabot. Maintenant, chut…, fit-il, avançant une main jusqu'aux siennes, qu'elle tenait nouées dans son dos.

Il en libéra une et la porta à sa bouche. Les lèvres de miss Cabot s'entrouvrirent légèrement ; elle riva les yeux sur son visage. Il retourna sa main et lécha l'intérieur de son poignet avant de l'embrasser. Sa peau était chaude et parfumée, lisse comme du beurre sous sa langue. C'était dangereusement provocant, et il sentit son propre cœur s'emballer de désir. Il plaça une main sous son menton et lui releva la tête. Ses yeux étaient aussi larges que des soucoupes, ses lèvres entrouvertes. Il fallait qu'il soit insensé pour aller plus loin, mais il ne put s'en empêcher ; il posa doucement sa bouche sur la sienne, s'y attarda, taquina ses lèvres de sa langue. Ce faisant, il lui caressait hardiment un sein d'une main, le pressait, descendait jusqu'à sa hanche pour la presser aussi. Lorsqu'il sentit Honor commencer à s'amollir, que la courbe familière d'un corps de femme se moula contre lui, que son sexe se durcit plus encore, il releva la tête et demanda :

— Peut-être me ferez-vous l'honneur de me réserver une danse, miss Hargrove ?

Elle hocha la tête.

— *Oui.*

Sa voix tremblait un peu. Elle se racla vivement la gorge.

— Oui. Merci, répéta-t-elle plus fermement.

Satisfait de savoir qu'il avait réussi à lui montrer un petit pas dans la danse de la séduction, George recula, mettant entre eux une distance respectable.

Elle ne bougea pas. Elle le regarda fixement, puis ses yeux descendirent jusqu'à la bosse qui gonflait l'étoffe de ses culottes.

Nullement décontenancé, George haussa un sourcil. Sa réaction était aussi naturelle pour lui que de respirer et, si elle n'avait jamais vu une érection, tant pis pour elle.

— Eh bien ? demanda-t-il.

— Je pense, répondit-elle en touchant nerveusement le rang de perles sur sa gorge, que cela ira.

Elle continua à le dévisager, les yeux rivés sur sa bouche, et cela le troubla dangereusement. Il fallait qu'il s'en aille. Maintenant. Avant de faire quelque chose qu'il regretterait.

— Donc nous sommes d'accord, miss Cabot… A présent, quand cette réunion a-t-elle lieu ?

— Vendredi, répondit-elle. A 20 h 30.

Il hocha la tête, prit son chapeau et s'en coiffa.

— Alors, je mettrai un point d'honneur à y être.

— Merci encore, monsieur Easton. Vous ne pouvez savoir combien j'apprécie votre aide.

Son sourire trembla, mais on ne pouvait se tromper à l'éclat de ses joues.

Et voilà ! Il avait signé son pacte avec le diable, tout cela pour un satané sourire. Il avait été très près de défaire la robe de miss Cabot, aussi, et s'il devait avoir d'autres pensées de cet acabit, mieux valait quitter Beckington House le plus vite possible ! Dieu l'en préserve, cette femme irresponsable et rouée le captivait d'une façon dont il ne tenait pas à être captivé.

— Bonne journée, miss Cabot, dit-il en se dirigeant vers la porte.

— Bonne journée, monsieur Easton, répondit-elle, triturant toujours distraitement son rang de perles et le suivant des yeux d'un air curieux.

Chapitre 7

Honor et Grace Cabot entrèrent dans la salle de bal Garfield comme deux princesses, mais, ce soir-là, Honor éclipsait sa cadette dans une robe de soie bleu pâle rebrodée de perles. Elle était si resplendissante que Monica se détourna, tendant son verre au valet pour qu'il lui resserve du punch.

Les nombreuses robes, chaussures et parures que possédaient Honor et Grace stupéfiaient Monica. Elle avait demandé une fois à Augustin, en plaisantant, si les coffres de la famille avaient été vidés pour fournir la garde-robe de ses belles-sœurs, mais il lui avait assuré que les fonds leur venaient de leur défunt père.

Il le croyait sincèrement, le pauvre, n'ayant pas la moindre idée de ce que coûtait une garde-robe comme celle d'Honor. Elle-même n'était pas convaincue du tout que feu Richard Cabot, qui s'était élevé jusqu'au rang d'évêque de l'Eglise d'Angleterre, ait laissé assez d'argent pour vêtir ses filles de façon aussi extravagante. Elle supposait qu'Honor avait, d'une manière quelconque, réussi à profiter outrageusement de son beau-père souffrant. Elle n'en avait aucune preuve, naturellement, mais il lui semblait tout à fait impossible qu'une femme encore célibataire puisse être aussi *élégante*.

Honor l'agaçait. Elle avait été autrefois son amie la plus proche, mais à présent, elle n'appréciait pas qu'Honor ait tout. *Tout !* Elle était très belle, pour commencer, avec ses cheveux sombres, ses yeux d'un bleu étonnant et sa peau lisse. Alors qu'elle-même avait les cheveux auburn et les yeux bruns, et qu'elle pouvait presque se sentir disparaître dans le papier peint, quand elle était à côté d'Honor.

Honor possédait aussi un tempérament enjoué, alors qu'elle-même était parfois sujette à des accès de mauvaise humeur qu'elle ne parvenait pas à chasser de son expression, malgré ses efforts.

Honor avait également le privilège de vivre dans la splendide demeure de Beckington House à Londres, ou dans la majestueuse propriété de campagne du comte, à Longmeadow. C'était comme si, à la mort de son père, elle était tombée dans le luxe. Et maintenant qu'elle était adulte et acceptée dans le monde, les hommes *l'adoraient* ! Il suffisait, pour s'en convaincre, de regarder dans cette salle et de voir combien d'entre eux lui jetaient des coups d'œil admiratifs. Mais Honor négligeait cette attention unanime. Alors que tant de jeunes femmes souhaiteraient d'avoir des soupirants, elle ne semblait jamais encourager plus qu'une cour superficielle.

Et qu'avait-elle, elle, Monica ? Deux frères aînés qui ne se préoccupaient absolument pas de la vie mondaine ou de la mode. Sa famille vivait dans une maison respectable aux abords de Mayfair, et son père était un juriste estimé. Pas un comte. Ni même un baron. Un érudit.

Aussi Monica se considérait-elle comme chanceuse d'avoir été acceptée dans une société aussi auguste que celle qui l'entourait ce soir-là. Elle n'avait jamais manqué d'admirateurs, mais elle n'était pas du genre à badiner, ni à solliciter les attentions de plusieurs gentlemen à la fois. En vérité, elle se sentait intimidée par les hommes et s'estimait fortunée d'avoir attiré le regard d'Augustin, vicomte Sommerfield.

Augustin, lui, ne l'intimidait pas ; il l'adorait sincèrement. Ses parents étaient enchantés de leurs fiançailles, et plus vite elle l'épouserait, plus ils seraient heureux. Qui eût cru qu'elle épouserait un homme titré et deviendrait comtesse ?

Honor croyait que son entente avec Augustin était le fruit d'un calcul, mais c'était arrivé très honnêtement. Au début, elle avait été amusée par les attentions d'Augustin. Il était un peu trop rond à son goût, et bafouillait parfois. Mais au fil des semaines, elle s'était attachée à lui. Il était très attentionné et sincère dans sa dévotion pour elle. Le fait qu'un jour il deviendrait comte, et qu'elle-même serait amenée à régner sur ses propriétés en tant que lady Beckington, ne gâchait rien, évidemment. Elle s'était faite à cette idée et pensait qu'Augustin et elle auraient une famille, et qu'elle vivrait tout à fait satisfaite.

Elle n'avait pas réellement pensé aux belles-sœurs d'Augustin jusqu'à ce que sa mère suggère que six personnes dans un mariage, cela pouvait faire beaucoup de monde.

— J'espère que tu n'auras pas besoin de rivaliser avec toutes ces jeunes filles pour avoir les attentions de Sommerfield ! avait-elle dit en riant.

Ou encore :

— La robe d'Honor n'est-elle pas délicieuse ? J'espère qu'il restera assez d'argent pour que *tu* sois habillée de cette manière quand tu seras comtesse.

A présent, quand Monica se représentait un avenir

rose, elle ne voyait pas une flopée de belles-sœurs vivant avec Augustin et elle.

Et à propos de futures belles-sœurs... Elle jeta un coup d'œil par-dessus son épaule. Deux gentlemen avaient intercepté Honor, et riaient comme si elle avait dit quelque chose de terriblement spirituel. Même de sa place, Monica voyait pétiller les yeux de son ancienne amie.

Elle se détourna et fut surprise par lady Chatham, qui était apparue de nulle part et se tenait à présent à côté d'elle.

— Lady Chatham..., la salua-t-elle en faisant la révérence.

— Bonsoir, miss Hargrove. Etes-vous venue seule ? Où est donc votre beau fiancé ?

— Il ne sera pas là ce soir. Il avait un autre engagement.

— Je vois.

Monica entendait presque les rouages qui tournaient dans sa tête, engrangeant les ragots qu'elle pourrait distiller à petites doses à ses amies, délicieusement, le lendemain.

— Je suis venue avec mon cousin, M. Hatcher, ajouta Monica.

— M. Hatcher est *adorable*, déclara lady Chatham, comme si elle le connaissait. Je vois que les sœurs Cabot sont arrivées. Au moins, miss Cabot porte-t-elle des perles dans ses cheveux et pas la coiffe de quelqu'un d'autre, ce soir.

Vraiment, cet incident avait pris des proportions... Monica avait bien commandé cette coiffe, mais, quand elle était venue la chercher, le prix était beaucoup plus élevé que la modiste le lui avait laissé penser. Elle avait finalement renoncé à son achat, mais pourquoi avait-il fallu que ce soit Honor qui la prenne ?

— Ce n'était qu'une broutille, en réalité. Elle ne me plaisait pas du tout.

Elle sourit, espérant que son mensonge ne serait pas remarqué.

— Eh bien, à moi non plus, renchérit lady Chatham. Elle m'a semblé conçue pour attirer l'attention, et cela, miss Hargrove, ce *n'est pas* la façon dont les jeunes dames devraient se conduire !

Monica ne trouvait pas la coiffe aussi voyante, et elle ne pensait pas non plus qu'Honor se souciait des apparences pour complaire à de vieilles dames comme lady Chatham. Bien au contraire, Honor se plaisait à prendre des risques, à enfreindre les règles de la bonne société. C'était la différence entre elles, Honor repoussait toujours les limites de la bienséance, tandis qu'elle-même s'y conformait.

— Miss Hargrove…

Monica se tourna légèrement ; Thomas Rivers se tenait à côté d'elle.

— Lady Chatham…, dit-il en saluant la vieille dame d'un signe de tête, avant de sourire de nouveau à Monica. Miss Hargrove, voulez-vous m'accorder l'honneur d'être votre cavalier ?

Lady Chatham agita les doigts et gazouilla :

— Bien sûr, bien sûr ! Vous devez danser et vous amuser, miss Hargrove, car vous serez bientôt une femme mariée.

— Pardon ? fit Monica, se demandant confusément ce que lady Chatham avait voulu dire, mais celle-ci était déjà partie.

Thomas Rivers la conduisit sur la piste. La danse commençait par deux tours, un d'un côté, le suivant de l'autre. Lors du second tour, Monica aperçut George Easton qui, étonnamment, l'observait. Elle pivota de l'autre côté.

George Easton, *ici* ? Elle l'avait reconnu tout de suite, bien sûr — tout le monde le connaissait. Lorsqu'on prétendait être le neveu du roi, on n'échappait pas à l'attention générale. Récemment, elle avait entendu dire qu'il avait risqué sa fortune.

Comment avait-il pu entrer ? Lady Feathers, la principale dame patronnesse de la salle, était très stricte sur les règles d'admission, et Monica ne pouvait imaginer qu'elle ait autorisé le bâtard du duc de Gloucester à entrer, d'autant que le duc actuel dédaignait celui qu'il appelait un usurpateur.

La danse s'acheva, et Thomas Rivers l'escorta galamment hors de la piste. Elle déclina son offre d'une boisson et le regarda s'éloigner, à la recherche de sa prochaine cavalière.

Elle parcourut alors la foule des yeux… Honor, de nouveau. Elle était en train de danser, le pas libre et léger, sautillant autour de Charles Braxton qui l'admirait tel un enfant plein d'adoration. Grace était elle aussi sur la piste de danse, le sourire éclatant, et elle se mouvait avec plus d'élégance que sa sœur.

Monica se détourna. Elle n'avait pas envie de les regarder. Elle cherchait un visage familier à qui parler quand elle éprouva un picotement dans le dos. Elle *sentait* que quelqu'un l'observait et, lorsqu'elle pivota, curieuse, elle fut surprise de voir une nouvelle fois George Easton qui la fixait.

Non seulement son regard était rivé sur elle, mais il marchait résolument dans sa direction. Elle se trompait, forcément ! Non, Easton venait bien droit sur elle…

Parvenu devant elle, il sourit d'un air charmant et s'inclina très bas.

— Miss Hargrove, puis-je avoir la hardiesse de me présenter à vous ? J'espère que vous me pardonnerez, mais je vous ai vue danser avec Rivers et je n'ai pu me détourner. George Easton, votre serviteur.

Ne savait-il donc pas qu'un gentleman n'approchait jamais une dame sans y être invité ? Elle jeta un coup d'œil discret autour d'elle pour voir si quelqu'un avait noté ce manquement à l'étiquette.

— Ravie de vous rencontrer, monsieur Easton, dit-elle avec un petit sourire.

Elle trouvait son approche tout à fait suspecte, et pourtant, elle ne pouvait s'empêcher d'en être flattée.

Il lui adressa un sourire éblouissant.

— J'avoue que je suis complètement captivé.

Des gentlemen avaient parfois été captivés par elle, mais ils ne l'avaient jamais admis de façon aussi directe.

— Vraiment ? fit-elle, en lui souriant coquettement. Il est assez inhabituel qu'un gentleman aborde une dame de son propre chef, et lui fasse une telle déclaration.

— Je suis un homme inhabituel, répondit-il gaiement. Mais je vois que j'ai été trop direct. On me l'a reproché par le passé, néanmoins, lorsqu'il s'agit de belles femmes, c'est une habitude dont je ne peux me défaire. Puis-je vous offrir un verre de punch, miss Hargrove ?

Que se passait-il ? Pourquoi lui parlait-il ainsi ? Elle ne croyait pas un instant qu'un homme doté de son charme, de son apparence et de sa réputation puisse être captivé le moins du monde par elle. Elle fut soudain follement curieuse de savoir ce qu'il tramait.

— Vous le pouvez.

Il lui fit traverser la salle jusqu'au buffet, adressa un signe de tête au valet et prit un verre de punch qu'il lui tendit.

— Merci.

Il lui sourit de nouveau, et de fines rides d'expression

se dessinèrent au coin de ses yeux. Il était vraiment *très* beau, avec sa mâchoire carrée, ses yeux bleus et ses cheveux châtains aux reflets dorés. Elle aurait aimé qu'Augustin ait plus de cheveux ; les siens commençaient à se clairsemer sur le dessus.

Easton lui toucha légèrement le coude et l'éloigna du buffet.

— Vous allez sans aucun doute me juger bien hardi, encore une fois, si je déclare qu'il n'y a pas de plus jolie femme présente ici ce soir, mais je dois dire que c'est le cas.

Il était peut-être un peu myope, songea Monica avec malice.

— Pourtant, les femmes sont si nombreuses autour de nous, objecta-t-elle.

— Aucune ne peut se comparer à vous.

Du doigt, il lui caressa négligemment le poignet. Ses yeux bleus semblaient presque danser, et Monica commença à comprendre comment il avait acquis sa réputation sulfureuse de coucher facilement avec ses conquêtes.

— Je vous regardais danser avec Rivers, reprit-il, son regard glissant jusqu'à son décolleté, et j'admirais votre silhouette.

— Je vous ai vu, en effet.

Il se pencha plus près, sa tête proche de la sienne, et murmura :

— Je me suis découvert jaloux de Sommerfield.

— Peut-être devriez-vous le dire à lord Sommerfield lui-même.

— Et me faire citer en duel ?

Elle ne put s'empêcher de sourire à cette idée farfelue. Un homme comme lui n'avait rien à craindre d'Augustin quand il s'agissait de duels ou de rixes, ou de quelque autre manière dont les hommes réglaient leurs querelles. Elle était intriguée par le soudain intérêt que ce gentleman lui portait, mais pas dupe. Quel profit espérait-il en tirer ? Une présentation à quelqu'un ? A Augustin ?

Elle le regarda droit dans les yeux.

— Je ne peux m'empêcher de m'étonner de l'intérêt que vous me montrez, monsieur Easton.

Il parut surpris.

— J'aurais pensé qu'une femme aussi plaisante que vous était perpétuellement entourée d'admirateurs, miss Hargrove.

Il ne pensait pas *réellement* qu'elle croirait ses flatteries, tout de même ? C'était tellement absurde, étant donné leurs différences sociales !

— J'espérais que vous me feriez l'honneur d'être ma cavalière, afin que je puisse vous admirer un peu plus longtemps que l'étiquette ne le permet, dit-il en lui tendant la main.

Elle se mit à rire. Elle n'avait pas l'intention de danser avec lui, ni de faire naître quelque rumeur que ce soit. Elle fourra son verre dans sa main tendue.

— Merci, mais je n'aimerais pas faire l'objet de spéculations indues. Bonne soirée, monsieur Easton, dit-elle, puis elle s'éloigna.

Ce faisant, elle jeta un coup d'œil par-dessus son épaule. Il l'observait, la tête basse, avec un petit sourire satisfait. Vraiment, que diable cherchait-il ?

Chapitre 8

George Easton quitta la salle de bal en compagnie d'un gentleman qu'Honor ne reconnut pas. Il n'avait pas regardé une seule fois dans sa direction durant le peu de temps où il avait été là ; elle supposait néanmoins qu'il avait rempli sa part du marché.

Elle supposait aussi que s'il avait montré ne fût-ce qu'une fraction de la séduction qu'il avait déployée avec elle à Beckington House, Monica devait se sentir légère comme une plume, à cette heure. Le ciel savait que cela avait été son cas ! Elle s'était sentie flotter. Son cœur avait continué à tambouriner bien après le départ de son visiteur, ce baiser éthéré s'était attardé sur ses lèvres pendant des heures. Elle devait absolument constater par elle-même les effets produits sur Monica.

Elle scruta la foule en la cherchant des yeux, et l'aperçut finalement à une table en compagnie d'Agatha Williamson et de Reginald Beeker.

Elle n'avait pas l'air de planer au-dessus du sol.

De fait, elle paraissait même un peu renfrognée.

Non, cela ne se pouvait pas !

Honor traversa la salle au pas de charge.

Monica était si attentive à ce que disait M. Beeker qu'elle ne la remarqua pas, tout d'abord.

— Oh ! fit-elle soudain, visiblement surprise de la voir devant elle. Bonsoir.

— Bonsoir ! répondit Honor d'un ton enjoué. Miss Williamson, c'est un plaisir de vous revoir. Monsieur Beeker, comment allez-vous ? demanda-t-elle poliment, tandis que le gentleman s'empressait de se lever pour la saluer.

— Un plaisir pour moi aussi, répondit miss Williamson.

Personne ne l'invita à s'asseoir, mais il en fallait plus pour l'arrêter.

— Puis-je me joindre à vous ? demanda-t-elle d'un ton plaisant.

M. Beeker tira vivement une chaise pour elle. Elle s'assit et sourit à Monica.

— Irai-je nous chercher à boire ? s'enquit M. Beeker.

— Auriez-vous cette amabilité ? répondit Honor, avant que Monica ne puisse parler.

— Vous aurez besoin d'aide, déclara miss Williamson en se levant à son tour.

— Merci, dit M. Beeker, qui sourit à Honor avant de s'éloigner avec son assistante.

— Eh bien ? A quoi dois-je le plaisir de votre compagnie, Honor ? demanda sèchement Monica.

— Seulement au désir de saluer ma vieille amie.

— Mmm, fit Monica, en l'observant. Votre robe est charmante.

Si l'on pouvait dire une chose de Monica, c'était qu'elle appréciait une jolie robe quand elle en voyait une.

— Merci. La vôtre aussi, dit Honor, pensant sincèrement que le vert foncé allait très bien au teint de Monica. Est-ce une création de Mme Dracott ? demanda-t-elle, faisant allusion à la couturière la plus recherchée de Londres.

— Non, répondit Monica, les lèvres pincées. De Mme Wilbert. Mme Dracott a beaucoup de commandes en ce moment, avec la Saison. Mais elle a très bien travaillé pour vous, vraiment. Je suppose qu'il y a une coiffe pour aller avec ?

— Juste ciel, vous n'êtes pas encore fâchée, n'est-ce pas ? s'écria Honor, écartant l'affaire d'un geste négligent du poignet.

— Pas plus fâchée que l'été où vous avez séduit M. Gregory pour l'éloigner de moi.

Honor se mit à rire.

— Nous avions seize ans, Monica ! Franchement, pourquoi devez-vous toujours déterrer de vieilles blessures ?

— Je ne déterre pas une vieille blessure, mais une vieille manigance. C'est toujours la même chose avec vous. Une manigance ou une autre…

— Une manigance ! protesta Honor. Voulez-vous vraiment que nous parlions de manigances ? Vous rappelez-vous le bal Bingham, et comment Agnes Mulberry et vous avez pris les deux dernières places dans la voiture des Bingham, alors que c'est *moi* qui avais été invitée et que je vous avais invitées à mon tour ? Je n'avais pas d'autre moyen d'y aller et vous le saviez très bien.

— Tout comme vous saviez très bien que vous ne m'aviez pas invitée à la soirée de Longmeadow ! rétorqua Monica avec un claquement de langue. Une invitation égarée, vraiment !

Honor haussa le menton, choisissant sagement de ne pas évoquer plus avant cet été-là.

— Peu importe, Monica. Je suis venue vous offrir mes félicitations, et non pas ressusciter l'été de nos seize ans.

— Vos félicitations ? Pourquoi ?

— Me serais-je trompée ? Augustin m'a dit que vous étiez très impatiente de vous marier et que cela pourrait arriver très bientôt.

Monica se mit à rire doucement et ses yeux bruns étincelèrent.

— Mon très cher Sommerfield ! dit-elle gaiement. Vous l'avez mal compris, Honor. Il est si impatient de m'épouser, *lui*, qu'il parle de Gretna Green avec une fréquence alarmante.

— Et vous feriez bien de l'épouser sans tarder. Qui sait quand un autre homme pourrait être aussi impatient de se marier avec vous ?

— Pardon ? fit Monica en riant. Vraiment, Honor, je vous connais trop bien, et je sais que vous n'avez pas traversé la salle pour me questionner sur mon mariage. Cela ne vous ressemble pas du tout.

Honor ne put s'empêcher de rire à son tour.

— C'est vrai, admit-elle. Mais comme nous allons être sœurs, j'espérais que nous pourrions tourner la page. Plus de disputes à propos de coiffes ou autres broutilles.

Monica haussa un sourcil sombre.

— Vraiment ? Si vous voulez *réellement* tourner la page, Honor, aucune de nous ne devra plus découvrir de choses déplaisantes sur l'autre… comme le fait qu'elle a organisé un thé le jour exact où l'autre en a prévu un. Est-ce ce que vous voulez dire, en parlant de tourner la page ?

Elle marquait un point. Lors de la Saison précédente, Honor avait effectivement organisé une garden-party le même jour et à la même heure que le thé de Monica — thé auquel, elle eut l'élégance de ne pas le faire remarquer, Grace et elle n'avaient pas été invitées. Mais pour sa défense, elle avait vraiment cru qu'elles n'inviteraient pas les mêmes personnes. Elle avait supposé que Monica inviterait toutes leurs connaissances mornes et ennuyeuses, tandis qu'elle-même recevrait les gens vifs et amusants.

— Et nous ne devrons plus spéculer en public sur l'endroit où se trouve l'autre, ajouta Honor, rappelant à Monica que durant le bal du Jubilé, celle-ci avait suggéré ouvertement qu'elle s'était éclipsée avec lord Gargill, quand en réalité elle était dans le boudoir réservé aux dames avec Grace.

Cela avait causé *quantité* de spéculations.

— Nous prendrons soin de ne plus le faire, dit Monica en inclinant gracieusement la tête.

Honor sourit.

— Alors, avez-vous passé une bonne soirée ?

— Passable.

— Avez-vous fait de nouvelles connaissances ?

Monica pencha la tête de côté.

— Que voulez-vous dire ? demanda-t-elle d'un air soupçonneux. Pourquoi vous intéressez-vous subitement à ma soirée ?

— Juste ciel, que vous êtes méfiante ! C'est seulement que je trouve cette foule terriblement ennuyeuse dans son uniformité, pas vous ? J'aimerais voir quelqu'un de nouveau pour nous divertir un peu. La voilà, la source de nos désaccords — vous me comprenez toujours de travers !

— Ou peut-être que je vous comprends très bien, riposta Monica. Si vous cherchez de la diversion, ma chère, vous devriez peut-être envisager un voyage à l'étranger. J'en ai justement parlé à Augustin cette semaine, déclara Monica en se mettant à arranger son gant comme si elle parlait du temps. Je lui ai suggéré que vous trouveriez peut-être de nouveaux centres d'intérêt en Amérique.

Une alarme retentit immédiatement dans le cerveau d'Honor. Elle se força à rire.

— Quelle plaisanterie !

Monica leva les yeux de son gant.

— Augustin a trouvé ma suggestion intéressante. Il a dit qu'il aimerait beaucoup vous voir profiter d'une éducation plus étendue, Grace et vous. Quant à moi, il me semble que si vous trouvez notre société si ennuyeuse, une autre vous paraîtra peut-être plus divertissante.

— Je n'ai pas dit que je trouvais notre société ennuyeuse, Monica. J'ai dit que je trouvais la compagnie *de ce soir* ennuyeuse. Et je vous saurais gré de ne pas mettre des idées saugrenues dans la tête d'Augustin.

— En vertu de notre page tournée, déclara Monica, espiègle.

— *Exactement.*

— Nous voici !

M. Beeker et miss Williamson apparurent soudain, tenant chacun deux verres de vin.

— Oh ! Je crains de ne pas avoir vu l'heure passer, s'écria Honor en se levant. Je dois vraiment rentrer pour souhaiter une bonne nuit au comte.

Elle lança un regard appuyé à Monica. Elle serait peut-être à la rue quand le comte mourrait, mais, pour le moment, elle avait encore la haute main.

— Eh bien, bonsoir, dit-elle encore d'un ton plaisant.

— Bonsoir, Honor, répondit Monica, tout aussi aimablement.

Honor s'éloigna, le dos droit, le menton haut, comme si elle n'avait pas un seul souci au monde.

Alors qu'en réalité, elle en avait soudain beaucoup.

L'Amérique ! Le diable emporte Monica Hargrove !

Chapitre 9

Comment se pouvait-il que son plan n'ait pas marché ?

Toute la nuit, Honor se tourna et se retourna dans son lit, tourmentée par cette question. Elle-même avait failli être conquise par la fausse tentative de séduction d'Easton dans son salon, alors comment Monica avait-elle pu résister ?

Il n'y avait qu'une explication : Easton n'avait pas tenu parole. Pire, il avait tenu parole *mais* échoué !

Le lendemain matin, elle s'éveilla fatiguée et en colère. Elle enfila sa robe de chambre, s'assit à son secrétaire et écrivit rapidement un billet à Easton :

« Vous m'aviez donné votre parole. »

Elle était encore en robe de chambre lorsqu'elle descendit dans le vestibule. Le vieux valet, Foster, était à la porte ; elle lui mit le billet dans la main.

— Veuillez porter ceci Audley Street, je vous prie.

Foster regarda la lettre.

— Easton, lut-il à voix haute.

— Chut ! lui intima Honor d'un ton sifflant, jetant un coup d'œil derrière elle, pour le cas où quelqu'un serait entré et aurait entendu. *De la discrétion*, Foster.

— Oui, miss Cabot, répondit-il, les yeux pétillants. Ne suis-je pas toujours discret ?

— Si, dit-elle, en lui tapotant affectueusement le bras. J'ai longtemps dépendu…

— *Honor ?* Grands dieux, qu'est-ce que…

— Augustin ! Bonjour !

Son beau-frère avait une serviette de table coincée dans son col ; sans doute prenait-il son petit déjeuner.

— Je venais vous chercher, dit-il.

Il jeta un coup d'œil à Foster.

— Que faites-vous à la porte en robe de chambre ?

— Oui, miss, on dirait qu'il va beaucoup pleuvoir, aujourd'hui, déclara le valet. Il tombe des cordes, en vérité !

Honor adora le vieux domestique solennel pour sa présence d'esprit.

— Merci, je vais m'habiller en conséquence.

Elle se retourna vers Augustin avec un grand sourire.

— Alors hâtez-vous de le faire, voulez-vous ? lui demanda ce dernier. Mercy insiste pour nous régaler d'une sombre histoire de cadavres vivants, ajouta-t-il en plissant le nez. Cela m'a dégoûté de mon petit déjeuner ! Elle devrait être fermement reprise en main, si vous voulez mon avis.

— Nous ne pouvons tolérer ces excès, en effet, admit Honor, qui se demandait pourquoi Augustin ne se chargeait pas lui-même de cette remise au pas.

Elle décocha un sourire espiègle à Foster, puis s'élança dans l'escalier pour aller s'habiller.

La pluie continua de tomber à verse jusqu'à midi sans donner signe de vouloir diminuer. Honor passa la fin de la matinée à faire la lecture à son beau-père. Le temps humide n'était pas bon pour le pauvre homme. Adossé à ses oreillers, les yeux fixés sur un point devant lui, il paraissait triste et épuisé. Ses joues, autrefois bien remplies, étaient creuses, ses mains osseuses, ses yeux larmoyants.

A un moment donné de la lecture des *Ballades lyriques* de Wordsworth, les paupières du comte s'abaissèrent. Honor referma doucement le recueil de poésie et se leva avec précaution. Elle traversa le tapis sur la pointe des pieds et était sur le point de sortir, quand le malade la rappela d'une voix rauque :

— Honor chérie…

Elle se retourna. Il avait le bras tendu, comme s'il avait essayé de la toucher tandis qu'elle s'éclipsait.

— Allez-vous bien ? demanda-t-elle en revenant à son chevet. Quelque chose vous ennuie ? Dois-je aller chercher maman ?

Il fit un geste vers sa main, et elle referma les doigts sur les siens.

— Vous devrez veiller sur votre mère quand je serai parti, dit-il, la voix enrouée par la toux.

— Bien sûr.

— Ecoutez-moi bien, Honor… Elle n'aura que ses filles pour s'assurer qu'il ne lui arrivera pas de mal. Comprenez-vous ? demanda-t-il, ses yeux cherchant les siens.

Il savait.

Il savait ce que Grace et elle suspectaient — que leur mère perdait lentement la tête.

— Je vous comprends très bien, milord.

— J'ai aimé votre mère toutes ces années, reprit-il. Et je crois qu'Augustin a beaucoup d'affection pour elle, mais il est faible. Il se laisse facilement influencer. C'est un homme bien, mais il cherche trop à plaire aux autres.

— Peut-être, admit Honor. Ma mère vous a aimé aussi, milord, comme nous toutes. Je vous donne ma parole que je veillerai sur elle.

Le comte lui tapota la main.

— Comment le ferez-vous, ma très chère Honor ? J'ai été trop indulgent avec vous, n'est-ce pas, vous laissant voleter par-ci, par-là… N'y a-t-il personne qui ait accroché votre regard ?

Le cœur d'Honor tressaillit ; elle pensa à Rowley. Elle avait tant soupiré après lui !

— Il y a eu quelqu'un, mais il n'a pas voulu de moi.

Le comte fit claquer sa langue en signe de désapprobation.

— Alors c'est un sot ! Mais je suppose que la pensée d'entretenir une belle femme avec élégance peut sembler intimidante à certains gentlemen.

— Je ne me soucie pas tellement des choses matérielles, dit-elle.

Le comte sourit.

— Non ? Vous vous êtes pourtant bien servie de mes coffres.

Elle sourit d'un air fautif, mais secoua la tête.

— J'aime assez les belles choses, milord, c'est vrai, néanmoins ce ne sont que des choses. Si j'aimais quelqu'un, si je l'aimais *vraiment*, rien d'autre ne compterait.

— Si vous retrouvez l'amour, ma chérie, accrochez-vous à lui et tenez bon. C'est un oiseau rare, bien trop beau pour le laisser s'échapper. Et n'ayez pas peur de souffrir. La souffrance sert son but et vous fait apprécier plus encore le bonheur.

— Eh bien…, fit-elle en baissant les yeux.

Elle ne tenait pas à souffrir de perdre l'amour. Elle préférait l'éviter à tout prix.

— Vous êtes une bonne fille, Honor. Je me soucie comme d'une guigne de ce que les autres peuvent dire.

Il soupira, lâcha sa main et laissa rouler sa tête sur le côté.

— Envoyez-moi Jericho, voulez-vous ?

Jericho avait longtemps été son valet, puis était devenu, durant les deux dernières années, l'un des proches qui prenaient soin de lui.

Il ferma les yeux et poussa un gros soupir.

Honor trouva Jericho et l'envoya auprès du comte, puis descendit au son d'un air de piano alerte. Alors qu'elle traversait le vestibule, Foster franchit la porte d'entrée, s'arrêtant sur le seuil pour secouer l'eau de sa cape et de son chapeau.

— Foster ! Vous l'avez remis ?

— Oui, miss, répondit le valet en posant son chapeau.

— Et… Y a-t-il une réponse ?

— Non, miss. Le majordome m'a dit que le gentleman n'était pas encore rentré, et qu'il lui remettrait le billet à son retour.

Pas encore rentré ? Un curieux petit chatouillis la parcourut. Il n'y avait qu'un endroit où un homme pouvait rester toute la nuit et une partie de la matinée, non ? Un lit, avec un corps tout en courbes pour le réchauffer. *Des champs d'or filé.* Un autre chatouillis, plus fort, la traversa.

— Merci, dit-elle distraitement à Foster.

Elle continua vers le salon de musique, imaginant George Easton avec une femme, les draps glissant de son corps nu et dur, tandis qu'il réclamait davantage à sa conquête.

Qui était cette femme ? Lady Dearing ?

Dans le salon de musique, elle trouva ses sœurs. Prudence jouait du piano. Elle était la plus musicienne d'elles quatre, avec une oreille qu'Honor lui enviait. Grace était assise à une table, sa plume courant sur une feuille, tandis qu'elle écrivait une lettre. Mercy se tenait à plat ventre devant la cheminée, les jambes relevées et les chevilles croisées. Elle tournait lentement les pages du *Lady's Magazine*. Un petit feu brûlait dans l'âtre et des bougies étaient allumées pour chasser la morosité de ce jour de pluie.

— A qui écris-tu, Grace ? demanda Honor en s'asseyant sur le canapé et en ramenant les pieds sous elle.

— A la cousine Beatrice.

— Elle n'est pas notre cousine.

— Ah non ? demanda Prudence, s'arrêtant de jouer.

Honor secoua la tête.

— Maman et elle étaient des amies d'enfance, si proches qu'elles se disaient cousines. Pourquoi donc lui écris-tu ?

— Parce qu'elle réside à Bath, répondit Grace, et que j'aimerais savoir si par hasard elle y a vu lord Amherst. Je crois savoir qu'il n'est pas à Londres.

Honor battit des cils.

— Amherst ? Pourquoi ?

— Honor, voyons ! fit Grace avec un sourire coquin. C'est une affaire privée. Je pensais que tu l'aurais deviné.

Honor ne devinait rien, mais Grace jeta un coup d'œil éloquent à Mercy, qui avait cessé de tourner les pages du magazine pour la regarder intensément.

— Qu'y a-t-il ? demanda cette dernière. Pourquoi ne me dites-vous jamais rien ?

— Parce que tu es une enfant. Que penses-tu de ce morceau ? demanda Prudence en se mettant à jouer un autre air enjoué.

Mercy se mit à genoux et ajusta ses lunettes en écoutant.

— Je l'adore ! dit-elle un peu plus tard, et elle sauta sur ses pieds.

Elle entreprit alors de danser une gigue autour du salon, les bras écartés, le pas léger.

Honor sourit à sa plus jeune sœur. Danser était ce qui lui fallait pour bannir la morosité de ses pensées, et elle bondit pour s'incliner devant Mercy et lui tendre la main comme un gentleman. Sa sœur la prit, toute contente, et elles se mirent à danser sur l'air entraînant de Prudence. Grace posa sa plume et tapa des mains, en rythme.

— Plus haut, Mercy ! dit-elle, alors que les pas requéraient un bond. Ne traîne pas les pieds, chérie — *saute !*

Mercy sauta. Prudence se mit à jouer plus vite, forçant ses sœurs à accélérer, à tourner, encore et encore. Elles riaient toutes du rythme endiablé de la musique et ne remarquèrent pas Hardy jusqu'à ce qu'il vienne se placer près du piano, son plateau en argent à la main.

— Hardy ! s'exclama Honor, essoufflée, tandis que Mercy et elle s'arrêtaient en se heurtant. Nous ne vous avions pas vu !

— Non, miss. Je n'ai pas pu me faire entendre par-dessus la musique et les rires, répondit le majordome d'un ton traînant.

Prudence se leva, étirant les bras au-dessus de sa tête.

— Qu'est-ce que c'est ? demanda-t-elle, désignant le plateau du menton.

— Une visite, répondit le valet en s'inclinant légèrement. Pour miss Honor.

Mercy prit Honor de vitesse ; elle se précipita pour essayer d'attraper la carte avant qu'Honor ne s'en saisisse. Mais en dépit de son âge, Hardy était agile. Il leva le plateau pour le mettre hors de sa portée et elle sauta pour rien.

— Hardy ! se plaignit-elle.

Honor tendit la main pour prendre la carte sur le

plateau, et son cœur se mit à frémir lorsqu'elle lut le nom du visiteur : George Easton.

Ce court instant de trouble lui coûta, car Mercy réussit à lire la carte.

— Qui est George Easton ?

Grace étouffa une exclamation, se leva du secrétaire, et s'approcha d'elle à la hâte.

— Tu ne l'as pas *invité*, n'est-ce pas ?

— Non ! C'est-à-dire, j'ai envoyé un billet, mais je ne pensais pas qu'il viendrait…

— Qui est-ce ? demanda Prudence, se faufilant entre elles pour tenter de voir la carte à son tour.

— Pas quelqu'un que tu devrais connaître, répondit vivement Grace, avant de demander à Hardy : Où est Augustin ?

— A son club.

— Hardy, voulez-vous demander à M. Easton d'attendre un moment, je vous prie, pendant que nous…

Elle agita les doigts et le domestique comprit apparemment que ce geste signifiait qu'il devait quitter le salon, car il s'inclina avant de sortir et de refermer la porte derrière lui.

Honor tournoya et fixa les fenêtres, son cœur s'emballant autant que son esprit.

— Juste ciel, il est venu !

— Qui *est-ce* ? insista Prudence. Je n'ai jamais entendu parler de lui.

— Dieu merci, tu n'as pas encore fait ton entrée dans le monde et tu ignores donc le genre d'hommes qui guettent les jeunes miss ! répondit sombrement Grace.

— Grace ! Ce n'est pas juste, protesta Honor. Ce n'est pas comme s'il me *courtisait*.

— Alors pourquoi est-il venu ? demanda Mercy, déroutée.

Honor ignora la question — elle venait de s'apercevoir que ses cheveux étaient défaits et qu'elle portait sa robe la plus ordinaire. Elle se pinça rapidement les joues pour y faire venir de la couleur.

— Et pourquoi fais-tu *cela* ? demanda Grace.

— Parce qu'il lui plaît ! s'exclama Mercy, ravie.

— Tu ne vas pas le *recevoir* ! s'exclama Grace, atterrée. Prudence et Mercy sont ici !

Prudence prit ombrage de cette remarque.

— Je ne suis plus une enfant, Grace. J'aurai dix-sept ans dans trois mois.

— Il ne me plaît pas, Mercy, dit Honor en s'empressant d'aller jusqu'au buffet et au miroir accroché au-dessus.

Elle avait besoin d'un peigne ! Ses cheveux étaient tout en désordre.

— Alors pourquoi fais-tu ces mines ? insista Mercy, tandis qu'Honor regardait ses cheveux, les paupières plissées, et se hâtait de les tordre en une longue natte.

— Je ne suis pas habillée pour recevoir un visiteur ! bougonna-t-elle, exaspérée.

— Alors peut-être ne devrais-tu pas le recevoir, déclara Prudence.

— Peut-être, concéda Honor.

Elle tourbillonna, écartant les bras.

— Comment suis-je ?

Grace soupira.

— Charmante. Je le jure, il n'y a rien qui pourrait te rendre moins agréable à voir. C'est vraiment très irritant.

— Merci, chérie. Bon, maintenant, vous trois allez rester ici. C'est compris ?

— Pourquoi ? demanda Mercy. Je veux le voir !

— Non, Mercy. Cela ne te regarde pas…

Cette dernière se rua soudain sur la porte, l'ouvrit brusquement et partit en courant dans le couloir.

— Pour l'amour du ciel ! s'écria Honor.

— Si elle le voit, alors moi aussi, annonça Prudence, et elle sortit de la pièce avec majesté, sur les pas de sa sœur.

— Tu as réussi ! dit Grace. Si tu penses un instant que ces deux-là vont garder ton secret…

— Oh ! pitié ! J'aimerais que, pour une fois, tu me dises quelque chose qui me surprenne !

Honor la prit par la main et l'entraîna avec elle hors de la salle de musique.

Chapitre 10

George fut pris de court par le soudain afflux de tant de jeunes filles, mais il se ressaisit quand la plus petite, et sans doute la benjamine, le regarda à travers des lunettes qui faisaient paraître ses yeux bleus immenses et lui demanda :

— Etes-vous un soupirant ?

— Miséricorde, Mercy, où sont tes bonnes manières ?

Honor s'était placée derrière l'adolescente et, posant fermement les mains sur ses épaules, la fit pivoter comme si elle voulait la renvoyer d'où elle venait.

— Je vous demande pardon, monsieur Easton, reprit-elle. La conduite mondaine de ma sœur Mercy laisse à désirer. Puis-je faire les présentations ? Voici miss Mercy Cabot, miss Prudence Cabot et ma sœur Grace, que vous connaissez bien sûr…

— Voilà qui fait de nombreuses vertus réunies dans la même pièce ! dit George en inclinant la tête. Enchanté, mesdemoiselles.

— Mmm, fit Grace Cabot en le regardant d'un air soupçonneux, comme si elle doutait qu'il soit réellement enchanté et se demandait s'il avait fait tout ce chemin sous le déluge pour feindre le plaisir de rencontrer les sœurs Cabot.

— Etes-vous venu pour Honor ? demanda encore la plus jeune. Ou Grace ? Parfois, les visiteurs ne se soucient pas vraiment de celle qui les recevra.

— Mercy ! s'exclama Honor, pâlissant légèrement. S'il vous plaît, retournez toutes les trois dans le salon et pour l'amour du ciel, si Augustin revient, *distrayez-le* !

— Pourquoi ? demanda Prudence. Qu'est-ce que tu vas faire ?

— Elle ne va rien faire du tout, répondit Grace, lui jetant un regard noir, et prenant la plus jeune par le bras. Venez, vous deux…

— Mais on ne peut pas l'inviter pour le thé ? insista Prudence, tandis que Mercy se tortillait pour apercevoir George par-dessus son épaule. On les invite toujours pour le thé.

— Il n'est pas *ce genre* de visiteur, déclara Grace en les faisant sortir. Honor, tu nous rejoindras bientôt, n'est-ce pas ?

Honor répondit d'un geste vague de la main, ce qui eut pour effet d'assombrir l'expression de sa sœur. Quand les trois jeunes filles eurent disparu dans le couloir, elle prit George par le coude et commença à l'entraîner dans la direction opposée.

— Hardy, il s'agit d'une affaire privée…

— Oui, miss, bien sûr, miss, répondit machinalement le majordome, ce qui fit penser à George qu'Honor Cabot s'occupait souvent d'« affaires privées ».

— Un instant, je vous prie, miss Cabot, dit-il, en essayant de l'arrêter. Il ne s'agit pas d'une *visite* à proprement parler…

— Peut-être, mais j'ai besoin d'avoir une petite discussion avec vous, rétorqua-t-elle en le pressant d'avancer.

Ou plutôt en le tirant.

Elle le fit entrer dans le petit salon qu'il connaissait déjà et referma soigneusement la porte derrière eux.

— Miss Cabot…

— Vous ne lui avez pas parlé, lança-t-elle de but en blanc, tournoyant sur elle-même.

— Que diable voulez-vous dire ? Bien sûr que si, je lui ai parlé ! se récria George, vexé qu'elle en doute. Elle attend probablement que cette pluie torrentielle cesse en revivant chaque instant de notre entretien, ajouta-t-il avec assurance.

Il connaissait les jeunes femmes — leur imagination était presque aussi ridiculement démesurée que leurs coiffures.

— Vous êtes bien jovial et bien sûr de vous !

— Pourquoi ne le serais-je pas ? demanda-t-il d'un ton cavalier.

Il s'assit sur le canapé, passant une jambe sur l'autre, et poursuivit :

— Ce n'est pas comme si j'étais novice en matière de séduction, miss Cabot.

Il rit doucement à cette idée.

— Miss Monica Hargrove n'a pas seulement été sidérée par mon approche, mais *ravie*.

— Ravie, ah oui ? Alors, comment expliquez-vous sa réponse quand je l'ai interrogée sur sa soirée ? Elle m'a dit qu'elle était « passable » et qu'elle n'avait rencontré personne de nouveau.

George haussa les épaules.

— Et alors ?

— Alors, visiblement, vous ne lui avez fait *aucune* impression !

George frémit à cette insinuation et la fixa en plissant les yeux.

— J'ai *fait* de l'impression, déclara-t-il. Votre amie a été convenablement troublée. Elle n'allait pas l'admettre devant vous, évidemment, cela ne vous regardait pas !

Il articula bien chaque mot pour cette jeune sotte et s'efforça de ne pas lorgner sa silhouette.

— Oui, eh bien, vous ne connaissez pas Monica Hargrove comme je la connais ! Elle ne raterait pas une occasion de se vanter qu'un gentleman de *votre* réputation lui a montré de l'attention.

George allait rétorquer, mais il fut arrêté par « un gentleman de votre réputation ».

— Je veux dire, s'empressa d'expliquer Honor quand elle vit son expression ombrageuse, que vous êtes quelqu'un qui… Eh bien, vous êtes, euh…

— Dites, je vous en prie, miss Cabot… Je suis *quoi* ?

Un bâtard. Quelqu'un qui prétend à un rang.

Il savait ce qu'il était et, si elle pensait différemment, elle était encore plus sotte qu'il ne le croyait.

— Hum, fit-elle.

Ses joues se colorèrent.

— Attirant. Voilà ce que vous êtes, finit-elle par dire. Et connu pour vos succès avec les femmes.

Attirant ? L'adjectif le déconcerta. C'était donc là sa réputation ? L'aveu embarrassé d'Honor n'aurait pu lui plaire davantage. Il eut un sourire satisfait.

— Eh bien, miss Cabot, je ne me doutais pas de la profondeur de votre estime.

— Ne vous moquez pas de moi !

— Je n'y songerais pas, dit-il, étendant son bras avec désinvolture sur le dossier du canapé.

C'était son talent, pensa-t-il avec un sourire croissant, de faire rougir les jeunes femmes… ainsi que celles qui rougissaient moins vivement qu'autrefois. Il était un homme avec une vocation, et cette vocation était de choyer les femmes de Londres.

Mais la rougeur de miss Cabot se dissipa rapidement.

— Vous avez promis, Easton, reprit-elle, la mine renfrognée.

— J'ai fait ce que j'avais dit, Cabot.

— Alors vous avez dû le faire de travers !

— *De travers !* protesta-t-il.

Il eut soudain envie de la prendre sur ses genoux, de lui relever les jupes et de lui donner la fessée comme à une enfant.

— Par tous les saints, vous êtes d'une impudence incurable !

— Et vous, vous éclatez carrément de vanité !

Elle se mit à arpenter la pièce, le front plissé, les lèvres pincées. Puis elle s'arrêta et lui fit face.

— Vous devez recommencer.

— Je vous demande pardon, je ne recommencerai pas. Je *l'ai fait*. Et d'après moi, vous me devez cent livres.

— Quatre-vingt-douze.

— Quatre-vingt-douze, dit-il d'un ton sec, en se levant. Vous pouvez les envoyer à mon avoué, M. Sweeney...

— Le bal des Prescott aura lieu ce vendredi soir, poursuivit Honor comme s'il n'avait pas parlé, en se remettant à faire les cent pas. Je peux vous fournir une invitation.

L'indignation enfla en lui. Elle parlait comme s'il était un inférieur, le bénéficiaire de ses bonnes œuvres, et il avait beau imaginer son corps nu se tordant de plaisir sous le sien, cela ne l'apaisait pas.

— Non !

— Vous devez danser avec elle !

Elle s'arrêta soudain de marcher pour le détailler de haut en bas d'un œil critique.

— Que regardez-vous ? demanda-t-il en baissant les yeux sur sa personne. Ecoutez-moi, Honor Cabot. Vous pouvez m'adresser les quatre-vingt-douze livres selon notre accord et…

— Non, rétorqua-t-elle en haussant le menton. Pas tant que vous n'avez pas fait ce que vous avez promis de faire.

George contempla bouche bée son joli visage, ses yeux bleus qui brillaient. Etait-elle folle ? Déséquilibrée ? Il ne se souvenait pas d'avoir jamais subi un tel affront.

— Je trouve ironique qu'une femme nommée Honor n'honore pas sa parole. Ou qu'elle joue avec le bonheur de deux personnes qui ne lui ont pas fait de mal, juste pour ne pas avoir à renoncer à ceci, dit-il en désignant de la main la pièce bien décorée dans laquelle ils se tenaient.

— Est-ce ce que vous pensez ? demanda-t-elle, paraissant surprise de sa déclaration.

Il souffla.

— Je le sais, miss Cabot. Vos mobiles sont tout à fait évidents.

Pendant un instant, elle parut sur le point de hurler, ce qui n'aurait pas surpris George, étant donné le grain qu'elle avait dans sa jolie tête. Mais il n'en fut rien.

— Vous n'avez pas à vous soucier de mes mobiles, monsieur, dit-elle à la place. Et ne doutez pas que j'honorerai ma parole, *dès que* vous honorerez la vôtre, ajouta-t-elle avec assurance. Vous croyez avoir charmé miss Hargrove, mais visiblement vous n'y êtes pas parvenu. Je ne vous donnerai pas l'argent promis simplement parce que votre estime de vous-même a faussé votre vision de la réalité.

George serra les poings, luttant contre l'étrange mélange de colère et de désir qui montait en lui.

— Bonté divine, si vous étiez un homme je vous convoquerais en duel pour une telle insulte !

— Et si j'étais un homme, je serais très heureuse de vous obliger ! riposta-t-elle.

Elle se remit à arpenter la pièce.

— Vous devez danser avec elle, et lui montrer que votre estime pour elle est *véritable*. Cela l'impressionnera.

Pourquoi était-elle aussi insistante ? Il en oublia un instant sa colère — il *avait* tourné la tête de miss Hargrove, non ? Il essaya de se rappeler ce qui s'était passé avec précision. Il se remémora le sourire de la jeune femme — tout à fait charmant. Pas aussi charmant que l'impertinente copie d'une débutante anglaise qui se tenait devant lui, mais tout de même. Miss Hargrove avait gloussé et l'avait regardé coquettement. Il l'aurait juré. Non, miss Cabot avait tort. Il était sûr d'avoir fait ce qu'elle lui avait demandé.

— J'ignore ce qui vous porte à croire que vous êtes une arbitre en matière de séduction, madame, mais j'ai fait ce que j'ai promis.

Elle soupira comme si c'était lui qui perdait l'esprit.

— Très bien. Que lui avez-vous dit ?

— Maintenant, vous me mettez vraiment en colère !

— Je vous demande pardon ?

— Vous voulez savoir ce que j'ai dit ? demanda-t-il en s'approchant, et en lui prenant le menton, ce qui parut la surprendre. J'ai dit que je la trouvais charmante.

Il releva son visage vers le sien et caressa sa joue de son pouce.

— Et que je l'admirais, ajouta-t-il, laissant son regard glisser sur sa silhouette.

Il s'approcha plus encore, pencha la tête jusqu'à ce que sa bouche soit tout près de la sienne.

— Et que j'étais très jaloux de Sommerfield.

Elle battit des cils.

— Et ?

— *Et ?* Je lui ai demandé d'être ma cavalière, mais elle a modestement refusé, répondit-il, les yeux fixés sur des lèvres pleines et humides qui semblaient implorer d'être embrassées de nouveau.

— Là, vous voyez ! dit-elle doucement, ses yeux descendant vers sa bouche à lui.

Son souffle soudain oppressé le troubla.

— Cela vous surprend ? Je suis un homme avec une certaine réputation, comme vous dites, et elle est une fiancée rougissante. Elle a décliné par souci des convenances.

— Elle n'est pas une fiancée rougissante, elle est aguerrie et rusée.

Naïve, pensa-t-il. Il posa la main sur son cou mince, sentant la chaleur de sa peau irradier dans sa paume. Le corps féminin ne cessait jamais de l'étonner — si doux, si fragile, et pourtant doté du pouvoir de provoquer des guerres parmi les hommes.

— Elle ne m'a pas semblé terriblement aguerrie. Elle paraissait plutôt troublée…

Il s'arrêta pour inhaler son parfum excitant.

— Un peu comme vous plus tôt cette semaine, dans cette même pièce.

Honor Cabot tourna légèrement la tête, s'écartant de sa bouche.

— Je vous demande pardon. Je n'étais *pas* troublée.

— Tss, tss, miss Cabot…

Elle fronça les sourcils, mais ne nia pas.

— Vous devez lui parler de nouveau, insista-t-elle. L'inviter une fois encore à être votre cavalière.

George soupira. Il glissa une main dans son dos et l'attira contre son torse. Pour une fois, elle ne dit rien, elle leva juste vers lui ses beaux yeux bleus.

— Je pense que je devrais vous embrasser. Mais véritablement, cette fois. Et à l'encontre de mon jugement.

— Je vous l'interdis, murmura-t-elle.

Néanmoins, elle ne bougea pas.

— Vous êtes trop confiante, miss Cabot. Si vous vous souciez de votre vertu, vous ne devriez jamais interdire à un homme de vous embrasser et lui permettre en même temps de vous tenir comme je le fais.

Et surtout pas à moi.

— Vous ne comprenez pas encore comment fonctionne un homme. Quand une femme est aussi près, il…

Il ne put finir ; il la regarda dans les yeux tandis que son esprit était traversé d'une myriade d'idées de tout ce qu'il voudrait faire à une femme comme elle.

— Il quoi ?

Il fut incapable d'exprimer ce qui faisait soudain rage en lui : la certitude qu'un homme qui la tenait dans ses bras ne pouvait être satisfait avant de l'avoir possédée totalement. Mais pour la première fois depuis qu'il l'avait rencontrée, il vit son innocence. Elle était là, enfouie sous le manteau des privilèges et de la sophistication, et cela le fit se sentir étrangement protecteur à son égard.

Seigneur, non, pas ça !

Il était un cheval de concours, dressé pour ne jamais détourner les yeux de son chemin. Satanée innocence ! Que ce soit un besoin instinctif de prendre ses distances par rapport à des pensées aussi dérangeantes ou l'effet de son désir grandissant, qui le rendait fou, George n'aurait su le dire, mais il répondit :

— Il fait ceci…

Et il posa sa bouche sur la sienne.

Il ne s'attendait certainement pas à ce qu'Honor Cabot lui rende son baiser ! Mais le fait était qu'elle se pressa contre lui, arquant le dos, fondant dans ses bras. Elle fit remonter ses mains sur ses manches, les glissa autour de son cou et inclina légèrement la tête en ouvrant la bouche. George sentit presque ses genoux flageoler alors qu'il profitait complètement de son abandon, mêlant sa langue à la sienne. Il la serra plus encore pour sentir ses douces courbes contre son corps dur. Il passa une main dans son dos, sur son postérieur, enfonçant les doigts dans la chair tendre de sa hanche. Il l'embrassa jusqu'à ce qu'il commence à éprouver cette pulsion primaire, l'appel de son corps à bouger contre elle, à être en elle.

Il releva la tête, posa les mains sur ses épaules, et l'éloigna de lui. Elle passa gracieusement son pouce sur sa lèvre inférieure et lui sourit d'un air penaud.

— Là, vous voyez ? dit-il avec sérieux. Vous n'auriez pas dû me faire confiance.

— Mais je vous *fais* confiance !

Il posa la main sur sa taille, déterminé à lui faire entendre raison.

— Si vous étiez mienne…

— Je ne le suis pas.

— Mais si vous l'étiez, je vous enseignerais que vous ne pouvez être aussi légère avec votre vertu. Ou la vertu de n'importe qui, d'ailleurs ! Ce que vous faites dépasse l'entendement.

Elle croisa les bras.

— Je ne vous ai pas demandé de défendre ma vertu, dit-elle d'un ton suave.

— Ne me poussez pas à bout, Cabot ! la prévint-il, promenant son regard sur son visage, ses cheveux.

— Pensez-vous que les hommes sont les seuls à avoir le droit de désirer ?

Cette question attisa indubitablement l'intérêt de George.

— Me désirez-vous, ma douce ? demanda-t-il alors d'une voix soyeuse, l'attirant de nouveau à lui, afin qu'elle sente combien il la désirait.

Dans toute sa vie, il n'avait jamais rencontré une femme qui ne soit intimidée, ne fût-ce qu'un peu.

Mais Honor Cabot le regarda dans les yeux et dit avec un petit sourire de coquette :

— Vous prétendez connaître les femmes, Easton. Qu'en pensez-vous ?

Il rit doucement.

— Je pense que vous n'avez pas la moindre idée de ce que vous voulez…

Il courba de nouveau la tête pour suivre de sa langue le dessin de ses lèvres.

Honor retint une exclamation, mais il ne faisait que commencer. Il porta une main à sa mâchoire, lui inclina la tête, puis mordilla sa lèvre inférieure.

— Est-ce *ceci* que vous voulez ? demanda-t-il, pressant son ventre contre le sien, avant de glisser sa langue dans sa bouche.

Elle fit entendre un petit bruit de gorge. Ses mains se posèrent sur ses épaules et il pensa un instant qu'elle allait le repousser, mais elle lui ouvrit simplement sa bouche, faisant glisser ses mains le long de ses bras, de haut en bas, puis de bas en haut, avant de couler les doigts dans ses cheveux. Il passa une main sur un sein, le prenant dans sa paume, le pressant, ses doigts en trouvant la pointe à travers l'étoffe de sa robe. Il se précipitait tête baissée sur la pente du désir physique, du rapport émotionnel, et, grondant sourdement, il la souleva d'un bras passé autour de sa taille, se tourna et la déposa sur le canapé.

Honor réprima une autre exclamation ; son souffle soulevait précipitamment sa poitrine. George traça de sa langue un chemin mouillé le long de sa gorge, sa main palpant sa chair, l'aguichant. Il libéra un sein de son corselet et elle laissa échapper un autre bruit. De protestation ? de ravissement ? Quoi que ç'ait été, il l'embrassa de nouveau avant de prendre son sein dans sa bouche.

Honor se laissa soudain tomber en arrière en poussant un très long soupir et enfouit les doigts dans ses cheveux. George suçota le bout de son sein, les yeux fermés sur la tempête qui faisait rage en lui, les étincelles qui s'allumaient dans ses veines et l'emplissaient de ruisselets de feu. Il goûta sa chair parfumée, sentant la pointe roide au creux de sa langue. La pulsation du désir battait follement en lui, et l'image de son corps mâle s'enfonçant profondément dans celui d'Honor l'obséda.

Mais ce n'était pas tout ce qui l'habitait. Il y avait aussi le léger claquement de sabots, le cheval qui levait haut la jambe en marchant au pas, résolument, sans regarder à droite ni à gauche. Il avait beau souhaiter la dévêtir, lui écarter les jambes et la déflorer, sentir la chaleur humide de son désir, il ne le pouvait pas. Il ne pouvait pas causer la perte d'une débutante, ni en séduire une autre. Il n'était pas ce genre d'homme, quoi qu'en disent les gens, et il fit appel à toute sa volonté pour se redresser et s'écarter d'elle, pour ôter ses lèvres de sa poitrine. Il s'appuya des deux mains de chaque côté d'elle, les yeux dans ses yeux de saphir.

— Ne vous fiez jamais, *jamais* à un homme dans ces circonstances ! dit-il avec colère.

Il quitta le canapé, puis lui tendit la main et l'aida à se relever.

Elle prit un moment pour arranger sa robe et le fixa d'un air contrit. Il la sentait sur le point de dire quelque chose, lorsque la porte s'ouvrit brusquement.

Elle tournoya, secoua ses jupes et fit passer ses longs cheveux sur sa gorge pour en cacher la rougeur.

Une femme, que George identifia aussitôt, entra dans la pièce. C'était une version plus âgée d'Honor, aux cheveux grisonnants.

— Maman ! s'exclama cette dernière, s'empressant de mettre une certaine distance entre eux. Euh… puis-je vous présenter M. George Easton ?

Miséricorde ! Il la désirait encore ! Par bonheur, la comtesse ne parut rien remarquer ; son regard absent glissa tout d'abord sur lui.

— Milady, dit-il en s'inclinant très bas.

Elle le considéra alors avec curiosité, comme si elle essayait de le situer.

— Ah, oui, dit-elle en hochant la tête. Bien sûr. Vous êtes venu pour les chevaux ?

Les chevaux ? Du regard, George quêta l'aide de miss Cabot.

— Je vous demande pardon, je pense qu'il y a une légère méprise…

— Le comte les a quasiment tous vendus, n'est-ce pas, Honor ? Mais je crois qu'il reste l'alezan clair.

— Maman, dit gentiment Honor, les chevaux... Nous les avons vendus il y a longtemps.

— Quoi ?

Lady Beckington se mit à rire nerveusement.

— Non, voyons ! Nous avons encore l'alezan clair. Je vous en prie, attendez ici, monsieur. Mon époux ne va pas tarder pour tout régler avec vous.

George ne comprenait rien à ce qui se passait, mais il percevait un léger tremblement chez Honor.

— Je vais attendre avec M. Easton que le comte arrive. Dois-je sonner Hannah ? demanda-t-elle, en allant se placer au côté de sa mère.

— Qui ? Oh ! non, ce n'est pas nécessaire, répondit lady Beckington, en se tournant vers la porte. Bonne journée, monsieur.

Elle sortit sans regarder en arrière.

Honor ne dit rien ; elle baissa la tête un long moment, ferma les yeux, puis les rouvrit lentement et les leva vers lui.

— Je ne comprends pas, dit-il simplement.

Comment une mère pouvait-elle surprendre sa fille dans une situation aussi compromettante et se contenter de sortir ?

— Vous comprendrez peut-être si je vous dis qu'il y a deux étés, mon beau-père a vendu quelques chevaux à Longmeadow. Mais pas l'alezan clair. Et même s'il voulait en vendre d'autres maintenant, il serait incapable de descendre pour s'entendre avec vous sans être soutenu par quelqu'un.

George commençait à comprendre. Quand Honor lui avait dit que sa mère n'allait pas bien, ce premier après-midi, devant chez Gunter's, il avait songé à une pleurésie ou quelque chose de ce genre. Une affection *physique*.

— Depuis combien de temps est-elle ainsi ? demanda-t-il.

— Ainsi ? répéta Honor en regardant la porte. Quelques instants... Ou alors des semaines, des mois... Parfois, elle va parfaitement bien. Et parfois pas du tout.

Sa voix mourut et elle fixa le tapis.

— Pourquoi ne me l'avez-vous pas dit ? Quand vous êtes venue me trouver la première fois, pourquoi ne m'avez-vous pas expliqué la situation ?

— Pour que la moitié de Londres le sache ?

Elle ignorait qu'elle parlait à un homme qui avait protégé sa mère toute sa vie.

— Miss Cabot, sur mon honneur, je n'en soufflerai mot. Vous avez ma parole.

Elle rougit, les poings serrés.

— Vous comprenez sans doute mieux mon dilemme, à présent, monsieur Easton. Je ne pense pas que miss Hargrove ait envie d'avoir sous son toit quatre belles-sœurs et une belle-mère folle. *Personne* ne voudrait avoir une femme folle sous son toit. J'ai besoin... j'ai besoin de *temps*, jusqu'à ce que Grace et moi puissions nous marier ou... trouver une solution quelconque.

Elle fixa le plafond sans le voir.

— Si je pouvais prendre une épée et me battre pour cette cause, je le ferais. Si j'avais une grande fortune à ma disposition, je l'utiliserais. Mais je suis une femme, et les seules solutions que j'ai sont de manigancer ou de me promettre au plus offrant, avant que le pot aux roses ne soit découvert.

Elle baissa de nouveau les yeux sur lui.

— Vous pouvez peut-être penser que je manque d'honneur, mais sur ma foi, c'est tout ce que j'ai. Je ne souhaite pas blesser Augustin ou Monica. Sincèrement, je veux juste la détourner de lui jusqu'à ce que je puisse penser à *quelque chose*. Que puis-je faire d'autre ?

Le cœur de George se serra. Il avait beaucoup aimé sa mère, simple femme de chambre avec le bâtard d'un duc à élever seule. Elle n'avait jamais été acceptée nulle part. Les autres domestiques la jugeaient sans morale. Le duc s'était servi d'elle et l'avait abandonnée à son sort.

Mais Lucy Easton était déterminée et, lorsqu'elle avait appris que le duc était malade, elle avait réussi à le convaincre de verser une pension à George. Il savait que sa mère avait tout sacrifié pour lui, et que la pension lui avait permis de fréquenter l'école, de rencontrer des jeunes gens qui deviendraient ses pairs, même s'ils considéraient avec scepticisme ses prétentions à avoir été engendré par un prince royal.

Sans sa mère, il serait encore en train de nettoyer les stalles des Ecuries royales.

— S'il vous plaît, aidez-moi, dit Honor d'une voix ténue. Je vous en prie, venez au bal.

Juste ciel, comment pouvait-il voir le souci et la tristesse dans ses yeux et lui refuser son aide ?

— Même si je viens, même si je réussis à la distraire comme vous le souhaitez, toutes sortes de choses peuvent se produire après coup. Qu'est-ce qui l'empêchera de raconter à tout le monde ce que vous avez fait, quand elle le découvrira ? Qu'est-ce qui l'empêchera de faire part de ses soupçons à Sommerfield ? La situation pourrait être encore pire pour vous, alors.

— Je sais. Mais je dois essayer. Je prendrai donc ce risque.

Il contempla son visage captivant. Lui aussi avait fait certaines choses considérées comme insensées par la plupart des gens, quand il n'avait pas vu d'autre solution.

— Le ferez-vous ? demanda-t-elle doucement.

— Je le ferai une fois encore, Honor. Juste une fois.

Elle sourit d'une façon qui se mit à brûler la chair tendre de ses entrailles.

— Merci, George.

Une autre bouffée de chaleur l'envahit, lorsqu'il l'entendit prononcer son prénom. Il se trouvait en terrain dangereux, un terrain mou et friable dans lequel il pouvait s'enfoncer rapidement et s'enliser. Que ce soit arrivé si vite le secoua assez pour qu'il aille jusqu'à la porte.

— *Une fois*, miss Cabot. Pas plus. Mais ne me prenez pas pour quelqu'un qui se soucie de vous ou des conséquences de vos actions.

— Oh ! Je ne le ferai pas, lui assura-t-elle vivement. *Jamais.*

Et elle lui sourit.

Chapitre 11

— Pourquoi souris-tu de cette façon ? demanda Grace, quand Honor émergea enfin du salon, un moment après le départ de George Easton.

Prudence et Mercy étaient avec elle, et toutes trois la regardaient d'un air soupçonneux. Quelles jeunes personnes méfiantes ! Elle les avait bien élevées !

— Je souris ?

Elle pensait pourtant avoir attendu assez longtemps pour effacer toute trace de ravissement de ses joues, suite à cette expérience inattendue — et remarquable — sur le canapé.

— Je suis contente que la pluie ait diminué, pas vous ? C'est horrible d'être confinée à l'intérieur.

— Mais il pleut encore plus fort ! s'écria Prudence.

— Pour l'amour du ciel, allez-vous rester là à me regarder, la bouche assez grande ouverte pour attirer des oiseaux en quête d'un nid ? leur demanda Honor, forçant le mur qu'elles formaient pour monter l'escalier.

Le mur fut aussitôt sur ses talons.

Elle n'allait pas leur dire quoi que ce soit ! Cela ne les regardait pas. On ne pouvait se fier à aucune d'elles pour garder une confidence. Sans compter qu'il n'y avait tout simplement pas de mots pour décrire un moment aussi excitant, aussi exceptionnel. C'était le genre d'expérience érotique qui vous recroquevillait les orteils, et à laquelle on pouvait assurément rêver pendant des années ou des décennies. Elle ne l'oublierait jamais !

— Pourquoi détales-tu comme une chatte coupable ? lança Grace derrière elle.

— Parce que je veux rester seule !

Sa déclaration ne produisit pas le moindre effet : ses sœurs restèrent derrière elle.

— Faut-il que vous me suiviez comme un troupeau de moutons ? demanda-t-elle, irritée.

Elle voulait se réfugier dans sa chambre, rester sur son petit nuage, s'allonger sur la méridienne et se rappeler la façon si séduisante dont les yeux d'Easton étincelaient quand il était fâché contre elle. Etudier en privé *comment* ces instants sur le canapé s'étaient produits exactement et trouver un moyen de s'assurer que cela n'arrive *plus jamais*, aussi ardemment qu'elle y aspire ! Pour autant qu'elle ait apprécié la chose — qu'elle l'ait inhalée par tous ses pores, perçue dans chaque fibre de ses muscles —, ce genre d'incident pouvait tout gâcher, faire capoter son plan fragile. Elle ne pouvait plus accepter ses avances. Pas plus d'une autre fois, en tout cas, mais certainement pas deux !

Elle entra dans sa chambre, où ses sœurs la suivirent comme son ombre. Mercy se jeta aussitôt sur son lit comme elle l'avait déjà fait des dizaines de fois, étalée à plat ventre sur la courtepointe de soie, les poings sous le menton, attendant que les bavardages commencent. Prudence, qui se sentait également chez elle, alla jusqu'à la coiffeuse et se mit à fouiller dans son coffret à bijoux sans le moindre scrupule.

Mais Grace resta debout, attendant impatiemment qu'elle parle.

— Ne diras-tu rien de ton entretien privé ?

— Grace, chérie, tu sais comment sont ces choses-là, répondit Honor d'un ton mondain. Un gentleman vient en visite. Il s'enquiert de votre santé, de celle de votre famille…

— Tu dois avoir un chaperon, quand un gentleman vient te voir, intervint Mercy. Miss Dilly l'a dit.

— Je connais les règles, Mercy. Ta gouvernante t'a-t-elle dit aussi que, parfois, les règles sont faites pour être enfreintes ?

Mercy réprima une exclamation, tandis que ses yeux s'élargissaient de ravissement.

— Non ! C'est vrai ?

— *Non*, déclara fermement Prudence. Tu ne dois pas écouter Honor ou Grace, Mercy. Elles ne font pas ce qu'elles devraient.

Puis elle fixa Honor, les sourcils froncés.

— Je t'en supplie, ne donne pas à Mercy le moindre encouragement à faire des bêtises !

— Nous sommes des femmes morales, affirma Grace. Il était parfaitement convenable qu'Honor reçoive seule M. Easton. Elle n'a pas besoin de quelqu'un dans la pièce pour protéger sa vertu, parce qu'elle la préserve soigneusement elle-même.

Honor feignit de s'affairer dans sa garde-robe pour que sa sœur ne la voie pas rougir.

— Pardon, miss Cabot…

Kathleen, la soubrette qui les aidait à se coiffer et à s'habiller, se tenait sur le seuil de la chambre, sa coiffe un peu de travers.

— Monsieur le vicomte demande que vous veniez prendre le thé, vu que nous avons des invités.

— Des invités ? répéta Honor.

Son cœur manqua un battement ou deux. George Easton venait juste de quitter Beckington House ; avait-il croisé quelqu'un en chemin ?

— Qui ?

— Miss Hargrove et son frère. Lord Sommerfield demande que vous les rejoigniez dans le salon vert. Lord et lady Beckington y sont déjà.

Cette fois, le cœur d'Honor sombra ; elle pouvait imaginer les Hargrove arrivant au moment où Easton s'en allait. Elle échangea un regard apeuré avec Grace qui redoutait la même chose, si elle en croyait son expression.

— Nous descendons tout de suite, dit-elle. Merci, Kathleen.

Elle se tourna vers ses jeunes sœurs.

— Allez, allez, et tenez compagnie à maman, pendant que j'enfile quelque chose de plus présentable ! Pru, offre de jouer ta nouvelle chanson pour miss Hargrove jusqu'à ce que Grace et moi arrivions.

Par bonheur, Prudence et Mercy étaient si contentes d'être conviées au thé qu'elles ne discutèrent pas et détalèrent aussitôt.

— Aide-moi à me changer, demanda Honor à Grace, en attrapant une jolie robe jaune. J'ai du mal à supporter qu'elle arrive sans être annoncée, ajouta-t-elle en parlant de Monica. Et elle est déjà avec maman ! Depuis quand maman n'a pas reçu d'invités ?

— Un mois ou plus, répondit Grace qui déboutonna prestement sa robe.

Leur mère avait commencé à se retirer de la société

quand la santé du comte avait empiré, mais Honor n'était pas certaine que ce soit la seule raison. Elle lui avait paru parfois très déconcertée en présence d'invités. Par ailleurs, Monica pouvait se montrer terriblement perspicace.

— Dépêche-toi, Grace !

— Vas-tu me dire ce qui s'est passé avec Easton ?

— Rien, vraiment.

Honor espérait paraître plus convaincante aux oreilles de Grace qu'aux siennes.

— Il a promis d'essayer de nouveau au bal des Prescott.

— Au bal des Prescott ! répéta Grace, incrédule. A-t-il reçu une invitation ?

— J'arrangerai la chose, affirma Honor.

Elle enfila la robe jaune et tourna le dos à Grace pour qu'elle la boutonne.

— Comment ? demanda Grace en s'activant. Lady Prescott ne l'inviterait *jamais*. Elle compte Gloucester parmi ses plus proches amis.

— Oui, je sais. Mais je pense que lord Prescott, lui, pourrait être persuadé.

— Et qui va le persuader, je te prie ?

Honor la regarda en haussant un sourcil mutin.

Grace grogna.

— Pour l'amour du ciel, Honor, tu connais à peine cet homme !

— Je le connais suffisamment bien.

— Tu ne ferais pas une chose pareille !

Elle baissa les bras, la robe boutonnée.

Honor prit un peigne et le passa pensivement dans ses cheveux.

— Je ne sais pas, admit-elle. Au fond, j'aimerais croire

que je ne le ferai pas, parce que cette démarche me semble dangereuse, même à moi.

— Le ciel soit loué pour cela, au moins ! dit Grace qui lui prit le peigne des mains pour l'aider. Parfois, je pense que tu as perdu tout bon sens.

C'était vrai : elle avait perdu tout bon sens dès l'instant où elle avait abordé George Easton dans Rotten Row.

Le salon vert était la plus petite des pièces communes de la maison, mais la plus douillette, avec d'épais tapis et des tentures aux murs pour tenir chaud à ses occupants. Le mobilier y était aussi plus usé qu'ailleurs, ayant subi durant plusieurs hivers les outrages de jeunes filles qui s'y prélassaient à loisir et d'un garçon assez maladroit.

Honor entra juste derrière Grace. Leur mère était assise à la petite table où l'on servait souvent le thé, à côté du comte voûté dans son fauteuil, une couverture en laine drapée sur les épaules. Monica, Augustin et Mercy étaient sur le canapé, et Prudence à la harpe. Le frère de Monica se tenait près de la cheminée.

— Bonjour, dit Grace au petit groupe. Monsieur Hargrove. Miss Hargrove, ajouta-t-elle avec un signe de tête poli, tandis qu'elle traversait la pièce pour aller se placer près du comte.

Honor sourit au frère aîné de Monica, qu'elle avait toujours appelé Teddy. C'était un homme mince au grand nez et au visage anguleux, qui avait suivi son père à l'académie de droit.

Elle lui tendit la main.

— Mon cher Teddy, comment allez-vous ?

— Très bien, merci, répondit-il lui en prenant mollement le bout des doigts pour s'incliner dessus.

— Et vos parents ? Vont-ils bien ?

— Très bien, merci. Mais le temps est trop mauvais, cet après-midi, pour que ma mère s'éloigne de sa cheminée.

C'était regrettable. Au moins, quand Mme Hargrove était présente, Monica était moins portée à parler.

Honor pivota vers le canapé.

— Monica, *très chère*, dit-elle en tendant les mains à son ennemie. Comme vous êtes charmante !

Monica se leva, lui prit les mains et les serra un peu trop fort.

— C'est un plaisir de vous voir, Honor !

Il y avait beaucoup de choses qu'Honor pouvait reprocher à Monica, mais pas son apparence. Sa robe vert pâle était ravissante.

— Vous devriez porter cette robe au bal des Prescott, suggéra-t-elle. Elle vous va si bien. Vous y assisterez, n'est-ce pas ?

— Je ne le manquerais pour rien au monde, répondit Monica en lui lâchant les mains.

Le bal des Prescott marquait l'ouverture de la Saison. C'était l'événement qui lançait chaque année dans la haute société une ou deux douzaines de débutantes, tout juste présentées à la Cour. *Tout le monde* y serait.

Honor alla trouver le comte.

— Comment allez-vous, cet après-midi, milord ?

— Passablement, répondit-il en lui prenant la main. Un peu de thé me réchauffera.

— Je vais vous en faire apporter, chéri, dit lady Beckington qui se leva pour aller jusqu'au cordon d'appel.

— Mais nous venons de sonner Hardy, fit observer Augustin. Il n'a pas encore eu le temps d'arriver.

— Vraiment ? dit leur mère d'un ton léger, puis elle se rassit.

— En parlant du bal des Prescott, Honor, je présume que Grace et vous y serez ? demanda aimablement Monica. Ces événements sont si importants quand on cherche à se marier !

Elle sourit suavement.

Honor lui retourna son sourire, même s'il lui en coûta.

— Oh ! ma chère, Honor ne se soucie pas de ce genre de choses ! s'exclama Augustin, jovial.

— Eh bien, moi, je suis frémissante d'impatience, déclara Grace tandis qu'Hardy entrait avec le plateau du thé.

— Est-ce que nous vous verrons au bal, Honor ? demanda Teddy, pendant que le majordome servait.

Il était toujours près de la cheminée, un coude posé sur le manteau en acajou, une jambe passée si négligemment devant l'autre qu'il avait dû lui falloir plusieurs minutes pour mettre son attitude au point.

— Moi ? Je ne manquerais certainement pas l'un des bals les plus importants de la Saison, répondit Honor en riant.

Augustin gloussa.

— Oui, car qu'est donc un bal londonien sans les sœurs Cabot pour l'éclairer de leur grâce ?

— Comme je suis heureuse de l'entendre ! dit Monica. J'espère sincèrement qu'un gentleman célibataire accrochera l'œil d'Honor. Par ma foi, lady Beckington, il semble quelquefois que votre fille aînée ne veuille pas d'une demande en mariage !

— C'est tout à fait vrai, répondit Honor d'un ton plaisant. Je n'assiste pas aux bals pour avoir une proposition. J'y assiste juste pour le divertissement.

Monica se mit à rire, comme si Honor avait voulu plaisanter.

— Le mariage ne vous intéresse pas ? demanda Teddy.

— Pas pour le moment, répondit Honor. Contrairement à ce que vous pourriez croire, Teddy, toutes les jeunes femmes célibataires ne recherchent pas exclusivement le mariage.

— Oui, bien sûr, admit Monica. Toutefois, certaines le *devraient*. Le bonheur futur de vos sœurs dépend en grande partie de vous, Honor…

Augustin parut déconcerté.

— Que voulez-vous dire, très chère ?

— Simplement que des sœurs cadettes ne sont guère libres d'accepter une demande, si l'aînée n'est pas encore mariée.

Elle sourit, haussa légèrement les épaules et porta son attention sur son assiette.

— Mais je suppose que l'on n'y peut rien, si vous y êtes farouchement opposée.

— Honor est opposée au mariage depuis l'histoire avec Rowley, dit Augustin d'un ton détaché. Je pense qu'elle nourrit encore une certaine flamme pour lui, n'est-ce pas, Honor ?

Honor se sentit rougir.

— Non ! Bien sûr que non. Pas du tout !

Elle jeta un regard frénétique à Grace. Mais ce fut sa mère qui la sauva.

— Mes filles ont toujours été très demandées en société, et je pense que ce doit être assez flatteur et agréable. Pourquoi Honor n'en profiterait-elle pas ?

— Elles tiennent de leur mère, dit le comte, et son épouse lui adressa un sourire éclatant.

Hardy acheva de servir le thé et, lorsqu'il fut certain que personne ne manquait de rien, quitta la pièce.

— Que vas-tu porter, Grace ? demanda Prudence.

— Porter ? répéta lady Beckington.

— Au bal, maman, dit Grace.

Le visage de sa mère s'illumina soudain d'excitation.

— Un bal ! s'exclama-t-elle. Qui a l'amabilité d'en donner un ?

Il sembla à Honor que toute la pièce cessait de respirer. Toutes les têtes se tournèrent vers sa mère qui les regarda, attendant une réponse.

— Le bal des Prescott, maman ! dit alors Mercy, comme si le trou de mémoire de sa mère n'était pas du tout étrange. Vous ne vous en souvenez pas ? Nous étions en train d'en parler.

La comtesse la dévisagea d'un air absent.

— Juste ciel, Mercy, elle ne pouvait rien entendre, avec tous ces bavardages entre nous ! s'empressa de dire Grace.

Monica fixait intensément leur mère et Honor sentit la panique pulser dans ses veines. Elle s'empressa d'intervenir.

— Mercy, chérie, nous n'avons pas eu le plaisir de t'entendre jouer de la harpe.

Mercy parut surprise.

— Vas-y. Ne sois pas timide, insista Honor, et, d'un geste de la main, elle invita sa plus jeune sœur à jouer.

Mercy s'assit derrière l'instrument. Elle parcourut la pièce d'un regard incertain. Elle ajusta ses lunettes, posa les mains sur les cordes, et, se concentrant fortement, plaqua un accord sonore et discordant.

— *Sol* dièse, murmura Prudence, assez fort cependant pour que tout le monde entende.

Mercy hocha la tête et fit un nouvel essai. Au moins l'accord parut juste, cette fois, mais la façon dont elle maniait l'instrument était loin d'être délicate. Elle joua une version torturée du morceau qu'elle avait appris. Honor nota avec quelle fréquence Monica jetait des coups d'œil à sa mère qui fixait la table, tirant nerveusement sur les fils de sa manche.

Tandis que Mercy pinçait sans légèreté les cordes de la harpe, Honor se déplaça pour s'asseoir entre Monica et sa mère, décochant un grand sourire à Monica.

— Ne se montre-t-elle pas prometteuse ? chuchota-t-elle.

Sa remarque produisit l'effet désiré — Monica reporta son attention sur Mercy.

Quand celle-ci eut terminé le morceau — du moins, Honor pensa-t-elle qu'elle avait fini, même si c'était impossible à affirmer —, le comte demanda à son épouse de le reconduire dans sa chambre. Il traversa le salon avec raideur et lenteur, s'arrêtant un instant pour parler à Monica et son frère, le souffle court.

Le lendemain, se dit alors Honor, elle trouverait un moyen de demander à lord Prescott d'inviter George Easton à son bal. Monica observait d'un œil plus qu'attentif le départ laborieux de lord et lady Beckington : elle avait manifestement compris que quelque chose n'allait pas. Et elle était bien trop fine pour ne pas deviner sans tarder ce que c'était.

Chapitre 12

Bonté divine, elle l'a fait !

George contemplait l'invitation personnelle qu'il avait reçue pour le bal des Prescott, bal qui aurait lieu deux jours plus tard. Eh bien, il avait eu tort de douter qu'une jeune personne d'à peine plus de vingt ans puisse convaincre un personnage aussi influent que lord Prescott d'envoyer une invitation à un homme comme lui.

— Qui l'a apportée ? demanda-t-il à Finnegan qui était entré dans son vaste cabinet de travail et lui avait présenté l'épaisse feuille de vélin dans un geste solennel.

— Un valet des Prescott.

George grommela quelques jurons à voix basse. Une partie de lui, la partie morale et sage, avait sincèrement espéré que miss Cabot aurait miraculeusement retrouvé son bon sens. Mais une autre partie ne pensait qu'à l'après-midi dans le petit salon.

Et cette obsession l'irritait. Pas pour l'aspect physique de la chose, juste ciel, non ! C'était même le seul point qui ne l'irritait pas. Ce qui le tracassait, d'une manière dont il ne se souvenait pas d'avoir jamais été tracassé, c'était qu'il avait collectionné dans toute l'Angleterre des femmes bien plus expérimentées que cette virginale petite débutante. Et pourtant, c'était *son* baiser qui subsistait dans sa mémoire. C'était *son* image sur le canapé qui le hantait, qui avait soulevé en lui quantité de poussière qui n'était pas encore retombée.

— Dois-je repasser votre jaquette habillée ? demanda Finnegan, en repliant l'invitation avec soin.

George lui fit signe de s'en aller.

— Je sais que vous ne vous reposerez pas avant d'en avoir aplati tous les fils jusqu'au dernier.

— Très bien, monsieur, répondit le valet sans sourire. Et dois-je envoyer une réponse affirmative ? demanda-t-il encore, en posant le carton sur le bureau.

George le regarda d'un œil noir.

— Vous mettez ma patience à l'épreuve, Finnegan !

— Je vais l'envoyer promptement, dit le domestique d'un ton sec, et il sortit de la pièce sans se décontenancer.

George le regarda disparaître, le dos droit. Il était de mauvaise humeur depuis deux jours, à cause de ces yeux bleus, mais surtout de l'incursion qu'il avait faite avec Sweeney sur les docks, la veille. Deux navires étaient arrivés au port, tous deux partis de la côte ouest de l'Inde. Ils espéraient avoir des nouvelles du capitaine Godsey et du *Maypearl*.

Ils avaient trouvé le capitaine du *Spirit of Whitby* encore à bord et l'avaient questionné sur leur bateau.

— Un trois-mâts de corsaire, drapeau anglais, avait expliqué Sweeney. Bas sur l'eau et construit pour la vitesse.

Le capitaine avait secoué la tête, ce qui avait fait tressauter ses joues charnues et hâlées.

— Je ne l'ai pas vu, mais cela ne veut pas dire qu'il n'est pas en train de traverser la Manche…

Il s'était mis à rire, dévoilant une rangée de dents jaunes dont une manquait.

— Ce retard n'est peut-être dû à rien de plus que des vents contraires, monsieur. D'un autre côté, le bateau a pu être pris dans le blocus. Il se peut aussi qu'il n'ait pas réussi à contourner le Cap. Sans parler des pirates.

George avait eu le plus grand mal à se retenir de lui envoyer son poing dans la figure et de déloger une dent ou deux. Il imaginait très bien tout seul les problèmes qu'avait pu rencontrer son bateau. Mentalement, il voyait les trois douzaines d'hommes et la précieuse cargaison sombrer dans le noir d'encre de l'océan.

Il était inquiet, mais, comme Sweeney, il avait confiance en Godsey. C'était un capitaine capable, qui n'avait pas semblé préoccupé le moins du monde par la guerre ou les pirates lorsqu'il avait pris la mer, la cale pleine de provisions pour le long voyage. « Ce n'est pas l'eau qui manque, par là-bas. Il y a de la place pour tout le monde », avait-il dit quand George avait exprimé son souci de ce qui pouvait arriver pendant la traversée.

Mais justement, c'était ce qui le mettait de mauvaise humeur : ce n'était pas la mer qui manquait par là-bas, en effet, avec quantité d'endroits et de gens pouvant faire qu'un bateau se perde ou subisse des dégâts. Et le fait qu'il soit obsédé par une jolie débutante qui l'avait entraîné dans son plan stupide au lieu de penser à son bateau l'énervait beaucoup. Il était même complètement brouillé avec lui-même.

Si captivante que soit Honor Cabot, elle n'avait pas de place dans sa vie. Elle était trop jeune, même si elle semblait beaucoup plus mûre que son âge. Et elle était trop… *convenable*. C'était une femme nantie, aux relations choisies, quelqu'un qui recevrait sans aucun doute une belle demande en mariage. Le reste n'était rien de plus qu'une distraction, un jeu. Il devait simplement empêcher les enjeux de monter trop haut, parce qu'il ne pouvait gagner la partie.

Il était réaliste : jamais il ne pourrait intégrer son monde. Il ne serait jamais assez bien pour elle aux yeux de son entourage. Convoiter une femme de la haute société lui faisait courir le danger de souffrir, d'être rejeté, de se retrouver en butte à toutes les choses qu'il avait appris très tôt à aplatir et à ignorer, en prétendant qu'elles ne faisaient pas partie de lui.

Alors qu'il était un garçon de treize ans doté d'une certaine expérience, il avait eu un penchant pour lady Anna Duncan, la fille d'un important magistrat londonien. Elle lui avait donné toute raison de croire qu'elle éprouvait aussi de l'estime pour lui. Mais un jour qu'elle était venue aux Ecuries royales avec son père, il avait essayé de l'embrasser et elle s'était moquée de lui. « Je ne donnerai pas mon premier baiser à un garçon d'écurie ! » avait-elle dit, comme s'il était à ce point inférieur à elle qu'il ne valait pas plus que ses bottines.

La rebuffade avait été cuisante et, bien qu'il soit devenu un homme et ait mis depuis cet incident en perspective, il pensait toujours que lady Anna Duncan lui avait donné une leçon sans prix : jamais il n'échapperait aux ombres qui entouraient ses débuts dans la vie. Aucune dame de qualité ne voudrait de lui.

Or Honor Cabot *était* une dame de qualité. Une dame de qualité synonyme en outre d'ennuis ; il le sentait jusque dans la moelle de ses os. Pourtant, il ne pouvait cesser de penser à elle, à son corps dans ses bras, à ses lèvres sous les siennes. Il pouvait presque sentir son ventre chaud serré autour de son sexe…

Il se rendit compte soudain qu'il tenait quelque chose à la main. Il avait saisi sans y penser l'invitation qu'elle lui avait obtenue. Elle était froissée maintenant. De colère, il la lança à travers la pièce.

Chapitre 13

George devait l'admettre, Finnegan l'avait très bien habillé pour le bal des Prescott. Il admira son gilet vert aux broderies noires, dont l'apparition dans sa garde-robe était une surprise et son origine un mystère, au moins pour lui. Son écharpe était de soie noire et sa jaquette de soirée coupée dans le drap le plus fin. Finnegan avait également fait venir un barbier, et George était rasé de près. Ses cheveux rafraîchis et coiffés en arrière effleuraient son col, et ses bottes étincelaient. A ses propres yeux, il avait tout l'air du neveu du roi. Il supposa que d'autres pourraient le penser aussi en le voyant… puis, inévitablement, les ricanements dans son dos commenceraient.

Il ne s'offensait plus de ce scepticisme comme il l'avait fait quand il était un jeune garçon. Maintenant, il savait qui il était : un honnête homme aux fortes convictions et, si cela ne convenait pas aux lords et ladies titrés de la ville, tant pis. Il avait eu les ressources nécessaires pour s'élever dans le monde par lui-même. Néanmoins, il ne voulait pas reconnaître le léger malaise qu'il éprouvait à la pensée d'être sur le point de pénétrer dans les plus hautes sphères de la société.

Il partit à pied pour la soirée, ayant le luxe de vivre à

présent à courte distance de l'élégant Grosvenor Square. Des attelages faisaient la queue autour du square, attendant de déverser leurs passagers sur les lieux de cet événement prestigieux.

George les dépassa d'un pas vif, son invitation froissée dans la poche, et gravit prestement les marches de la demeure de lord et lady Prescott.

Elle était impressionnante, vraiment, occupant un tiers du côté nord du square. Des colonnes grecques en flanquaient l'entrée ; des lumières étincelaient derrière chaque fenêtre.

George pénétra dans le vestibule et fut aussitôt entouré par un tourbillon étourdissant de robes aux tons pastel, de coiffures élaborées et de plumes. Des bijoux scintillaient sur la gorge et aux poignets de ravissantes dames accompagnées par des hommes minces en queue-de-pie et gilet brodé. En les voyant pencher la tête pour écouter les dames, puis la relever, George songea à des grues.

Il fit un pas de côté pour esquiver la traîne cousue de perles d'une robe en lamé doré, et faillit heurter un valet qui se déplaçait à une vitesse alarmante parmi la foule. L'homme portait haut au-dessus de sa tête son plateau chargé de flûtes de champagne, afin d'éviter une rencontre désastreuse avec les plumes qui jaillissaient des coiffures des dames.

George ravala son angoisse juvénile et se plaça au bout de la file d'attente pour être présenté au vicomte et à son épouse. Il tendit son invitation au majordome, qui à son tour l'annonça pompeusement, tandis qu'il s'approchait.

Lorsqu'il se trouva devant son hôte, ce dernier le regarda curieusement, comme s'il ne pouvait tout à fait le situer. Lady Prescott, elle, fit gracieusement la révérence et glissa sa main dans la sienne, battant des cils en levant les yeux vers lui.

— Monsieur Easton, dit-elle avec un doux sourire. Bienvenue dans notre demeure.

— Milady, répondit-il en s'inclinant sur sa main. Merci.

Elle ne la lui retira pas et soutint son regard, lui souriant toujours. Il connaissait ce genre de sourire et haussa légèrement un sourcil en une question muette, ce qui parut accroître ledit sourire. « Les femmes », songea-t-il en lâchant la main de la vicomtesse, avant de s'incliner et de s'éloigner. Ou bien elles craignaient de s'associer avec un bâtard comme lui, ou bien elles voulaient plus que ce qu'il était prêt à donner.

Il avança, parcourant la foule du regard. Il aperçut plusieurs connaissances — dont certaines regardèrent de l'autre côté —, et s'arrêta pour parler à celles qui ne le faisaient pas, tout en cherchant discrètement Honor Cabot. Il ne la vit pas. Ni miss Hargrove. Si Honor l'avait forcé à assister à un bal où miss Hargrove *n'était pas*, il avait peur de ce qu'il pourrait faire à cette impudente.

Il continua son chemin, prenant une flûte de champagne sur le plateau que portait un valet, admirant les femmes présentes. Il sentit que l'on touchait légèrement son bras et se tourna, pensant — *espérant* — qu'il s'agissait d'Honor. Mais c'était une vieille amie, lady Seifert.

— Mary, dit-il avec affection, lui prenant la main pour la porter à ses lèvres.

Cette beauté aux cheveux auburn et aux yeux verts et lui avaient été… en relation, quelques années plus tôt.

— George, mon cher, dit-elle avec un chaud sourire. Cela fait des siècles ! J'ai ouï dire que vous avez été assez occupé. Les femmes et les bateaux, n'est-ce pas ? ajouta-t-elle avec un petit clin d'œil. Tous et toutes voguant hors d'atteinte pour vous ?

Il fut surpris qu'elle soit au courant.

— Pas toutes, répondit-il en lui rendant son clin d'œil et en se mettant à rire doucement.

— Je ne peux pas croire que vous soyez ici !

— Pourquoi donc ? Parce que je ne danse pas ?

— Parce que *Gloucester* est là.

Elle regarda autour d'elle, se haussant sur la pointe des pieds pour voir par-dessus les têtes de ceux qui les entouraient.

— Vous n'auriez pas dû venir.

George se hérissa intérieurement à l'idée que l'invitation de Gloucester comptait plus que la sienne.

— J'ai été invité, dit-il.

— Mieux vaut qu'il ne vous voie pas.

— Lady Seifert !

Ils se tournèrent tous les deux. Qu'est-ce que c'était que cette réaction ? se demanda George irrité. Son cœur manquait un battement à la vue de miss Cabot, maintenant ?

— Miss Cabot, dit gracieusement Mary. Comment allez-vous ?

— Très bien, madame. Et vous ?

— Très bien aussi. Puis-je vous présenter M. George Easton ?

— Enchanté, miss Cabot, dit George en nouant les mains dans son dos et en s'inclinant.

Les yeux d'Honor pétillèrent d'amusement, tandis qu'elle faisait la révérence.

— Merci, monsieur Easton. Belle nuit pour un bal, n'est-ce pas ?

George ne voyait absolument pas en quoi une nuit pouvait être jugée belle pour un bal. Il sourit. Honor aussi.

Mary, nota-t-il, les regardait intensément tour à tour, un petit sourire ironique flottant sur ses lèvres.

— Je pense que la chance a souri à lord et lady Prescott en éloignant la pluie pour la journée, reprit Honor, puis elle regarda dans la salle, comme si elle cherchait quelqu'un.

— Vraiment ? fit George d'un ton aimable. Personnellement, je ne me soucie guère du temps.

Honor eut l'air d'avoir avalé quelque chose de travers.

— On ne peut s'empêcher de se demander de *quoi* vous vous souciez, monsieur Easton, susurra Mary près de lui.

— A mon avis, ce gentleman se soucie de toutes les nouvelles débutantes, suggéra Honor. Elles sont nombreuses ce soir.

— Est-ce que cela vous inclut, miss Cabot ? demanda-t-il.

Elle rit.

— J'ai été présentée il y a trois ans, monsieur Easton ! Je crains d'avoir perdu l'éclat des débuts.

— Oh ! je ne pense pas, ma chère, déclara Mary.

Un autre gentleman apparut.

— Lady Seifert, dit-il en les saluant. Miss Cabot.

— Bonsoir, sir Randall ! répondit Mary.

— Miss Cabot, reprit le jeune homme, si vous me le permettez, je requiers l'honneur d'être votre cavalier pour la prochaine danse.

— J'en serai ravie, répondit Honor avec l'air de le penser. De grâce, excusez-moi, lady Seifert.

Elle lança un coup d'œil espiègle à George.

— Monsieur Easton…

Sir Randall lui offrit son bras ; elle y posa une main légère, décocha à George un sourire bref mais éblouissant et s'éloigna. George s'efforça de ne pas fixer son dos, bouche bée.

Il en était donc ainsi ? Elle partait danser en trottinant, pendant qu'il faisait sa basse besogne ? Il les suivit des yeux jusqu'à ce qu'ils disparaissent dans la foule. Il ne se rendit pas compte qu'il avait le regard fixe jusqu'à ce que Mary touche son épaule du bout de son éventail.

— Buvez votre champagne, George chéri. Elle n'est pas pour vous.

Il gloussa.

— Ah non ? Dites-moi, alors, qui est pour moi ?

— Certainement aucune des débutantes qui se trouvent ici, répondit-elle avec un petit rire argentin. Leurs mères ne le permettraient jamais.

Elle lui fit un nouveau clin d'œil.

— Amusez-vous bien quand même.

Elle s'éloigna, balançant les hanches d'un mouvement suggestif.

George se détourna de cette vue délectable et son regard tomba alors sur miss Monica Hargrove, debout à côté de Sommerfield. Au moins pouvait-il se débarrasser au plus vite de cette satanée mission, se dit-il, marchant vers elle d'un pas désinvolte.

Elle leva les yeux à son approche et battit des cils de surprise.

— Oh ! Monsieur Easton !

— Miss Hargrove, répondit-il poliment.

Elle se tourna vers son fiancé, qui le regardait avec curiosité.

— Lord Sommerfield, puis-je vous présenter M. Easton ? demanda-t-elle.

— Easton, oui, bien sûr ! répondit aimablement le

vicomte. Oui, oui, c'est bien vous. Nous nous sommes déjà rencontrés.

— Ah oui ? fit miss Hargrove.

— En effet. Au club, je crois. N'était-ce pas au club, monsieur ?

George n'était pas reçu dans le club que fréquentait vicomte. Il déclara néanmoins :

— Heureux de vous revoir, Sommerfield. Votre famille va bien ?

— Très bien. Enfin, à l'exception de mon père. Il souffre terriblement… La consomption…

— Je suis attristé de l'apprendre.

— Merci, répondit le vicomte sans conviction.

— J'espérais, reprit George en portant son attention sur Monica, avoir la bonne fortune de convaincre miss Hargrove de faire un tour de piste avec moi.

Elle blêmit à cette invitation et regarda son fiancé, qui paraissait tout aussi troublé. Il sourit nerveusement et lui tapota la main.

— Vous devez y aller, ma chère, bien sûr.

— Mais je… je pensais que…

— Je promets de ne pas vous marcher sur les pieds, dit George, en lui offrant son bras.

Miss Hargrove regarda d'un air incertain ce bras, puis Sommerfield, qui l'encouragea d'un signe de tête.

Elle posa alors sa main avec réticence sur celle de George.

— Merci.

Il l'entraîna rapidement, avant qu'elle ne se réfugie dans les bras du vicomte. Il la conduisit sur la piste de danse, et ils se placèrent l'un en face de l'autre.

— Voilà qui était bien effronté, monsieur.

— Je peux l'être beaucoup plus, miss Hargrove. Vous

pourriez aussi bien accepter le fait que je suis un homme déterminé.

Il lui sourit.

La musique commença, et il s'inclina. Monica fit une révérence. Ils avancèrent l'un vers l'autre, puis elle passa derrière lui.

— Que pourriez-vous bien vouloir de moi ? demanda-t-elle en reprenant sa place.

Ce fut au tour de George d'avancer et de la contourner.

— Vous convaincre qu'il y a des choix plus enivrants que Sommerfield pour une belle femme comme vous.

Elle étouffa une exclamation tandis qu'il se remettait en ligne. Ils s'avancèrent ensemble au milieu, leurs mains jointes au-dessus de leur tête.

— Je suis *fiancée* à lord Sommerfield !

Il la fit pivoter et lui sourit de nouveau.

— Je sais.

Tandis qu'ils recommençaient les pas, elle demanda :

— Qu'espérez-vous gagner, monsieur Easton ?

— Je pense que vous connaissez la réponse.

Tout en reculant, il laissa descendre son regard jusqu'à ses lèvres.

— Et comment vous proposez-vous de m'attirer ? demanda-t-elle d'un ton sceptique, tandis qu'ils joignaient une fois encore leurs mains au-dessus de leur tête et tournaient. Vous n'avez pas de relations, et le bruit court que vous avez perdu votre fortune.

— La rumeur n'a pas été aimable avec ma fortune : sachez que je ne l'ai pas encore perdue. Et il se trouve que je pense avoir d'excellentes relations, au contraire. Je suis le neveu du roi.

Il lui lâcha les mains et recula. Miss Hargrove aussi.

— Vous ne pouvez guère escompter que je vous croie, dit-elle en riant.

— Alors vous croirez peut-être ceci, répondit-il en s'avançant de nouveau. Vous me captivez.

Elle ne répondit que d'un sourire, continuant à l'étudier. George dansait de son mieux, croisant son regard à chaque occasion.

Quand la musique s'arrêta, il s'inclina très bas et lui prit la main. Il la pressa tendrement avant de la placer sur son bras, la couvrant de la sienne.

— Je vous demande pardon si je vous ai offensée, miss Hargrove, dit-il en la ramenant à Sommerfield qui passait d'une jambe sur l'autre, manifestement anxieux de retrouver sa fiancée.

Et près de lui, l'air innocent et les mains dans le dos, se tenait Honor. Elle ne regarda pas George, et mit même un point d'honneur à détourner les yeux, pour ne pas suggérer la moindre familiarité entre eux.

— Je ne suis pas offensée, monsieur Easton, dit miss Hargrove en lui souriant. Mais je suis *prise.*

— Je concéderai que vous l'êtes… pour le moment.

Son sourire parut s'agrandir, et elle avait les joues rouges. Il était là, le signe qu'elle était conquise. Nul doute qu'il pourrait l'inviter à l'accompagner dans le jardin, maintenant, afin de profiter complètement de son avantage. Lorsqu'ils eurent rejoint Sommerfield et Honor, George ôta sa main de son bras, recula et s'inclina.

— Merci pour la danse, miss Hargrove. Je n'ai jamais dansé avec une meilleure partenaire.

Elle rit comme si elle trouvait cela tout à fait impossible, mais Sommerfield s'empressa d'appuyer le compliment.

— Elle est en effet une *excellente* danseuse. Et, je

l'avoue, je pourrais apprendre une chose ou deux de vous, monsieur Easton.

Il se mit à rire et se frotta nerveusement l'arête du nez.

— Je devrais vous employer pour m'enseigner les pas des danses de notre mariage.

— Je ne suis pas un très bon danseur, milord. Je suis plus versé dans les chevaux.

— Rien de tel qu'une bonne course pour fouetter le sang, pas vrai ? déclara le vicomte. Nous sommes très fiers de nos chevaux, à Longmeadow. Quelques-uns des plus beaux spécimens du pays…

Honor réprima soudain une exclamation.

— Augustin, vous devez l'inviter à Longmeadow !

Sommerfield et miss Hargrove parurent aussi sidérés que George l'était lui-même.

— Pardon ? finit-il par articuler.

— Mon Dieu, s'exclama Honor avec un joli sourire et une petite révérence. Je vous prie de m'excuser, monsieur. De grâce, pardonnez mon éclat, mais je viens de penser qu'il y aura pas mal de courses de chevaux à Longmeadow ce printemps, et que cela pourrait vous intéresser.

— Eh bien, oui, fit le vicomte d'un ton incertain. Mais je ne… c'est-à-dire…

Il sourit nerveusement, terriblement embarrassé.

Le visage d'Honor se défit.

— Eh bien, maintenant, vous me faites passer pour une sotte, milord.

— Non, je… Ce n'est pas du tout mon intention, bafouilla Sommerfield. Je veux dire, *bien sûr*, vous êtes le bienvenu à Longmeadow, monsieur Easton. Mais les courses ne sont pour nous qu'un simple amusement, vous savez.

Miss Hargrove posa alors un doigt discrètement impérieux sur son bras.

— Très cher…, dit-elle.

Mais Horor s'empressa d'intervenir avant que Monica ne puisse persuader son fiancé du contraire.

— Et on s'y amuse beaucoup ! Il y a plein de paris entre amis. Vous *devez* venir, monsieur Easton. On a toujours besoin d'un gentleman comme partenaire de danse, et je suis certaine que nous apprécierons tous un joueur de cartes chevronné.

Les yeux du vicomte s'élargirent, mais Honor était en mission et ne laissa parler personne.

— Connaissez-vous Longmeadow ? demanda-t-elle d'un ton enjoué.

George la regarda fixement. Il savait exactement ce qu'elle faisait : elle arrangeait une autre « invitation ». Cela l'irritait, mais d'un autre côté, miss Hargrove attendait sa réaction.

— C'est la propriété de mon beau-père, à une heure seulement au nord-ouest de Londres, poursuivit Honor.

— Oui, vous devez venir, Easton, dit alors Sommerfield, hochant la tête avec fermeté. C'est réglé. Nous *devons* vous avoir à Longmeadow !

Il se tourna vers miss Hargrove, un sourire heureux sur les lèvres, et Monica déclara avec beaucoup moins d'enthousiasme :

— Oui, nous devons vous avoir, monsieur Easton.

— C'est très aimable, répondit George. Merci.

Il fut content que la musique ait repris, lui permettant d'échapper à ce qui était devenu son cauchemar personnel.

— Miss Cabot, voulez-vous me faire l'honneur d'une danse ?

— Allez-y, Honor. C'est un superbe danseur, l'encouragea le vicomte, comme s'il avait dansé lui-même avec George.

— Eh bien, j'en serai ravie, alors, répondit-elle en tendant la main.

George la prit et la serra fortement, en guise de réprimande. Elle ne changea pas d'expression.

— Voulez-vous nous excuser ? demanda-t-elle à son beau-frère.

Monica les suivit des yeux, un fin sourire éclairant son visage.

— Vous êtes une merveilleuse danseuse, mon amour, lui dit Augustin. J'aimerais tant être un meilleur compagnon pour vous !

— Vous êtes le parfait compagnon pour moi, Augustin.

— En êtes-vous certaine ? demanda-t-il en lui prenant la main et en la pressant beaucoup trop fort. Car je serais perdu sans vous, ma chérie.

— J'en suis certaine.

Elle le pensait. Augustin était un homme aimable et doux. Elle était heureuse avec lui. Alors pourquoi Honor voulait-elle les éloigner l'un de l'autre ? Car c'était précisément ce qu'elle cherchait à faire, Monica en était sûre.

— Lâchez ma main avant de me briser un doigt, très cher.

— Oh !

Il s'empressa de la libérer.

Monica regarda de nouveau dans la direction d'Easton et d'Honor. Ils se tenaient sur la piste de danse, attendant que les musiciens terminent leur introduction. Honor s'était détourné de lui et parlait à miss Amelia Burnes, pendant qu'il contemplait l'orchestre.

Elle ne vit rien qui aurait pu confirmer ses soupçons, mais elle savait que, d'une manière ou d'une autre, Honor avait poussé Easton à agir ainsi. Elle était très perspicace pour ce genre de choses, et n'avait pas du tout été touchée par les belles paroles qu'il lui avait servies. Cela n'avait aucun sens ; il n'y avait aucune raison qu'un homme comme lui se découvre soudain de l'intérêt pour elle, d'autant que tout le monde, en ville, savait qu'elle allait épouser Augustin.

Elle n'avait compris l'implication d'Honor que lorsque celle-ci avait invité Easton à Longmeadow. Elle, qui n'accordait jamais une pensée aux hommes, si déterminée à l'avoir à Longmeadow, lui, entre tous les gentlemen ! Oh ! oui, Monica connaissait Honor Cabot depuis bien trop longtemps, et elle *savait* quand cette chipie préparait quelque chose !

— Je suis absolument assoiffé, dit Augustin comme s'il avait dansé les trois dernières danses. Allons donc nous chercher un peu de champagne et nous asseoir un moment, mon amour…

— Oui, répondit Monica, l'esprit en ébullition.

Chapitre 14

L'orchestre attaqua un nouveau morceau et George Easton eut l'air perturbé. Honor s'avança, fit la révérence comme elle le devait.

— Vous avez l'avantage sur moi, dit-il. Cette musique ne m'est pas familière.

— C'est une valse. Vous ne l'avez jamais vue danser ?

Elle prit sa main et y plaça la sienne, puis tendit le bras sur le côté.

— Vous savez très bien que je ne fréquente pas les salles de bal.

— Alors peut-être devriez-vous prendre un maître de danse. Il paraît que M. Fornier est excellent. Il compte la noblesse française parmi ses élèves.

— Je n'ai pas besoin d'un maître de danse ! rétorqua George en soufflant. Je n'ai pas l'intention d'apprendre à danser. Je ne suis ici qu'à cause de *vous*, et je me demande si j'ai toute ma tête.

— Et je vous en sais gré, répondit-elle gracieusement. Vous devez placer votre autre main au milieu de mon dos, ajouta-t-elle en posant la sienne sur son épaule.

Il la plaça au creux de ses reins, juste au-dessus de sa hanche, et haussa un sourcil provocateur.

— Voilà qui semble assez scandaleux pour un groupe de timides débutantes, déclara-t-il.

Honor haussa également un sourcil.

— C'est très divertissant pour elles, aussi. Votre main doit être plus haut dans mon dos.

Il eut un sourire vorace.

— J'aime l'avoir là.

Elle aussi, beaucoup. Il lui plaisait d'être près de lui — il était si grand, si fort —, mais elle imaginait sans mal la crise d'apoplexie de lady Chatham et de lady Prescott, si elles voyaient sa main posée en cet endroit.

Hélas, l'introduction était terminée, la danse avait commencé, et Honor n'avait plus le temps de discuter.

— Très bien, suivez-moi — *un*, deux, trois, *un*, deux, trois, marmonna-t-elle en le faisant aller d'un côté, puis de l'autre.

Après quelques tentatives vacillantes, George trouva le bon rythme.

— Là ! dit-elle tandis qu'ils avançaient. Je pense que vous y êtes ! C'est naturel, chez vous.

— Alors peut-être me permettrez-vous de conduire ?

Il la fit tourner soudain, manquant heurter un autre couple, et arrachant à Honor un petit rire.

— Vous ne pouvez pas faire n'importe quoi ! Vous devez tourner dans le même sens que les autres danseurs.

— Je vous demande pardon, je peux faire ce qui me plaît, comme vous. *Longmeadow*, Honor ? Vous êtes allée trop loin, cette fois.

Il était fâché contre elle, elle le sentait. Et la vérité, c'était qu'elle avait lancé cette idée sans réfléchir, ce qui lui arrivait souvent ces derniers temps.

Le pied d'Easton heurta le sien et ils manquèrent un pas ou deux, avant qu'il ne s'empresse de redresser les choses.

— Pardon, s'excusa-t-il, et il la fit tourner de nouveau dans le mauvais sens, sans tenir compte des autres couples.

— De l'autre côté, monsieur Easton !

— C'est vous qui le dites, bougonna-t-il. Vous est-il seulement venu à l'esprit que je ne suis peut-être pas libre de quitter Londres en ce moment ? Que j'ai peut-être des affaires plus urgentes que vos manigances ?

Elle avait envie de savoir ce qu'étaient ces affaires urgentes, et si elles impliquaient des femmes.

— Impossible, le taquina-t-elle.

— Ah oui ? Eh bien, voici une nouvelle pensée à méditer pour vous : je *ne veux pas* aller à Longmeadow. Et même si je le voulais, je n'aurais pas besoin que vous me décrochiez une invitation d'une façon aussi diablement flagrante !

C'était donc cela — il était embarrassé… Elle en fut légèrement affligée, car ce n'était pas ce qu'elle avait voulu.

— Je ne vous ai pas *décroché* une invitation. L'idée m'est venue subitement et je l'ai exprimée. Pourquoi donc ne voudriez-vous pas venir à Longmeadow ? L'endroit est magnifique, la maison superbe. Et franchement, monsieur, j'étais dans l'obligation d'agir ainsi, car je n'ai jamais envisagé que vous ne feriez pas ce que vous aviez promis. Je ne fais que vous fournir une occasion supplémentaire.

Cette remarque le fit s'arrêter net.

— Bougez ! lui commanda-t-elle.

Il le fit avec réticence ; il paraissait très vexé.

— Honor Cabot, *j'ai fait* ce que j'avais dit que je ferais ! lâcha-t-il d'un ton coupant avant de perdre le rythme, si bien qu'elle dut sautiller sur un pied pour l'attendre. Je suis venu à ce fichu bal, j'ai *dansé* avec elle…

Il heurta le couple derrière eux et lança un bref « pardon » par-dessus son épaule.

— Je lui ai fait la cour, je l'ai charmée — j'ai tout fait hormis demander sa fragile petite main !

Honor leva les yeux au ciel à ses déclarations, montrant ainsi tout le bien qu'elle en pensait.

Il parut surpris, puis la fixa d'un air mauvais.

— Bonté divine, quelqu'un aurait dû vous donner une fessée depuis longtemps ! Je serais ravi de m'en charger.

Ces paroles déclenchèrent un délicieux frisson dans le dos d'Honor.

— Ne soyez pas si fâché contre moi, George, dit-elle. Je concède que vous avez avancé, mais vous n'avez pas *gagné.*

— Comment le savez-vous ? s'emporta-t-il. Vous avez à peine croisé miss Hargrove, ce soir !

— Je le sais, dit-elle avec assurance. Elle ne vous observe pas en ce moment, n'est-ce pas ?

Elle ne s'attendait pas à ce qu'il la fasse soudain tourner comme il le fit. Il regarda là où ils avaient laissé Augustin et Monica.

— Eh bien ? demanda Honor. Est-ce que des yeux de biche sont fixés sur vous ?

— Pour l'amour du ciel, elle est avec son fiancé !

Honor haussa les épaules.

— Cela n'empêche guère les autres de vous jeter des regards énamourés... Lady Seifert vous a admiré ouvertement, tout à l'heure, et elle est mariée.

Cette information parut intéresser George d'une façon qui ne plut guère à Honor.

— *Vraiment ?* demanda-t-il, et il sourit avec un plaisir évident. Où est-elle ?

— Je ne sais pas !

Quel coq !

— Cela me semble plutôt vulgaire, à moi, de lorgner un homme qui n'est pas votre époux.

— Voilà qui est parlé comme une véritable innocente, dit Easton avec un sourire patient, tandis qu'il scrutait la foule, probablement à la recherche de lady Seifert.

Puis il ramena ses yeux bleus sur elle ; il l'étudia un moment, et lui sourit avec tant de charme qu'Honor se sentit déstabilisée.

— Oh ! dit-il, alors qu'ils négociaient imperturbablement un coin de la piste de danse. Je sens que vous aimeriez me convaincre que vous n'êtes *pas* innocente, mais que vous ne pouvez le faire par souci des convenances.

C'était précisément ce qui avait traversé l'esprit d'Honor, et elle sentit ses joues s'échauffer. Elle avait une grande pratique du badinage, mais elle était innocente au vrai sens du terme. Malgré les apparences, elle préservait très soigneusement sa vertu. De fait, George Easton était le premier homme qui l'avait embrassée véritablement, et le souvenir de ce baiser, de sa bouche et de ses mains sur sa peau lui donna soudain trop chaud. Elle aurait dû se protéger de lui — de cet homme très séduisant et très viril.

— Ce n'est pas du tout ce que je pensais ! Vous n'avez pas besoin de me taquiner. Je m'interrogeais simplement sur la nature de votre relation avec lady Seifert.

— Une innocente comme vous ne devrait pas s'interroger à ce sujet, dit-il, visiblement amusé. Cela froisserait votre sensibilité virginale, je le crains.

— Je pensais que vous n'étiez qu'un coq, mais il semble que vous soyez un coq *autoritaire*. Et tout comme je ne devrais pas m'interroger à votre sujet, vous ne devriez pas vous interroger au mien, monsieur Easton.

Son charmant sourire s'élargit ; il semblait ravi de leur petite joute verbale.

— Qu'est-ce qui vous fait monter sur vos ergots, ma douce ? Un instant je suis George, et le suivant M. Easton, selon votre degré d'irritation contre moi. Permettez-moi de vous éclairer, *miss Cabot*. La différence entre nous est que je n'ai pas besoin de m'interroger sur vous. Je sais reconnaître une innocente quand j'en vois une.

Honor réprima une exclamation indignée, mais avant qu'elle ne puisse protester, il la fit tournoyer et son dos frôla un danseur.

— Voulez-vous faire attention ! chuchota-t-elle âprement.

— Faire attention, *moi* ? Voilà qui est fort pour quelqu'un qui se lance étourdiment dans les entreprises les plus loufoques ! Même vous voyez sûrement l'ironie de cette remarque.

— Au moins, quand je suis imprudente, je me montre discrète et ne rentre pas brutalement dans une personne ou une autre.

Easton rit.

— Vous entendez-vous, madame ? Vous êtes certainement la femme la moins discrète que j'aie jamais rencontrée !

— *Moi ?*

— Parfaitement. Vous êtes une jeune femme imprudente, indiscrète, effrontée, et qui aimerait ne pas être aussi innocente qu'elle l'est. Pour être honnête, j'ajouterai que je n'ai jamais été aussi intrigué.

Honor avait déjà ouvert la bouche pour répliquer, mais une bouffée de chaleur l'envahit, la portant aux nues. Elle eut envie de recouvrir tout son corps de cette chaleur. De *lui*. Pourtant, elle souhaitait vraiment que George ne lui sourie pas d'une façon si charmeuse, si chaleureuse, si profonde. Son sourire l'illuminait de l'intérieur, brillait dans ses yeux. Elle s'efforça de ne pas sourire en retour, pour lui montrer qu'elle était très offensée, mais elle eut beau faire, elle ne put s'en empêcher.

— Eh bien, vous n'avez pas besoin de le *crier* !

Il rit plus fort, l'attira contre lui et la fit tourbillonner jusqu'au bord de la piste de danse, où il lui prit la main et la fit sortir.

— Attendez, que faites-vous ? s'exclama-t-elle, regardant nerveusement autour d'eux.

Deux gentlemen qui les observaient souriaient d'un air entendu. Du moins, craignit-elle que ce ne soit le cas.

— J'accorde à mes pauvres pieds un repos bien mérité, dit-il, jetant un coup d'œil en arrière. Venez.

Il posa une main dans son dos, la pressant d'avancer vers le buffet.

— Une flûte de champagne apaisera votre soif, miss Cabot, dit-il d'une voix forte.

— Je ne veux pas...

Il lui serra la main si fort qu'elle poussa un petit cri. Mais il l'ignora et lui fit prestement contourner le buffet pour se glisser dans le couloir, puis il la poussa pratiquement dans l'escalier de service.

— Arrêtez ! Je dois retourner dans la salle.

Il tendit un bras devant elle et poussa une porte qui donnait sur un balcon obscur.

Honor mit prudemment le pied sur la terrasse qui surplombait l'entrée. Elle regarda autour d'elle ; il faisait sombre, mais des couples se promenaient. A l'autre bout, elle vit deux amoureux qui s'enlaçaient.

— Oh ! non, dit-elle, mais Easton l'avait déjà prise par

la main et la faisait passer derrière une rangée d'armures exposées le long du mur.

Il se glissa après elle. Elle se tortilla dans l'espace réduit et chassa frénétiquement une toile d'araignée qui touchait ses cheveux. Il se tenait si près qu'elle pouvait percevoir la chaleur de son corps.

— Au nom du ciel, que faites-vous ?

— Je vous enlève un peu de votre innocence, répondit-il en la prenant par la taille et en l'embrassant.

Honor en fut si désarçonnée qu'elle le frappa de ses poings. Il releva la tête.

— Bon sang ! J'ai eu envie de le faire toute la soirée !

Elle aussi.

— Etes-vous fou ? chuchota-t-elle. Si l'on nous découvrait ?

— Et alors ? dit-il, la bouche sur son cou, les mains sur sa taille.

Honor entendit des pas, tout près, et retint son souffle, enfonçant ses ongles dans les bras de George. Il s'immobilisa. Ils attendirent, elle les poumons sur le point d'éclater, jusqu'à ce que la personne s'éloigne. Ensuite, George la regarda. Elle éprouva alors sous son regard une sensation très étrange et très douce, comme si de la soie caressait sa poitrine. Ses yeux bleus étaient plus sombres et noyés… *d'affection*. De l'affection ! Elle savait que c'en était, parce qu'elle en avait aussi pour lui. En prendre conscience lui fit l'effet d'un choc en plein cœur. Elle n'avait rien ressenti de tel depuis si longtemps, et certainement jamais avec une telle ardeur ! A côté de ce loup, Rowley n'était qu'un chiot.

Elle se dressa sur la pointe des pieds pour poser sa bouche sur la sienne.

George la souleva du sol et la fit tournoyer. Puis il l'adossa au mur de pierre, derrière les armures, l'emprisonnant de son corps. Il passa un bras autour d'elle, la serra étroitement contre lui et l'embrassa, taquinant sa langue de la sienne, promenant ses lèvres sur sa joue, son cou, pour revenir à sa bouche. De sa main libre, il caressa sa gorge nue au-dessus de son décolleté et glissa les doigts dans sa robe, effleurant un téton durci et faisant naître en elle de violentes ondes de désir.

Honor ne pouvait pas respirer, ne *voulait pas* respirer. Elle le cherchait de ses mains, les faisant glisser le long de ses bras et sur sa taille, pour remonter sur son torse jusqu'à son visage, ses doigts s'insinuant entre leurs bouches, redescendant sur son ventre dur, frôlant hardiment son érection. Son propre corps réagissait, devenant moite et plus souple, d'une certaine manière.

George saisit l'ourlet de sa robe, rassemblant l'étoffe jusqu'à ce qu'il trouve sa jambe. Sa main remonta plus haut que son bas, sur la peau nue de sa cuisse, et sema une traînée brûlante sur son passage.

Honor craignait de se laisser emporter par cette faim charnelle qui montait en elle, d'être précipitée, impuissante, dans ce torrent qui déferlait à travers elle, et, en même temps, elle ne s'en souciait pas.

Comment George avait-il attisé un tel désir en elle ? Comment en était-elle venue à l'estimer si complètement ? Il l'avait séduite tout entière.

— Vous êtes un *vaurien*, dit-elle à voix basse, posant ses mains à plat sur le mur derrière elle. Je pourrais crier, ajouta-t-elle à son oreille, le souffle court.

— Alors allez-y, la défia-t-il. Criez. Mais vous ne crierez pas comme vous le ferez, quand je vous ferai l'amour.

— *Libertin*, murmura-t-elle, et elle appuya un pied

contre le mur, afin qu'il puisse atteindre la chaleur moite de sa féminité.

Quand ses doigts effleurèrent la perle sensible de son plaisir, puis se coulèrent en elle, elle étouffa une exclamation. La sensation était incroyable !

— Mon amante, lui chuchota-t-il à l'oreille.

Honor ferma les yeux et appuya la tête contre le mur.

— Je suis folle. *Folle, folle…*

— Savourez-le, dit-il avant d'embrasser sa bouche, le creux de sa gorge, puis de poser les lèvres sur sa poitrine, tandis qu'il la caressait, ses doigts s'insinuant dans son sexe, allant et venant en elle, taquinant son petit bouton durci.

Alors qu'une sorte de rythme primal pulsait dans son corps, Honor se pressa contre sa main, contre ses doigts, cherchant l'assouvissement. Elle s'agrippa à lui pendant qu'il augmentait l'intensité de ses caresses, s'emparant de multiples façons du cœur de son être. Elle entendait des voix, les rires de gens qui se trouvaient au-dessous d'eux, les murmures des autres personnes sur la terrasse. Cela ne servait qu'à intensifier ce qu'elle vivait, à lui faire mesurer combien le désir pouvait tout submerger. Elle se moquait d'être découverte. Tandis que son corps se tendait et se ramassait, se préparant à l'extase, elle plaqua sa bouche sur l'épaule de George et cria dans le drap de sa redingote, éprouvant un plaisir indicible, secouée de frissons.

Ils étaient tous deux hors d'haleine lorsqu'il retira sa main et rabattit ses jupes. Elle parvint à relever la tête et ouvrit les yeux. Elle ne pouvait détacher de lui son regard, incapable de mettre de la distance entre eux comme elle le faisait quand des gentlemen se rapprochaient trop. Elle essaya de trouver quelque chose à dire, mais aucun mot ne lui vint. Elle se sentait à bout de souffle, avait l'impression de ne rien peser, et des émotions étrangement érotiques tournoyaient en elle.

Il fit descendre sa main le long de son bras et mêla ses doigts aux siens. Puis il lui baisa la tempe et dit doucement :

— Voilà, Cabot, vous avez eu un aperçu de ce que vous voulez me faire faire avec miss Hargrove. Et maintenant, la soirée est arrivée à sa fin, ce que l'on peut regretter.

— Quoi ?

Elle tenta de cacher son trouble, mais cela ne servit à rien. Elle était passée derrière une sorte de rideau invisible et n'entendait pas très bien.

Il baissa la tête pour la regarder dans les yeux.

— Malgré notre désaccord sur l'efficacité de votre absurde plan, tout le plaisir a été pour moi.

Elle était toujours incapable de détacher les yeux de lui, sidérée par ce qui était arrivé, sidérée par ce qu'il venait de lui faire.

— Viendrez-vous à Longmeadow ? demanda-t-elle, bien trop anxieusement à son goût.

— Non.

Elle hocha la tête, comme si elle l'acceptait, mais ensuite elle serra ses doigts plus fort et dit de façon incongrue :

— *S'il vous plaît !*

— J'ai fait tout ce que je pouvais faire pour vous, dit-il avec un sourire lascif.

Il ne pouvait pas le penser, il ne le pensait *sûrement pas* !

— Nous vous attendrons dans quinze jours, insista-t-elle, prise de panique à l'idée qu'il ne soit sérieux dans son refus. Les invités commencent à arriver le jeudi.

Il secoua la tête, puis lui accorda un regard indulgent, écartant une mèche de cheveux de ses yeux dans un geste plein de douceur. Elle se sentit alors un peu papillonnante.

Légère. Comme si elle pouvait flotter jusqu'aux lustres, telle une volute de fumée.

— Retournez danser, murmura-t-il. Il faut que tout le monde vous voie sourire à quelqu'un d'autre. Vous ne voudriez pas qu'ils restent sur la vision de nous deux quittant la piste de danse ?

— Je m'en moque !

Il posa la main sur son bras et la repoussa gentiment.

— Non, vous ne vous en moquez pas. Allez, maintenant, avant que les gens ne jasent.

Avait-il raison ? Elle ne le savait réellement plus. Elle avait l'impression que tout était sens dessus dessous. Elle se moquait que les gens parlent. Elle se moquait qu'il soit un fils illégitime. Elle ne voulait personne d'autre que lui.

— Allez, dit-il plus sévèrement, en la poussant.

Elle obéit sans réfléchir. Elle fit le tour de la terrasse pour retrouver l'escalier principal, sachant qu'il l'observait. Elle se commanda de ne pas regarder en arrière, s'implora de ne pas le faire…

Puis tourna la tête.

George Easton se tenait toujours là où elle l'avait laissé, le regard fixé sur elle. Elle put sentir ce regard se frayer un chemin brûlant en elle, jusqu'à ses doigts de pied.

Chapitre 15

Quand Monica avait accepté la demande en mariage d'Augustin, sa mère avait promptement engagé une soubrette.

— Une future comtesse doit savoir utiliser les services d'une femme de chambre…, avait-elle argué.

— Mais ce n'est pas une femme de chambre, avait alors observé Monica, voyant la servante nettoyer les vitres de sa fenêtre.

— Elle fera l'affaire, avait assuré sa mère.

Mais Violet ne faisait pas l'affaire. Elle était aussi ignorante de ce que l'on attendait d'elle que Monica l'était de ce qu'il fallait à une dame. D'autant qu'elle n'avait pas besoin d'une femme de chambre. Elle était parfaitement capable de s'habiller seule et de se lever de son propre chef chaque matin.

Toutefois, sa mère était déterminée à ce qu'elle apprenne tout ce qui serait requis d'elle en tant que dame de la haute société, privilégiée et oisive. Son avenir comme comtesse était le principal sujet d'intérêt de Mme Hargrove et de Teddy. Ils en parlaient à la moindre occasion.

Ce matin-là, Monica sentit l'arôme du chocolat chaud depuis l'autre bout de la pièce quand Violet vint lui apporter sa tasse et la posa sur sa table de chevet.

Elle bâilla, étira les bras au-dessus de la tête et se redressa, calant ses oreillers dans son dos. Elle prit la tasse de chocolat pendant que Violet ouvrait les rideaux. La pluie ruisselait sur les carreaux.

La soubrette se mit à ramasser les effets que Monica avait laissé tomber un peu partout, quand elle était rentrée à l'aube.

— Le bal vous a plu, miss ?

— Beaucoup, répondit Monica en étouffant un autre bâillement. Mais j'ai trouvé qu'il y avait trop de monde.

— Je vous comprends, je n'aime pas la foule non plus, dit Violet, tout en vaquant dans la chambre.

Elle n'hésitait pas à parler librement.

— J'ai accompagné Mme Abbot au marché, ce matin, et on n'avait jamais vu un peuple pareil ! poursuivit-elle, avant de raconter en détail sa sortie d'un ton excité.

Monica ne fit guère attention à son bavardage — dans lequel il était question de figues, lui sembla-t-il —, considérant plutôt ce qu'elle pourrait mettre ce jour-là, lorsqu'elle saisit le nom de Beckington. Elle se tourna alors pour regarder Violet.

— Pardon ?

La soubrette leva les yeux de son travail.

— Miss ?

— Que disiez-vous à propos de Beckington ?

Violet prit un air concentré, cherchant manifestement à se souvenir de ce qu'elle venait de dire.

— Oh ! fit-elle. Seulement que nous avons vu un valet de Beckington House qui cherchait quelqu'un. M. Abbot était là et il a dit qu'il connaissait ce garçon, vu qu'il vous a conduite plusieurs fois à Beckington House et que le valet était toujours là pour l'accueillir, d'après lui.

— Vous êtes allés au marché à Mayfair ? demanda Monica étonnée, car ce n'était pas tout près.

— Oui, à Mayfair. Mme Abbot préfère le boucher, là-bas. Mais ce que le jambon était *cher* ! Je lui ai dit : « Madame Abbot, vous pourriez avoir un jambon pour quelques shillings seulement à Marylebone », mais elle a répondu qu'il n'était pas de la qualité que Mme Hargrove préférait…

— Violet, et le valet des Beckington ? l'interrompit Monica, avant qu'elle ne se mette à énumérer les différents morceaux d'un porc. Vous disiez qu'il cherchait quelqu'un ?

— Oui, il cherchait lady Beckington.

Violet sourit et ramassa l'étole que Monica avait portée au bal la veille, passant avec douceur la main sur la soie.

— Pour l'amour du ciel, Violet ! Pourquoi cherchait-il lady Beckington ?

— Eh bien, elle avait disparu. Il a dit qu'elle était sortie se promener et qu'elle n'était pas rentrée, alors qu'on l'attendait. J'ai dit à Mme Abbot : « Une promenade, par ce temps pourri ? » Et elle a répondu : « Elle a certainement un valet pour lui tenir un parapluie au-dessus de la tête ! »

Violet gloussa. Monica battit des cils.

— Vous voulez dire que lady Beckington s'était perdue ?

— Oh ! je ne sais pas, madame… Le valet l'a vite retrouvée, en tout cas. Elle était en train d'acheter des fleurs de serre, figurez-vous. Mme Hargrove, elle envoie quelqu'un acheter ses fleurs, il me semble. Elle n'irait pas au marché de Mayfair par un temps pareil !

Tandis que Violet pliait soigneusement l'étole, Monica soupesait ces informations. Les choses commençaient à prendre sens, comme les pièces d'un puzzle se mettant en place.

Après son chocolat, elle s'habilla et alla dans le salon, où elle trouva ses parents. La pièce était petite et sombre, avec ses lambris foncés et ses tentures usées. Sa mère voulait les changer, mais son père n'était pas d'accord.

Ce dernier était en train de lire et prenait des notes sur une feuille de papier. La mère de Monica était assise sur le canapé, occupée à sa couture. Ses cheveux étaient encore blond-roux et accrochaient toujours joliment la lumière, même par une journée aussi grise.

— Te voilà, chérie ! dit-elle en posant son ouvrage.

Le père de Monica s'interrompit et lui jeta un coup d'œil par-dessus ses lunettes.

— Comment as-tu trouvé le bal ? demanda sa mère.

— Très bien.

— Et notre lord Sommerfield ? L'a-t-il apprécié, lui aussi ?

Monica haussa les épaules et s'assit à côté de sa mère. Elle n'avait jamais vu Augustin mécontent.

— Je pense.

Sa mère lui tapota le genou.

— Tu devrais t'en assurer, ma chère. Il est très important de garder un homme heureux. N'est-ce pas, Benjamin ?

Son père s'était remis à lire et répondit distraitement :

— Ah oui, Lizzy ?

— Maman, comment sait-on si quelqu'un perd la tête ? demanda Monica.

Cette question fit lever la sienne à son père.

— Tu as l'impression de perdre un peu la tête, chérie ?

— Pas moi, papa, répondit Monica en souriant. Mais… comment devient-on fou ?

Il posa sa plume et pivota sur sa chaise.

— Tout dépend du genre de folie, je pense. Si quelqu'un souffre de sénilité, cela peut venir progressivement. Une défaillance par-ci, par-là, des oublis inhabituels. Mais j'ai connu un homme qui a perdu son jeune fils dans un incendie, un jour. La folie lui est tombée dessus d'un coup. Pourquoi cette question ?

Monica eut presque peur de dire à voix haute ce qu'elle pensait. Cela semblait au mieux irrespectueux, scandaleux au pire. Mais c'était la seule explication qu'elle voyait au comportement troublant de lady Beckington, et ses parents attendaient qu'elle poursuive.

— Je crois que lady Beckington est en train de devenir folle.

Ils la fixèrent, aucun d'eux ne bougeant pendant un moment.

— Que veux-tu dire, chérie ? demanda enfin son père.

— C'est difficile à expliquer. Elle semble avoir des absences.

Elle leur raconta alors sa dernière visite à Beckington House, et comment la comtesse semblait incapable de suivre la conversation. Elle ajouta ce que Violet lui avait rapporté un peu plus tôt. Elle leur dit encore comment, parfois, les yeux de lady Beckington paraissaient étrangement vides, comme si elle n'était pas là.

Son père l'écouta avec attention et, quand elle eut fini, il hocha la tête et s'adossa à son siège, joignant le bout de ses doigts.

— Je ne vois pas de raison de s'alarmer, chérie. Quand les gens prennent de l'âge, ce phénomène arrive. C'est assez naturel…

— Benjamin, elle n'a qu'un an de plus que moi, lui fit observer Mme Hargrove.

— C'est ce que je dis, répondit-il en retournant à son livre.

— Quand nous étions jeunes, Joan et moi allions au marché aux fleurs de Mayfair ensemble, se souvint sa mère. Les fleurs semblaient toujours tellement plus jolies que celles de nos serres…

Elle détourna les yeux un instant, mélancolique.

— J'ai toujours apprécié la compagnie de Joan.

— Et vous l'apprécierez encore, Lizzy, dit son mari. Elle a oublié une chose ou deux, c'est tout.

Monica remarqua le léger changement dans l'expression de sa mère.

— Viens, chérie, allons te coiffer…

Elle se leva.

— Lizzy, ne mettez pas des idées dans la tête de notre fille ! déclara son père, sans lever les yeux de son livre. Teddy et vous avez déjà suggéré qu'elle envoie paître les sœurs Cabot.

— Je n'ai rien fait de tel, monsieur Hargrove !

Elle prit la main de Monica pour l'entraîner hors de la pièce.

Ce qu'elle venait d'affirmer n'était pas tout à fait vrai : Teddy et elle avaient bien suggéré plus d'une fois que les sœurs Cabot et leur mère seraient mieux dans la maison de la douairière à Longmeadow… ou même plus loin.

Tandis que Monica et sa mère pénétraient dans l'étroit vestibule, cette dernière lui passa un bras autour des épaules.

— Je dirais que ton père a raison, Monica, et que tu n'as pas vu plus que quelques oublis chez lady Beckington. Cela nous arrive à tous. Toutefois…

— Toutefois ?

Elle lui jeta un coup d'œil en coin.

— Toutefois, si tu devais noter un changement plus marqué, il te faudrait réfléchir de nouveau à l'importance de trouver un endroit confortable où Joan et ses filles pourraient résider. Loin des regards, bien sûr.

Monica fixa sa mère avec curiosité.

— Sais-tu que dans certains cas, la folie peut tourner à la violence ?

Monica réprima une exclamation.

— Vous ne pensez pas que lady Beckington…

— Non, non, non, lui assura vivement sa mère. Mais si elle *était* folle, je ne pense pas qu'il serait possible de prédire si — et quand — elle pourrait être sujette à des crises violentes. Une telle imprévisibilité représenterait un danger pour les héritiers du nouveau comte.

Le pouls de Monica se mit à tambouriner dans son cou. Elle eut la vision effrayante d'une démente prenant ses bébés dans leur berceau. N'était-ce pas arrivé un an plus tôt ? Une servante, devenue folle, avait enlevé l'enfant de sa maîtresse, et on l'avait retrouvé mort quelques jours plus tard.

— Mon Dieu, tu t'inquiètes ! s'écria sa mère. Chérie, je ne suggère pas que cela pourrait arriver, mais… Eh bien, tu es ma fille, alors je pense à ton bien…

— Mais… est-ce qu'Augustin et moi ne devrions pas nous occuper d'elle, si elle est folle ?

— Si. Néanmoins, cela ne veut pas dire que vous devez *habiter* avec elle. Je suis d'avis que ses filles et elle devraient alors se retirer dans un endroit protégé, qui n'entraînerait pas de dépenses en robes de bal et autres toilettes.

Monica ne pouvait imaginer Honor sans robes à la mode. Mais sa mère sourit et lui pressa le bras avec affection.

— Tu ne dois pas t'inquiéter outre mesure, Monica. Je suis certaine qu'il n'y a pas lieu de te tourmenter !

Chapitre 16

Le voyage jusqu'à Longmeadow fatigua le comte ; il resta au lit deux journées entières avant de se sentir assez fort pour profiter du temps chaud qui avait accompagné la famille depuis Londres, si bien que, pour la première fois, la fête annuelle commença sans lui. Et, à moins d'un miracle, ce serait probablement aussi la dernière fois qu'il y assisterait.

En prendre conscience jeta une ombre sur tous ses proches. Prudence et Mercy prirent l'habitude de disparaître dans les écuries pour échapper à l'humeur morose générale — ce qui, de l'avis de Grace, n'était pas dû à un soudain intérêt pour les chevaux, mais pour les séduisants jeunes gens qui s'en occupaient.

Lorsque les invités commencèrent à arriver, Grace surveilla leur mère de près, l'emmenant faire de longues promenades dans le jardin. Il était clair que cette dernière s'éloignait de plus en plus d'eux, et que des pans de leur passé familial disparaissaient chaque jour de sa mémoire.

Honor aurait fait n'importe quoi pour la retrouver aimante, sûre d'elle, sophistiquée. Elle repensait souvent à l'accident dans lequel sa mère avait été blessée et qui avait marqué le début de ses troubles... Elle aurait donné tout ce qu'elles avaient pour revenir à ce jour-là et en modifier l'issue. Elle aurait renoncé au bien-être matériel, à la haute société, aux soirées — à n'importe quoi, pour empêcher sa mère de monter dans ce cabriolet. Si celle-ci n'avait pas épousé le comte, si elles étaient restées toutes les cinq dans leur modeste maison avec Hannah seule pour les servir, n'auraient-elles pas été plus heureuses ?

Honor était déterminée à tenir sa mère à l'écart des Hargrove durant la semaine, dans la mesure du possible, mais c'était difficile, étant donné que Monica s'était fixé la tâche de conseiller Augustin sur les préparatifs des trois jours à venir.

Elle tomba sur eux et un autre gentleman dans le salon vert, qui se trouvait être sa pièce favorite, dans l'immense manoir géorgien, lequel était l'une des plus grandes gentilhommières d'Angleterre. Elle était si vaste, avec ses trois étages, qu'il s'y trouvait nombre d'endroits où quatre jeunes filles avaient pu s'échapper durant les dernières années. Elle était construite en carré, avec une cour centrale, et avait été entretenue avec amour ; du lierre recouvrait la façade de devant, des roses grimpaient à l'arrière.

Le salon donnait sur la roseraie par deux portes-fenêtres qui laissaient entrer le divin parfum des roses, lorsqu'on les tenait ouvertes au printemps et en été. Ses murs étaient peints d'un vert doux, et ses tentures étaient de soie blanche. C'était une pièce douillette et réconfortante, claire et aérée. Le manoir comportait une trentaine de chambres d'hôtes, d'autres salons et pièces du matin, mais aucun autre endroit ne plaisait plus à Honor.

— Honor ! s'écria Augustin d'un air ravi, quand il la vit. Dieu merci, vous êtes là… Vous devez *absolument* parler à Mercy. Elle a mis Mme Hargrove dans tous ses états avec ses sinistres histoires de fantômes.

— Longmeadow se prête à ce genre d'histoires, Augustin.

— Peut-être. Mais cette chère Mme Hargrove m'a assuré qu'elle en avait à peine dormi de la nuit.

Ayant essuyé elle-même les récits de Mercy pendant des années et connaissant Mme Hargrove, Honor ne pouvait imaginer que cette dernière ait été impressionnée le moins du monde par des histoires de corps sans tête et de cou ensanglanté.

— Vous parlerez à notre Mercy, n'est-ce pas ? insista Augustin. J'ai mentionné le problème à votre mère, mais elle s'est contentée d'en rire.

La gorge d'Honor se serra à la pensée d'Augustin parlant à sa mère pendant un bon moment.

— Ma mère est très occupée avec le comte. Je serai heureuse de parler à Mercy.

— Augustin ? le rappela alors doucement à l'ordre Monica.

— Oh ! oui ! Pardonnez-moi, Honor, j'aimerais vous présenter M. Richard Cleburne, le nouveau pasteur de Longmeadow.

Le jeune homme se redressa, joignit les mains derrière le dos, et s'inclina poliment.

— Enchantée, monsieur Cleburne, dit Honor. Bienvenue à Longmeadow.

— Merci.

Il sourit.

— J'espère que le beau temps de Longmeadow vous convient ? demanda Honor à Monica.

— Je dirais que *tout*, ici, me convient.

Honor n'en doutait pas.

— Et Monica convient à Longmeadow ! ajouta fièrement Augustin. Elle a eu des idées *merveilleuses* pour améliorer cette pièce.

Honor, qui s'apprêtait à quitter le salon, s'arrêta à cette remarque.

— L'améliorer ?

Elle parcourut du regard les sièges recouverts de chintz fleuri, les tableaux représentant des paysages sereins.

— Mais elle n'a pas besoin d'être améliorée ! Elle est parfaite comme cela.

— Je me disais qu'elle conviendrait peut-être mieux comme salle à manger du matin, dit Monica.

— Elle a raison ! s'écria Augustin avec enthousiasme. Je ne peux croire que nous n'y ayons pas pensé nous-mêmes !

Honor eut soudain la vision d'une horde d'invités paradant dans sa pièce favorite avec des assiettes de saucisses.

— *Ce salon*, une pièce pour le petit déjeuner ! s'exclama-t-elle, offusquée.

— Oui, répondit Monica sans se démonter. Le jardin offre une vue parfaite pour se restaurer le matin, et ce n'est pas si loin de la cuisine.

— Mais l'actuelle salle à manger du matin non plus, et elle a une très belle vue sur le parc, fit remarquer Honor.

— Elle n'est pas assez spacieuse pour recevoir tout le monde, répliqua Monica.

— Et elle a des courants d'air, renchérit Augustin en plissant le nez.

— Rien qui ne puisse être arrangé, insista Honor. Peut-être que Monica et vous devriez plutôt vous intéresser à l'organisation du souper ?

— Nous l'avons déjà fait ! Monica et Mme Hargrove ont décidé des places à table, ce matin.

Il sourit comme si c'était un exploit.

Honor en fut, quant à elle, atterrée.

— Où était ma mère ?

— Indisponible ? suggéra Augustin, l'air incertain. Mon père…

— Ne vous inquiétez pas, Honor, déclara alors Monica. J'ai personnellement veillé à ce que vous soyez assise à côté de M. Cleburne.

Son sourire fut un chef-d'œuvre de mesquinerie satisfaite. Celui de M. Cleburne, en revanche, fut plus hésitant.

— Quel plaisir, répondit suavement Honor avec un signe de tête au pasteur. Et où serez-vous assise, Monica ? A la place de ma mère ?

— Honor ! s'offusqua Augustin, en jetant un coup d'œil à sa fiancée pour voir si elle était offensée.

Mais Monica se contenta de rire.

Un valet entra à cet instant.

— Milord, M. Hardy vous demande dans le vestibule.

— Probablement autre chose à voir avec les chevaux, vous ne pensez pas ? dit Augustin à Monica, en faisant la grimace. Je vous demande pardon, mesdames. Cleburne, vous y connaissez-vous en chevaux ?

— Je suis malheureusement ignorant dans ce domaine, milord.

— Oh ! Vous en savez sûrement plus que moi. Venez, voulez-vous ?

Augustin sortit de la pièce d'un pas rapide, forçant le pasteur à se presser pour le suivre, laissant Honor et Monica seules.

— Ma mère n'est pas encore veuve, Monica. N'êtes-vous pas un peu trop avide de prendre sa place comme maîtresse de maison ?

— Qu'insinuez-vous ? répondit Monica avec indifférence. Lady Beckington était tout à fait d'accord, ce matin, quand nous avons suggéré de nous occuper du plan de table. Elle ne semblait guère s'en soucier. Elle paraissait plus intéressée par un projet d'excursion en Ecosse.

Elle marqua une pause.

— Du moins, je pense que c'est ce qu'elle a voulu dire.

Si Honor réussit à ravaler une exclamation alarmée, ce fut seulement l'effet de sa volonté de fer.

— Augustin aurait dû la consulter.

— Il l'a fait, Honor. Nous l'avons tous consultée et, comme je l'ai dit, elle n'a pas vu d'inconvénient à ce que nous nous chargions de cette question. Peut-être comprend-elle, *elle*, que je serai maîtresse ici un jour, et qu'il ne sert à rien de s'y opposer. Peut-être devriez-vous en faire autant.

Des petites vérités comme celle-là, et Honor se sentait *presque* abattue.

— J'aime à penser qu'à votre place, je ne m'en vanterais pas avant de m'être tenue devant l'autel, riposta-t-elle.

— Ne vous fâchez pas, très chère, reprit Monica d'un ton suave. Je suis certaine que vous n'accorderez plus une pensée à cette pièce, au souper ou même à Longmeadow, quand un gentleman aura demandé votre main et que vous préparerez votre propre bonheur conjugal.

Honor sentit qu'elle se hérissait, ce qui était exactement ce que voulait Monica. Elle s'obligea donc à sourire.

— Je vous demande pardon… Suis-je en danger imminent de recevoir une demande en mariage ?

— On ne sait jamais ! répondit Monica d'un ton enjoué. Parfois, les choses ont une façon d'arriver qui défie toute raison. Des gens apparaissent soudainement dans notre vie et changent tout.

— De quoi parlez-vous ? demanda Honor avec un sentiment croissant de menace.

— De rien ! Je suppose simplement que quelqu'un va vous apparaître tôt ou tard, et que vous pourrez fort heureusement laisser définitivement derrière vous l'histoire avec Rowley.

Honor perçut soudain quelque chose de très nauséabond dans cette pièce et dans ces paroles, et elle croisa les bras, sur la défensive.

— Il n'y a pas d'*histoire* avec le vicomte. Je ne l'ai pas vu depuis plus d'un an. Je crois savoir qu'il vit à la campagne avec sa charmante épouse et leur jeune fils.

— Je sais que vous en avez souffert, Honor, insista cependant Monica, avec beaucoup de condescendance. Mais vous ne devez pas laisser cette déception entraîner chez vous une appréciation erronée de tous les gentlemen.

— Pour l'amour du ciel ! Vous ne savez absolument pas de quoi vous parlez !

— J'essaie seulement de dire que les temps changent. Le comte est très gravement malade. Augustin se mariera. Même si ce n'était pas avec moi, il épouserait quelqu'un, n'est-ce pas ? Vous ne pouvez empêcher la progression naturelle des événements. Vous devriez vraiment songer à épouser un homme de qualité.

— Comme M. Cleburne, je suppose ? ironisa Honor.

Monica eut un grand sourire.

— Il a l'air d'un jeune homme très aimable, non ?

Oh ! Comme elle aurait souhaité que Monica se tienne près d'une fenêtre, pour pouvoir la pousser à travers !

— Je vous suis très reconnaissante de vous occuper de mon bonheur, Monica. Et pendant que vous attendez impatiemment l'heureux moment de mon mariage, je vais vous laisser à la rénovation de Longmeadow et aller trouver Mercy. Bonne journée.

— Bonne journée, Honor, répondit Monica d'un ton ravi.

Honor sortit de la pièce sans rien laisser voir de sa contrariété. Elle allait parler à Mercy, assurément, mais pour lui suggérer de raconter à l'avenir des histoires de fantômes et de farfadets *plus* sinistres !

Elle longea d'un pas raide la galerie de portraits, la salle à manger « ventée » du matin, la bibliothèque, la grande salle à manger et la salle de bal. Elle longea encore des salons plus petits et le boudoir jaune orienté au soleil couchant. Elle imagina ce que Monica pourrait faire de tout cela et sentit un nœud de colère se former dans son ventre.

Ce qui n'était pas justifié.

L'admettre avait beau l'ulcérer, Monica avait raison : Longmeadow n'était pas sa maison et n'avait jamais été destinée à l'être. Elle se marierait un jour, et sans doute vivrait-elle dans une maison respectable avec un homme respectable. Mais cette maison ne serait pas Longmeadow, avec ses escaliers dérobés, sa rivière si fraîche et ses arpents de champs verts où des filles pouvaient courir et jouer. Ce ne serait pas non plus Beckington House, avec son vestibule de marbre et son salon grandiose, où l'on pouvait servir le thé à des dizaines d'invités à la fois. Ce ne serait pas du tout cette vie-ci, et la seule façon dont elle pouvait s'y raccrocher, au moins jusqu'à ce que Pru et Mercy aient fait leur entrée dans le monde, c'était d'empêcher Monica de la détruire, de la défaire un fil après l'autre, comme sa mère le faisait pour sa manche.

Elle avait repoussé l'inévitable, depuis que lord Rowley avait brisé son jeune cœur stupide, ne voulant pas risquer une autre déception, et elle s'était réfugiée dans la fortune du comte. Le luxe que celle-ci lui offrait lui avait permis de tenir son cœur à distance, tandis qu'elle voletait d'un événement mondain à l'autre. En vérité, elle ne savait plus très bien si elle souhaitait si désespérément préserver ses sœurs ou le cocon protecteur de la richesse de son beau-père.

Tout était si bourbeux, et devenait plus trouble de jour en jour ! Elle ne pouvait chasser George Easton de ses pensées. Pas un instant.

Son cœur était empli de cet homme. Il hantait ses rêves, était tapi dans les ombres de chacune de ses heures d'éveil depuis le bal des Prescott. Il s'était logé telle une comète brillante dans sa mémoire — il avait traversé son ciel nocturne et disparu. Mais il était de naissance illégitime, si peu convenable de tant de façons, et pourtant si *juste* pour elle…

Allait-il venir à Longmeadow ?

Elle serra les poings et continua à avancer au pas de charge. Elle méprisait la manière dont les femmes se morfondaient pour des hommes, espérant qu'ils apparaîtraient à cet événement ou à cet autre. Easton lui avait dit qu'il ne viendrait pas, et pourtant elle était là, en train *d'espérer*. Elle guettait chaque attelage qui s'arrêtait devant les massives colonnes de pierre qui ornaient l'entrée principale, comptant chaque fois le voir en descendre. Mais les voitures étaient arrivées les unes après les autres puis reparties, et George Easton n'était pas venu.

Il ne viendra pas.

Elle pouvait sûrement l'admettre, maintenant. Elle pouvait sûrement faire un effort pour cesser de revivre en pensée les moments qu'elle avait passés dans ses bras, le cœur chantant, le corps aspirant à ce qu'il la touche. Elle pouvait sûrement reconnaître que George Easton était un homme dangereusement sensuel, et que même s'il lui avait ouvert les portes d'un monde charnel enivrant, l'expérience n'avait pas dû être aussi importante pour lui que pour elle. Il lui avait donné bien plus de plaisir que ce qu'elle aurait pu en espérer, avait fait battre follement son cœur, avait empli son esprit d'images lascives et de tendres pensées… Mais pour lui, ce n'avait été qu'un jeu.

Elle avait su dès le début qu'il ne se plierait pas éternellement à son plan. Quel homme le ferait ? Même elle, elle n'avait jamais cru que son stratagème aboutirait à quoi que ce soit, sauf peut-être à retarder l'inévitable. Elle ne parvenait même plus à penser à Monica. Tout semblait si différent.

Et si elle admettait tout cela en son for intérieur, elle pouvait sûrement se raisonner : sa déception était absurde ! Elle *ne devait pas* être déçue de son absence, puisqu'elle lui évitait d'avoir à danser avec un aussi mauvais cavalier que lui. Sans compter qu'il ne la flattait pas comme les jeunes dandys de Mayfair la flattaient. Or elle aimait danser et être courtisée ! Elle *ne devait pas* non plus admirer ses yeux bleus qui semblaient toujours briller d'amusement, ni être séduite par lui pour la seule raison qu'il aurait certainement partagé son agacement devant la solennité que Monica avait montrée au dîner, la veille au soir.

Parce que, dès l'instant où elle laisserait ces déceptions gagner du terrain, la douleur qui lui martelait la tête gagnerait son cœur, le sapant jusqu'à ce qu'il n'en reste que de la poussière.

Le lendemain après-midi, après le déjeuner, tandis que les gentlemen étaient sortis parcourir à cheval le millier d'arpents qui constituait Longmeadow, le jeune lord Washburn, qui avait gracieusement offert de rester pour distraire les dames, leur proposa une lecture de poésie dans la chapelle. Elles les suivirent avec bonne volonté dans l'allée bordée d'arbres qui menait à la petite église médiévale, rénovée pour correspondre aux goûts d'un comte.

Honor connaissait bien lord Washburn. Il avait hérité de son titre de vicomte quand le cœur de son père avait subitement cessé de battre. Il avait toujours été impudent, bruyant, agaçant, et son titre avait soudain fait de lui l'un des gentlemen les plus recherchés de tout Mayfair. Il avait endossé son nouveau rôle avec beaucoup d'enthousiasme, et plus d'une fois il avait laissé entendre à Honor, puis à Grace, que l'une ou l'autre pourrait être la jeune femme fortunée qui gagnerait son cœur.

Ni l'une ni l'autre n'avait cependant le plus léger désir d'essayer.

Ce jour-là, Washburn choisit une jeune femme au hasard pour river ses yeux bruns à elle pendant sa prestation, et Honor ne fut pas contente de le voir les fixer souvent sur Prudence. Elle n'avait pas encore dix-sept ans, et pour tout dire elle avait la tête trop facilement tournée.

Honor contempla les poutres et se demanda distraitement combien de temps elle pourrait être retenue là. Elle soupira, regarda par la fenêtre sur sa droite — et poussa une exclamation si sonore que miss Fitzwilliam, assise devant elle, jeta un coup d'œil par-dessus son épaule, la mine alarmée.

Honor mit vite un doigt sur sa bouche et lui sourit d'un air d'excuse, puis regarda de nouveau par la fenêtre.

Il était venu !

C'était bien lui ! Il remontait à cheval l'allée qui menait à la maison avec un autre gentleman. Il lui tournait le dos, mais elle reconnut la façon dont il montait, ses larges épaules et ses cheveux châtains qui effleuraient son col, sous le rebord de son chapeau.

Il lui sembla alors que son cœur se gonflait de bonheur. Elle pouvait à peine respirer, tant il battait fort. Easton était-il venu pour elle ? Lui avait-elle manqué ? Avait-il pensé à elle comme elle avait pensé à lui ?

Elle éprouva soudain un désir désespéré de quitter la chapelle.

Washburn avait atteint le point culminant de son sonnet, et s'était écarté du pupitre pour pouvoir faire des ronds de bras. Lorsqu'il eut terminé, il posa sa main sur son cœur et s'inclina profondément, acceptant avec grâce les applaudissements polis du groupe de jeunes dames. Alors que deux admiratrices du premier rang lui réclamaient de continuer, Honor s'échappa.

Elle sortit comme une flèche par l'arrière de la chapelle, surgit dans le grand soleil et s'arrêta un instant pour que sa vision s'ajuste. Puis elle pressa le pas jusqu'au coin des écuries, prenant soin de marcher et non de courir, lissant ses cheveux lorsqu'elle passa derrière le puits. Elle gravit vivement les marches qui montaient jusqu'à l'allée principale et tourna à l'angle de la maison, arrivant devant juste comme Easton ôtait un sac de son cheval et le tendait à un valet.

Elle s'arrêta pour inspirer profondément, puis rejoignit les deux hommes d'un pas lent et serein.

— Monsieur Easton ! Vous êtes venu…, dit-elle d'une

voix bien trop altérée pour convaincre quiconque qu'elle était surprise de tomber sur lui au détour de l'allée.

Le sourire qu'il lui décocha fut si chaud qu'il l'emplit comme du miel. Il souleva son chapeau.

— Comment allez-vous, miss Cabot ? Vous êtes-vous lancée dans de nouvelles manigances ? Avez-vous semé la pagaille dans la vie de quelqu'un ?

Elle se mit à rire un peu trop fort, prit une autre inspiration afin de calmer son ardeur, et lui adressa un sourire éclatant. Elle pouvait à peine contenir sa joie de le voir, ou l'envie de se jeter à son cou et de l'embrasser.

— Je vous prierai aimablement de ne pas me sourire ainsi, miss Cabot. Je suis venu malgré ce que j'en pensais et, franchement, j'ai perdu tout respect pour moi-même.

Il s'inclina.

— Alors pourquoi êtes-vous venu ? demanda-t-elle d'un ton enjoué.

— Parce que j'ai craint le chaos qui pourrait bien s'abattre sur cette auguste assemblée, si vous étiez laissée à vos initiatives. Il est de mon devoir de gentleman d'épargner à ces bonnes gens vos idées insensées.

Sa déclaration rendit Honor follement heureuse. Elle sentit son sourire s'élargir.

— Ne souriez pas ainsi ! répéta-t-il avec brusquerie. Je ne me laisserai pas influencer par votre charmant sourire.

— Vous trouvez mon sourire charmant ?

— Je le trouve dangereux.

Il se pencha et saisit son bagage.

— Je trouve *tout* dangereux, en vous.

Un frisson de désir parcourut le dos d'Honor ; elle s'approcha de lui.

— Vous serez content d'être venu, monsieur. Vous

passerez de très bons moments à Longmeadow. J'en suis certaine.

— Non, répondit-il d'un ton catégorique.

Mais ses yeux pétillaient de gaieté.

L'homme qui était arrivé avec lui s'avança, lui prit le bagage de la main et fit un signe de tête à Honor.

— Oh ! oui… Miss Cabot, puis-je vous présenter M. Finnegan. Il prétend être un valet.

— Madame, la salua l'homme, puis il s'éloigna.

— Vous arrivez juste à temps ! Il va y avoir un tournoi de croquet sur la pelouse ouest, cet après-midi.

— Tout est réglé, alors, et je peux expirer de joie.

Elle rit.

— Pas question que vous expiriez à Longmeadow ! Songez au scandale ! Venez, je vais vous accompagner jusqu'à la maison. Hardy a fait préparer une chambre pour vous.

Elle se mit à marcher et George avança à côté d'elle. Elle pouvait le sentir, sentir son corps si près du sien, sa force toute proche. Elle en était si ravie qu'elle eut un sursaut de surprise quand Augustin surgit soudain de l'entrée, l'air très nerveux et les yeux fixés sur les dames qui remontaient l'allée.

— Nous devons vraiment accélérer les choses, dit-il, s'adressant à personne en particulier.

Honor devina que Monica ne devait pas être loin et, même si elle aurait aimé rester un peu plus longtemps avec George Easton, elle se dit que si elle ne prenait pas congé rapidement, elle pourrait succomber à son envie de le toucher. Les pensées se bousculaient dans sa tête, tandis qu'elle complotait un moyen de lui parler seule à seul, loin des oreilles et des regards indiscrets. Mais il était impossible de lui dire dans cette allée les choses qui bouillonnaient en elle, alors elle s'adressa à son beau-frère.

— Augustin, regardez qui vient d'arriver !

— Easton, oui, oui, bien sûr ! Bienvenue, dit Augustin, puis il fit signe à Hardy de le suivre, tandis qu'il s'approchait.

— Vous êtes entre d'excellentes mains, monsieur, dit Honor à George. Hardy va vous installer.

Puis elle se tourna vers Augustin et ajouta :

— Vous devez lui parler du croquet ! M. Easton dit qu'il est impatient de jouer.

— Le croquet ! répéta le vicomte. Alors il faut que vous jouiez, monsieur Easton ! Nous aurons un parcours spectaculaire, bien sûr, et il se mit à expliquer avec enthousiasme le plan détaillé du jeu sur la pelouse ouest.

Honor repartit vers la maison, bondissant pratiquement, le pas soudain plus léger, le cœur battant toujours très fort, sentant le regard acéré d'Easton dans son dos.

Chapitre 17

Longmeadow était aussi impressionnant que George l'avait entendu dire, peut-être même davantage. Le majordome des Beckington les conduisit, Finnegan et lui, le long de larges couloirs revêtus de tapis qui donnaient sur d'autres couloirs identiques. Tous étaient ornés de tableaux et de portraits qu'il n'eut pas le temps d'étudier, ainsi que de petites consoles décoratives qui supportaient des vases Ming et des fleurs de serre. Le tout était illuminé par des fenêtres ensoleillées, encadrées de draperies de velours retenues par de grosses cordelières dorées.

La chambre qu'on lui avait attribuée était grande, dotée d'un lit à baldaquin et d'une vue sur la forêt. Tandis qu'il se tenait au milieu de la pièce, contemplant le plafond peint de guirlandes et d'amphores grecques, il comprit assurément qu'Honor ne veuille pas perdre un tel environnement. Il ignorait comment les mariages étaient arrangés entre les gens très privilégiés, mais, d'après ce qu'il en savait, il jugeait peu probable que la jeune femme se marie dans une telle opulence, simplement parce qu'il existait très peu de familles qui jouissaient d'une fortune pareille.

Il s'était décidé à venir à l'issue d'un long débat intérieur. Il voulait aider Honor, et son corps, joint à son cœur, avait fini de le persuader. Mais était-ce son seul but ? C'était le sombre mystère qui l'habitait.

Finnegan semblait parfaitement à l'aise, défaisant les bagages, tandis que George, debout à côté de lui, était gêné de se sentir inutile. Il n'avait pas souhaité que Finnegan l'accompagne, mais ce dernier lui avait expliqué que s'il arrivait sans un domestique ou un valet, il paraîtrait déplacé.

— Je *serai* déplacé quoi qu'il en soit, avait-il fait observer.

— Seulement si vous croyez l'être, avait déclaré Finnegan.

George savait qu'il n'avait pas intérêt à discuter avec lui quand il était dans ces dispositions, et maintenant Finnegan était là, en train de brosser sa jaquette habillée.

— Je suggère que vous alliez marcher, lui dit ce dernier sans lever les yeux de sa tâche. Vous pourriez vous préparer à jouer au croquet. Cela améliorera peut-être votre humeur et vous mettra dans le bon état d'esprit vis-à-vis des gens qui sont ici.

Il lui jeta un coup d'œil.

— Si je peux me permettre, monsieur, c'est très différent de la société que vous fréquentez habituellement.

George ne put retenir un grand sourire.

— Savez-vous, Finnegan, qu'il y a des jours où j'ai très envie d'envoyer mon poing dans votre avenante figure ?

— Ce ne serait pas digne d'un gentleman, répondit le valet, imperturbable.

George ne supportait plus de l'observer ; il se passa les doigts dans les cheveux, arrangea son écharpe et sortit.

Il se dirigea vers les jardins et s'arrêta bientôt pour admirer les beaux spécimens de roses dont il n'avait vu l'égal qu'autour de St James.

Il entendit des rires féminins et, attiré par eux, traversa le labyrinthe de rosiers jusqu'au portail qui donnait sur une vaste étendue de pelouse impeccable. Au-delà, il aperçut un lac qui scintillait au soleil, bordé de deux côtés par la forêt.

Il franchit le portail et descendit la pente, le regard fixé sur les valets qui s'affairaient à planter les arceaux de croquet. Il s'approcha d'un trio de dames assises près d'une grande fontaine où de grands jets d'eau sortaient de la bouche plissée de trois énormes chérubins.

L'une des dames leva les yeux sous son chapeau à large bord et battit des cils.

— Monsieur Easton ! dit-elle en se mettant debout.

George avait été si captivé par les chérubins géants qu'il n'avait pas reconnu tout de suite miss Hargrove. Il se ressaisit rapidement et s'inclina.

— Miss Hargrove, répondit-il. Ma journée vient de s'améliorer sans mesure.

Les deux autres dames gloussèrent.

— J'ignorais que vous viendriez.

— J'arrive à l'instant.

Elle hocha la tête et le parcourut du regard.

— Miss Ellis, puis-je vous présenter M. Easton, dit-elle, indiquant gracieusement de la main la plus blonde des deux jeunes femmes assises sur le banc. Et voici miss Eliza Rivers.

— Nous nous connaissons, dit George. Comment allez-vous, mesdames ?

— Etes-vous perdu, monsieur Easton ? lui demanda miss Hargrove en le regardant avec attention.

Il remarqua qu'elle tenait un maillet de croquet à la main, et le balançait avec désinvolture.

— Complètement ! répondit-il d'un ton enjoué, ce

qui fit glousser miss Ellis. J'étais à la recherche de votre aimable fiancé. Il m'a parlé d'un tournoi de croquet.

— Oui, il va commencer bientôt. Mais il vous faut un maillet.

— Et une partenaire.

Il la regarda d'un air entendu.

— Voulez-vous me faire cet honneur, miss Hargrove ?

Elle l'étudia un instant, soupesant son invitation.

— Je pourrais être votre partenaire, si vous le voulez, suggéra timidement miss Rivers. Je suis certaine que miss Hargrove voudra être avec lord Sommerfield…

— J'ai accepté d'être avec M. Cleburne, déclara Monica, mais je suis sûre qu'il ne verra pas d'inconvénient à prendre une autre partenaire, étant donné l'arrivée inattendue d'un nouvel invité. Allons-nous vous chercher un maillet, monsieur Easton ?

Elle désigna l'allée.

George sourit. Il serait ravi d'expliquer à Honor Cabot qu'il avait bien tourné la tête de miss Hargrove. Il suffisait de voir la rapidité avec laquelle elle avait accepté de faire équipe avec lui pour le savoir.

Il lui offrit gracieusement son bras, souhaita une bonne journée à ses compagnes et se mit à marcher avec elle.

— Il y a de si belles roses à Longmeadow, déclara-t-il. La beauté y est entourée de beauté.

Il sourit et miss Hargrove soupira.

— C'est très flatteur, monsieur Easton, et miss Rivers se serait certainement pâmée à ce compliment. Personnellement, je n'ai jamais été sensible aux avances poétiques.

— Dois-je en conclure que vous êtes imperméable à une honnête admiration ?

— Je ne suis pas insensible à une admiration *sincère*,

dit-elle. Mais comment pouvez-vous prétendre avoir de l'admiration pour moi, alors qu'il y a tant de charmantes débutantes autour de vous ? Et que dire des *quatre* belles-sœurs célibataires de mon fiancé, qui sont mûres pour être admirées.

Elle l'étudia avec attention, attendant sa réaction, mais George avait l'habitude d'arriver à ses fins, en ce qui concernait les femmes.

— Vous savez sûrement que lorsqu'un cœur est tourné vers quelqu'un, on ne peut simplement pas l'orienter dans une autre direction ?

Miss Hargrove se mit à rire gaiement.

— Vous êtes un vaurien, monsieur Easton ! Il semblerait que tout ce que j'ai entendu dire de vous soit vrai.

George ne savait pas précisément à quoi elle faisait allusion, mais il commençait à se demander s'il avait déjà fait autant d'efforts pour séduire une femme.

— Je suis certain de mériter cette réputation, mais je suis avant tout un homme et, quand j'admire une femme, je ne peux le nier.

Ils atteignirent le stand où un valet distribuait des maillets et des boules de croquet. Monica prit un maillet et le lui tendit.

— Vous feriez mieux d'admirer quelqu'un d'autre.

Que s'était-il passé ? Cette femme avait quasiment fondu au bal des Prescott ! Avait-elle entendu les rumeurs concernant son bateau disparu et le fait qu'il avait perdu sa fortune, comme cela se disait à son club ? Quelle était la raison de sa soudaine froideur ?

Il décida de faire appel à des tactiques plus grivoises.

— Vous êtes peut-être fiancée, miss Hargrove, mais

à un homme qui ne peut absolument pas vous satisfaire comme je le ferais.

Il marqua une pause, laissa descendre son regard sur elle, puis plongea les yeux dans les siens.

— De toutes les façons que votre corps pourrait imaginer...

Il s'attendait à ce qu'elle succombe à cette suggestion, mais il n'en fut rien. Elle prit les boules de croquet des mains du valet, les lui tendit et désigna le terrain.

— Nous commencerons là-bas quand le signal du jeu sera donné.

Elle s'éloigna d'un pas glissant vers le début du parcours. George la suivit et laissa tomber les boules au point de départ, les yeux fixés sur elle.

Elle lui décocha une œillade moqueuse.

— Vous devriez regarder autour de vous, durant ce séjour, et fixer vos vues sur une personne plus sensible à vos attentions.

Elle jeta un regard circulaire sur la pelouse et désigna quelqu'un par-dessus son épaule.

— Miss Peeples n'a aucun engagement.

George ne prit même pas la peine de jeter un coup d'œil à la jeune fille.

— Je pense que sa mère n'approuverait pas.

Il en était certain même ; il avait eu une liaison brève mais passionnée avec Mme Peeples un an plus tôt. Comme elle avait peur de tomber enceinte, elle avait préféré lui donner du plaisir. Ce qui avait été assez agréable, une fois ou deux. Mais George avait découvert qu'il préférait être celui qui contentait l'autre.

Une image soudaine et non sollicitée d'Honor Cabot dansa dans son esprit, et il se rappela avec quelle lascivité elle avait accueilli ses avances au bal des Prescott. A tel point qu'il avait lutté désespérément pour se retenir d'aller plus loin.

— Eh bien, il y en a d'autres, poursuivit miss Hargrove avec un haussement d'épaules. Ah, voici mon futur époux...

Elle accompagna cette déclaration d'un petit sourire impertinent, tandis que Sommerfield agitait les bras, cherchant à attirer l'attention des joueurs, puis commençait à brailler les règles du tournoi.

Sapristi, cette Monica Hargrove était une sacrée dure à cuire ! Il lui avait dit des choses qu'il avait dites à des femmes bien plus expérimentées, et qui avaient donné des résultats *beaucoup plus* satisfaisants.

Honor avait-elle raison ?

Plus il y pensait, plus il était contrarié. Il était un homme *d'expérience*, bon sang ! Et quand un homme comme lui disait à une femme qu'il désirait la satisfaire, elle devait le gifler, ou lui manger dans la main. Mais *pas* lui décocher un sourire coquet et faire un pas de côté !

Qu'est-ce qui pourrait bien faire tourner la petite tête obstinée de miss Hargrove ? Il y avait forcément quelque chose... Et il était déterminé à trouver quoi !

Chapitre 18

Le beau soleil de l'après-midi avait laissé place à la pluie et les invités se tenaient à présent dans le vestibule, dans les couloirs et la somptueuse salle de bal. Celle-ci avait été aménagée pour une soirée de parties de cartes et de jeux de casino, dont une roulette. La salle à manger d'apparat était également pourvue de tables, mais pour le souper. Un buffet serait servi à 22 h 30.

Honor traversa la foule, s'arrêtant ici et là pour accepter les salutations des invités et les compliments de plus d'un gentleman. Elle s'était habillée dans la perspective de revoir George Easton. Elle portait une robe de satin écarlate ornée de dentelle noire et brodée de perles fines qui dessinaient des volutes le long de l'ourlet, de la traîne et sur le devant de la jupe. Le décolleté était scandaleusement échancré, et bordé lui aussi de dentelle noire. Elle portait autour du cou un collier d'obsidiennes d'un noir brillant, cadeau du comte pour son vingtième anniversaire. Il était stupéfiant de se dire que cela remontait déjà à deux ans. La plupart des amies de son âge étaient mariées, maintenant, et Lucinda Stone attendait son premier enfant.

En pensant à Lucinda, Honor éprouva un curieux sentiment qui ressemblait presque à du regret.

Mais cela ne se pouvait pas. Elle ne regrettait rien. Elle avait mené sa vie comme elle l'avait voulu, profitant de toutes les occasions pour être aussi libre qu'il lui plaisait. Alors pourquoi cette liberté commençait-elle à lui faire l'effet d'un nœud coulant ? Non, non, vraiment, *ce n'était pas* ce qu'elle souhaitait éprouver !

Elle croyait en sa liberté… lorsqu'elle ne pensait pas à George Easton.

Où était-il, d'ailleurs ? Qu'avait-il fait, depuis son arrivée ? Elle s'efforçait de ne pas l'imaginer se liant d'amitié avec une autre femme — cette éventualité l'emplissait d'un léger malaise.

Elle le chercha dans la foule, mais ne l'aperçut nulle part.

Un courant d'énergie semblait traverser la maison ; des rires résonnaient, l'humeur joviale des invités soutenue par des quantités inimaginables de champagne et de vin, servies par une équipe de huit valets.

Même le comte était descendu. Honor fut contente de le voir. Il portait une queue-de-pie, son écharpe d'un blanc éclatant accentuant la pâleur maladive de sa peau. Il paraissait tout petit dans le grand fauteuil rembourré où il était assis, un tabouret sous les pieds, une couverture sur les genoux, Jericho debout derrière lui.

La mère d'Honor était assise à côté de lui, majestueuse dans sa robe argentée. Elle riait à quelque chose que disait M. Cleburne. Le pasteur était omniprésent, et Honor supposa que Monica y avait veillé.

Elle alla jusqu'au fauteuil du comte et s'accroupit à côté de lui, couvrant sa main de la sienne.

— Comment allez-vous ce soir, milord ?

Il lui sourit, lui toucha la joue du revers de la main.

— Je suis très fatigué, chérie, mais sinon, je me sens assez bien, je suppose. Vous êtes très belle.

Il pencha la tête de côté pour voir le collier d'obsidiennes et sourit.

— Regardez votre fille, Joan, dit-il en posant une main sur celle de son épouse. N'est-elle pas magnifique ?

La mère d'Honor s'interrompit dans sa conversation avec M. Cleburne, Augustin et Monica, et décocha un beau sourire à son aînée.

Honor sourit et toucha le collier noir.

— Vous rappelez-vous le collier que le comte m'a offert pour mon anniversaire, maman ?

Le regard de sa mère se posa un moment sur le collier, puis elle releva lentement les yeux vers elle.

— Bien sûr, que je m'en souviens. Tu l'as pris dans mon coffret à bijoux.

Augustin gloussa et dit à M. Cleburne :

— Il n'y a jamais un moment de paix avec autant de femmes sous le même toit, monsieur ! Mais vous vous y habituerez.

Honor était si anxieuse de balayer l'idée qu'elle avait pu prendre le collier à sa mère qu'elle ne se demanda que vaguement pourquoi le pasteur aurait besoin de s'habituer à de nombreuses femmes.

— Non, maman ! Le comte me l'a offert, rappelez-vous.

— Tu l'as *volé*, insista sa mère, le regard soudain sombre et distant.

Monica ouvrit de grands yeux surpris.

— Elle ne l'a pas volé, Joan, dit le comte. Je le lui ai offert.

Lady Beckington lui arracha sa main.

— Vous mentiriez pour *la* protéger ?

Le regard ébahi de M. Cleburne passait de l'une à l'autre.

— Puis-je aider d'une quelconque façon ?

Augustin contemplait sa belle-mère bouche bée ; il paraissait choqué, et Monica… Son regard était fixé sur Honor, ni étonné ni satisfait. Elle semblait seulement curieuse de ce qu'Honor allait dire.

Elle *savait* que sa mère devenait folle.

Le cœur d'Honor s'emballa. Elle ôta vivement le collier.

— Voilà, maman. Vous avez raison, je l'ai pris sans votre permission.

Elle tendit le bijou à sa mère.

Lady Beckington s'en détourna, comme si le seul fait de le regarder la blessait.

— Je ne le veux pas *maintenant*, dit-elle, à croire que le collier avait été souillé. Oh ! La voici ! Voici ma fille Grace ! s'écria-t-elle en se levant, poussant presque le pasteur pour rejoindre sa cadette.

Celle-ci les regarda tous avec curiosité, mais, quand son regard croisa celui d'Honor, la couleur sembla se retirer de son visage.

— Bonsoir, maman, dit-elle en embrassant la joue de sa mère.

La comtesse l'étreignit fortement.

— Comme je suis *contente* que tu sois arrivée, Grace. Elle m'a volé mon collier !

Elle darda un regard noir sur Honor.

Le comte leva une main tremblante vers le bras de son épouse.

— Asseyez-vous, Joan, asseyez-vous… J'aimerais vous avoir près de moi.

Lady Beckington parut vouloir refuser l'invitation, mais M. Cleburne posa la main sur son coude et la guida jusqu'au fauteuil. Après un dernier regard cinglant à Honor, elle sourit au pasteur comme si tout était normal, comme si elle ne venait pas d'accuser sa fille aînée de l'avoir volée.

Augustin, Monica et Grace regardaient Honor d'un air incertain, sans savoir que dire. Elle-même ne savait que faire.

Ce fut le comte qui la sauva. Il lui toucha discrètement la main.

— Satanées femmes, dit-il d'une voix rauque. Toujours en train de se disputer pour un bijou ou une chaussure, n'est-ce pas, Cleburne ?

Il écarta l'affaire d'un geste. Le pasteur laissa échapper un petit rire de soulagement, même si l'anxiété se lisait encore sur son visage.

— Tout à fait, milord.

— Si vous voulez bien m'excuser, milord, je dois aller m'assurer que tout va bien dans la cuisine, dit Honor.

Grace haussa les sourcils presque jusqu'à la racine de ses cheveux blonds, et Honor comprenait sa surprise : elle mettait rarement les pieds dans la cuisine. Elle s'éloigna néanmoins, serrant le collier dans sa main.

Mais tandis qu'elle marchait, elle ne parvenait pas à calmer son cœur, qui tambourinait de peur.

Elle souhaitait… oh, Dieu, oui, comme elle souhaitait avoir pris plus au sérieux sa responsabilité d'aînée ! Si elle s'était mariée, elle serait à présent en position de s'occuper de sa mère sans redouter l'avenir.

Elle avait besoin d'air, d'un moment de tranquillité pour réfléchir.

Elle sortit de la salle de bal et longea le couloir encombré.

Un contact sur son bras la fit sursauter ; elle leva les

yeux. George Easton lui décocha un clin d'œil discret en s'inclinant devant elle.

— Vous voilà, miss Cabot. Je pensais que vous étiez peut-être rentrée à Londres, étant donné que je ne vous ai pas revue, depuis que j'ai laissé tous mes tracas derrière moi pour venir vous aider.

Il haussa un sourcil, un sourire joueur sur les lèvres.

Le cœur d'Honor manqua plusieurs battements. Elle se sentit soudain moins seule.

— Peut-être ne m'avez-vous pas vue parce que vous étiez trop occupé ? demanda-t-elle, levant un sourcil à son tour.

— Je l'étais, en effet. J'ai passé l'après-midi à jouer au croquet avec votre future belle-sœur, et à la charmer pour la soumettre. Vous vous rappelez pourquoi nous nous fréquentons, n'est-ce pas ?

Il les désigna tous les deux d'un geste de la main. Honor n'aimait pas penser qu'il était là pour Monica. Elle aurait préféré qu'il soit là pour elle.

— Cela s'est excessivement bien passé, si vous vous le demandez, poursuivit-il. Ce fut un peu comme faire plaisir à une enfant…

— Faire plaisir à une… Oh ! Il est réconfortant de savoir que votre propre estime ne vacille jamais !

Elle le contourna, avec l'intention de s'éloigner au plus vite avant de dire quelque chose qu'elle pourrait regretter, mais il ne se satisfit pas de la laisser partir. Lorsqu'elle essaya de passer, il l'arrêta d'une main sur son ventre.

— Ne vous avisez pas de vous éclipser dans un mouvement d'humeur, madame !

— Je ne m'éclipse pas et je ne montre pas *d'humeur*, riposta-t-elle, en écartant sa main.

— Si. Vous êtes fâchée que votre petit plan ne marche pas et vous dirigez votre frustration contre moi.

Ce n'était pas cela du tout. Sa frustration était dirigée contre tout et tout le monde.

— Vous avez raison, monsieur Easton, dit-elle néanmoins d'un ton bravache. Je dirige ma frustration contre vous. Je croyais vraiment que vous étiez l'homme de la situation, que vous pouviez tourner la tête de *n'importe quelle* femme…

— Je vous demande pardon, mais c'est *vous* qui avez prétendu cela. Pas moi.

— Je ne veux plus que vous le fassiez ! s'écria soudain Honor.

Il battit des cils.

— Pardon ?

Mais qu'est-ce qui lui prenait ?

Elle mit une main sur son front et ferma les yeux, essayant de démêler ses sentiments.

— Vous aviez raison. C'était une idée ridicule, qui a lamentablement échoué.

— Du calme, ma douce, murmura Easton, lui souriant d'un air rassurant. Je n'ai pas renoncé et, franchement, je n'aurais jamais cru que *vous* me demanderiez d'arrêter. Je n'ai jamais rencontré une personne plus tenace et entêtée…

Honor leva la tête et plissa les paupières d'un air menaçant.

— Pardon, plus *déterminée* de ma vie, concéda-t-il avec un sourire gracieux.

— Je l'étais. Je le *suis* ! Mais cette histoire… c'est de la folie. Une folie puérile. Je ne veux pas que vous continuiez. S'il vous plaît.

— Eh bien, d'accord, mais… Bonté divine, vous êtes

découragée ! s'écria-t-il en feignant d'être choqué. Où est passée la fière-à-bras ?

La fière-à-bras l'avait abandonnée. Elle ne ressentait que de la peur, de l'incertitude et un vif désir pour l'homme debout devant elle. Elle haussa les épaules sans conviction. Elle se sentait déchirée et tiraillée dans tant de directions contraires que tout s'emmêlait. Et au milieu de tout cela, il y avait ses sentiments grandissants pour Easton.

— Bon sang, maugréa George, scrutant son visage. Restez où vous êtes, miss Cabot.

Il s'éloigna de quelques pas pour héler un valet qui passait avec un plateau chargé de flûtes de champagne. Il revint et lui en tendit une.

— Haut les cœurs ! C'est un ordre ! Je ne laisserai pas la seule étoile brillante de cette maudite haute société perdre son éclat. Pour l'empêcher, je danserai même, s'il le faut.

Cette déclaration fit relever la tête à Honor, qui fut traversée d'une bouffée de tendresse.

— Vraiment ? demanda-t-elle avec espoir.

Il sourit devant son air sérieux.

— *Vraiment.*

Son affirmation fit aussitôt naître en Honor un élan d'euphorie pour des raisons qui ne semblaient ni prudentes ni raisonnables. Elle se sentit soudain bien plus légère, tandis qu'elle buvait son champagne à petites gorgées. Elle regarda ses yeux bleu pâle, réchauffés par la sollicitude dont il faisait preuve envers elle.

— J'ai besoin de prendre l'air, dit-elle simplement.

Les yeux de George brillèrent dans la lumière atténuée du couloir.

— Je pensais que vous ne l'admettriez jamais.

Chapitre 19

Elle avançait devant lui d'un pas coulé, sa traîne balayant le sol avec élégance. George n'avait aucune idée d'où elle allait, mais, lorsqu'ils passèrent devant des portes-fenêtres qui donnaient sur un balcon, il lui prit la main.

— Ici, dit-il.

— Il pleut, déclara-t-elle, sans lui retirer sa main.

— Si je ne me trompe pas, il y a un auvent au-dessus du balcon.

Il ouvrit la porte, puis, après un rapide coup d'œil derrière eux, s'écarta pour la laisser se faufiler dehors.

Dès qu'elle fut dans l'air humide et frais, Honor inspira longuement, fermant les yeux et offrant son visage au fin brouillard qui planait sur Longmeadow. Personne ne se promenait plus sur les terrains ; il n'y avait pas une âme dehors. George referma la porte et la cacophonie en provenance de l'intérieur cessa. Seul le bruit de la pluie sur les feuilles troublait le silence.

— J'ai l'impression de pouvoir respirer pour la première fois ce soir, dit Honor.

Elle pencha sa tête brune et regarda en bas, par-dessus la balustrade. Puis elle posa la flûte de champagne dessus et porta les mains à ses bras nus.

George mit sa propre flûte de côté et ôta sa jaquette pour la lui draper sur ses épaules ; elle lui sourit avec gratitude.

— Merci.

Elle inclina la tête et toucha le vêtement de son nez, comme si elle le humait.

— Alors ? dit-il en reprenant sa flûte et en buvant une gorgée de champagne. Qu'est-ce qui vous a plongée dans cette soudaine mélancolie ?

Elle soupira comme si elle portait un fardeau très lourd.

— Ma mère. Elle va plus mal. Bientôt, je pense que tout le monde sera au courant.

Elle baissa les yeux sur quelque chose qu'elle tenait dans la main.

— Je me rends compte que j'aurais dû me montrer moins insouciante et accepter les attentions des gentlemen, après mon entrée dans le monde. Si je l'avais fait, je serais mariée, aujourd'hui, et j'aurais les moyens de prendre soin d'elle.

George n'apprécia pas de l'entendre lui rappeler qu'elle était une débutante privilégiée et qu'elle se marierait un jour, probablement avec l'un des hommes qui séjournaient en ce moment même à Longmeadow. Il se sentit soudain partir à la dérive, comme s'il était précipité dans un fleuve, alors qu'Honor restait amarrée sur la rive.

— Je me demande, dit-il en contemplant son visage qui semblait presque parfaitement sculpté, sur qui vous auriez pu jeter votre dévolu, si vous aviez accepté les attentions dont vous parlez. L'heureux élu est peut-être en train de tituber, ivre, juste derrière cette porte.

Elle sourit.

— Non. Personne ici ne me convient.

Il ne le crut pas un instant.

— Personne, répéta-t-il, sceptique, et, d'un geste détaché, il frôla de son pouce le lobe de son oreille.

Le petit bijou noir qui y était accroché se balança un peu.

— Les célibataires les plus convoités de la haute société sont réunis dans ce manoir pour quelques jours et miss Honor Cabot ne voit personne qui ferait un époux convenable ? Un père pour ses enfants ? Un compagnon dans son grand âge ?

Elle releva un peu son visage.

— Non.

— Washburn ? suggéra-t-il.

Elle éclata de rire.

— Washburn ! Pensez-vous que je supporterais des lectures de poésie pleines de minauderies chaque soir de ma vie ?

— Ah, c'est un poète... Consternant pour vous. Alors vous devez au moins trouver le jeune lord Desbrook attirant. Je tiens de bonne source qu'il est l'un des jeunes gens les plus recherchés de Londres.

— Naturellement, puisqu'un jour il sera duc ! Mais en toute confidence, je peux vous dire qu'il est affreusement terne. J'ai passé une fois tout un souper à côté de lui, et il n'a parlé que du cerf qu'il avait tué.

— C'est un chasseur ? Le butor ! la taquina-t-il. Lord Merryton est toujours libre. Pour autant que je le sache, il a résisté aux nombreux doigts délicats qui ont tenté de se poser sur sa fortune.

— Lord Merryton n'est pas ici. Et s'il y était, je vous l'assure, il se montrerait *très* impérieux. Il est trop fier, si vous voulez mon avis.

— Très bien... Donc, nous avons un poète, un chasseur

et un orgueilleux, qui ne conviennent absolument pas à la belle Honor Cabot.

— Exactement.

— Alors qui ?

Il suivit du doigt la ligne de son cou, puis caressa le petit creux à la base de sa gorge.

Oui, qui, Honor Cabot ? Qui prendriez-vous dans votre lit ? A qui permettriez-vous d'être le père de vos enfants, de vous aimer chaque jour de votre vie ?

— Vous êtes une belle jeune femme, avec les meilleures relations. Il y a sûrement *quelqu'un* que vous pourriez imaginer partageant avec vous le bonheur conjugal ? Ou bien les rumeurs sont-elles vraies, et lord Rowley a-t-il fermé à tout jamais votre cœur aux autres hommes ?

Elle le regarda, surprise.

— C'est ce que l'on dit ?

— Pas tout le monde, mais quelques-uns, oui.

Elle soupira.

— Je vous accorde que ma désagréable expérience avec lui ne m'a pas convaincue d'accepter d'autres soupirants… Cependant, ce n'est pas *entièrement* vrai.

Il ne put imaginer de plus grand sot que Rowley et fit descendre sa main sur son décolleté, ses doigts glissant sur sa peau douce.

— Pauvre Honor ! Cet épisode a dû être douloureux pour vous.

— Au début, admit-elle, et elle détourna les yeux. En réalité, cela a été surtout surprenant. Jusque-là, j'ignorais que la vie pouvait être aussi cruelle.

Comme il détestait qu'elle ait découvert cette triste vérité ! Si cela avait été en son pouvoir, il aurait fait en sorte qu'aucune autre réalité cruelle de l'existence ne l'atteigne, mais cela dépassait ses capacités. Le plus qu'il pouvait lui offrir, c'étaient quelques conseils.

— Tous les hommes ne sont pas méchants, ma douce.

Elle le regarda, les yeux noyés d'une émotion qu'il ne put nommer, mais qu'il sentit se répercuter dans sa propre poitrine.

— Je sais. Vous n'êtes pas méchant. Je peux me fier à vous.

Le cœur de George se serra péniblement. Ces mots avaient presque une force érotique pour le petit bâtard qu'il restait au fond de lui. Ils signifiaient l'acceptation, le respect.

— Non, ne vous fiez pas à moi, confia-t-il.

L'entendre lui dire une telle chose avait beau signifier énormément pour lui, il savait qu'il ne pourrait jamais être ce qu'elle attendait de lui. Il était trop extérieur à son monde, un homme sans attaches.

Elle parut le comprendre ; elle détourna les yeux, déglutissant fortement.

George admira son cou mince et sa douce mâchoire. Un moment passa, au cours duquel ils contemplèrent tous deux la nuit.

— Je n'ai pas voulu me marier, reprit-elle.

Elle lui jeta un regard en coin et sourit d'un air contrit.

— J'appréciais trop ma liberté et je croyais que, jusqu'à ce qu'Augustin me mette à la porte afin que sa nouvelle épouse puisse transformer mon salon vert préféré en pièce du petit déjeuner, je profiterais des privilèges dont j'ai eu la chance de jouir jusqu'ici.

— Mais ne resterez-vous pas une femme libre, si vous vous mariez ?

Elle fit claquer sa langue.

— Bien sûr que non ! Vous comprenez sûrement qu'une femme n'est pas *réellement* libre, si elle est mariée. Certains époux sont bienveillants, mais d'autres non, et si son époux ne l'est pas, une femme ne peut pas faire grand-chose.

Il avait eu des liaisons avec des femmes mariées, et aucune d'elles ne s'était spécialement plainte de sa vie. Il se souvint cependant que lorsque lady Dearing avait désiré rendre visite à sa sœur sur le point de mourir, au pays de Galles, lord Dearing avait refusé, arguant qu'il ne pouvait être séparé d'elle aussi longtemps. Elle n'avait donc pas été autorisée à partir.

Il écarta ce souvenir.

— Vous voulez être libre pour quoi faire, exactement ? demanda-t-il, prenant sa nuque dans la main — elle lui paraissait si frêle. Pour assister à des thés et des soirées et chevaucher dans Hyde Park ?

— Non, je veux être libre comme *vous* l'êtes, répondit-elle. Pour ne pas me soucier de la société, pour faire ce que je veux, aller où je le désire.

— Croyez-vous vraiment que ce que j'ai, c'est la liberté ?

— Eh bien, oui…

Il rit doucement et lui caressa la joue.

— C'est une énigme pour moi qu'une femme puisse être aussi intelligente, téméraire, et cependant aussi naïve.

— Naïve !

— Oui. Comment pouvez-vous penser que je suis libre, alors que vous avez dû vous-même me procurer des invitations pour diverses soirées ? Admettez-le, Honor, nous sommes tous prisonniers de notre monde d'une manière ou d'une autre. Ne prenez pas la solitude pour de la liberté.

Elle parut surprise.

— Vous sentez-vous seul, George ?

— Parfois, oui, reconnut-il. Je n'ai pas de famille, voyez-vous. Il y a des moments où je préférerais avoir une famille plutôt que tous les bateaux du monde.

Il rit, d'un rire qui lui parut un peu amer.

— Et maintenant, il semblerait que je n'aurai ni l'une ni les autres.

— Oh ! George…

Elle glissa sa main dans la sienne.

— Je… je crois…

Il sourit à ce qu'il pensa être une tentative maladroite pour l'apaiser, lui prit la main et la porta à ses lèvres.

— Ne vous inquiétez pas pour moi, Cabot. Je m'arrange de ma situation.

L'émotion débordait de nouveau de ses yeux, et s'infiltra en lui comme un bon whisky par une froide journée d'hiver. Il sentait comme une bête s'éveiller en lui, se dressant, voulant prendre le contrôle…

Honor baissa soudain les yeux, comme si elle ne pouvait supporter de le regarder plus longtemps. Elle ouvrit sa paume et il vit le collier.

— Est-il cassé ? demanda-t-il.

— Non. C'est l'objet d'un malentendu.

Il n'avait aucune idée de ce qu'elle voulait dire, mais il le lui prit, la fit pivoter et le passa à son cou. Elle pencha légèrement la tête en avant pour qu'il puisse le fermer. Quand ce fut fait, il fit glisser sa main sur son épaule, pressa sa paume sur sa clavicule et l'attira contre lui. Elle ne se déroba pas.

— Que faites-vous ? murmura-t-elle.

Par Dieu, il aurait aimé le savoir ! Il chutait. Du haut d'une montagne, dans un étrange ravin dont il ne pouvait voir le fond. Il y faisait sombre — il ne distinguait pas où il allait.

— Je vous souhaite la liberté que vous recherchez, Honor.

Elle ne bougea pas tout d'abord, puis se tourna légèrement, le regardant par-dessus son épaule, ses yeux brillants de désir.

Il glissa la main dans son corselet, pencha la tête et lui embrassa le cou.

— La liberté d'expérimenter tout ce qu'est la vie.

— Vous êtes un homme curieux, Easton. Dangereux, imprévisible et inattendu. Je ne sais pas trop que faire de vous.

Il sourit contre sa joue.

— Vous auriez pu y réfléchir avant de galoper à fond de train dans Rotten Row pour m'intercepter.

— *J'y ai* certainement réfléchi, dit-elle, et elle se tourna face à lui.

Il baissa les yeux sur elle, enregistrant chaque tache de rousseur, chaque petit pli de son joli visage. Puis il lui saisit la taille, et l'attira à lui.

Mais Honor mit sa main entre eux et le repoussa.

— Ne vous avisez pas de m'embrasser ici, déclara-t-elle. Je ne pourrai le supporter.

Lui non plus, mais cela ne changea rien. Il la ramena plus près.

— Chérie, vous ne devriez jamais défier un homme affamé, dit-il.

Et il l'embrassa.

Elle mollit aussitôt contre lui, sa main remontant sur son torse. Il émit un grognement animal, resserra son étreinte, promena sa bouche sur son cou, le lobe de son oreille, le long de sa mâchoire, pour revenir à sa bouche.

Il avait besoin d'être en elle, besoin de partager l'émotion qui s'amassait en lui.

Elle aurait pu protester, en appeler à la décence, mais elle n'essaya pas de l'arrêter — au contraire, elle se cambra dans ses bras et ses baisers se firent plus pressants.

Il s'arrêta un instant pour la regarder. Elle lui sourit comme une femme qui sait qu'elle a le contrôle et qu'elle est au bord du plaisir charnel, et l'effet de ce sourire fut sur lui d'une force folle. Une vague de désir l'ébranla. Il s'accorda un instant pour contempler sa belle silhouette, la courbe de sa poitrine, ses cheveux sombres au parfum de rose, effleura sa clavicule du revers de ses doigts.

— Si vous étiez mienne, je vous ôterais tous vos vêtements et j'embrasserais chaque centimètre de votre peau, dit-il, la voix rauque de désir.

Il coula une main entre ses seins, remonta jusqu'à son cou.

— Je perds la tête en pensant à toutes les façons dont je pourrais vous posséder.

Elle inspira et retint son souffle. Ses cils papillonnèrent.

— Je me servirais de mes mains, dit-il en en glissant une entre ses jambes. De ma bouche — il caressa sa tempe de ses lèvres. Et de mon sexe.

Il pressa son érection contre son ventre et sentit le frisson d'anticipation qui la parcourut.

— Mais vous n'êtes pas mienne, alors je dois improviser.

Il entreprit de lui remonter les jupes.

Honor jeta un coup d'œil anxieux à la porte-fenêtre.

— Le risque d'être découverte vous excite ?

La réponse d'Honor se perdit dans une exclamation étouffée, tandis que, de ses doigts, il pénétrait sa féminité, caressait le cœur de sa volupté.

Elle appuya ses mains sur le mur derrière elle, comme

si elle s'efforçait de tenir debout. Sa tête tomba sur l'épaule de George tandis qu'il s'insinuait en elle, et son souffle devint irrégulier.

Mais pour lui, ce n'était pas assez. Cela ne pourrait jamais suffire. Il retira subitement sa main. Elle eut une moue de surprise et ouvrit les yeux.

— Nous n'irons pas aussi vite aujourd'hui, dit-il en lui prenant la jambe pour la soulever et poser son pied sur la balustrade.

— *Easton !* chuchota-t-elle frénétiquement, jetant un nouveau coup d'œil à la porte-fenêtre.

Il détacha une de ses mains du mur et l'emplit de ses jupes.

— Tenez votre robe, lui ordonna-t-il, avant de l'embrasser avec tout le désir fiévreux qui montait en lui.

Puis il se laissa tomber devant elle, ses mains suivant son mouvement, passant sur sa poitrine et sa taille, jusqu'à ce qu'il soit sur un genou.

Au-dessus de lui, Honor essayait péniblement de respirer. George posa sa bouche sur le cœur de sa féminité et insinua sa langue en elle. Elle réprima de nouveau une exclamation et crispa les doigts sur ses cheveux.

Il lui donna un nouveau coup de langue, enserra ses hanches de ses mains et commença à la lécher, l'explorant, taquinant sa chair.

Les gémissements de plaisir d'Honor étaient incroyablement excitants. Il ne se serait pas cru capable de se retenir, mais il éprouvait le besoin profond de la satisfaire, de lui donner ce qu'elle attendait. Les caresses de sa langue se firent plus impérieuses, jusqu'à ce qu'il la recouvre complètement de sa bouche. Elle se mit alors à bouger contre lui, se pressant contre ses lèvres, cherchant l'assouvissement.

Il glissa une main entre ses jambes, se servit de ses doigts et de sa bouche pour la faire basculer dans l'extase.

Elle jouit, se laissant aller contre lui, les bras autour de son cou.

Il respirait aussi fort qu'elle. Plus fort même. Son souffle était tendu de désir et de l'effort qu'il faisait pour contenir ce désir. Il lui embrassa le ventre, puis rabaissa ses jupes et se releva, l'entraînant avec lui.

Honor essayait de reprendre sa respiration. Elle paraissait molle et épuisée. Elle se redressa lentement, se passa la main sur les cheveux et remit en place une mèche qui s'était détachée de son chignon.

— Vous m'avez brisée !

Il secoua la tête, sortit d'un geste détaché un mouchoir de sa poche, essuya sa main et le rangea.

— Je vous ai ouvert la porte d'une autre sorte de liberté, dit-il en lui caressant le visage.

Sans doute aurait-il dû lui parler encore, mais son goût était encore sur ses lèvres et il était incapable de trouver la chose à dire.

Je vous adore. J'ai besoin de vous. Mais je ne peux vous avoir.

Honor se haussa sur la pointe des pieds et lui embrassa le coin de la bouche. Puis elle ôta sa jaquette de ses épaules.

— Je ne sais que faire de vous, George Easton !

— C'est réciproque.

— Je devrais partir, dit-elle encore, mais elle scrutait son visage, comme si elle n'était pas certaine de ce qu'elle devait faire.

Le corps de George répondit pour eux. Il ne pouvait rester sur ce balcon avec le goût d'elle sur la bouche, sa jouissance qui faisait palpiter son sexe.

— Oui, dit-il en passant son pouce sur sa lèvre. Partez maintenant, petit agneau, avant que je ne vous dévore.

Il se pencha, l'embrassant légèrement sur la bouche.

— *Rentrez* ! ordonna-t-il d'un ton plus pressant.

Son allure de cheval de concours vacillait. Il avait perdu le rythme. Il avait besoin d'un instant, de plusieurs instants, pour retrouver son pas.

— George…

— Non. Allez, maintenant.

Honor le contourna, l'esquisse d'un sourire sur les lèvres, et marcha jusqu'à la porte-fenêtre. Elle lissa encore une fois ses cheveux, puis ouvrit les deux battants et disparut à l'intérieur.

George renfila sa jaquette, s'accouda à la balustrade et fixa l'obscurité, intimant à son corps de reprendre son état normal.

Il ne réussit pas aussi bien à discipliner son cœur.

Chapitre 20

Trois heures après minuit, Honor s'effondra enfin dans son lit, la tête douloureuse d'épuisement. Elle était émotionnellement vidée. Mais, surtout, elle était étrangement euphorique, ses sens encore tout imprégnés des moments extraordinaires passés avec George sur le balcon.

George.

Que lui arrivait-il ? Quand était-elle devenue si délurée ? Ses pensées s'emballaient au souvenir de ses bras autour d'elle, de ses lèvres sur sa chair, de l'odeur de sa jaquette qui l'enveloppait. Elle avait été véritablement transportée ; il lui avait fait connaître le plaisir charnel et cette expérience restait profondément imprimée en elle. Elle s'était crue prête pour recevoir les avances osées de n'importe quel gentleman… mais rien n'aurait pu la préparer à ce qui s'était produit sur le balcon. Elle avait goûté à ce monde secret des sens, que partageaient les hommes et les femmes, à ce qui les réunissait, et maintenant elle voulait tout. Sentir le corps de George en elle, ses mains sur chaque parcelle de sa peau. Elle voulait scruter ses yeux bleus aussi longtemps qu'elle le pourrait, les voir briller quand il la regardait.

Et ces désirs lui déchiraient le cœur… Elle n'était pas naïve — George Easton était le genre d'homme qu'aucune femme ne pourrait *jamais* posséder, un homme sans relations, qu'aucun père, aucun frère ne laisserait jamais épouser leur fille ou leur sœur. C'était un homme qui risquait tout ouvertement et effrontément pour jouir des plus grands plaisirs de l'existence. Le genre d'homme qui n'avait pas de place dans sa vie pour une épouse. Une maîtresse, certainement. Mais pas une épouse.

Et il était précisément le genre d'homme qui lui emballait le cœur, qui l'excitait.

Mais souhaitait-elle être son *épouse* ? Ce désir tapi en elle, le besoin d'être toujours avec lui, de l'enlacer, de le voir sourire sans fin, était cela qu'il signifiait ? La prise de conscience de ce qu'elle voulait réellement se fit lentement, étendant avec douceur ses ramifications en elle, au fur et à mesure qu'apparaissaient les premières lueurs de l'aube. Comme il était intéressant qu'elle se soit crue semblable à George — ne désirant que de l'excitation, de l'enchantement… Qu'il était ironique que ce soit quelqu'un comme lui qui lui montre que ce qu'elle souhaitait *vraiment*, c'était de l'amour ! *Elle avait envie d'amour.* Elle voulait aimer de nouveau, éprouver la sécurité réconfortante de s'asseoir face à quelqu'un chaque jour, de partager avec lui une vie, une famille, les peines et les victoires de l'existence.

Elle voulait George. Oh oui, comme elle le voulait ! Il était excitant, si différent des gentlemen de la haute société ! Il n'avait pas peur de tout risquer, n'avait peur de rien. Il était l'homme parfait pour elle.

Mis à part le fait qu'il était né bâtard, qu'il travaillait dans le commerce et qu'il était vilipendé par la moitié du grand monde…

Elle essaya de trouver le sommeil, cramponnée à la courtepointe comme à une corde l'amarrant à la terre ferme.

Elle la serrait pour rester sur un sol solide, pour se rappeler qui elle était et quel serait son sort : elle devait contracter un mariage avec un homme ayant une position, devenir une épouse obéissante, parfaite hôtesse, protectrice de sa famille. A l'abri, au sein d'une société que son éducation était supposée lui faire accepter.

Mais qu'est-ce que tout cela signifiait, sans quelqu'un qu'elle aimerait pour le partager avec elle, sinon mener une existence vide.

Elle dut dormir, puisqu'elle fut réveillée en sursaut par quelqu'un qui lui attrapa la cheville. Elle se redressa avec une exclamation étouffée et cligna des paupières, ensommeillée. Prudence se tenait au pied de son lit.

— Qu'y a-t-il ? bougonna-t-elle, et elle se laissa retomber sur ses oreillers.

— Pourquoi n'es-tu pas réveillée ? Tu as manqué le petit déjeuner.

— Parce que j'ai soupé à 2 heures du matin, Pru !

Elle bâilla et s'étira.

— Quelque chose ne va pas ? demanda-t-elle.

— Non. Mais le tournoi de cricket a lieu aujourd'hui, et Augustin est dans tous ses états.

Prudence s'assit sur le lit et ajouta :

— Lord Washburn a l'intention de jouer.

— C'est très bien.

Elle s'assit et s'adossa aux oreillers. Oh ! Avoir de nouveau seize ans…, songea-t-elle avec mélancolie.

— Il est assez athlétique, dit encore Prudence qui se leva, agitée. Grace te cherche. Elle a dit que si je te trouvais, je devais t'envoyer à elle.

— Mais j'ai envie de *dormir* ! se plaignit Honor.

En réalité, elle voulait penser à George.

— Dis à Grace que je la rejoindrai dès que j'en serai capable, d'accord ?

Une heure plus tard, elle trouva sa sœur dehors, sous une ombrelle. Comme elle, Grace avait mis une robe de mousseline blanche, la couleur traditionnelle du tournoi de cricket. Elle semblait fatiguée, elle aussi.

— T'es-tu couchée tard ? lui demanda Honor. On dirait que tu n'as pas dormi.

— Je n'ai pas dormi, reconnut Grace, et je serai très contente quand tout le monde quittera Longmeadow !

Voilà qui ne lui ressemblait pas — elle adorait ces réunions annuelles à la campagne, habituellement.

— C'est M. Pritchard, encore ? demanda Honor, faisait allusion à l'un des admirateurs les plus fervents de sa sœur.

— Quoi ? Non, non, pas lui, répondit Grace en secouant la tête d'un air distrait. C'est maman. Ce matin, pendant le petit déjeuner, elle m'a expliqué que nous devions être vigilantes : des hommes étaient venus pour emmener le comte contre son gré, selon elle, et nous devions les en empêcher. Quand je lui ai demandé quels hommes, elle m'a répondu : des Ecossais.

— Des Ecossais ?

— Elle va de plus en plus mal, Honor ! C'est un miracle que les gens ne s'en soient pas aperçus. Ou peut-être qu'ils l'ont fait et qu'ils sont trop polis pour le mentionner.

— Je peux t'assurer que s'ils l'ont remarqué, ils en parlent entre eux avec beaucoup d'enthousiasme !

Grace regarda le champ où des valets plantaient des piquets et des guichets pour le match de l'après-midi.

— J'ai fait quelque chose de vraiment horrible…, reprit Grace.

Cet aveu surprit Honor ; elle regarda sa sœur d'un air curieux. Les yeux de Grace étaient pleins de larmes.

— Quelque chose qui me condamnera sûrement à l'enfer.

Une myriade de pensées traversa la tête d'Honor, qu'elle écarta toutes promptement. Elle entoura d'un bras la taille de sa cadette.

— C'est impossible !

— J'ai donné du laudanum à maman, dit platement Grace.

Honor réprima une exclamation.

— *Tu n'as pas fait ça !*

— Tu vois ? C'est horrible ! Mais il *fallait* que je le fasse. Elle était là, parlant des hommes venus d'Ecosse qui allaient emmener le comte, et j'ai pensé qu'il serait désastreux qu'elle dise cela à n'importe qui, en particulier aux Hargrove…

— Où est-elle ?

— Elle dort. Hannah est avec elle. Pauvre Hannah ! Elle n'a pas approuvé ce que j'ai fait, je l'ai vu clairement, mais je ne voyais pas d'autre solution.

Elle lança à Honor un regard implorant.

— Que pouvais-je faire d'autre ?

Honor ne le savait pas, mais elle était certaine en revanche qu'administrer du laudanum à leur mère était la pire chose qu'elle aurait pu faire. Cependant, sa sœur paraissait si désespérée qu'elle ne put le lui dire. A la place, elle l'étreignit tendrement.

— Nous ne devrions pas recommencer, à mon avis.

— Non, dit faiblement Grace.

— Ne désespère pas. Quand tout le monde sera parti, nous réfléchirons à tête reposée.

— Peut-être, acquiesça Grace en se tamponnant le nez avec un mouchoir. Comment a été ta soirée ?

Splendide et misérable.

Honor détourna les yeux — sa sœur savait trop bien la déchiffrer.

— Très bien, même si j'ai été accusée de vol. Et apparemment, la très chère Monica a décidé que M. Cleburne était un parti parfait pour moi.

— Qui ? s'exclama Grace. Le nouveau pasteur ?

Elle éclata de rire.

— Elle a flairé l'odeur de la couronne comtale et cela l'a rendue vorace. Regarde, les gentlemen commencent à descendre pour le match… Allons-nous voir ?

— Je tiens de très bonne source que lord Washburn va jouer et probablement gagner, dit Honor, malicieuse.

Grace rit de nouveau.

Elles descendirent jusqu'aux auvents installés pour les dames désireuses de suivre le match, et s'assirent à une table recouverte d'une nappe, pendant que les messieurs se répartissaient en équipes.

— Voilà les charmantes sœurs Cabot ! lança une voix qui leur était familière.

— Bonjour, madame Hargrove, dit Honor qui se leva, offrant sa chaise.

Un valet en plaça aussitôt une autre à la table.

— Merci, ma chère, dit Mme Hargrove en s'asseyant. Où est votre mère ?

— Elle se repose, répondit Honor.

— Oh ! Bien… Elle paraissait épuisée, hier soir. Nul doute que la soirée et la santé du comte l'ont éprouvée.

— Certainement, répondit Honor tout en jetant à Grace un regard éloquent, lui enjoignant silencieusement de ne pas fondre en larmes, comme elle semblait sur le point de le faire.

Monica et Augustin arrivèrent, habillés de blanc comme le voulait le jeu. Honor nota que le gilet blanc de son beau-frère, gilet qu'il portait une fois par an pour ce même tournoi, le serrait un peu plus que l'année passée.

— J'ai *beaucoup* à faire, dit-il d'un ton anxieux, laissant Monica à leur table et s'éloignant rapidement pour revoir les règles avec les joueurs.

— Une belle journée pour le cricket, déclara Monica.

— N'est-ce pas ? confirma sa mère. Les terrains sont si beaux ! Si je pouvais y faire un ajout, je verrais bien une fontaine et des bancs, là-bas, près du pavillon.

— C'est une idée merveilleuse, admit Monica.

Honor et Grace échangèrent un regard en douce.

— Oh ! Regardez, c'est à M. Cleburne de frapper, dit encore Monica, en se redressant soudain sur sa chaise et en ajustant son bonnet.

Toutes les quatre portèrent alors leur attention sur le match. Le pasteur frappa la première balle avec aisance et courut rapidement jusqu'aux piquets, puis revint. Des hourras montèrent de son équipe, et toutes les dames applaudirent poliment.

— Monsieur Cleburne ! appela Monica en agitant la main, pendant que le pasteur allait d'un pas nonchalant jusqu'à un autre auvent et faisait signe à un valet de lui servir de la bière.

Il leva les yeux, sourit joyeusement et traversa la pelouse pour venir vers elles.

— Monsieur Cleburne, puis-je vous présenter à ma mère, Elizabeth Hargrove, dit Monica lorsqu'il les rejoignit.

Il prit la main de Mme Hargrove.

— Enchanté, madame.

Puis il se tourna vers Honor et Grace et les salua aussi.

— Bonjour, monsieur Cleburne. Vous jouez très bien.

— Nous pourrions ajouter cette qualité à la liste de choses que M. Cleburne fait bien, déclara Monica d'un ton empressé. Il paraît que vous êtes également un excellent pianiste, monsieur Cleburne.

— Oh ! Je ne suis pas un musicien talentueux, miss Hargrove.

— Cleburne ! cria un joueur.

— Je vous demande pardon, on me réclame, dit-il avec entrain, et il traversa le terrain à petites foulées.

— Il semble très aimable, n'est-ce pas ? demanda Monica avec admiration. Je pense qu'il ferait un excellent époux.

— Oui, en effet, admit Mme Hargrove.

— C'est le troisième fils d'un vicomte, je crois, leur apprit Monica, tout en jetant un coup d'œil à Honor. De bonnes relations, sur ce point. Et il va vivre dans ce plaisant petit cottage sur le domaine. Vous le connaissez, Honor ?

Bien sûr, qu'elle le connaissait.

— La grand-mère d'Augustin y a vécu, dit-elle. C'est une petite maison très intime.

— Vous trouvez ? Elle me paraît suffisamment grande pour un couple.

— Voici lady Chatham, dit Mme Hargrove.

Elle s'excusa et s'empressa d'aller saluer la plus grande commère de Londres.

— Il n'est pas marié, vous savez, reprit Monica.

— Dommage alors que vous soyez déjà engagée ! dit Grace d'un ton jovial.

Monica gloussa, feignant d'être amusée.

— Mais *vous* n'êtes pas engagée, Grace, et votre sœur non plus.

Elle sourit à Honor.

— Et je n'ai pas l'intention de l'être, répondit celle-ci, alors vous pouvez tout de suite écarter de votre esprit l'idée de conclure une union entre M. Cleburne et moi.

— Pourquoi ? demanda Monica. Je pense que ce serait un parti parfait pour la fille d'un évêque.

Honor avait envie de hurler.

— J'apprécie votre sollicitude, Monica, mais je pense que M. Cleburne conviendrait peut-être mieux à notre Mercy.

— Mercy ! Elle a à peine treize ans !

Honor haussa les épaules.

— Ils pourraient grandir ensemble et ensuite se marier.

Le sourire de Monica commença à pâlir.

— Vous vous croyez très amusante et pensez que vous allez toutes nous faire rire, n'est-ce pas ?

— J'essaye, répondit Honor, suave.

Elle tourna son attention vers le match, consciente que Monica la fusillait du regard. Elles regardèrent deux gentlemen prendre leur tour à la batte. Ni l'un ni l'autre n'eurent beaucoup de chance. Puis George Easton s'avança. Il se mit en position pour le swing, les muscles de ses épaules jouant sous sa chemise de linon. Il attrapa la première balle qu'on lui lança et l'envoya voler par-dessus les têtes des joueurs. Les spectateurs crièrent avec enthousiasme tandis qu'il courait.

— Oh ! s'exclama Monica. M. Easton est un *excellent* joueur de cricket !

Elle se leva et fixa Honor.

— Il est très bon aux jeux en général, non, Honor ?

— Pardon ?

— Bon après-midi, mesdames ! lança Monica, et elle s'éloigna.

Honor se redressa sur sa chaise et la regarda partir.

— Le ciel nous vienne en aide, murmura-t-elle.

— Quoi ? demanda Grace.

— Je le suspectais, mais maintenant j'en suis sûre. Elle *sait* ! Monica sait à propos d'Easton !

Elle en avait le ventre douloureusement crispé, en particulier maintenant qu'elle souhaitait ne s'être jamais lancée dans cette entreprise.

Chapitre 21

Lady Chatham froissa quelques sensibilités l'après-midi suivant, durant la course hippique, par ses spéculations ; d'après elle, Ellen Rivers s'était entichée de George Easton et quelle pitié c'était, car à présent tout le monde savait que cette jeune fille manquait de jugement.

Lorsque ces propos furent répétés à l'intéressée, elle s'empressa de prendre ses distances avec un homme qui, selon un nombre croissant de personnes, n'avait rien à faire à Longmeadow parmi de tels invités de choix.

George, quant à lui, resta dans l'ignorance de ces dires, car il s'était abstenu de participer à la course de chevaux pour s'éclipser au village, dans une auberge du bord de la route, et y boire de copieuses rasades de bière.

Il fut captivé par le généreux décolleté de la serveuse, tandis qu'elle se penchait par-dessus la table pour lui servir une chope. Ce n'étaient pas les rondeurs laiteuses débordant de son corselet qui le fascinaient, cependant, mais le fait qu'elles ne l'intéressaient pas du tout. Il avait la tête emplie de l'image d'une tentatrice brune et, en voyant la poitrine de la fille, il songeait à un tout autre décolleté.

Elle était jolie, pourtant. Son corps essayait de réagir sans conviction. Il y avait autre chose à l'œuvre en lui, quelque chose d'étrange et de dérangeant qui s'était logé telle une pierre dure au creux de son être. Cela ressemblait dangereusement à une conscience.

Il baissa les yeux sur sa chope. La fille se tint encore un moment à sa table avant de tourner les talons et de s'éloigner.

George repoussa sa bière. Il n'avait plus soif. Il ne parvenait pas à vider son esprit des derniers événements et de cet interlude d'une intimité stupéfiante avec Honor sur le balcon. Il avait perdu la tête, ce soir-là, s'était laissé plonger dans les profondeurs de son imagination et de sentiments qui s'étaient immiscés en lui, s'insinuant sous sa peau.

Il ne semblait pas non plus pouvoir se débarrasser de ces sentiments. Des sentiments bien tenaces, qui enroulaient leurs tentacules autour de son cœur et le retenaient prisonnier. Son instinct lui commandait comme toujours de les ignorer, de les enfouir si loin au fond de lui qu'il oublierait peut-être où il les avait refoulés. Mais en attendant il était là, plus empêtré de pensées et d'émotions qu'il l'avait jamais été de sa vie, sans savoir comment s'en libérer.

Pourtant il *fallait* qu'il s'en libère d'une façon quelconque. Honor Cabot était une femme issue d'un monde qu'il n'intégrerait jamais. Elle n'était pas pour lui et *elle*…

Elle devait penser à son avenir.

Il laissa de l'argent sur la table et s'enveloppa de sa cape pour rentrer à cheval à Longmeadow. Pourquoi y était-il venu ? Et pourquoi s'y était-il attardé ?

Parce qu'il ne pouvait cesser de penser à elle, de rêver d'elle.

Mais il devait à présent retourner à Londres, à des choses importantes — comme ce qu'il ferait, si sa fortune avait vraiment disparu en mer.

Le soleil descendait derrière les arbres quand il remonta

la longue allée de Longmeadow. C'était un beau début de soirée ; la porte d'entrée était ouverte, et des gens revenaient de la piste où ils avaient fait courir des chevaux dans l'après-midi.

Il tendit la bride de son cheval à un valet d'écurie et lui demanda de tenir sa monture prête à partir le lendemain matin. Une femme se tenait près de l'entrée, drapée dans une cape, la capuche remontée sur sa tête. Il la reconnut à la façon dont elle tenait les bras croisés. Il changea de direction, s'approchant d'elle d'un pas nonchalant. Puis il pencha la tête pour regarder sous sa capuche.

— Vous voilà, Easton, dit-elle avec un sourire vague. Longmeadow a-t-il déjà perdu son charme pour vous ? Votre bourse et vous nous avez manqué, cet après-midi, aux courses.

Il eut envie de la prendre dans ses bras et de l'embrasser, de lui faire savoir qu'elle lui avait manqué aussi. Mais il noua les mains dans son dos.

— Bien au contraire, Cabot. Je suis complètement charmé. Que faites-vous ici, seule, habillée comme en hiver ?

Honor détourna les yeux vers le lac, scrutant le lointain.

— Pru a emmené maman faire une promenade, mais elles ne sont pas rentrées.

Il comprit son inquiétude et il en fut touché. Il ne voulait pas qu'elle se sente le moins du monde désespérée ; il serait allé jusqu'au bout de la Terre pour le lui éviter.

— Où sont-elles parties ?

— Je pensais qu'elles étaient descendues jusqu'au pavillon près du lac, mais j'en viens et elles n'y étaient pas.

— Vous êtes sûre qu'elles ne sont pas rentrées à la maison par un autre chemin ? demanda-t-il, cherchant à percer le crépuscule.

Elle secoua la tête.

— J'ai cherché partout.

Elle laissa retomber ses bras, les poings serrés d'anxiété.

— Je vais regarder de nouveau, dit-elle, et elle commença à s'éloigner de lui.

— Honor, attendez !

Il lui prit le coude.

— Il fait presque nuit. Laissez-moi vous accompagner.

Ils descendirent jusqu'au lac, que les derniers rayons dorés et orangés du soleil couchant coupaient en deux.

— Elles n'ont pas pu aller loin, lui assura-t-il, sentant son malaise augmenter.

Il avait envie de l'enlacer, de lui transmettre sa confiance.

— Votre sœur ne la laissera pas errer à une grande distance de la maison.

— Vous croyez vraiment que Prudence pourrait l'en empêcher ?

Sa voix trahissait sa panique.

— Maman va plus mal, George, beaucoup plus mal. C'est comme si venir à Longmeadow avait accéléré les choses.

Il ne put le supporter. Au diable les convenances et les discussions ! Il passa un bras autour de ses épaules et l'attira contre lui.

— Courage, ma douce ! Je vais la trouver. Rentrez, montrez-vous aussi contente et insouciante que vous le pouvez afin que personne ne se doute de rien, et je vous la ramènerai.

— Je ne peux vous demander cela, répondit Honor d'un ton las. Je vous ai déjà bien trop demandé.

— Allez, insista-t-il, ignorant ses protestations. Allez

avant que vos invités ne pensent que toute la famille a disparu. Mercy et Grace ont besoin de vous.

Ces paroles parurent la faire fléchir. Il parvint à la faire pivoter et à la pousser vers la maison. Il n'avait aucune idée de l'endroit où chercher les deux femmes, surtout maintenant que la nuit tombait.

Il partit dans la direction du pavillon.

— George ?

Il s'arrêta et regarda en arrière. Honor était dans l'allée. Dans la lumière déclinante, elle paraissait d'une beauté éthérée, et un frisson de désir, léger mais puissant, le traversa.

— Merci, dit-elle. Du fond de mon cœur qui ne vaut rien, merci !

Elle se détourna et s'éloigna à grands pas, sa cape flottant derrière elle.

Pourquoi avait-elle dit une chose pareille ? Elle avait le cœur le plus précieux qu'il ait jamais connu.

En entrant dans le vestibule, Honor tendit sa cape à un valet, puis lissa ses cheveux hâtivement arrangés et la robe qu'elle avait enfilée en vitesse, quand elle avait été prévenue que sa mère n'allait pas bien.

Pourquoi cette dernière s'était-elle convaincue que le comte avait été empoisonné, alors qu'il était assis dans son lit, bien vivant ?

— Ramenez-la tout de suite à Londres, avait ordonné celui-ci, entre de pénibles quintes de toux. Je ne me soucie pas de ce que vous direz, Honor, mais faites-lui quitter Longmeadow avant que tous nos invités ne prennent conscience de sa folie.

C'était si brutal ! Comme la bordure abîmée de sa

manche, la folie de sa mère n'avait été au départ qu'un fil décousu, peut-être ignoré trop longtemps. Mais une fois que ce fil commençait à se défaire, cela allait très vite.

Honor avait l'impression que sa vie entière s'effilochait, maintenant.

Elle parcourut la foule rassemblée pour la dernière soirée du séjour. On danserait et le souper serait servi en deux fois vu le nombre d'invités, le premier service à 21 heures. Elle afficha un sourire aimable et s'arrêta pour parler aux personnes qu'elle connaissait. Elle discuta du beau temps, des courses de chevaux qui auraient lieu le mois suivant à Newmarket. Elle se comporta en actrice consommée, et tandis que lady Chatham papotait à propos des attirances les plus récentes entre débutantes et jeunes gentlemen, elle songea aux nombreuses fois où elle avait fait la même chose, se mêlant à un groupe ou un autre, parlant et badinant. Elle avait alors eu le sentiment de se montrer rebelle, de distribuer ses sourires aux gentlemen au gré de ses envies. Elle s'était crue hardie.

A présent, elle se sentait davantage comme une enfant perdue ; elle aspirait à se réfugier sur les genoux de George et à se cacher du monde.

Elle trouva Augustin en train de vérifier le menu avec Hardy. Naturellement, Monica était là aussi et pour une fois, elle parut presque sincèrement contente de la voir.

— Vous voilà ! s'écria-t-elle. Nous attendions que vous descendiez. Oh ! je pensais vous voir vêtue d'une toilette coûteuse et scintillante, Honor ! Vous brillez toujours tellement !

— Eh bien, répondit Honor, c'est que nous n'avons qu'une femme de chambre pour nous quatre, et que j'étais assez impatiente de descendre.

— Ces derniers jours ont été exténuants, n'est-ce pas ? déclara Monica, tandis qu'Augustin demandait à Hardy de présenter du velouté aux poireaux à la place de la soupe à l'oignon. Je n'aurais jamais imaginé à quel point il est difficile de recevoir autant de monde durant tout un week-end.

— C'est épuisant, admit Honor.

— Je dois vraiment complimenter lady Beckington, poursuivit Monica. Elle a toujours fait paraître ces réceptions comme coulant de source. A propos, où est-elle ? Je ne l'ai pas vue de toute la journée. Je m'inquiète pour elle, vous savez.

Honor se raidit, attendant qu'elle en dise plus.

Votre mère est-elle folle ? Avez-vous remarqué qu'elle semble un peu fêlée ?

Mais Monica se contenta de la regarder et d'attendre poliment sa réponse.

— Elle se sent fatiguée, répondit-elle avec précaution. Je pense qu'elle ne descendra pas ce soir.

— Pardon, quoi ? fit Augustin. Bonté divine, c'est vous, Honor ! Je dois vraiment *insister* pour que vous parliez à Mercy de son désir immodéré de discuter de cadavres momifiés au petit déjeuner. C'est vraiment rebutant. Lady Marquette en a été si perturbée qu'elle a dû se retirer dans sa chambre. Qu'arrive-t-il à notre lady Beckington ?

— Rien... Elle se repose, répondit Honor.

— Vous en êtes sûre ? Parce qu'elle est là, juste derrière vous, et qu'elle paraît très reposée, vraiment !

Honor pirouetta et parvint de justesse à réprimer un petit cri, de surprise autant que de soulagement. Sa mère était au bras de George et riait en expliquant à lord Hartington quelque chose qui avait visiblement trait à l'ourlet boueux de sa robe, à en croire la façon dont elle le montrait au gentleman. Ses joues étaient roses, ses yeux étincelaient d'excitation. Elle était très belle.

Et tout à fait lucide. Complètement, totalement *lucide.*

Qu'avait fait George ? Comment était-il parvenu à ce résultat ?

— Honor, vous êtes adorable et une fille parfaite, dit Augustin. Mais votre mère semble parfaitement bien.

— En effet, répondit Monica, l'air perplexe.

George et sa mère s'avancèrent à travers la pièce, s'arrêtant une fois pour se dire quelque chose qui les fit rire tous les deux.

— Lady Beckington, bonsoir ! lança Augustin.

La mère d'Honor inclina la tête et décocha un grand sourire au vicomte et à sa fiancée, tout en prenant la main de sa fille pour la presser.

— Bonsoir à tous ! Je vous demande pardon pour l'état de mon ourlet et probablement de mes cheveux.

Elle rit.

— La journée a été splendide, n'est-ce pas ? Prudence et moi avons marché jusqu'au vieux moulin, et, le croirez-vous, nous avons tourné en rond ! Sans M. Easton, nous n'aurions peut-être jamais retrouvé le chemin pour rentrer.

— Mais où est Pru ? demanda Honor.

— Oh ! chérie, tu connais ta sœur ! Elle ne passerait pour rien au monde par l'entrée principale avec un ourlet boueux. Elle descendra bientôt.

— Vous allez bien, madame ? demanda Augustin. Vous vous sentez tout à fait vous-même… et tout le reste ?

— Mais oui, bien sûr ! Qui d'autre me sentirais-je ?

Elle rit gaiement de sa plaisanterie.

— C'est ce que je pensais, déclara Augustin avec

assurance. Je disais à l'instant à Honor que je trouvais son inquiétude à votre sujet un peu exagérée, étant donné que vous m'avez paru tout à fait bien cet après-midi.

— Oh ! oui, il y a tant à faire !

— Allons-nous nous changer, maman ? demanda Honor dont le cœur s'emballait.

Elle n'osa regarder George, ne voulant voir la vérité dans ses yeux.

— Il le faut, n'est-ce pas ? Ce ne serait pas correct de rester dans un tel état.

— Alors, je vous remets aux bons soins de votre fille, dit George d'un ton lisse.

Il s'inclina, leva la tête et croisa si subtilement le regard d'Honor qu'elle se demanda si elle ne l'avait pas imaginé. Et voilà qu'elle revenait, cette envie dévoyée de se jeter dans ses bras, d'enfouir son visage dans son cou, de sentir son souffle sur ses cheveux et sa peau, sa force autour d'elle, la protégeant d'horribles réalités !

Elle passa son bras sous celui de sa mère.

— Montons, voulez-vous ? dit-elle, et elle l'entraîna hors de la pièce avant qu'elle ne dise ou ne fasse quelque chose qui surprenne tout le monde.

Finnegan avait repassé la queue-de-pie de George et sorti sa tenue de soirée, mais restait invisible. George ne voulait pas savoir quel lit ce vaurien libidineux pouvait être en train de visiter.

Il prit son temps pour faire sa toilette. La perspective d'un autre bal, d'une autre soirée dans des pièces surpeuplées, avec le parfum d'une femme qui le taquinerait et exciterait son désir ne lui disait rien. Il était cependant incapable de quitter Longmeadow sans avoir revu Honor, sans l'avoir regardée une fois encore dans les yeux, sans s'être remémoré ce moment sur le balcon, ni avoir senti le désir monter en lui, l'envie folle de s'insinuer en elle et de la posséder complètement.

Où le mènerait cette impossible aspiration ?

Il songea à lady Beckington et au fardeau de sa folie, qui reposait maintenant sur les épaules d'Honor. Il l'avait découverte avec Prudence au bord du lac. Elle riait aux éclats devant deux canards qui cherchaient à becqueter de la nourriture dans sa main… vide. Sa démence rendait encore plus irréalisables les désirs qu'il pouvait nourrir ; Honor aurait besoin d'un époux capable de protéger sa mère. Comment lui-même le pourrait-il ? Il n'était pas certain, en cet instant, d'avoir encore de l'argent d'ici la fin de l'année.

Il secoua la tête, irrité de s'être laissé aller à patiner sur une couche de glace aussi mince. Chaque pas le rapprochait du moment où il passerait à travers, sombrant dans les troubles profondeurs des eaux froides et sombres de ses désirs.

Des désirs non souhaités, non réciproques, impossibles.

Il était en retard pour le bal ; on avait commencé à danser. Il se tint un moment en retrait, observant les danseurs, perdu dans ses pensées.

— Il semblerait que nous nous retrouvions *de nouveau* seuls, monsieur Easton.

Il fut surpris d'entendre la voix de miss Hargrove ; il ne l'avait pas vue approcher et ignorait depuis combien de temps elle était là.

— Quel hasard…, dit-il en lui souriant.

Elle inclina la tête de côté pour l'étudier de ses yeux bruns pétillants.

— Est-ce que tout va bien ? Vous paraissez un peu éteint, ce soir.

— Ah oui ?

Le sourire de Monica s'élargit.

— Peut-être que lorsque quelqu'un perd sa fortune, cela atténue son ardeur.

Il battit des cils, surpris.

— Je veux simplement dire, reprit-elle, que vous êtes en général plus avide de me séduire. Peut-être avez-vous la tête à autre chose, ce soir ?

Il posa le regard sur sa bouche, puis le laissa glisser lentement et délibérément sur son décolleté. A n'importe quel autre moment de sa vie, il aurait été attiré par une femme aussi belle et coquette que Monica Hargrove. En cet instant, cependant, il n'était captivé qu'un minimum, et songeait surtout à lui apprendre une chose ou deux sur le fait de dénigrer la fortune d'un homme comme elle venait de le faire. Mais une maudite paire d'yeux bleus brilla soudain dans son esprit et il se dit qu'il pourrait au moins faire une chose pour Honor : tenir cette femme à l'écart de ses ennuis.

Il toucha la main de miss Hargrove.

— Avez-vous écouté les rumeurs ?

Sans détourner son regard de son visage, elle mêla ses doigts aux siens.

— Peut-être une ou deux. Et vous ?

Il sourit.

— Une ou deux.

Elle rit légèrement et laissa retomber sa main.

— Avez-vous fait la connaissance de M. Cleburne, monsieur ? demanda-t-elle.

Il suivit son regard et aperçut un homme mince, à l'allure agréable, qui se tenait non loin d'eux, l'air embarrassé.

— M. Cleburne est le nouveau pasteur de Longmeadow. Monsieur Cleburne ? Puis-je vous présenter M. Easton ?

George hocha la tête et sourit.

— Enchanté.

— Pareillement, monsieur, dit Cleburne.

— Vous ne devez pas laisser ce sourire charmeur vous duper, monsieur Cleburne, reprit miss Hargrove d'un ton léger. M. Easton est un vrai vaurien !

Le pasteur se mit à rire.

— Monsieur, dit-il, vous me semblez parfaitement respectable. Je vous en prie, veuillez m'excuser.

Et il partit, cherchant manifestement quelqu'un dans la foule.

— Je suis donc un vaurien ? demanda George.

Monica Hargrove rit de nouveau.

— M. Cleburne est un homme tellement délicieux, dit-elle. Et célibataire ! Je pense qu'il pourrait être le *parfait* parti pour notre Honor.

Son regard brun était rivé sur lui. Il n'aurait su dire comment il parvint à rester impassible, car elle l'avait quasiment ouvert en deux par ses paroles.

— Peut-être, fit-il en haussant les épaules.

— Il aurait une excellente influence sur elle, à mon avis. Et il est au-dessus de tout reproche. On ne peut le dire de tous les gentlemen, n'est-ce pas ?

Elle lui décocha un sourire de coquette et s'éloigna en balançant les hanches.

George la suivit des yeux. Les femmes étaient de belles

créatures exaspérantes, toutes autant qu'elles étaient. Monica Hargrove jouait avec lui, essayant de lui arracher une réaction.

Mais ce n'était rien en regard de l'idée, beaucoup plus sombre, qui avait soudain empli ses pensées. Elle avait raison. Pour autant qu'il répugne à l'admettre, Cleburne était un bon parti pour Honor. Cet homme mince et souriant, qui ne connaissait sans doute rien aux plaisirs de la chair, convenait mieux que lui à la femme la plus intéressante de Londres. Il l'entretiendrait et, comme il était homme d'Eglise, sa charité serait exaltée par le fait d'accueillir la mère folle de son épouse et de prendre soin d'elle. En outre, si besoin était, son col de clergyman lui donnerait accès à quelques-unes des meilleures institutions pour les aliénés.

Tandis que lui-même, bâtard qu'il était, joueur, coureur de femmes et commerçant, ne pouvait convenir moins à une femme comme Honor. Elle était tellement hors de sa portée qu'elle pourrait aussi bien être une maudite étoile !

Cette vérité commença à le ronger, sapant sa confiance en lui. Il aurait beau être riche, beau, charmant et séduisant, jamais il n'y aurait de fin heureuse possible pour lui avec une femme comme Honor ou Monica Hargrove.

Et cependant il s'était coiffé, avait ajusté son écharpe et s'était assuré que son gilet était correctement boutonné dans le but exprès de voir la femme qu'il désirait plus que la vie elle-même.

Si seulement elle descendait…

Le vin et le whisky coulaient à flots ; les musiciens entamaient une gigue. Lady Vickers apparut, les joues échauffées, les yeux brillants d'un verre de « punch » de trop, comme les dames aimaient appeler cette boisson.

— Où étiez-vous donc, vilain garçon ? demanda-t-elle en s'appuyant contre lui, la poitrine pressée sur son bras. Vous dansez avec moi ? J'aimerais beaucoup danser.

Il avait toujours été incapable de dire non à une jolie femme.

Il dansa donc avec lady Vickers, puis avec Mme Reston, qui lui parla sans fin de sa sœur veuve depuis peu, qui habitait Leeds. Il supposa que Leeds était assez éloigné de la bonne société pour qu'on puisse le considérer là-bas comme un bon parti pour elle.

Le bal le lassait, comme Longmeadow, comme le beau monde. Il fit ses excuses à Mme Bristol et commençait à partir pour rejoindre sa chambre, lorsqu'il aperçut enfin le seul vrai désir de son cœur. Comment avait-il pu la manquer ? Elle était une vision de grâce et de beauté dans une robe de soie crème qui faisait incroyablement ressortir ses yeux. Elle était en grande conversation avec M. Jett, mais, quand elle le vit, elle lui sourit ; une bouffée de chaleur lui emplit alors profondément sa poitrine. Elle dit quelque chose à M. Jett, puis s'approcha de lui. Il surprit, amusé, le regard aigre que le gentleman lui jeta.

— Monsieur Easton, vous êtes dans la *salle de bal* ! dit-elle gaiement. Je supposais que vous seriez dans la salle de jeu pour regagner votre fortune, au sujet de laquelle tout le monde semble jaser, ce soir.

— Et moi, je pensais que vous étiez allée vous coucher. Je ne vous ai pas vue danser.

— J'ai dansé une fois ou deux, répondit-elle avec un sourire. Et vous ?

— Oh ! Eh bien, j'ai été *très* occupé avec des dames qui avaient besoin d'un cavalier.

— Un noble geste, monsieur. Pas trop pénible, j'espère ?

Il sourit.

— Plus pour mes partenaires que pour moi, sans doute...

La musique reprenait et George reconnut le rythme de la valse qu'Honor lui avait apprise. Comme se pouvait-il que cette première valse lui paraisse si lointaine ? Il lui semblait que c'était dans une autre vie.

— Je pense que je pourrais supporter un sacrifice de plus, dit-il en inclinant la tête vers la piste de danse.

Honor jeta un coup d'œil aux autres couples.

— C'est une valse, et je peux attester qu'elle ne fait pas partie de vos meilleures danses, le taquina-t-elle.

— Alors, je suis doublement chanceux de vous avoir pour me conduire de nouveau.

Elle rit et posa la main sur son bras, puis elle leva les yeux vers lui. Quand elle souriait ainsi, elle paraissait étincelante, une étoile brillante parmi de nombreuses planètes ternes, tournant autour de son cœur, le prenant dans son orbite.

Il la conduisit sur la piste et plaça ses mains là où elle le lui avait indiqué la première fois. La danse commença ; il se coula dans le rythme, impassible.

— Oh ! fit-elle, les yeux brillants. Vous avez fait beaucoup de progrès !

Il manqua rapidement un pas.

Elle rit et redressa la barque pour lui. Puis son sourire s'estompa.

— Merci d'avoir retrouvé ma mère, dit-elle.

— Ce n'était rien.

— Ne dites pas cela, George. C'était tout. Au moins pour moi.

Son regard intense semblait scruter le sien. Par Dieu, comme il avait envie de la toucher et qu'elle le touche ! Il la fit tournoyer abruptement, ne fût-ce que pour détacher ses yeux des siens. Elle le regardait trop profondément, et il redoutait ce qu'elle pourrait voir dans ses yeux. Il craignait que son cœur stupide ne flotte à leur surface.

— J'ai vu notre amie, dit-il, et il la fit pivoter de nouveau pour faire bonne mesure.

— Ah… Et comment l'avez-vous trouvée, ce soir ? demanda-t-elle d'un ton léger.

Trop léger. Comme si elle ne s'en souciait pas particulièrement.

— Animée, répondit-il. Elle semblait de bonne humeur.

Honor réprima une exclamation de surprise lorsqu'il la fit soudain tourbillonner, avant de reprendre prestement les pas de la valse.

— Je suppose que vous l'avez charmée en lui déclarant votre estime, et qu'elle s'est pâmée.

Elle eut un sourire en coin, et une fossette se creusa dans sa joue.

— L'avez-vous regardée droit dans les yeux en lui susurrant des suavités ?

— Comme, par exemple, que nulle autre femme ne peut se comparer à elle ? suggéra-t-il, moqueur.

— Non. Ce serait trop plat. Vous avez probablement dit quelque chose de tout à fait poignant. Et vague en même temps. Comme…

Etait-ce lui, ou est-ce que l'éclat de ses yeux s'adoucit bel et bien ?

— Eh bien… « J'attendais depuis toujours que quelqu'un comme vous entre dans ma vie et prenne possession de mon cœur. » Avec le style qui vous est propre, bien sûr.

La façon dont elle le regardait lui fit encore plus d'effet que ses paroles. Il comprenait qu'elle s'adressait à lui, en réalité. Il inspira, s'efforçant de trouver son équilibre sur cette satanée piste de danse.

— Je n'aurais jamais pu lui dire une chose pareille, Honor. Ce sont des mots que je ne pourrais dire qu'à une seule personne. Et je ne pourrais les dire que s'ils étaient vrais.

Le regard d'Honor ne se détachait pas du sien. C'était peut-être la musique qui les unissait, ou les nombreux danseurs alentour qui semblaient les isoler dans une sorte de bulle, mais il sentit passer entre eux un courant qui ne ressemblait à rien de ce qu'il avait éprouvé dans sa vie. Mystérieusement chaud, étonnamment puissant. Il percevait ce qu'elle voulait, comment son cœur battait, comment son sang coulait dans ses veines. Il sentait qu'elle attendait qu'il lui dise ces mots-là.

Mais il fut incapable de les prononcer. Comment l'aurait-il pu ? Comment aurait-il pu dire quelque chose d'aussi fort simplement pour l'apaiser, et les exposer du même coup, tous les deux, à un chagrin indicible ?

Il se tut, donc, et vit la déception embuer ses yeux. Elle se détourna.

— Non, vous ne devez pas dire des choses pareilles, déclara-t-elle d'un ton détaché. Vous ne devez rien dire du tout.

Qu'il soit damné ! Il avait laissé cette histoire aller trop loin, avait laissé ses désirs le gouverner, et en cet instant il s'en détestait.

Il la fit tournoyer d'un côté, puis de l'autre, et elle retrouva lentement son sourire.

Bonne fille.

Elle comprenait aussi bien que lui que ce qu'il y avait entre eux devait rester enfoui pour l'éternité.

— Vous êtes un très mauvais danseur, Easton. Et vous me tenez trop serrée. Nul doute que tous les gens présents l'ont remarqué, car je gagerais qu'il s'agit des personnes les plus attentives de toute l'Angleterre.

Il l'attira plus près, la fit tourner.

— Je m'en moque, Cabot.

Elle lui sourit.

— Moi aussi.

Ils dansèrent en silence un moment.

— Nous repartons pour Londres demain, dit-elle.

— Moi aussi.

Il y avait une tristesse indéniable dans ses yeux et, bien qu'elle essaie de sourire, elle n'y parvint pas facilement. Il eut envie de l'embrasser, de chasser d'un baiser la mélancolie de son regard, le sourire forcé de ses lèvres. Mais il ne le pouvait pas, et pour rendre cet instant encore plus frustrant pour lui, la valse se termina. Il ne voulait pas la laisser partir. Jamais.

Lorsqu'il la lâcha, une étrange sensation de vide l'envahit tout entier.

— Bon, eh bien… Je suppose que je devrais vous dire bonsoir, George.

Elle resta debout, attendant qu'il lui réponde, qu'il lui dise qu'il la verrait à Londres, ce que bien sûr il espérait, espérait follement…

Mais il ne put se résoudre à parler. Il se sentait aussi impuissant qu'un nourrisson, incapable de trouver les bons mots. Il lui adressa un bref signe de tête et noua les mains dans son dos. *Très fort.* Pour s'empêcher de les reposer sur elle et de la ramener à lui.

— Bonsoir, miss Cabot.

Son regard papillonna sur lui, puis elle baissa la tête, lui jetant un dernier coup d'œil de côté avant de s'en aller.

Il garda les mains nouées jusqu'à ce qu'il ne puisse plus la voir dans la foule.

Et lorsqu'il se retourna, il découvrit miss Hargrove devant lui, souriant comme une chatte repue de crème fraîche.

— Vous êtes devenu le cavalier que l'on s'arrache, monsieur Easton. Dois-je m'attendre à vous voir à d'autres bals à Londres ?

Il comprit qu'elle soupçonnait ses sentiments pour Honor. Elle pensait avoir le dessus ? Sûrement pas ! Il éprouva tout à coup un intérêt renouvelé pour la tâche qui l'avait pourtant rebuté : l'éloigner de Sommerfield.

— On m'a dit que j'avais beaucoup progressé à la valse. Aimeriez-vous le constater par vous-même ? demanda-t-il en lui offrant son bras.

Elle rit et posa sa main sur la sienne.

— J'en serais *enchantée*, dit-elle.

Chapitre 22

Il était minuit et demi quand l'orchestre signala par des accords retentissants que quelque chose allait se produire. Cela sembla à George le bon moment pour s'esquiver.

Il fut heureux que Finnegan ne soit pas dans la chambre et ferma sa porte à clé. Il ôta sa jaquette, puis tira sur son écharpe. Il avait quitté son gilet et sorti sa chemise de ses culottes lorsqu'il entendit frapper. Il grogna en levant les yeux au ciel.

— Pas maintenant, Finnegan ! tonna-t-il.

Un moment passa ; on frappa de nouveau.

— Sapristi, bougonna-t-il.

Il alla d'un pas raide jusqu'à la porte, la déverrouilla et l'ouvrit brusquement, prêt à invectiver son valet.

Mais ce ne fut pas Finnegan qui passa en flèche devant lui, ce fut Honor. Stupéfait, George referma vivement et se tourna pour la regarder, bouche bée.

— Que diable faites-vous ici ? Vous ne devriez pas être chez moi, Honor…

— Tout va bien, s'empressa-t-elle de dire. Tout le monde est dans la salle de bal. Augustin et Monica annoncent leur prochain mariage.

Il battit des cils. Pas étonnant que miss Hargrove ait été si sûre d'elle.

— Ne devriez-vous pas y être aussi ?

— C'est certain…, répondit-elle.

Elle lui sourit d'un air contraint.

— … mais j'avais quelque chose de plus important à faire.

— Quoi ? demanda-t-il, pensant à sa mère ou à ses sœurs.

Elle s'avança vers lui.

— Je ne pouvais en rester là, George.

— En rester là ? répéta-t-il, incertain.

— Il y a tant de choses que… que je désire. Dont j'ai *besoin*. Même si je ne sais pas exactement comment l'exprimer.

Elle s'avança encore, le pas hésitant, comme si elle ne savait pas très bien non plus où elle voulait aller dans la chambre.

Mais il y avait quelque chose dans son expression, dans l'espoir qui brillait dans ses yeux, qui fit naître un début de panique dans la poitrine de George. Que disait-elle ?

— J'ai besoin de vous, George. J'ai besoin… que vous *m'aidiez,* dit-elle très sérieusement.

— Vous avez besoin de songer à vous marier ! répondit-il d'un ton bourru, reculant d'un pas. Et je ne peux vous aider en cela.

Elle s'arrêta et le regarda en battant des cils.

— Peut-être, dit-elle.

Bon Dieu, comme il souhaitait qu'elle ne le regarde pas de cette manière !

— Peut-être, répéta-t-elle, faisant un autre pas en avant, puis levant les mains pour saisir son visage. Mais je ne veux pas y penser maintenant. Je ne peux penser qu'à vous, George, et à ce qui n'est pas terminé entre nous. N'y pensez-vous pas aussi ?

— Miss Hargrove ? demanda-t-il, perplexe.

— Non ! s'écria-t-elle. Non, non ! Et j'espère que vous ne lui parlerez plus jamais. Je veux dire que j'ai besoin de vous.

Il fallut un moment à George pour la comprendre et, quand il le fit, la panique se leva en lui comme une tempête. Il se connaissait — il n'était pas assez fort pour affronter ce qu'elle suggérait. Il écarta frénétiquement les mains d'Honor de son visage.

— Ne me demandez pas cela, dit-il. N'importe quoi, Honor, mais *pas cela*.

Les lèvres d'Honor s'entrouvrirent de surprise. Elle s'élança soudain en avant, et se haussa sur la pointe des pieds pour l'embrasser. Néanmoins, George ne la toucha pas. Il essaya de reculer, en vain.

Puis, tout aussi subitement, elle s'arrêta et le regarda au fond des yeux. Elle avait perçu sa réticence. Elle laissa retomber les mains et recula, s'écartant de lui.

— Vous ne comprenez pas, dit-il simplement.

— Vous non plus, rétorqua-t-elle à voix basse, glissant les mains dans son dos.

Il l'observa un instant avant de comprendre ce qu'elle faisait : elle déboutonnait sa robe.

— *Non*, dit-il en lui attrapant une main. Ne…

Elle se libéra d'une secousse, son regard rivé au sien, et sortit un bras d'une manche.

Le cœur de George commença à s'emballer ; son corps devint dur de désir.

— Bon sang, Honor, ne faites pas ça ! Je pense ce que je dis — vous ne comprenez pas ce qui va se passer.

Elle fit glisser l'autre manche, puis la robe, et la laissa tomber. Elle se tint devant lui dans sa camisole et son corset.

Le cœur de George battait si fort maintenant qu'il craignait qu'il n'explose dans sa poitrine. Il la caressa du regard, s'attardant sur ses seins qui débordaient du corset, sa taille fine qui s'évasait pour former la courbe de ses hanches. C'était comme s'il avait été privé de nourriture toute sa vie et qu'on lui présentait un festin.

Et cependant, il ne bougea pas. S'il la touchait, ne faisait que poser un doigt sur sa peau, il perdrait tout contrôle.

Lorsqu'elle constata qu'il n'esquissait aucun geste vers elle, Honor haussa le menton d'un air obstiné. D'une main, elle ôta une épingle de ses cheveux, dont la moitié croula dans son dos.

— Savez-vous lacer un corset ? demanda-t-elle en ôtant une autre épingle.

Et une autre.

George ne répondit pas — il était incapable de parler. Sa chevelure sombre tombait tout entière sur ses épaules. Elle se mit à délacer son corset, relâchant les rubans jusqu'à ce qu'elle puisse en sortir en se trémoussant. Elle le laissa tomber aussi. Maintenant, tout ce qui restait entre elle et le désir furieux de George était une camisole si fine qu'il pouvait voir son corps à travers. Ses yeux dévorèrent avidement chacun de ses pleins et de ses déliés, tandis que sa poitrine se soulevait à chaque inspiration torturée et retombait avec la force qu'il lui fallait pour se retenir de tendre les mains vers elle.

Honor glissa un doigt sous la bride de sa camisole.

Figé par son désir, George l'observait, impuissant.

Elle fit descendre l'épaulette sur son bras. Puis ce fut le tour de l'autre et lentement, presque comme dans un rêve, le fin dessous de coton flotta jusqu'au sol. Honor l'enjamba et se tint devant lui les bras repliés sur son ventre, le reste de son corps complètement dévoilé : ses seins parfaits, ronds et fermes au-dessus de ses bras, le nid de boucles au creux de ses cuisses.

Quelle fille hardie, qui ne s'excusait pas d'être ce qu'elle était ! *Et courageuse.* Une femme qui cherchait son plaisir comme elle cherchait sa place dans le monde. Elle était un cheval de haute école, comme lui, qui ne regardait ni à droite ni à gauche, qui ne se souciait pas de ce que la société pensait d'elle. C'était presque comme si le ciel l'avait moulée juste pour lui.

Elle tremblait, nota-t-il, et remonta les bras pour se couvrir la poitrine.

Ce fut le moment où il tomba de son perchoir précaire.

— *Non*, marmonna-t-il.

Il lui écarta lentement un bras, puis l'autre.

— Laissez-moi vous regarder.

Il baissa les yeux sur elle, puis la contourna, contemplant son dos, ses hanches en forme de cœur. Il coula les doigts dans ses lourdes mèches, en enroula une autour de son poignet.

— Que me faites-vous, Honor ?

Elle tourna légèrement la tête, lui jetant un coup d'œil par-dessus son épaule.

— Je ne veux pas partir avec tout ce désir en moi, répondit-elle, faisant glisser les mains sur son abdomen. Parce que je *désire* des choses que j'ignorais désirer, George. Et je ne veux pas que mon cœur se change en poussière.

Il ne savait pas comment son cœur se changerait en poussière, mais cela n'avait pas d'importance ; le barrage qu'il avait érigé entre ses émotions et lui des années auparavant se rompit d'un coup. Le flot fut si puissant qu'il se sentit un peu étourdi. Il passa un bras autour du ventre d'Honor et l'attira contre lui, puis ferma les yeux en pressant les lèvres sur ses cheveux.

— Vous ne voudriez pas jeter votre vertu aux orties ? murmura-t-il d'une voix rauque, alors même que son corps le suppliait de se taire.

— La jeter aux orties ? Mais je vous la donne, George ! Après cela, je me moque bien de ce qui arrivera.

Le sang de George déferlait déjà dans ses veines. Il inspira pour se calmer et l'embrassa dans le cou.

— Soyez certaine de ce que vous faites, dit-il. Soyez-en tout à fait certaine et, Dieu du ciel, dites-moi que vous en êtes certaine *maintenant*, avant qu'il ne soit trop tard pour nous deux !

Elle pivota dans ses bras.

— J'en suis certaine, dit-elle avant de l'embrasser.

Les mille mises en garde contenues dans la poitrine de George furent instantanément balayées. Il s'enflammait là où elle le touchait, brûlait sous l'effet du parfum chaud et odorant de sa peau. Il fit remonter sa main sur son flanc, jusqu'à un sein, le prit dans sa paume, en fit rouler la pointe durcie entre ses doigts. Il lui mordilla le lobe de l'oreille, pressa sa bouche sur sa tempe tandis qu'elle s'affairait sur les boutons de sa chemise, puis elle pressa à son tour sa bouche sur sa gorge, ce qui fit naître en lui un frisson si intense qu'il en fut douloureux.

Il la souleva dans ses bras et tournoya vers le lit, renversant une petite table dans son mouvement. Elle fit entendre un son alarmé, mais il la fit taire de sa bouche et de sa langue. De sa main libre, il empoigna sa propre chemise afin de dénuder le haut de son corps.

Honor étouffa une exclamation de surprise ou de crainte. Il n'aurait su dire ce que c'était et s'en moquait — son corps la désirait trop. Il la fixa, s'attendant à ce qu'elle lui demande d'arrêter. Mais le regard d'Honor se promena lentement sur lui. Ses doigts suivirent son cheminement, traçant des rivières de sensations presque intolérables sur sa peau, jusqu'à la ceinture de ses culottes. Elle entreprit de les déboutonner, son regard rivé au sien.

Il lui prit la main, la pressa sur son cœur qui battait follement. Il voulait qu'elle sente les émotions qui lui faisaient bouillonner le sang. Cet instant lui parut complètement différent de tous les autres instants de sa vie. Il ne s'agissait pas là d'ébats coquins d'un après-midi, qu'il se rappellerait avec une vague affection dans la soirée. Ce qui se passait le chamboulait et son cœur galopait comme une pouliche enivrée d'heure fraîche.

Honor regarda sa main posée sur son torse, puis se haussa sur la pointe des pieds et l'embrassa tendrement, coulant les doigts dans ses cheveux.

Il la souleva et la déposa sur son lit. Le plaisir s'amassait dans ses reins, pulsait dans son sexe, tandis qu'il s'allongeait contre elle. Elle glissa la main dans ses culottes déboutonnées et referma les doigts sur sa virilité, exerçant une légère pression, testant le contact de la pleine passion d'un homme. C'était terriblement agréable et George se raidit, combattant son désir de la prendre sur-le-champ, de plonger dans sa chaleur humide.

Lorsqu'il ne put supporter un instant de plus la douceur de son toucher, il glissa les doigts dans sa féminité brûlante et moite, tremblant, s'efforçant de contrôler le besoin qui menaçait de le dominer. Alors que ses doigts dansaient dans ses replis les plus intimes, qu'il la pénétrait avec un mouvement de va-et-vient, elle continuait à caresser son sexe.

— Mon Dieu, vous êtes magnifique, murmura-t-il contre sa peau.

Elle ne parut pas l'entendre ; elle fermait les yeux, ses mains apprenant à connaître son corps viril.

George se redressa, la retourna sur le ventre et sema une traînée de baisers le long de son dos, sur ses hanches, mordillant sa chair, glissant la main entre ses jambes. Mais cela ne plaisait pas à Honor d'être à plat ventre ; elle se repoussa, puis pivota de façon à se retrouver à genoux, face à lui. De petites boucles brunes encadraient son visage. De longues mèches soyeuses tombaient dans son dos et sur son épaule.

Elle haletait, les lèvres gonflées par les baisers.

— Otez-les, dit-elle, et elle saisit ses culottes, les tirant sur ses hanches.

Il fit ce qu'elle demandait, se redressant pour s'en débarrasser.

Les yeux d'Honor étaient rivés sur lui. Naturellement, se dit-il, elle n'avait jamais vu un homme nu, encore moins un homme excité au point d'éclater. Il se mit en équilibre sur un genou et prit son sexe raidi dans sa main, se demandant si cette vue l'intimidait.

Mais Honor Cabot ne se laissait pas intimider si facilement ; c'était une femme hardie, qui prenait des risques. Elle se pencha et posa la bouche à l'extrémité de sa virilité. George inspira longuement ; il voulut reculer, mais Honor le retint par la jambe, tout en explorant le sommet de son membre de ses lèvres et du bout de sa langue, tournant autour, goûtant la trace de semence qui y perlait.

Il serra les dents pour lutter contre l'exquise sensation,

se concentra pour résister à l'envie de s'enfoncer dans sa bouche. Lorsqu'elle bougea pour le prendre plus profondément, il l'allongea sur le dos et s'installa entre ses cuisses.

Ses lèvres retrouvèrent les siennes, tandis qu'il faisait glisser le bout de son sexe contre sa féminité. La pression qui montait en lui devenait intolérable ! Il sentait sa semence pulser. La seule chose qui se tenait entre l'envie de se perdre complètement en elle et lui était la force de sa volonté — fût-elle sapée et en lambeaux. Chaque caresse, chaque baiser le tourmentait plus que les précédents, et chaque instant l'affaiblissait un peu plus.

Il prit un sein dans sa bouche, le taquina de ses dents, de sa langue et, ce faisant, il se pressait contre elle, le bout de son sexe la pénétrant lentement. Il bougea, forçant son corps à s'ouvrir au sien.

Elle passa les doigts dans ses cheveux, le regarda dans les yeux. Il s'arrêta, son cœur se noyant dans ce regard. Elle le contemplait d'un air si aguicheur, si ensorcelant, qu'il pensa qu'il pourrait bien faire n'importe quoi pour elle. *N'importe quoi !* Gravir des montagnes, tuer des dragons, *danser*… Tout ce qu'elle désirait, quoi que ce soit. Il n'avait jamais éprouvé aussi intensément le désir de satisfaire une femme, n'avait jamais aspiré à l'une d'elles aussi profondément qu'il aspirait à elle en cet instant. Il la désirait douloureusement et ne souhaitait rien d'autre que de la contenter si entièrement qu'aucun autre homme ne pourrait jamais se comparer à lui.

Le regard d'Honor s'abaissa sur sa bouche, et elle glissa un doigt entre ses lèvres.

Il ne put en supporter davantage. Il baisa ses doigts, sa paume, tout en commençant à s'insinuer en elle. Il bougea avec précaution et constance, savourant de sentir son corps qui se resserrait autour de lui, provocant, l'attirant dans ses profondeurs. Des torrents d'une affection à vif l'inondèrent. Il passa un bras sous elle pour l'attirer contre lui, et poussa contre la barrière de sa virginité.

Elle sembla percevoir son hésitation, sa crainte de lui prendre « cela ».

— *George*, murmura-t-elle, et elle glissa une main entre eux pour le saisir.

Un son primal échappa à George tandis qu'il la déflorait.

Elle poussa un petit cri, pressa son front contre son épaule.

Juste ciel, qu'avait-il fait ?

Il était un libertin, un homme qui ne pouvait contrôler les désirs de sa chair. Il venait de perdre une femme qu'il estimait et même…

Elle remua contre lui, faisant monter et descendre un pied dans son dos, pressant son corps contre le sien. Elle passa une jambe autour de sa taille, et le mordit légèrement.

… Et même qu'il aimait.

Oui, par Dieu, il l'aimait désespérément, complètement ! Elle bougea de nouveau, se pressant plus fort contre lui, l'enjoignant de poursuivre ce voyage extraordinaire. Il prit son visage entre ses mains, voulant la regarder dans les yeux pendant qu'il s'enfonçait plus en elle. Il sentait son corps s'ouvrir à lui, percevait le rythme séducteur d'un appel primitif, vieux comme le monde. Le souffle haché, il se mit à bouger en elle, se retirant et la possédant de nouveau, avec plus d'urgence chaque fois.

Elle se mit à bouger avec lui, s'accrochant à lui, ses doigts lui griffant le dos, s'enfonçant dans la chair de ses hanches. Il glissa une main entre eux et caressa le bouton de sa volupté.

Honor cherchait à reprendre son souffle, se pressant contre sa main et son sexe, la bouche sur son torse. Elle poussa une exclamation étouffée tandis que ses jambes se resserraient autour de lui.

Le désir de George devint plus pressant ; il la prit d'assaut, voulant qu'elle ressente, elle aussi, la violente secousse qui montait en lui. Elle cria ; sa tête retomba en arrière, ses cheveux sombres recouvrirent son visage, tandis que son corps se convulsait.

Dans une dernière et puissante poussée, il s'enfouit complètement en elle, un gémissement d'extase s'échappant de sa gorge.

Ce moment le laissa complètement vidé ; il s'affala à côté d'elle, un bras passé sur sa taille, le visage dans ses cheveux, luttant pour émerger du brouillard de l'euphorie.

Ce fut seulement lorsqu'elle traça une ligne légère dans son dos, descendant et remontant, qu'il releva la tête pour la regarder.

Ses joues étaient tout échauffées et elle était, en cet instant, aussi belle qu'une œuvre d'art. Elle tourna légèrement la tête et ouvrit les yeux avec un sourire éclatant, resplendissant. Elle lui caressa le menton, repoussa ses cheveux de son front, puis se souleva pour l'embrasser, sa langue taquinant la sienne.

— Allez-vous bien ? demanda-t-il.

Son sourire s'élargit et elle opina.

— Je suis complète, dit-elle simplement.

Il l'enlaça et s'étonna de la profondeur de ses sentiments. C'était de l'amour, il le craignait bien. Un amour réel, véritable et pur.

Par Dieu, n'importe quoi sauf cela !

N'importe quoi…

Chapitre 23

Honor se sentait entière et invincible, comme si elle avait sauté par-dessus un abîme. Son corps était plein de vigueur. Elle était un peu meurtrie, mais s'en souciait à peine, c'était une sensation grisante, et son cœur… Seigneur, son cœur était lourd d'adoration !

Elle était allongée sur le côté, la tête appuyée sur sa main, et elle parcourait du doigt le torse de George qui dormait. *Elle aimait cet homme,* l'aimait complètement. Elle aimait l'air qu'il avait quand il dormait, le visage libéré de toute tension. Elle aimait la manière dont sa main ne cessait de la chercher, de la trouver, même dans son sommeil. Elle aimait sa façon de sourire, la façon dont il l'avait regardée lorsqu'il était entré en elle…

Une petite pendule sur la cheminée tinta et, à la lumière atténuée d'une bougie, elle vit qu'il était 4 heures du matin. Dans une heure, Hannah viendrait la réveiller pour qu'elle commence à se préparer au départ. Elle devait quitter ce lieu d'émerveillement, ce lit où elle avait découvert la véritable direction de son cœur.

Elle se pencha, toucha de ses lèvres le mamelon de George. Il remua doucement. Elle se leva et se mit en quête de ses vêtements.

— Où êtes-vous ? demanda-t-il d'une voix rauque.

— Ici, répondit-elle doucement, faisant glisser sa camisole par-dessus sa tête.

Il prit appui sur ses coudes, clignant des paupières, et la regarda s'habiller en silence, jusqu'à ce qu'elle mette son corset et lui présente son dos pour le lacer.

Il s'assit alors et se mit à tirer prestement sur les rubans. Elle ne put s'empêcher de se demander combien de fois il l'avait fait, avait renvoyé une femme après lui avoir fait l'amour. Cette pensée la dégrisa ; elle finit de s'habiller et se tourna face à lui, tout en nattant distraitement ses cheveux.

Il était complètement nu.

— George ? Je…

— Non, la coupa-t-il, levant une main. Ne parlez pas, Honor. Ne prononcez pas des mots ou des promesses que nous ne pourrons jamais atteindre ni l'un ni l'autre, ou, pire, jamais oublier.

Elle battit des cils.

— Mais je…

Il se leva, la prit dans ses bras et l'embrassa.

— Ne dites rien, ma douce. Il n'y a rien que nous puissions dire qui changera quoi que ce soit, n'est-ce pas ? Laissez cette nuit vivre dans votre cœur, mais de grâce, *ne parlez pas.*

Elle le comprenait… Du moins, elle pensait le comprendre. Dire des mots d'amour, quand on ne pouvait pas vivre cet amour, était trop douloureux. Pourtant, elle avait tant de choses à lui dire, tant de choses à lui faire savoir ! Qu'il était le meilleur homme qu'elle avait jamais connu pour commencer… Qu'elle ne se souciait pas de ses humbles débuts dans la vie.

Mais il la fit pivoter et finit de boutonner sa robe avant qu'elle ne puisse lui dire tout cela. Il se pencha et posa un baiser sur son cou.

— Je n'oublierai jamais cette nuit, aussi longtemps que je vivrai, et je la chérirai toujours, murmura-t-il. Maintenant allez-vous-en, vite... avant d'être découverte.

Elle s'éloigna en titubant avec la certitude que son cœur était empli de lui, complètement.

Elle devait essayer d'y voir clair. Oui, c'était ce qu'elle allait faire — elle allait rentrer à Londres, installer sa mère à Beckington House et considérer toutes ses options.

Il fallait qu'il y ait un chemin jusqu'à lui !

Elle ne regarda pas en arrière lorsqu'elle se glissa hors de sa chambre, craignant de voir son expression, craignant de le désirer de nouveau ou de dire ces choses qu'il ne voulait pas entendre.

Quelques heures plus tard, Grace et elle eurent le plus grand mal à convaincre leur mère de monter dans la voiture qui devait les ramener à Londres. Cette dernière refusait de quitter Longmeadow, qu'elle avait rebaptisé Halston Hall dans son esprit malade — un endroit où elle passait ses étés quand elle était jeune, mais où elle n'était pas retournée depuis vingt ans. Pendant que ses filles aînées bataillaient, les cadettes regardaient la scène avec horreur.

Cette épreuve les laissa toutes les quatre épuisées et redoutant le long et cahoteux trajet jusqu'à Londres, et les pensées d'Honor à propos de George devinrent confuses. Son bonheur ensoleillé, sa découverte de l'amour et des plaisirs qu'un homme et une femme pouvaient se donner dans l'intimité avaient disparu sous le nuage que représentait la maladie de sa mère. Grace et elle menaient une bataille de plus en plus dure, elle s'en rendait compte.

La lourdeur de son cœur devenait douloureuse.

Il y avait tant de choses qu'elle avait voulu dire à George, la nuit précédente, tant de mots d'admiration et d'estime ! Mais maintenant, loin de lui, elle était heureuse de ne pas les avoir prononcés. « Ne parlez pas. Allez, maintenant », avait-il dit. Etait-ce ce qu'il disait toujours aux femmes avec qui il avait couché ? Ou bien y avait-il entre eux quelque chose de plus profond, qu'il était incapable d'affronter ?

Et quelle importance ? George avait raison — ils n'avaient pas d'avenir ensemble, même si elle l'aimait. Elle s'était crue au-dessus de ce que la société pensait, mais elle découvrait qu'elle ne l'était pas du tout. L'éclat de l'amour physique s'était dissipé et ce qu'elle éprouvait pour George l'effrayait à présent. Elle comprenait mieux tout ce qu'elle devrait sacrifier pour être avec lui et, cependant, ce qu'elle ressentait était peut-être la chose la plus tangible qu'elle ait jamais ressentie de sa vie. C'était réel, puissant. Et complètement irrésistible.

Elle adorait George Easton. L'adorait follement. Mais pouvait-elle renoncer à tout pour lui ? La voulait-il seulement de la même façon qu'elle-même le voulait ? Et n'avait-elle pas des problèmes bien plus importants, à l'heure actuelle, que de se morfondre pour un homme ?

Les deux premiers jours à Londres furent étonnamment paisibles, un vrai bienfait. La mère d'Honor s'était calmée et parut la plupart du temps lucide lorsqu'elle eut rejoint ce qui était, du moins pour le moment, son environnement familier. Sa seule inquiétude était de savoir quand Augustin rentrerait à Londres avec le comte. Il n'y eut qu'un incident, et Honor n'en fut pas témoin. Jericho lui confia que sa mère l'avait pris pour un Ecossais et l'avait menacé de le faire pendre pour avoir volé les affaires de son époux.

Le troisième jour, Honor fut très soulagée de voir le comte et Augustin arriver. Trois valets transportèrent le malade dans sa suite, et ses quintes de toux redevinrent un bruit familier de la maison. La mère d'Honor, qui avait défait les broderies d'une autre manche, disparut dans sa chambre pour s'occuper de lui.

Par un après-midi nuageux, Honor trouva Grace d'humeur pensive ; elle regardait par la fenêtre, le regard lointain.

— Grace ? Quelque chose ne va pas ?

Grace enroula une mèche de cheveux autour d'un doigt, comme elle le faisait quand elles étaient petites.

— Je suis fâchée contre toi, si tu veux le savoir. J'ai demandé à Jericho de donner du laudanum à maman, mais tu lui as dit qu'il ne devait pas le faire.

— Bien sûr, qu'il ne le doit pas ! Je ne peux croire que tu puisses penser autrement, après Longmeadow. Nous étions d'accord.

La mâchoire de Grace se crispa.

— Nous n'étions pas d'accord, Honor. C'était seulement ton avis. Tu crois vraiment que nous devrions laisser maman continuer à errer çà et là, en marmonnant et en défaisant les broderies de ses manches ?

— S'il le faut, répondit Honor avec raideur.

Grace lâcha sa mèche de cheveux.

— Tu es impossible ! Nous ne serions pas dans cette

situation, si tu avais laissé quelqu'un te courtiser et accepté une demande en mariage ! Mais non, tu as préféré te morfondre pour Rowley !

— Je te demande pardon ? Est-ce que tu insinues que la folie de notre mère est *ma* faute ? s'écria Honor, indignée.

— Je n'ai pas dit cela ! riposta Grace avec colère. Mais si tu étais capable de penser à quelqu'un d'autre qu'à toi-même, nous ne serions peut-être pas dans les difficultés où nous sommes aujourd'hui !

Honor la regarda bouche bée ; chacun de ses mots lui transperçait douloureusement le cœur. C'était déjà assez horrible d'avoir pensé la même chose, mais entendre *Grace* le dire…

— Et qu'en est-il de *toi* ? lança-t-elle.

— Tu sais très bien que maman n'accepterait jamais que je me marie avant toi. Et maintenant, nous avons attendu trop longtemps ! Nous avons gaspillé le temps que nous aurions pu avoir pour conclure une bonne union, et nous sommes face à un avenir incertain avec une mère dont ni l'une ni l'autre ne peut s'occuper correctement et que personne — personne — ne prendra !

Honor se sentit assez sotte d'avoir cru que son plan ridicule marcherait. La seule chose qui en était sortie, c'était qu'elle aspirait maintenant à un homme avec qui elle ne pouvait absolument pas s'engager.

— Et que fallait-il exactement que je fasse, Grace ? demanda-t-elle, irritée contre elle-même, contre la vie. *Tu* n'as rien fait pour aider !

Les épaules de Grace s'affaissèrent.

— Je sais. J'ai été tout à fait inutile. Mais maintenant, l'une de nous deux doit se marier, et rapidement !

Comment pourrait-elle penser au mariage, alors qu'elle

aimait George Easton ? songea Honor amèrement. Le seul fait d'entendre ce mot lui crispait douloureusement l'estomac.

— Très bien. Qui suggères-tu que j'épouse ? demanda-t-elle, résignée.

— Pas toi. *Moi,* dit Grace, et avant qu'Honor ne puisse lever les yeux au ciel, elle ajouta : Si tu as une meilleure idée, dis-la tout de suite, car je pars pour Bath…

— Bath !

— Oui, Bath ! Amherst s'y trouve.

— *Amherst !* s'écria Honor. Il n'y a pas de pire débauché dans toute l'Angleterre ! Tout le monde le sait ! Bonté divine, Grace, ne soit pas aussi sotte que moi ! Tu ne réussiras pas !

— Lui n'est pas né bâtard, et il a un nom, rétorqua Grace.

Honor se figea. Cette remarque la blessa et elle pressa un poing sur son ventre noué.

— C'est absurde, dit-elle en se détournant.

Elle avait l'intention de discuter, mais Mercy surgit en trombe dans le salon et se jeta à plat ventre sur le canapé, en sanglotant.

— Mercy ! s'écria Grace.

Elle se pencha, une main sur le dos de sa sœur dont la silhouette menue était secouée de sanglots.

— Juste ciel, Mercy ! Qu'est-il arrivé ?

— C'est Augustin ! Il a haussé la voix ! Il a dit que je ne devais plus jamais mentionner des pilleurs de tombes et il m'a renvoyée de la pièce !

Elle se redressa et ôta ses lunettes pour essuyer ses larmes.

— Ce n'était pas une histoire très effrayante, je le jure !

L'humeur maussade d'Honor se changea en une vraie colère devant les larmes de Mercy.

— Je vais lui parler, dit-elle, déterminée, caressant les cheveux de sa sœur avant de sortir de la pièce, le poing toujours serré sur le côté.

Ses pantoufles ne firent presque pas de bruit dans l'escalier, tandis qu'elle le dévalait. Arrivée dans le vestibule, elle entendit des voix qui venaient du grand salon. Elle entendit le rire d'Augustin se mêler à celui de Monica. Mais ils n'étaient pas seuls.

De la porte, elle vit Monica et sa mère assises sur le canapé ; Augustin et Richard Cleburne debout. Le pasteur se redressa dès qu'il l'aperçut et lui sourit avec une certaine nervosité.

— Honor ! s'exclama Augustin. J'allais envoyer Hardy vous chercher.

— Bonjour, dit-elle à tout le monde. Je vous demande pardon, je ne voulais pas vous interrompre. Milord, pourrais-je vous dire un mot en privé ?

Le regard qu'échangèrent son beau-frère et Monica ne lui échappa pas.

— Oui, tout à fait, ma chère Honor. J'aimerais vous parler aussi. Si vous voulez bien nous excuser ? demanda-t-il aux autres.

— Bien sûr ! répondit gaiement Monica. Prenez tout le temps qu'il vous faudra.

Augustin s'avança, prit Honor par le coude et la fit volter, l'escortant jusqu'à l'office du majordome, où il la fit entrer. Il referma la porte derrière eux et ouvrit les rideaux qui donnaient sur la cour pour laisser entrer la lumière.

— Pourquoi sommes-nous dans l'office de Hardy ? demanda-t-elle, méfiante, son cœur se mettant à battre plus fort. Vous avez vos invités et je n'en ai que pour un instant…

— Mais justement, très chère, l'interrompit Augustin. Les invités — l'un d'entre eux du moins — sont venus pour vous.

La suspicion d'Honor s'accrut.

— Mme Hargrove et Monica ont eu l'amabilité d'amener M. Cleburne à Beckington House depuis Longmeadow. Il va séjourner avec nous une quinzaine de jours.

Le sourire d'Augustin était plein d'appréhension, et il tambourinait nerveusement des doigts sur le bord du bureau.

— Qu'est-ce que cela a à voir avec moi ?

Augustin toucha son écharpe et se racla la gorge.

— M. Cleburne est le troisième fils de lord Sandersgate. Vous connaissez Sandersgate, n'est-ce pas ? Un grand homme, des cheveux roux… Il a engendré six fils. Vous rendez-vous compte ? Six ! Quel défi ce doit être de tous les installer correctement dans la vie ! ajouta-t-il, comme si c'était un exploit impossible.

— Cela fait beaucoup, admit Honor. Toutefois, je…

— Quoi qu'il en soit, M. Richard Cleburne, son *troisième* fils, est à Londres pour étudier avec l'archevêque pendant quinze jours. Rendez-vous compte, Honor, un pasteur à notre service qui a des liens personnels avec *l'archevêque* !

Honor jeta un coup d'œil à la porte. Sa méfiance était maintenant tel un oiseau en cage, battant des ailes, affolé, et glapissant pour être libéré. Si elle parvenait à manœuvrer, elle aurait peut-être la possibilité de s'échapper avant qu'il ne lui dise la chose affreuse qu'il essayait de lui dire, quelle qu'elle soit.

— M. Cleburne, reprit-il, est un homme de bien,

éduqué, jouissant d'une réputation impeccable et ayant une occupation parfaitement respectable.

Ce discours paraissait tellement préparé que le cœur d'Honor l'oppressa et que sa gorge se serra.

— Ne dites-vous rien ?

Elle secoua la tête, ne se fiant pas à elle-même pour parler.

Augustin fronça pensivement les sourcils et se mit à décrire de petits cercles dans l'espace réduit.

— Je pense que nous devons accepter certaines vérités, ma chère sœur… Mon père n'en a plus pour très longtemps. Si Dieu le veut, il me verra heureusement marié, fondant ma propre famille, mais, ces derniers jours, j'en suis venu à douter qu'il vive aussi longtemps.

— Oh ! Augustin, vous…

— Ce qui signifie, s'empressa-t-il de continuer, qu'il m'incombera de décider comment vous installer au mieux, vos sœurs et vous.

Il sourit, visiblement fier d'avoir exprimé correctement ce qu'il avait à dire.

— Et madame votre mère, naturellement, ajouta-t-il en hâte.

— Augustin, est-ce que vous nous mettez *dehors* ? demanda-t-elle, choisissant une autre tactique.

— Quoi ?

Il parut horrifié à cette idée.

— *Non !* Bien sûr que non, s'écria-t-il, et il prit la main d'Honor pour la serrer fortement. Comment pourrais-je vous mettre dehors ? Vous êtes ma sœur, dans mon cœur autant que de nom. Mais ne voyez-vous pas ? Je vais m'installer avec mon épouse et six ou sept adultes sous le même toit, cela n'ira pas… Chacun avec des opinions et… et des emplois du temps différents…, poursuivit-il en paraissant chercher ses mots, comme s'il ne savait pas très bien quel conflit pouvait surgir entre un tel nombre de personnes.

Le cœur d'Honor sombrait dans sa poitrine et tombait, tombait, *tombait* sans fin.

— Ne le dites pas, Augustin, je vous en supplie ! Ne dites pas que vous allez nous éloigner de vous.

— Je ne le ferais jamais de bon gré ! se récria-t-il, cherchant à la rassurer. Mais vous *devez* comprendre mon dilemme.

— Et vous, vous devez comprendre que nous n'avons aucun endroit où aller. Nous sommes entièrement dépendantes du comte, comme nous l'avons été de très, très nombreuses années. Vous le savez.

— En effet, dit-il avec une petite grimace de sympathie, lui pressant la main. C'est pourquoi nous — *je*, veux-je dire —, *je* serais heureux de vous voir, ainsi que Grace, convenablement mariée le plus tôt possible. C'est la meilleure solution pour tous, je pense. Vous devez l'admettre, Honor, vous avez eu beaucoup de temps pour arranger les choses, et maintenant le moment est venu de passer à l'acte. Vraiment, cela résoudrait tous nos problèmes. Ne le pensez-vous pas ? Et M. Cleburne est un aussi beau parti que ce que vous pourriez espérer trouver.

Honor libéra brusquement sa main.

— Non !

L'expression d'Augustin changea. Elle ne l'avait jamais vu aussi dur, ni aussi sévère.

— Vous aurez en Cleburne l'époux qu'il vous faut, et une vie confortable à Longmeadow. Et si vous êtes à Longmeadow, nous nous verrons souvent.

Il ne pouvait pas être sérieux !

— Un *pasteur*, Augustin ? Pensez-vous vraiment que c'est le mieux que je puisse attendre ? Vous pourriez au moins laisser la Saison suivre son cours !

Elle se raccrochait au premier argument susceptible de lui laisser du temps.

— Mais… mais votre père était évêque, dit Augustin, visiblement surpris par son objection. Et M. Cleburne est peut-être un pasteur, mais il est fortuné !

— Je me moque de sa fortune ! Ce que je vois, c'est un homme que je connais à peine, aucune perspective de fréquentation, hormis des veuves et des orphelins. Que croyez-vous, donc ? Que je vais passer mes journées à broder et à faire de longues promenades ?

— Avez-vous un *grief* quelconque contre Longmeadow ? Vous y avez pourtant semblé parfaitement à l'aise, toutes ces années !

— J'aime beaucoup Longmeadow. Mais je n'aimerais pas passer toute ma vie à la campagne, pas plus que vous, j'en suis sûre !

— *Moi*, je me satisferais très bien de passer ma vie à Longmeadow et non dans une maison *médiocre*, dans une partie *moins agréable* de l'Angleterre ! rétorqua Augustin, sa colère lui piquetant les joues de taches rouges. Et ne pensez-vous pas que la *campagne* serait peut-être le meilleur endroit pour lady Beckington ? Loin de la société à laquelle vous tenez tant, apparemment ? Y avez-vous songé ?

Honor fut choquée.

— Permettez-moi de vous dire ceci, Honor. Comme je vais être prochainement le comte de Beckington, et que vous serez ma pupille, je souhaite… Non, j'exige, oui, *j'exige* que vous vous mariiez. Si vous ne pouvez présenter quelqu'un de votre choix, alors j'aimerais beaucoup que vous fassiez *de votre mieux* pour trouver un terrain d'entente avec M. Cleburne, dans l'espoir de conclure une union. Suis-je clair ?

— Je ne peux pas le croire ! protesta-t-elle.

— Eh bien — il pinça un instant les lèvres —, croyez-le pourtant.

La tête d'Honor se mit à lui tourner devant l'imminence de devoir épouser le pasteur anxieux et plein d'espoir qui attendait dans le salon ou, chose bien plus troublante, la possibilité d'épouser… George Easton.

— Vous pourriez au moins permettre au gentleman de faire sa demande avant d'ordonner un mariage, lui fit-elle observer.

— Il a été favorablement impressionné par vous. Il l'a dit à miss Hargrove.

— Je ne doute pas qu'ils aient pu prononcer mon nom, tous les deux, mais j'en mettrais ma main au feu, c'est sûrement Monica qui l'a mentionné la première, répliqua Honor avec colère. Pas une fois, votre père n'a imposé son désir de me voir mariée contre mon gré. Vous n'êtes pas encore comte, et vous voilà, me disant qui je dois épouser. Cela ne vous ressemble pas du tout, Augustin ! Et je vais vous dire ce que je crois : c'est Monica qui vous y a poussé. Est-ce donc là le genre de mariage que vous aurez ? Un mariage dans lequel votre épouse vous dirigera ?

Le visage d'Augustin s'assombrit.

— Monica et moi partageons des vues communes. Elle ne m'a pas du tout *dirigé*. Elle a simplement exprimé l'intérêt de Cleburne à votre encontre, et nous avons vu tous les deux les magnifiques opportunités de cette union pour vous, Honor ! Vous connaissez mes souhaits, ajouta-t-il brusquement, en ouvrant la porte d'un geste sec. Je compte que vous les suiviez. J'ai déjà prévu que nous monterions tous les quatre à Hyde Park, jeudi. Alors venez, maintenant, soyez une bonne fille et prenez le thé avec nous.

Honor lui jeta un regard noir, débattant de ce qu'elle devait faire. Ce qui était sûr, c'était qu'elle avait besoin d'une meilleure stratégie que de crier et de se lamenter pour sauver son avenir. Pour sauver sa vie. Mais elle parvenait à peine à réfléchir, avec tant de pensées confondantes qui tourbillonnaient dans sa tête. Elle serra les poings pour lutter contre sa rage et son impuissance et sortit de l'office. Elle marcha d'un pas martial devant Augustin et pénétra dans le salon, tout sourires.

Jusqu'à ce qu'elle trouve une solution, elle n'avait pas le choix d'agir autrement.

Chapitre 24

La visite de George à M. Sweeney le plongea plus encore dans le désespoir, un désespoir comme il n'en avait pas ressenti depuis longtemps.

Ce dernier s'était de nouveau rendu sur les docks pour avoir des nouvelles du *Maypearl*, sans succès.

— Personne ne l'a vu, dit-il d'un ton d'excuse.

— Qu'est-ce que cela signifie ? demanda sévèrement George.

Non pas à Sweeney, mais à la vie. A *sa* vie. Qu'est-ce que tout ce qui lui arrivait signifiait ?

Le fauteuil de Sweeney craqua et gémit sous lui, tandis qu'il remuait, mal à l'aise.

— C'est difficile à savoir. Je pense que nous devons nous préparer à accepter qu'il soit perdu.

Mais George n'était pas prêt à l'accepter ; il ne pouvait même pas se résigner à en accepter la *possibilité*. En cet instant, il refusait carrément d'y accorder foi.

— Si c'est ce que vous croyez, monsieur Sweeney, je devrais peut-être trouver un nouvel agent, dit-il d'un ton coupant.

L'homme pâlit.

— Il… il n'est pas nécessaire d'en arriver là, monsieur

Easton. Il est simplement de mon devoir d'être aussi honnête avec vous que je le peux…

— La spéculation n'est pas de l'honnêteté, monsieur, elle repose sur de simples hypothèses. Et pour ma part, je refuse d'accepter vos hypothèses comme des *faits*. Bonne journée ! dit-il avec colère, et il sortit en trombe du bureau, ignorant les appels de son avoué qui lui demandait d'attendre, de l'écouter jusqu'au bout.

Il lui devrait sans doute des excuses pour ce mouvement d'humeur, mais il ne jugeait guère fondé de supposer que tout était perdu, simplement parce qu'un bateau avait un mois de retard. On pouvait arguer que le point de vue de M. Sweeney était le plus prudent, mais George n'avait pas bâti sa fortune sur la prudence.

Réfléchissant à la façon dont il remonterait la pente s'il avait effectivement tout perdu, George rentra chez lui à bride abattue. Dans Audley Street, son cheval ralentit le rythme et trotta sur les pavés, puis s'arrêta de lui-même devant sa magnifique demeure. Cette maison, le symbole de l'homme qu'il pensait être devenu, était la seule chose de valeur qui lui restait.

Il sauta à bas de sa monture et passa la bride à travers l'anneau en fer auquel il attachait généralement son cheval, la nouant de façon lâche. Il enverrait un garçon d'écurie chercher l'animal et le rentrer.

Il fit un pas en direction de la maison, et jeta par hasard un coup d'œil dans la rue. Il vit alors un coupé dont le *B* entouré de renards, les lignes noires et élancées lui étaient familiers, depuis qu'il était monté à l'intérieur quelques semaines plus tôt, pour une rencontre fatidique. Il s'arrêta et observa l'attelage, les paupières plissées. Elle ne serait tout de même pas venue *ici* en plein jour et à la vue de tout le monde ? N'avait-elle aucune considération pour sa réputation ?

La portière s'ouvrit brusquement. Il en sortit une petite bottine attachée à une jambe fuselée. Puis une autre. Honor descendit sans aide, laissa retomber ses jupes et les secoua. Elle portait une petite coiffe désinvolte avec trois plumes joliment arrangées et, lorsqu'elle pencha la tête de côté pour lui sourire avec chaleur, elles se balancèrent souplement, évoquant de petits oiseaux voletant autour d'elle.

George s'avança à grandes enjambées, tandis qu'elle traversait la rue d'une démarche élégante. Il s'arrêta à quelques pas d'elle, les mains sur les hanches, se demandant s'il devait l'embrasser ou la remettre de force dans la voiture.

— Avez-vous perdu l'esprit ? Décidé de vous passer de tout jugement sensé ? Balancé votre bon sens du haut du pont de Londres ?

Elle le regarda, rayonnante.

— Bonjour, Easton !

— Que faites-vous ici ? demanda-t-il, l'air sévère. Je ne suis pas homme à me soucier de ce que les gens penseront, mais dans le cas présent, même *moi* je m'inquiète de vous voir franchir une ligne irréversible.

— Alors vous devriez m'inviter à entrer pour que je ne sois pas exposée aux regards indiscrets, dit-elle avec aplomb.

Comment se faisait-il qu'il ne puisse rien refuser aux femmes ? Pourquoi le Créateur avait-il eu la cruauté de l'affliger d'une aussi terrible tare ?

Il lui fit signe impatiemment de le suivre.

— Je frémis à la pensée de ce que Finnegan va trouver à dire !

Honor regarda son cocher et agita la main. Aussitôt, l'homme mit le coupé en branle.

— Attendez ! s'exclama George. Où va-t-il ? Dites-lui de revenir tout de suite !

— Il croit que je suis venue voir une amie malade et que je rentrerai par mes propres moyens. C'est une jolie promenade, depuis chez vous. Vous devriez essayer ! Mais si vous préférez, vous pourrez me faire raccompagner avec votre voiture.

Quelle hardiesse !

— Vous en usez bien familièrement avec mes moyens de transport !

— Je ne fais que tenir compte de votre souci de ma réputation. N'importe qui pourrait voir la voiture Beckington garée devant votre maison. A ce propos, laquelle est-ce ? Celle-ci ? demanda-t-elle en désignant sa demeure de briques blanches.

Il soupira.

— Elle est ravissante ! déclara-t-elle tout en s'engageant dans l'allée qui menait au perron.

— Pour l'amour du ciel, miss Cabot, faites-moi au moins la courtoisie de me laisser vous accompagner jusque chez moi !

Il la prit par le coude pour l'escorter le long des marches, tout en jetant un coup d'œil autour d'eux afin de vérifier que personne ne les avait remarqués.

— Cela n'arrangera rien, vous savez. Les vieilles femmes ne font rien d'autre de leur journée que de rester assises près de leur fenêtre, à surveiller les maisons des hommes comme vous.

George marmonna, saisit la poignée en laiton et ouvrit la porte.

Finnegan s'avança, puis fit un pas presque imperceptible en arrière lorsqu'il vit Honor.

Celle-ci ne parut pas le remarquer.

— Monsieur Easton, votre maison est si *exquise,* dit-elle en levant les yeux vers le plafond en forme de dôme.

Elle ôta son couvre-chef et le tendit à Finnegan sans le regarder.

Le valet échangea un regard avec George, une lueur complice dans les yeux. Voilà ce que c'était, que d'avoir pris à son service l'ex-amant de son ex-maîtresse !

— Merci, Finnegan, ce sera tout.

— Dois-je servir le thé ?

— Servez ce que vous voulez, lui lança George sèchement, et il surprit Honor en la prenant par le coude pour la faire entrer au pas de charge dans le petit salon.

Une fois à l'intérieur, elle se dégagea de son emprise et alla jusqu'au milieu de la pièce, tournant lentement sur elle-même pour observer les murs tendus de soie, les meubles français dorés à l'or fin, le portrait d'une dame couverte de perles accroché au-dessus de la cheminée.

— Qui est-ce ? demanda-t-elle, renversant la tête en arrière pour mieux voir la femme aux yeux bleus perçants et à la peau crémeuse. Une de vos *connaissances* ? suggéra-t-elle avec une œillade coquette.

— Je n'ai pas la moindre idée de qui elle est, répondit George qui s'adossa à la porte fermée, les bras croisés. Honor, regardez-moi…

Elle le regarda par-dessus son épaule.

— Que faites-vous ici ? Je ne peux croire que même *vous*, la femme la plus audacieuse que j'aie jamais connue, vous puissiez venir aussi imprudemment chez un bâtard à la réputation douteuse. *Tenez-vous* donc à perdre votre réputation ?

— Bonté divine, quand vous le dites ainsi, cela paraît si déplaisant ! Mais honnêtement, je ne me soucie guère que ma réputation soit détruite ou non.

— Bien sûr que si ! Si vous vouliez me parler, vous auriez dû me convoquer à Beckington House.

Elle fit claquer sa langue et déboutonna son spencer.

— Il ne me viendrait pas à l'idée de vous *convoquer*, George, dit-elle, ôtant sa veste et la jetant dans un fauteuil. Enfin, pas de cette manière, du moins.

George haussa un sourcil sceptique et s'efforça de ne pas lorgner son décolleté. Son corps commençait déjà à réagir et il ne l'avait même pas touchée. Maudite soit-elle d'être venue ! Maudit soit-il d'être si entiché d'elle !

— En outre, je n'aurais pu vous « convoquer » même si je l'avais voulu, car nous avons un invité. Il a déjà été assez difficile d'écarter maman de lui.

— Un invité, répéta-t-il, notant qu'il s'agissait d'un homme. Qui donc ?

Elle agita la main.

— Cela n'a guère d'importance.

Elle passa les doigts sur deux chevaux de porcelaine peinte à la main qui ornaient un buffet.

George la regarda avec curiosité. Il y avait en elle quelque chose d'un peu différent. En apparence, elle était semblable à elle-même, sans complexes, mais plus il l'observait avec attention, plus elle lui semblait déstabilisée. Anxieuse.

— Honor… est-ce que quelque chose ne va pas ?

— Ne va pas ?

Elle sourit et porta la main à sa nuque.

— Non, hormis le fait que mon beau-frère doit toujours épouser miss Monica Hargrove.

Elle laissa retomber sa main.

— Ils sont quasiment au pied de l'autel, et très contents de pouvoir se présenter comme un couple sur le point de se marier à la réception donnée pour lord Stapleton.

George était au courant de cette réception, comme tout le monde. Il y aurait des centaines d'invités, supposait-il, étant donné que Stapleton devait être honoré pour sa bravoure pendant la guerre.

— J'espère que vous n'êtes pas venue ici pour me demander de jouer à d'autres jeux de salon avec miss Hargrove.

Elle parut surprise, comme si l'idée ne lui avait pas traversé l'esprit.

— Bien sûr que non ! dit-elle en lui décochant un regard cinglant. Je vous l'ai dit, j'espère que vous ne lui reparlerez plus jamais.

Elle soupira.

— C'était stupide. Et en essayant de la *déloger*, je n'ai fait qu'aggraver la situation pour moi.

Il n'aima pas l'expression de ses yeux.

— Que s'est-il passé ? Je peux voir qu'il s'est produit quelque chose.

Elle secoua la tête d'un air las. Elle paraissait presque vaincue.

— Oh ! George ! Je ne peux me tourner nulle part ailleurs que vers vous…

Un coup frappé à la porte les fit sursauter tous les deux ; Honor se détourna et alla jusqu'à la fenêtre, où elle fit mine de regarder dehors.

Finnegan entra avec un service à thé, traversa prestement la pièce et posa le lourd plateau en argent sur une petite table. Il sourit ; son attention était rivée sur Honor, et George put voir le regard appréciateur qu'il lui jetait.

— Dois-je servir ?

— Non, merci, je le ferai, répondit George en le regardant sévèrement.

Finnegan reluqua de nouveau Honor, et George se dit qu'un jour il finirait par lui mettre son poing dans la figure ou le congédier. Mais pour le moment, il se contenta de le pousser vers la porte.

— Ce sera tout, merci… Nous n'aurons plus besoin de vous, s'empressa-t-il d'ajouter, de crainte que le valet ne trouve une raison de revenir jeter un coup d'œil.

Lorsqu'il fut sorti, George prit la précaution de fermer la porte à clé. Puis il se retourna et désigna le plateau.

— Puis-je vous servir ?

— Je n'y tiens pas, merci, répondit distraitement Honor.

— Très bien. Alors voulez-vous me dire maintenant ce qui s'est passé ?

— Ce qui s'est passé, c'est qu'un nouveau pasteur est arrivé à Longmeadow, et qu'il est célibataire.

Une boule de ressentiment se forma instantanément dans la poitrine de George.

— Augustin m'a dit, avec une détermination qui ne lui ressemble pas, que si je ne peux faire état d'une demande en mariage, je devrai autoriser M. Cleburne à me courtiser dans les formes, et qu'ensuite… qu'ensuite je devrai l'épouser.

Cette nouvelle laissa George sans voix. Il ne pouvait imaginer Sommerfield se montrer insistant sur quoi que ce soit, encore moins sur un sujet pareil. Qu'il l'ait fait l'emplit d'une rage soudaine et incontrôlable.

— De fait, je dois être à la maison à 17 heures, reprit Honor en jetant un coup d'œil à la pendule de la cheminée. M. Cleburne nous a invitées, mes sœurs et moi, à assister à un service religieux avec lui.

Une vague d'amère déception traversa George. Il arrivait exactement ce à quoi il s'était attendu. Alors pourquoi ses tripes se nouaient-elles ? Peut-être avait-il espéré que rien de tel ne se produirait avant qu'il n'ait réussi à s'extraire d'abord de la vie d'Honor.

— Et si vous ne faites pas ce qu'il demande ?

Elle haussa les épaules.

— Je suppose qu'il trouvera un autre moyen de nous faire quitter Beckington House. Un moyen qui sera beaucoup moins acceptable que le mariage.

— Je vois…

— Non, George. Je ne pense pas que vous voyiez. Vous pouvez choisir qui vous épouserez. Ou qui vous n'épouserez pas. Mais je n'ai pas ce choix. J'ai réussi à retarder la chose un an ou deux, mais j'ai toujours su, je suppose, que je serais finalement forcée à me marier.

George ne trouvait pas les mots pour exprimer son amertume et son désappointement. Il était secoué d'un mélange de sentiments à vif, qui ne lui étaient pas familiers, et pour un homme qui avait évité avec constance d'*éprouver* quoi que ce soit, il se sentait déstabilisé.

Il jeta un coup d'œil incertain au service à thé, puis pivota abruptement, alla d'un pas raide jusqu'au buffet et servit deux whiskys. Il traversa la pièce et en tendit un à Honor qui le prit d'un geste hésitant.

— Cet homme paraît aimable, déclara-t-il à contrecœur. Vous pourriez en venir à l'estimer.

Honor but une petite gorgée. Elle grimaça, pressa une main sur sa poitrine et but de nouveau.

Une bouffée d'affection enfla en George et il se sentit complètement perdu, à la dérive sur une mer de sentiments contre lesquels il avait lutté toute sa vie. Soudain, il méprisa Monica Hargrove. C'était une réaction de colère irrationnelle — ce n'était pas sa faute si Honor devait se marier —, mais il sentait son œuvre dans ces fiançailles forcées. Tout cela pour se venger de ce que *lui* avait fait.

Il posa son verre.

— Je peux arranger les choses, Honor. Je peux empêcher cette union.

— Vous ne le pouvez pas, dit-elle avec lassitude. Personne ne le peut. Cela devait arriver, et je n'ai personne à blâmer à part moi-même.

— Mais cela n'a pas besoin d'arriver maintenant. Pas de cette façon ! J'aurais dû m'en tenir à vos conseils, mais je me suis contenté de jouer avec Monica. A présent, elle va sentir toute la force de mon ardeur…

— George ! Non… Vous ne ferez rien de tel ! Nous avons essayé et échoué, comme vous m'en aviez avertie…

— J'ai l'intention de l'embrasser, dit-il.

Comment pouvait-il *songer* à embrasser Monica Hargrove ? Cette pensée le fit frissonner. La seule femme qu'il pouvait songer à embrasser était Honor.

— Je la séduirai.

— Non ! Non, il ne faut pas !

Elle lui prit soudain le visage entre ses mains.

— Vous ne pouvez pas *l'embrasser*. Vous ne devez pas le faire, parce que j'en mourrais de jalousie.

Il leva les bras et les écarta, craignant ce qu'il ferait s'il la touchait.

— Alors expliquez-moi, Honor… Donnez-moi des instructions. Dites-moi que faire pour vous aider.

— Vous m'avez manqué, fit-elle doucement, le désarçonnant de nouveau.

— Nous parlions de miss Hargrove…

Elle secoua la tête.

— Pourquoi m'avez-vous dit de ne pas parler, après… ?

Il lui fallut un moment pour se rappeler la scène. Elle l'observait avec attention, et il vit le doute dans ses yeux.

— Honor, chérie… Je vous ai dit de ne pas parler parce que je ne pouvais supporter de vous entendre.

Les yeux d'Honor se mouillèrent et elle laissa retomber les mains.

— Parce que vous ne pouvez pas me retourner mon affection…

Il n'avait pas l'intention de rire, mais il ne put s'en empêcher. Elle battit des cils, et commença à se détourner. Il lui prit la main.

— Parce que je ne peux vous la retourner que multipliée par dix. Je ne pouvais supporter d'entendre vos déclarations parce que je ne peux vous avoir.

Les paupières d'Honor papillonnèrent ; elle le fixa avec méfiance, comme si elle s'attendait à ce qu'il déclare qu'il plaisantait, finalement.

— Voulez-vous savoir comment vous pouvez m'aider ? Vous pouvez me montrer votre profonde affection avant que je ne sois forcée d'épouser le pasteur. Avant que la douleur du manque de vous ne change mon cœur en poussière.

Ces paroles étaient un baume sur de très anciennes blessures, mais George ne savait guère qu'en faire, quelle attitude adopter.

— Je ne peux pas, Honor. Vous savez aussi bien que moi que rien n'est possible pour nous.

— Rien ?

Elle éclata d'un rire léger.

— Je ne sais plus où est le bas et où est le haut. Je sais seulement ce que je ressens en ce moment, et vous m'avez *manqué*.

— Honor, je vous en prie ! l'implora-t-il. Je ne *peux pas* vous résister.

Elle referma les doigts sur les siens, les serrant fortement.

— Alors, *ne le faites pas*.

Il se tendit vers elle à l'instant où elle se tendait vers lui, et elle se coula dans ses bras comme si c'était sa place, et l'avait été toute sa vie. Le cœur de George se mit à battre la chamade. Les lèvres d'Honor étaient comme de la soie sous les siennes, excitant le démon en lui. Il l'écrasa contre lui, sentit ses seins pressés contre son torse, la vive chaleur de son corps se mêlant à la sienne, lui embrasant les reins.

Il releva la tête et baissa les yeux sur elle, qui avait l'incroyable pouvoir de le mettre dans cet état. Elle ouvrit les siens et lui sourit d'un air si charmeur que ce fut un miracle s'il ne tomba pas à genoux, prostré d'adoration. Il était en feu !

Elle posa un doigt sur ses lèvres et chuchota :

— Vous ai-je manqué ?

— Plus que l'air que je respire !

Son désir pour elle inondait chaque partie de son corps, durcissant son sexe au point de le rendre douloureux.

Elle promena les mains sur lui ; il lui saisit les fesses, les pétrit, la pressa contre son érection, lui montrant à quel point il la désirait. Elle se mit à bouger contre lui, mordillant ses lèvres, glissant sa langue dans sa bouche.

Elle était une diablesse, si hardie dans son désir qu'elle le faisait fondre.

Il la porta sur le canapé et se plaça sur elle, l'emprisonnant sous son corps. Affamé du goût de sa peau, il fit glisser sa bouche sur sa gorge, sur sa poitrine, mordillant la pointe durcie d'un sein à travers l'étoffe de sa robe. Honor gémit doucement, coula les doigts dans ses cheveux, haussa instinctivement son sein jusqu'à sa bouche. Il tira sur sa robe, libérant sa poitrine, se moquant de la dévorer, se moquant de tout sauf du besoin désespéré de la toucher, d'être en elle une fois encore.

Il se redressa et empoigna ses habits, le regard rivé sur elle. Il quitta sa redingote et son gilet, enleva son écharpe et sa chemise, et glissa la main sous son dos, la soulevant, l'embrassant profondément avec toute l'émotion qui déferlait en lui, puis il la rallongea sous lui. Il avait besoin de sentir son corps envelopper le sien ; lorsqu'elle embrassa son mamelon, il lui prit les mains et les cloua au-dessus de sa tête.

— Ne bougez pas.

Elle eut un petit rire altéré.

— Pourquoi ?

— Parce que vous me rendez fou.

Elle levait vers lui des yeux brillants, et ses lèvres humides et pleines s'incurvèrent, aguicheuses.

— Touchez-moi, George, murmura-t-elle. *Touchez-moi.*

Il défit ses culottes et libéra son sexe, puis pressa dessus les mains d'Honor. Elle referma les doigts sur lui, le palpant, tandis qu'il glissait une main entre ses jambes et l'insinuait dans les replis moites de sa féminité. Les paupières d'Honor s'alourdirent et elle se mordit la lèvre inférieure, tant elle parut se perdre dans cette sensation.

Elle était si tentante, si séduisante ! George descendit le long de son corps, semant une traînée de baisers sur sa robe, trouvant la chair nue de sa cuisse, la léchant, puis il lui écarta les jambes et plongea la langue dans son sexe. Elle s'arqua en sentant sa bouche et sa langue sur elle, en elle, ce qui fit pulser le sang dans les veines de George, engorgeant son cœur et sa verge. Si elle avait été une autre, il se serait empressé de chercher son propre plaisir. Mais avec elle, il désirait donner du plaisir presque plus qu'il n'aspirait au sien. Il explora chacun de ses replis intimes, passant légèrement la langue sur le cœur de sa volupté, puis l'enfonçant profondément dans son corps.

Honor bougeait contre lui, l'excitant, l'incitant à aller plus loin, poussant de petits gémissements de plaisir, alors qu'elle approchait de la jouissance. Il la goûta, la mordilla comme si elle était une friandise, l'amenant au bord de l'assouvissement, avant de s'écarter d'elle et de trouver une autre façon de la taquiner. Mais elle prit sa tête entre ses mains, et l'embrassa avec frénésie, avant de saisir son sexe dans une main et de pousser de l'autre le seul vêtement qui le couvrait encore.

Il l'aida et baissa ses culottes. Elle prit une inspiration tremblée tout en le caressant. Le feu qui habitait George le consumait, le brûlait tout entier. Il se plaça entre ses jambes, les écarta et pressa le bout de son sexe contre le sien, mouillé de désir. Elle se dressa sur les coudes, le regard rivé au sien tandis qu'il commençait à entrer en elle. Il soutint son regard tout en s'insinuant lentement en elle. Il sentait son corps se resserrer fermement autour de lui, le réclamer.

Par Dieu, il était fou d'elle, complètement fou !

— Je ne sais pas ce que vous m'avez fait, dit-il d'une voix enrouée.

Elle sourit comme si cet aveu lui faisait plaisir. Elle ferma les yeux et renversa la tête en arrière, tandis qu'il se mettait à bouger en elle. Puis elle bougea avec lui, répondant à ses assauts, apprenant le rythme de l'amour physique. Une vive chaleur envahissait George ; il intensifia ses va-et-vient, faisant pivoter ses hanches, la caressant de manière différente. Il haletait, essayant désespérément de retenir l'orgasme qui se préparait en lui. Il sentit le corps d'Honor s'enrouler autour de lui, l'attirer. Alors qu'il pensait ne pas pouvoir tenir un instant de plus, son corps si chaud et si doux se contracta violemment autour de lui ; elle fut prise d'un grand frisson et cria en explosant de plaisir, secouée de convulsions.

Son orgasme précipita George par-dessus bord. Il libéra sa semence en elle à la fin d'assauts presque sauvages qui le laissèrent complètement amolli. Il s'allongea sur elle, pressant son cœur emballé sur ses seins.

Jamais, de sa vie, il n'avait été aussi complètement, totalement satisfait.

Jamais il n'avait aimé autant une femme.

Elle lui prit la main, s'y accrocha fortement tandis qu'elle s'efforçait de reprendre son souffle. Et quand elle l'eut repris suffisamment pour parler, elle ouvrit les yeux, lui sourit et dit :

— Je vous ai *bel et bien* manqué.

Plus que l'air pour respirer, Honor…

Chapitre 25

Tandis qu'elle rentrait à pied chez elle, Honor décocha un sourire follement heureux au ciel embrumé par la fumée des cheminées et pensa qu'il ne lui avait jamais paru si bleu.

Elle avait refusé l'offre de George qu'elle prenne sa voiture, ainsi que celle de la raccompagner. Elle voulait ces moments tout à elle, pour revivre en pensée chaque instant de leur étreinte, pour s'en émerveiller encore. Elle voulait flotter jusque chez elle, le cœur et l'esprit emplis de George Easton, de la maîtrise extraordinaire qu'il avait exercée sur son corps, de la façon dont il l'avait regardée, la faisant se sentir belle et désirable.

Elle avait tout de même accepté qu'un jeune serviteur la suive pour éviter qu'aucun mal ne lui arrive. C'était à cette condition que George avait bien voulu la laisser partir. Il avait déjà été assez difficile de prendre congé, avec tous ces baisers, le besoin de George de la garder dans ses bras, et le jeune garçon était si petit, en vérité, qu'il ne pourrait pas lui être utile si elle était attaquée par des voleurs. Néanmoins, elle avait accepté et George l'avait laissée s'en aller.

Elle jeta un coup d'œil à sa robe. Non seulement George était capable de lacer un corset, mais il avait prouvé aussi qu'il savait relever des cheveux, au moins assez bien pour les glisser sous une coiffe. Elle lui avait saisi le menton et avait posé un doux baiser sur ses lèvres.

Il en avait paru assez déconcerté. Il lui avait pris la main et l'avait serrée dans la sienne, la regardant avec inquiétude et affection. Elle ne l'avait jamais vu aussi incertain.

— Est-ce que tout ira bien pour vous ? lui avait-elle demandé.

— Pour *moi* ?

Il l'avait dit comme si elle s'était trompée, comme si c'était elle qui devait être déstabilisée.

— Oui ! avait-il affirmé, troublé. Mais je…

Il avait grogné, fermé les yeux un instant, puis les avait rouverts et l'avait regardée intensément.

— Honor, écoutez-moi. Ceci ne peut pas se reproduire. Je veux dire, nous ne pouvons pas…

Elle avait souri, l'avait embrassé avant qu'il ne puisse lui répéter que c'était impossible.

— Calmez-vous, George, avait-elle dit doucement.

Il avait pincé les lèvres et hoché la tête. Puis il l'avait prise dans ses bras une dernière fois, serrée contre lui, avait embrassé le sommet de sa tête, son cou, sa joue, avant de la libérer.

— Vous me stupéfiez, Honor. Vous me stupéfiez de multiples façons…

Elle ignorait pourquoi.

— Je vais arranger les choses, avait-il ajouté en serrant ses mains dans les siennes. Je ne les laisserai pas vous forcer à un mariage dont vous ne voulez pas.

Elle appréciait cette intention, mais il n'était pas possible pour lui d'arrêter un mariage. A moins qu'il ne…

Elle ravala cette pensée impossible, abracadabrante, et continua à marcher.

Arrivée à Beckington House, elle réussit à se faufiler dans sa chambre, à l'étage, invisible de tous sauf de Hardy qui la remarqua à peine, en vérité, car il semblait distrait. Plus tard, quand Grace vint frapper à sa porte, Honor comprit pourquoi le majordome avait eu cet air-là.

— Où étais-tu ? lui demanda sa sœur, en jetant un coup d'œil dans le couloir, avant de refermer la porte.

— Je suis allée marcher, répondit Honor avec un haussement d'épaules qui, l'espérait-elle, ne parut pas trop suspect.

Elle ôta son chapeau et le posa.

Grace secoua la tête et étudia un moment ses paumes.

— Qu'y a-t-il ? demanda Honor.

— J'ai reçu une lettre de la cousine Beatrice. Elle est à Bath et écrit qu'elle recevrait volontiers ma visite n'importe quand.

Honor lui tapota la main.

— Nous n'avons guère le temps d'aller à Bath, avec tous ces mariages à l'horizon.

— Je ne veux pas dire que tu doives venir, Honor. J'ai l'intention d'y aller seule.

Grace avait le même ton que d'habitude, mais paraissait différente. Résolue. Lorsque Honor s'en avisa, elle fut prise de panique.

— *Non*, se récria-t-elle aussitôt. Grace, tu ne peux pas me laisser en plan !

— Je ne te laisse pas en plan, Honor. Nous sommes d'accord sur le fait que nous devons *faire* quelque chose. Tout d'abord, je te dois des excuses pour t'avoir fait porter le blâme de notre situation. J'étais très frustrée, cet après-midi-là, mais Dieu sait que j'ai conscience de tes efforts. Je vais à Bath parce que lord Amherst y est. Il a montré une affection particulière à mon égard, tu le sais. J'ai l'intention d'obtenir une demande en mariage…

— Es-tu folle ? Tu le connais à peine ! Tu n'as pas de *sentiments* pour lui !

— Franchement, je suis tout à fait sensée et apparemment la seule personne pragmatique dans cette pièce ! C'est vrai, je n'ai pas d'affection profonde pour lui, mais j'apprécie assez sa compagnie. Que faut-il d'autre ? Il n'est pas pasteur, c'est un homme titré avec des moyens. Au moins, je ne serai pas obligée de vivre dans un cottage perdu à la campagne !

Honor ne pouvait l'accepter.

— Ce n'est pas ce que tu souhaites !

Grace eut un rire amer.

— Et qu'est-ce que je souhaite, s'il te plaît ? Dis-le-moi, je t'en prie, car Dieu sait que je suis incapable de le formuler moi-même. De fait, je n'ai pas accordé la moindre pensée à ce que je *veux* vraiment.

Elle secoua la tête comme si elle en était étonnée.

Honor poussa un grognement malheureux et posa la tête sur l'épaule de sa sœur.

— Quand pars-tu ?

— A la fin de la semaine.

— Si tôt !

— Lady Chatham part y prendre les eaux et je… je me suis invitée dans sa voiture. J'ai attendu assez longtemps, déclara fermement Grace. Mais dis-moi, qu'as-tu fait à tes cheveux ?

Honor se redressa en sursaut. Elle porta une main à sa coiffure.

— Une épingle est tombée pendant que je marchais, répondit-elle, et elle se leva pour aller jusqu'à sa coiffeuse, avant que sa sœur ne puisse l'examiner de plus près.

Elle libéra prestement ses cheveux et prit sa brosse.

Grace se leva et se dirigea vers la porte.

— Je vais t'envoyer Hannah pour qu'elle t'aide à te coiffer. Tu n'as pas beaucoup de temps, tu sais. Nous devons retrouver le charmant M. Cleburne dans une heure.

Lorsqu'elle fut seule, Honor croisa les bras sur la coiffeuse et posa son front dessus. Elle ferma les yeux, repensant aux moments qu'elle avait passés avec George dans l'après-midi. Imaginer M. Cleburne dans une situation similaire lui donna une légère nausée. Et imaginer tout cela sans Grace la rendit carrément malade.

Une heure plus tard, elle se tenait dans le vestibule, vêtue de la robe la plus modeste, la plus morne qu'elle avait pu trouver dans sa garde-robe. Elle la portait comme le symbole de sa protestation silencieuse contre cette union, contre la vie qui l'avait conduite à ce moment précis de son existence. Elle était ordinaire et posée, juste comme elle se représentait le mariage avec Cleburne.

Voilà ce qu'Augustin lui avait fait, songea-t-elle distraitement, tandis que le pasteur et elle suivaient à quelque distance son beau-frère et ses sœurs pour aller à l'église : il lui avait ôté le désir de mettre de belles robes. Elle se souciait à peine de savoir si elle en porterait de nouveau.

Elle parvint à supporter tant bien que mal l'office et le trajet de retour jusqu'à Beckington House. Elle pensait qu'elle en avait fini avec cette soirée interminable en compagnie de Cleburne et qu'elle allait enfin pouvoir s'intéresser à autre chose, mais Augustin eut l'audace de la provoquer une fois de plus.

— Monsieur Cleburne, vous n'avez pas oublié notre sortie à cheval et notre pique-nique au parc demain, n'est-ce pas ?

Le pasteur sourit d'un air embarrassé à Honor.

— Je n'ai pas oublié. Il paraît que vous êtes une excellente cavalière, miss Cabot.

— En effet, répondit-elle platement.

Peut-être s'éloignerait-elle de lui en chevauchant. Elle dirigerait son cheval vers le nord et galoperait jusqu'à ce qu'il ne puisse plus la porter.

— Il faut que vous la voyiez en selle ! dit Augustin avec entrain. C'est-à-dire, si vous voulez prendre le risque d'être devancé par une femme.

Il rit comme si c'était totalement impossible.

— Je monte assez bien, reprit Richard Cleburne avec un modeste haussement d'épaules.

Honor ne dit rien. Mais comme Augustin lui jetait un regard noir, elle laissa tomber :

— Vous devez vous joindre à nous, vraiment.

— Parfait ! fit Augustin. Nous pique-niquerons donc tous les quatre.

— Je veux venir, dit Mercy en remontant ses lunettes sur son nez. Je suis bonne cavalière, aussi.

— Oh ! Mais l'on a besoin de vous à Beckington House, répondit Augustin.

— Pour quoi faire ?

— Parce que quelqu'un doit tenir les fantômes à l'œil, dit M. Cleburne d'un ton cordial.

Cette réponse parut faire réfléchir Mercy. A ce moment-là,

le pasteur tourna son sourire vers Honor, visiblement content de lui d'avoir accordé de l'attention à Mercy.

Honor fut tout à fait certaine que sa tentative de sourire échoua.

— Mercy, raconte-nous une histoire de fantômes, dit-elle en détournant les yeux, pour que M. Cleburne ne voie pas combien il l'affligeait.

Chapitre 26

La mère de Monica estimait que M. Cleburne était un parti parfait pour Honor, notamment parce que cela signifierait que la jeune femme vivrait à Longmeadow.

Pas à Londres, où Monica endosserait un jour le rôle de la nouvelle lady Beckington. Mais à la campagne où Monica n'aurait à la voir que l'été, quand la capitale était insupportablement chaude et fétide.

Monica ne montait pas aussi bien à cheval qu'Honor — aucun d'eux ne le faisait — et elle avait supposé que cette dernière chevaucherait loin devant, s'arrêtant pour parler à des connaissances, puis reviendrait les rejoindre au trot, pendant qu'elle-même peinerait avec sa monture. Mais les choses ne se passèrent pas ainsi. Honor allait au pas au côté du pasteur, derrière Augustin et elle. Elle paraissait à peine elle-même.

Ils allaient si lentement, du fait de la maladresse d'Augustin avec son cheval, que Monica pouvait entendre la conversation entre Honor et Cleburne. Ce dernier lui demandait quelles distractions elle appréciait. Elle répondit qu'elle aimait jouer. Le pasteur rit avec indulgence et fit une remarque sur les jeux de Satan. Honor lui demanda s'il pariait quelquefois sur des chevaux, disant que tout le monde à Longmeadow trouvait une pièce ou deux pour cela.

M. Cleburne répondit qu'il ne le faisait pas.

Monica aurait tout donné pour voir l'expression d'Honor à ce moment-là, mais, hélas, sa tâche consistait à garder les yeux sur sa monture, sans quoi elle risquait de tomber.

Elle sut qu'Honor était perturbée quand ils s'arrêtèrent pour pique-niquer. Augustin s'affaira à donner des instructions à un valet, où étendre la couverture et poser le panier de nourriture que la cuisinière avait préparé. Honor se tint un peu à l'écart, tapotant légèrement sa jupe de sa cravache et fixant le lac.

— Monsieur Cleburne, dit Monica d'un ton léger, je voulais vous poser la question : comment trouvez-vous Longmeadow maintenant que vous y êtes depuis un certain temps ?

— Oh ! très bien, vraiment, répondit-il, comme s'il pouvait répondre autre chose devant Augustin.

— Vous avez rencontré les bonnes familles du coin ?

— Bien sûr. Elles composent mon troupeau.

— Je suis sûre que vous avez découvert beaucoup de jeunes femmes célibataires parmi vos ouailles, dit Honor. Et bien disposées à votre égard.

Il rougit. Monica mesura alors combien il manquait d'expérience.

— Peut-être qu'une ou deux d'entre elles ont suscité un certain intérêt, dit-il modestement. Mais aucune que j'aie trouvée à ma convenance, s'empressa-t-il de préciser.

— Que voulez-vous dire ? Il n'y en a *aucune* qui a retenu votre attention ? demanda Honor.

Il sourit nerveusement.

— Eh bien, je… je me considère comme un homme de discernement.

Cet homme était un sot, s'avisa Monica. Il n'avait pas la moindre idée de la façon de séduire une femme comme Honor Cabot. Il n'était sûrement pas George Easton ! se dit-elle, et cette pensée la fit glousser d'une manière inattendue.

Honor et M. Cleburne la regardèrent, surpris. Elle fit alors observer gaiement :

— Quelle délicieuse journée !

Le regard d'Honor s'assombrit.

— Notre pique-nique est prêt ! annonça Augustin en faisant un grand geste pour désigner ce que le valet avait installé pour eux.

Ils prirent place tous les quatre sur la couverture et se servirent en fruits et en fromage, pendant que le domestique emplissait leurs verres de vin. Augustin s'était allongé sur le côté, et son ventre, Monica fut peinée de le constater, s'alourdissait sous son gilet. Ils parlèrent de tout et de rien et, quand Augustin aborda le sujet de la réception pour lord Stapleton, Monica étouffa même un bâillement. Mais alors son fiancé suggéra qu'Honor invite M. Cleburne à l'accompagner.

Honor releva vivement la tête. Elle regarda Monica, puis Augustin, visiblement prise au dépourvu.

Le pasteur perçut son trouble, car il s'empressa de dire :

— Je ne voudrais surtout pas m'imposer.

— Vous ne vous imposez pas du tout, répondit le vicomte, avant d'enfourner des grains de raisin dans sa bouche.

— C'est moi qui ne voudrais pas vous imposer quoi que ce soit, monsieur Cleburne, dit Honor en se ressaisissant légèrement. Il y aura énormément de gens et ce sera… bruyant.

— Oh ! Cela m'est égal ! Je suis sûr d'avoir supporté bien pire lors des danses campagnardes de ma paroisse.

Il rit.

Honor détourna les yeux, la mâchoire crispée.

— Malheureusement, ajouta-t-elle en faisant « non » de la tête au valet qui lui offrait du vin, le bâtiment n'est pas bien ventilé.

— Alors je suppose que j'enlèverai ma jaquette, répondit M. Cleburne, souriant à Monica et Augustin comme s'ils jouaient à un jeu.

— Dans ce cas, c'est réglé, conclut Augustin d'un ton triomphant. M. Cleburne sera notre invité.

— Oui, fit Honor. Merci de cette idée, Augustin.

Elle se leva.

— Veuillez m'excuser.

Le pasteur s'empressa de l'imiter.

— Non, monsieur Cleburne, restez assis. Je veux seulement me dégourdir les jambes.

Elle se mit à marcher. D'un pas martial. Sa tenue d'équitation gonflait derrière elle.

Cleburne regarda Monica et Augustin d'un air déconcerté.

— Ai-je dit quelque chose de travers ?

— Pas du tout, monsieur Cleburne, répondit Monica, et elle tendit la main pour qu'il l'aide à se lever. Honor peut être assez…

— Changeante ? suggéra Augustin.

— Ce n'est pas le mot que je cherchais, dit aimablement Monica.

Têtue correspondait mieux à sa pensée.

— Elle est plutôt du genre remuant. Je vais la voir,

savourez votre vin, ajouta-t-elle, et elle redressa sa coiffe avant de suivre Honor jusqu'au bord du lac.

Quand elle la rejoignit, Honor était en train de mettre un jonc en pièces. Lorsqu'elles étaient petites, sa mère les amenait au bord de ce même lac pour nourrir les canards. Monica se rappelait très bien Honor, ses cheveux bruns flottant derrière elle, poursuivant les canards et essayant de les attraper, tandis que sa mère lui criait d'arrêter. Monica, elle, en avait peur et elle se remémora soudain qu'Honor lui tenait la main, pendant qu'elle jetait ses miettes de pain aux bruyants volatiles. A quel moment s'étaient-elles séparées ? Elle ne s'en souvenait plus.

Elle lui lança un regard en coin.

— Vous semblez en colère.

Honor lui décocha un regard furieux.

— En colère, c'est *le moins* que l'on puisse dire. Vous le savez très bien.

— Je suppose que oui, répondit Monica, et elle haussa une épaule en regardant le lac. En toute honnêteté, je ne vous comprends pas. Il se trouve que M. Cleburne est un excellent parti pour vous…

— Un excellent parti ? Vous trouvez ? Sans doute que c'est *votre* idée d'arranger un mariage entre nous ! Ah, ne songez pas à le nier, dit-elle quand Monica ouvrit la bouche dans cette intention. Je sais très bien que vous l'avez suggéré à Augustin. Il n'y aurait pas pensé tout seul.

— Même si je l'ai suggéré, ou même si vous avez suggéré à M. Easton de me courtiser, là n'est pas la question, répondit Monica avec impertinence, prenant plaisir à la lueur gênée qui s'alluma dans les yeux d'Honor. M. Cleburne est un parti parfait pour vous par essence, tout simplement. Il est dévoué, aimable et sa réputation est irréprochable. Pouvez-vous vraiment demander plus ?

— Oui ! s'exclama Honor. Oui, Monica, je peux demander plus ! Peut-être que vous ne le pouvez pas, ou ne le voulez pas, mais *moi* je demande plus.

— Pourquoi rien n'est-il jamais assez bon pour vous ? Comment pouvez-vous juger au-dessous de vous un homme que la plupart des femmes dans votre position considéreraient comme un *très bon* parti ? Pourquoi devez-vous toujours avoir *davantage* ?

— Je ne pense pas que M. Cleburne soit au-dessous de moi ! Je pense qu'il est aussi différent de moi par l'esprit et le caractère qu'un homme peut l'être. Par ailleurs, pourquoi ne voulez-*vous* jamais davantage, Monica ? Pourquoi ne voulez-vous pas croire à de *meilleures* possibilités, au lieu d'accepter la première demande en mariage venue ?

Monica réprima une exclamation.

— Ne vous avisez pas de critiquer Augustin.

— Il ne s'agit pas de…

— Si !

Elle regarda son fiancé par-dessus son épaule. Assis en tailleur, il racontait une histoire à M. Cleburne avec enthousiasme, à en juger par ses grands gestes.

— Il se trouve que j'aime beaucoup Augustin. Et j'ai fait ce que l'on demande à une femme, Honor. J'ai conclu une bonne union. Il n'y a rien de *mal* à cela. Je suis heureuse. Ne le voyez-vous pas ? Ne pouvez-vous pas être heureuse pour moi ? Heureuse que je l'épouse, heureuse que les bans aient été publiés ?

Les yeux d'Honor s'élargirent de stupéfaction.

— Ils ont été publiés ?

— Oui ! Pourquoi est-ce que ça vous étonne tant ?

Augustin vous a dit que nous souhaitions nous marier avant que son père… Enfin, vous savez très bien ce que je veux dire. J'ai accepté ma vie et sa demande en mariage, et je suis *heureuse.*

— Vous entendez-vous ? demanda Honor en pivotant vers elle. Ne préféreriez-vous pas trouver le véritable amour, au lieu d'accepter simplement votre vie et une demande en mariage ?

Parfois, Monica trouvait Honor ridiculement puérile. Elle ne put s'empêcher de rire.

— Pourquoi riez-vous ? *Aimez-vous* Augustin ?

— Allez-vous arrêter ? s'exclama Monica, riant toujours. Je vous l'ai dit, j'ai de l'estime pour lui !

— Mais *l'aimez-vous* ?

— Pour l'amour du ciel, Honor ! J'en viendrai à l'aimer. L'amour se développe avec le temps, avec la familiarité, quand deux personnes traversent la vie, unies. Vous vous comportez comme s'il y avait une autre possibilité ! Mais quelle alternative y a-t-il ? Attendre indéfiniment ? Et attendre quoi ? Qu'un beau chevalier arrive, me séduise et m'emporte ?

— *Oui !* s'écria Honor sous l'effet de la frustration.

— Vous êtes exaspérante, dit Monica d'un ton coupant, et elle détourna les yeux, furieuse contre elle-même de laisser Honor l'ulcérer.

De nouveau.

— Nous n'aurons jamais d'alternatives si nous ne les exigeons pas, poursuivit Honor.

Monica leva les yeux au ciel.

— Et quelle alternative exigerez-vous, je vous prie ? De ne pas vous marier ? De pouvoir continuer à voleter d'une soirée à l'autre ?

— Je veux dire qu'à moins que les femmes n'exigent de suivre leurs véritables inclinations, nous ne serons jamais autorisées à le faire. La société insistera pour que nous nous mariions *bien*, et c'est *tout* ce qu'elle nous demandera.

— Ah… Et vos véritables inclinations ne vous conduisent pas à M. Cleburne.

— Pas le moins du monde.

— Avez-vous jamais pensé que votre cœur n'a peut-être pas de véritable inclination ? Car, si c'était le cas, vous auriez agi en conséquence, à ce jour.

Les yeux d'Honor s'élargirent, mais elle prit rapidement une autre expression. Elle sembla considérer ce que Monica avait dit.

— Je crois que vous pourriez avoir *raison*, Monica.

— Ah oui ? fit Monica, surprise.

— Oui.

Honor hocha la tête d'un air pensif.

— Si je n'agis pas en conséquence, qui le fera à ma place ?

Monica eut soudain le sentiment désagréable d'avoir, sans le vouloir, libéré une bête sauvage de sa cage.

— Honor Cabot, à quoi pensez-vous ? demanda-t-elle sévèrement. Vous n'avez pas intérêt à causer de problèmes…

— Des problèmes ? Non, répondit Honor d'un ton suave. Vous m'avez aidé à éclaircir une chose ou deux. Nous ferions mieux de rejoindre les gentlemen, à présent, ne pensez-vous pas ?

Elle lui sourit avec chaleur, puis partit vers les hommes, marchant soudain d'un pas nonchalant, comme si elle n'avait aucun souci au monde.

Chapitre 27

Londres s'était éveillé sous un ciel maussade, ce matin-là, et les nuages, le vent vif, l'air qui sentait la pluie ne firent qu'accroître l'humeur tout aussi maussade de George. Il n'aurait vu aucun inconvénient à rester au lit toute la journée, un oreiller sur la tête et les yeux fermés pour échapper au monde, plutôt que d'assister à la réception donnée pour lord Stapleton.

Mais Finnegan avait d'autres idées, apparemment ; il avait dûment ciré ses bottes, sorti son gilet doré et sa jaquette de drap surfin bleu foncé, pour l'événement. *Je vais avoir l'air d'un officier de marine*, pensa George avec un brin de contrariété.

Il était en général agacé quand son valet préparait ses habits comme s'il était infirme, mais cet après-midi-là il en fut content, car il se demandait s'il aurait été capable de s'habiller avec soin. Il avait erré pendant deux jours dans une sorte de brume mélancolique, obsédé par Honor, se remémorant, avec des détails exquis qui le mettaient à la torture, leur après-midi dans son salon.

Personne ne pouvait rien faire pour lui. Il n'était qu'un sot, un fieffé idiot d'avoir accepté de l'aider, pour commencer. Et un plus grand imbécile encore d'être devenu fou d'elle.

Il avait enfreint sa règle cardinale : ne jamais croire qu'il faisait partie du grand monde. Il avait jusque-là passé sa vie à essayer de devenir quelqu'un, d'être reconnu pour ses propres mérites, et avait appris pour ce faire à tenir la bonne société à bout de bras, à s'en protéger par-dessus tout le reste.

Mais à cause d'Honor, il avait manqué ses pas, était sorti du rang, avait regardé sur sa droite et sur sa gauche, et gâché sa vie. C'était arrivé si vite, si facilement, aussi ! Une femme belle et hardie lui avait présenté un défi qu'il n'avait pu refuser et sa règle de base avait tenu comme une poignée de coton dans du feu.

Mais ce qui le faisait le plus enrager, c'était qu'il ne voulait pas qu'Honor épouse un pasteur. Il ne voulait pas qu'elle se marie du tout. Il voulait que les choses restent comme elles étaient, qu'il ait encore de nombreuses occasions d'être en sa compagnie, de voir son esprit agile concocter des idées tordues pour créer du désordre autour d'elle, pour le distraire, lui, du manque d'un nom, de la perte de sa fortune. De qui il était.

C'était un souhait absurde et grotesque. Et étonnamment intense.

Pour rendre ses pensées plus confuses encore, une part de lui ne se fiait pas à elle. C'était une vérité qu'il s'avouait à contrecœur. Il l'aimait, et une part de lui croyait qu'elle l'aimait aussi. Mais elle appartenait à la haute société et, si elle était venue à lui, c'était parce qu'elle cherchait un moyen de conserver sa fortune et son standing. En dépit de ce qu'ils avaient partagé, en dépit de ses sentiments pour elle — ou de ceux d'Honor pour lui —, il ne pouvait se convaincre qu'elle renoncerait à tout cela pour s'engager avec un homme comme lui. Ou que Beckington consentirait jamais à le voir comme un parti possible pour elle. Et, bien que la passion ait flambé haut et fort entre Honor et lui, il ne pouvait s'empêcher de se demander si cette… cette relation qui existait entre eux, ce lien intense et intangible, n'était pas simplement pour elle le goût tout neuf du plaisir.

Ce ne pouvait être que cela, d'ailleurs, s'il voulait bien y réfléchir un peu.

Quoi qu'il en soit, il était malheureux.

Mais dans ce malheur, il était déterminé, de façon irrationnelle, à attirer Monica Hargrove à lui. Il essayait de se convaincre que c'était pour aider Honor, alléger le fardeau déjà si lourd qui pesait sur elle avec le problème de sa mère et ce mariage que l'on cherchait à lui imposer… Néanmoins, une petite voix lui suggérait que sa démarche avait un caractère plus personnel, sidéré qu'il était de voir ses tentatives de séduire une débutante échouer. *Un baiser.* C'était ce qu'il fallait. Un petit baiser sur ses lèvres, et toute réticence fondrait en miss Monica Hargrove. Elle goûterait au plat qu'il lui réservait ou bien il trouverait un autre moyen de la ligoter !

Vêtu comme un marin pour honorer un héros de guerre, George descendit l'escalier d'un air si bougon que la soubrette de jour que Finnegan avait engagée — pour faire le ménage ou coucher avec elle, George l'ignorait — détala de son chemin tel un lapereau apeuré.

Le valet l'attendait dans le vestibule avec son chapeau et ses gants.

— Quelle splendide surprise, dit-il en s'inclinant légèrement. Vous vous êtes coiffé.

George lui arracha ses affaires.

— Aujourd'hui, monsieur Finnegan, répondit-il en

enfilant ses gants, pourrait bien être le jour où je vous étranglerai !

— Très bien, monsieur, dit le domestique qui lui ouvrit la porte, impassible.

Burlington House était pleine à craquer, comme il fallait s'y attendre. Tous les illustres invités se pressaient dans la galerie, épaule contre épaule, et le vacarme de leurs voix résonnait sous les plafonds caverneux. George ne pouvait imaginer comment il trouverait quiconque dans cette foule, mais il s'y fraya quand même un chemin, marmonnant des excuses lorsqu'il marchait sur un pied ou donnait un coup de coude dans un dos, récoltant en échange des regards moins que sympathiques.

Il aperçut d'abord Sommerfield, à qui sa corpulence valait un peu plus d'espace que la plupart des gens. Debout à côté de lui se tenait miss Hargrove, la mine pleine d'ennui. George n'était pas très sûr de ce qu'il dirait, mais il se dirigea vers elle.

Elle tourna la tête et, lorsqu'elle le vit, elle se redressa légèrement. Elle parut perplexe, puis ses sourcils se froncèrent. Etait-elle de mauvaise humeur ? Il allait changer cela ! Il contourna un couple pour aller jusqu'à elle, et fut surpris par la soudaine apparition d'Honor devant lui.

— Monsieur Easton, dit-elle, posant une main sur son bras.

George baissa les yeux sur ses doigts, dont le contact brûlait sa manche et la peau au-dessous.

— Puis-je vous dire un mot ?

— Pas maintenant, ma douce. Il y a une autre femme que j'aimerais saluer.

— George… s'il vous plaît. *S'il vous plaît.*

Elle sourit tout en jetant un coup d'œil appuyé sur sa droite. George suivit son regard et vit Cleburne à quelques pas.

— Monsieur Cleburne, voulez-vous nous excuser un instant ? demanda-t-elle.

— Oui, bien sûr. Bonjour, monsieur Easton, dit le pasteur, qui s'éloigna après une brève courbette.

Mais pas assez loin pour qu'Honor échappe à sa vue, remarqua George.

Honor le tira sur le côté.

— Retournez à votre soupirant, Cabot. Vous n'avez rien à craindre, je n'ai pas l'intention de…

— Je vous en supplie, ne lui parlez pas ! le coupa Honor d'un ton frénétique. Ne regardez même pas dans sa direction ! C'est fini, on n'en parle plus. Je n'aurais jamais dû me lancer dans cette folie !

— Il ne s'agit plus de votre plan, ma douce. C'est le mien, maintenant. Je vous ai dit que j'arrangerais les choses pour vous.

— Je n'ai pas besoin que vous arrangiez quoi que ce soit pour moi. Je ne *veux pas* que vous le fassiez, vous entendez ?

— Pourquoi ? Cleburne vous plairait-il, tout à coup ?

— *Non !* s'exclama-t-elle, puis elle regarda nerveusement du côté du jeune pasteur. Ce n'est certainement *pas* ce qui m'anime. C'est que je…

Elle se haussa sur la pointe des pieds pour regarder par-dessus l'épaule de George.

— Vous quoi ?

Elle redescendit et se mordit la lèvre.

Il fronça les sourcils, imaginant toutes sortes d'inepties.

— Qu'est-ce que cette soudaine timidité ? Qu'y a-t-il ?

— Je ne suis pas *timide*, protesta-t-elle comme si cette idée l'offensait. Mais j'ai peur.

— De quoi ?

— De *vous*, avoua-t-elle.

Quelque chose de toxique se mit alors à fermenter en George. Il suspecta que c'était le moment où elle allait dire qu'elle ne pouvait poursuivre leur relation, en fin de compte, pas avec un besoin urgent d'obtenir une demande en mariage. Il recula d'un pas.

— Allez-y, expliquez-vous. Ne laissez pas une anxiété virginale vous retenir.

— Je vous aime.

Il la regarda, stupéfait.

— Etes-vous choqué ? demanda-t-elle en souriant à quelqu'un qui passait près d'eux. Eh bien, c'est la vérité, George. Je vous aime de tout mon cœur.

Elle joignit les mains, les pressa d'un geste fervent sur sa poitrine et reprit :

— Que vais-je faire ? Je ne suis pas censée vous aimer, mais c'est ainsi. Je ne veux pas que vous séduisiez quiconque en dehors de moi. Je vous veux tout à moi. Je vous veux !

Il n'avait jamais désiré davantage entendre ces mots, mais, en même temps, il n'avait jamais souhaité aussi désespérément *ne pas* les entendre.

— Ce que vous voulez est impossible, dit-il d'un ton brusque. Combien de fois devrai-je vous le dire ?

Les yeux d'Honor s'élargirent de surprise. Puis se plissèrent de colère.

— Pourquoi tout doit-il être *impossible* avec vous ?

— Parce que ça l'est, répondit-il d'un ton coupant, se sentant inexplicablement courroucé contre elle et sans excuse pour ce courroux.

Il éprouvait la même chose, avait senti pendant des jours la manivelle rouillée et peu familière de l'amour tourner dans sa poitrine, ce qui le rendait furieux. Il avait beau l'aimer, il ne la souillerait pas par les rumeurs qui tourbillonnaient autour de lui. Et puis, il n'avait rien à lui offrir. Moins que rien, maintenant, à cause de son bateau disparu. *Rien* à donner, rien à proposer à cette étoile brillante de sa galaxie.

— Mais je pensais… Vous avez admis que vous aviez de l'affection pour moi. Que je vous avais *manqué*…

Des larmes brillaient dans ses yeux. Un rare aperçu d'innocence chez elle et, pour une raison quelconque, cela le rendit plus furieux encore. Elle était naïve, d'une manière qu'il avait du mal à concevoir, et il avait permis cette naïveté, l'avait encouragée, pour mieux lui prendre sa candeur.

— Il est temps que vous acceptiez la vie telle qu'elle est, Honor. Vous ne pouvez pas la remodeler pour satisfaire vos caprices.

Elle parut véritablement blessée par ce dernier mot.

— Un caprice ? Pensez-vous que je *veuille* vous aimer ? demanda-t-elle, se moquant manifestement qu'on puisse l'entendre, à présent. Pensez-vous que cela me facilite la vie ?

Le cœur de George se serra, comprimé par tant d'émotions, de sentiments qu'il ne voulait pas éprouver. Il contempla son beau visage, ses yeux embués de larmes, et se força à garder à l'esprit qu'elle avait été entraînée à entrer la tête haute dans des salons et à se préparer à un mariage avantageux aussi sûrement qu'il s'était entraîné à l'éviter. Elle avait été éduquée pour rechercher la fortune et, surtout, la position sociale.

Elle ne *pouvait pas* aimer un homme comme lui. C'était impossible.

Ses idées naïves sur l'amour et les nobles sacrifices nécessaires pour le gagner s'estomperaient avec le temps.

Mais alors Honor le surprit une fois de plus. C'était presque comme si elle percevait les doutes qui faisaient rage en lui.

— Je vous aime *bel et bien*, George, poursuivit-elle, posant la main sur son bras. Je sais que vous ne me croyez pas, mais je vous aime d'une manière que je n'aurais jamais crue possible. Je vous en supplie, dites-moi la vérité. Dites-moi que vous éprouvez la même chose. *S'il vous plaît !*

Une bouffée de panique s'empara de lui et une douleur très ancienne se réveilla. Il ôta ses doigts de sa manche et recula.

— Je vous demande pardon, miss Cabot, mais je ne peux absolument pas vous dire ce qui n'est pas.

Et il fit la seule chose qu'il pouvait faire — il tourna les talons et s'en alla. S'enfuit, en réalité. Il regarda la foule amassée dans ce vestibule avec effarement et eut l'impression que les murs se resserraient, chassant l'air de la pièce. Il quitta la réception d'un pas raide et sortit dans la journée grise et froide.

Il ne regarda pas en arrière. Il n'en avait pas besoin. L'image du regard blessé d'Honor resterait gravée à jamais dans sa mémoire.

Il s'éloigna, prisonnier de sa naissance et de ses expériences passées. Et comme il pensait sincèrement que le pasteur était un bon parti pour elle et qu'il était, lui, le pire possible, il se rendit à Southwark et passa le reste de la journée à boire et à jouer, essayant désespérément de chasser les paroles d'Honor de ses oreilles, son image de ses yeux.

De ce fait, il n'apprit la mort du comte de Beckington que tard dans l'après-midi suivant.

Chapitre 28

La mort s'était faufilée dans Beckington House au moment où la famille s'y attendait le moins. Le comte était descendu prendre son petit déjeuner souriant, ce matin-là. Les filles parlaient de leurs projets de la journée, et rappelèrent à Augustin, quand il s'impatientait avec Mercy, qu'elle était encore une fillette.

Augustin avait alors orienté la conversation sur la réception qui devait avoir lieu l'après-midi même, supputant sur qui viendrait ou ne viendrait pas. Grace était encore au lit, ayant passé la soirée de la veille à la résidence Chatham, et le comte avait fait remarquer avec une pointe de moquerie que la pauvre devait être épuisée, après avoir enduré le flot incessant de paroles de lady Chatham.

Prudence avait rappelé une histoire idiote à propos des poulets de Mme Philpot qui s'étaient éparpillés dans Grosvenor Square, et ri aux éclats en relatant comment leur propriétaire avait couru après eux, les jupes remontées jusqu'aux genoux. Cela avait fait rire le comte jusqu'à ce qu'il ne puisse plus reprendre son souffle.

Après le petit déjeuner, Mercy avait offert de faire la lecture à son beau-père — en réalité le seul père qu'elle ait jamais connu —, mais il lui avait souri avec affection en déclinant son offre : il avait assez entendu d'histoires sur des loups qui dévoraient des humains.

Quand Honor repensait à ce matin-là, elle songeait à sa mère, pas au comte. Celle-ci était assise à côté de son époux, inerte, regardant fixement son assiette. Avait-elle senti que la mort était si près d'eux ? Ou avait-elle simplement glissé dans le monde intérieur qu'elle habitait de plus en plus souvent ?

Lorsqu'elle s'était levée pour sortir, elle s'était penchée sur le comte pour lui dire au revoir en l'embrassant. Il avait pris sa main dans la sienne et lui avait dit :

— Vous êtes une bonne fille, ma chérie. Ne laissez jamais personne vous convaincre du contraire.

Et il avait souri.

Elle en avait ri. Il lui répétait qu'elle était une bonne fille depuis le jour où Monica et elle étaient sorties en douce par le fond de l'église, pendant l'office du dimanche, pour aller retrouver des garçons. Et pas n'importe quels garçons, les garçons d'écurie chargés de s'occuper des chevaux des paroissiens.

— Je pense que vous êtes le seul à le croire, milord, mais je m'efforcerai de m'en souvenir.

Il lui avait tapoté la main, puis l'avait lâchée.

Elle souhaitait sincèrement être la bonne fille pour laquelle le comte l'avait toujours prise. Elle aurait aussi aimé avoir été une meilleure fille pour lui, avoir passé plus de temps avec lui.

Ses funérailles avaient été entourées d'un foisonnement d'activité. Tant de personnes étaient venues ! Il y avait eu tant d'accolades et de présentations de condoléances ! Tant de rituels et tant de noir…

Le lendemain des obsèques, Grace était partie pour Bath.

— *Reste*, l'avait implorée Honor.

— Je ne peux pas, avait répondu sombrement sa sœur. Nous n'avons pas de temps à perdre.

Honor lui avait dit au revoir en la serrant contre elle et en songeant que le plan de sa sœur avait autant de chances d'échouer que le sien, et que, de toute façon, cette dernière serait de retour dans quelques semaines. Mais son départ lui avait l'effet du coup de grâce, de la dernière porte qui se refermait sur la vie qu'elles avaient connue.

Elle s'était tenue sur le trottoir, regardant la voiture qui emportait Grace disparaître au coin de la rue. Et même après, elle était restée là, regardant. Attendant. Guettant.

Quoi, elle n'aurait su le dire.

Elle avait éprouvé un grand désespoir, ce matin-là. Elle avait perdu en quelques jours les personnes les plus importantes de sa vie. Le comte. Grace. Easton.

Sa désillusion l'avait dévastée.

A présent, il y avait quinze jours que le comte était mort, deux semaines d'un chagrin si profond qu'Honor en avait perdu l'appétit et ne mangeait que lorsque Hardy l'enjoignait de le faire. L'intensité de sa peine était illogique — elle savait que le comte n'en avait plus pour longtemps, elle s'était crue préparée à sa disparition.

Mais rien n'aurait pu l'y préparer.

On ressentait son absence dans toute la maison. Augustin paraissait anxieux d'endosser son nouveau rôle, et tout le personnel semblait avoir le cafard. Prudence et Mercy se parlaient en chuchotant, et leurs habits noirs leur donnaient un air fatigué.

Mais le chagrin d'Honor était tellement plus profond que celui causé par la mort de son beau-père !

Elle pleurait George tout aussi vivement.

Seigneur, comme il lui manquait !

Elle le détestait aussi. Du moins essayait-elle de s'en convaincre. En la rejetant, il avait rouvert d'anciennes blessures. Elle avait l'impression de revivre le cauchemar qu'elle avait connu avec lord Rowley. Elle avait été détruite par le refus qu'Easton lui avait opposé et, si ce n'avait été l'amabilité de M. Cleburne, elle aurait craint de s'effondrer, à la réception.

Depuis cet horrible après-midi, elle n'avait pas revu George et n'avait pas eu de nouvelles de lui. Il n'était pas venu présenter ses respects. Lors des obsèques, elle avait scruté les dizaines et dizaines de personnes rassemblées dans l'église, certaine d'apercevoir son sourire réconfortant. Mais là non plus, il n'était pas venu.

Lors de la réunion qui avait suivi les funérailles, elle avait entendu par hasard deux gentlemen qui parlaient de la guerre. L'un d'eux avait mentionné que le bateau de George avait disparu — on le présumait capturé ou coulé —, et avait ajouté avec un petit rire que sa fortune avait coulé avec lui. Honor se demandait s'il avait vraiment tout perdu, s'il en était réduit à la misère. Elle le détestait, mais souhaitait aussi pouvoir l'aider.

Son cœur était rongé par sa blessure, et, comme elle le redoutait, s'était changé en poussière, était devenu une chose poudreuse, sans substance, dans sa poitrine.

Par un sinistre après-midi pluvieux, alors que Prudence et elle se promenaient dans le square — elles avaient désespérément besoin d'être dehors —, Prudence rapporta qu'elle avait entendu Monica dire qu'elle pourrait se marier dans les prochaines semaines. Sa mère l'avait alors reprise en affirmant qu'étant donné la période de deuil à respecter, elle attendrait probablement un an encore.

— En théorie, déclara Honor.

— Qu'est-ce que tu veux dire ?

— Je ne crois pas qu'Augustin puisse se passer d'elle tout ce temps. Il trouvera un moyen d'arriver à ses fins. Et même si cela devait effectivement prendre un an, combien de temps se passera-t-il avant que maman ne se remette à parler et que ses paroles ne soient aussi insensées que son comportement ? Sa folie nous affectera tous, Pru. La seule chose qui a réellement changé pour nous, c'est que les rituels du deuil ont ajouté une autre complication à notre vie.

— Je n'ai pas envie d'en parler, mais…

— Mais quoi ?

Prudence secoua la tête.

— Je suis très inquiète pour maman. J'ai surpris une conversation entre Mme Hargrove et Augustin.

Un frisson de peur parcourut Honor.

— Mme Hargrove ou Monica ?

— Mme Hargrove, confirma Pru en jetant un coup d'œil à Beckington House, par-delà le square. Elle disait qu'elle se faisait du souci pour la santé de maman, et Augustin était d'accord. Puis elle a ajouté qu'il y avait à St Asaph un endroit qui pouvait prodiguer des soins à des personnes comme maman.

— St Asaph ? Je n'ai jamais entendu parler de cet endroit.

— Mercy et moi ne le connaissions pas non plus. Nous

avons regardé dans l'atlas, et… Oh ! Honor, c'est au pays de Galles ! Très loin de Londres — très loin de tout !

Le cœur d'Honor manqua quelques battements.

— Miss Cabot !

Elles sursautèrent et cherchèrent autour d'elles. M. Cleburne traversait le square à grandes enjambées, se dirigeant vers elles.

— Dieu me préserve, marmonna Honor.

— Je vous demande pardon, dit le pasteur qui les avait rejointes. J'espère que je ne vous dérange pas. Je vous ai aperçues par hasard et j'ai pensé que vous apprécieriez peut-être un peu de compagnie.

— En fait, j'étais en train de dire à Honor que nous devrions rentrer, répondit Prudence. Maman pourrait avoir besoin de nous.

— Prendre un peu l'air vous fera du bien, dit M. Cleburne avec espoir, oubliant manifestement que l'air de Londres était bien loin d'être pur.

— Va voir maman, Pru, suggéra Honor.

Sa sœur la regarda en hésitant, mais Honor lui fit un clin d'œil.

— M. Cleburne et moi rentrerons bientôt.

Quand Prudence les eut quittés, le pasteur sourit à Honor et lui désigna l'allée.

— Merci, miss Cabot.

Il se mit à marcher à côté d'elle, les mains dans le dos.

— Je suis heureux de cette occasion d'être seul avec vous, dit-il. Votre tragédie familiale a nécessité que je reste à Londres plus longtemps que prévu, mais je dois vraiment retourner à Longmeadow et à mes ouailles. Je projette de partir samedi, dans une semaine.

— Je suis certaine que vous avez terriblement manqué à vos paroissiens.

Il sourit d'un air timide.

— Puis-je vous complimenter, miss Cabot ? J'ai admiré la force de caractère que vous avez montrée durant cette épreuve. Vous avez été un vrai soutien pour votre famille.

Elle n'avait pas été un soutien du tout. Elle avait chancelé, complètement perdue dans son chagrin.

— Miss Cabot, je…

Il s'arrêta.

— Miss Cabot, j'en suis venu à beaucoup vous estimer, lâcha-t-il d'un trait.

Honor ravala la boule de terreur qui s'était formée dans sa gorge.

— Je vous en remercie, monsieur Cleburne, mais je vous supplie de ne pas en dire plus, étant donné que je suis en deuil…

— C'est justement pourquoi je dois le faire, dit-il avec sérieux, et il tendit la main vers elle.

Honor la regarda.

— Je vous demande pardon… Suis-je trop direct ? demanda-t-il.

Elle battit des cils. S'il avait été n'importe quel autre gentleman, elle aurait ri, car cette question aurait été une plaisanterie. Mais le pasteur prit sans doute son hésitation pour une pudeur toute virginale, car il lui sourit d'un air rassurant.

— Vous n'avez rien à craindre de moi, miss Cabot. Je protégerai votre vertu autant que la mienne. Voyez ceci comme un geste de réconfort.

Ce que vit Honor, ce fut sa nuit avec George. Comparé

à lui, Cleburne était un bébé démailloté abandonné dans un bois.

Son silence le rendait nerveux, elle s'en rendait compte.

— Pensez-vous que nous pourrions — après une période de deuil décente, bien sûr — parvenir à une entente ? Je serai franc, cette idée satisfait parfaitement Sommerfield. Je sais que je ne suis pas un dandy londonien, ni… ni aucun des hommes que vous avez pu fréquenter avant que nous fassions connaissance. Mais je suis un honnête homme et je vous chérirai toute notre vie.

Honor ne savait que répondre. Elle n'osait parler franchement de crainte d'irriter Augustin ou de blesser Cleburne. Mais elle ne pouvait pas non plus l'encourager. Elle réfléchit, tout en libérant sa main.

— Je ne peux pas dire que cette conversation soit une surprise, dit-elle, et le pauvre homme rougit. Mais il y a beaucoup à considérer, monsieur Cleburne. Mes sœurs et ma mère n'étant pas la moindre des choses.

— Bien sûr. Elles seront les bienvenues à Longmeadow.

— Vous avez peut-être remarqué que ma mère n'est pas bien, ajouta-t-elle avec brusquerie.

Il sourit.

— Je considérerai comme mon devoir de chrétien d'aider autant que je le pourrais.

Et il était certain qu'il le ferait. Honor hocha la tête, l'esprit en ébullition, ses pensées allant à George, qui lui avait déclaré platement que son amour pour lui était impossible. Le plus sage, compte tenu des circonstances, serait d'accepter cette offre, d'accepter la réalité de sa vie comme George lui avait dit si crûment de le faire, et pourtant… pourtant elle ne pouvait chasser ce dernier de son esprit.

— Puis-je avoir un jour ou deux avant que nous en parlions davantage ? demanda-t-elle.

Il parut déçu par sa requête, mais il s'y rallia avec bonne volonté.

— Oui, naturellement. Il faut considérer tous les aspects de la question de manière approfondie.

Il la raccompagna à Beckington House, mais n'entra pas, disant qu'il avait quelques visites à faire.

Honor monta l'escalier, les membres et le cœur lourds, et suivit le long couloir jusqu'à la suite de sa mère. Elle frappa doucement à la porte ; Hannah ouvrit aussitôt. Juste derrière elle, Honor vit Mercy, les bras écartés, qui exécutait des pas de danse en fredonnant un air.

— Comment va maman ? chuchota-t-elle à la domestique.

— Toujours pareil, miss. Elle parle peu et n'a pas d'appétit.

Honor hocha la tête et entra. Sa mère, vêtue de ses habits de veuve, était debout près de la fenêtre et regardait le square.

— Maman ? appela-t-elle.

— Elle n'écoute pas, aujourd'hui, déclara Mercy, tout en plongeant dans une grande révérence.

Honor traversa la pièce et toucha le bras de sa mère. Celle-ci sursauta, puis la regarda et sourit.

— Chérie…

— Allez-vous bien, maman ? Avez-vous besoin de quelque chose ?

Sa mère ne répondit pas et reporta son regard sur la fenêtre.

— Mercy, tu restes avec elle ? demanda Honor, tandis

que sa sœur se remettait à tournoyer, les rubans noirs de sa robe de deuil volant derrière elle.

— Quand pourrai-je avoir de nouveau mes leçons de danse ? demanda-t-elle en s'inclinant sur le côté.

— Quand nous aurons fait convenablement le deuil de notre beau-père, répondit Honor. Où est Pru ?

— Elle joue un autre chant funèbre au piano, répondit Mercy en soupirant.

Effectivement, Prudence jouait un morceau lugubre.

— Tu viens aussi me demander d'arrêter ? dit-elle, quand Honor entra dans le salon de musique. Mercy a déjà essayé de m'en persuader.

— Je n'y songerais pas, mentit Honor. Mais j'ai besoin de ton aide. Voudrais-tu bien surveiller maman pour la fin de l'après-midi ?

Prudence s'arrêta de jouer.

— Pourquoi ? Où seras-tu ?

— J'ai quelque chose à faire.

— Quoi ?

Honor ignorait la réponse à cette question. Elle savait seulement qu'elle n'accepterait pas que George la rejette de cette manière. Contrairement à ce qu'elle avait vécu avec lord Rowley, elle était certaine des sentiments que George lui avait montrés, et elle n'allait pas disparaître de sa vie comme si elle n'avait pas son mot à dire.

— Chérie, fais-moi plaisir. Je reviendrai avant la tombée de la nuit.

— Très bien, accepta Prudence d'un ton léger, tout en se remettant à jouer. Rappelle-toi ce que le comte disait toujours de toi, Honor — tu es une bonne fille.

Honor la regarda avec surprise. Sa sœur lui sourit malicieusement.

— Tu me prends pour une enfant, mais je n'en suis plus une, ajouta-t-elle, plaquant un accord sonore.

Honor lui rendit son sourire avec affection.

— Non, Pru. Tu n'es plus une enfant. Tu as grandi bien trop vite.

— Grace m'a prévenue. Elle a dit que quelqu'un devait te rappeler de temps en temps que tu es une bonne fille, sans quoi tu l'oublierais complètement.

Honor éclata d'un petit rire chargé de mélancolie. Grace lui manquait tant !

— Je m'en souviendrai, promit-elle. Mais cet après-midi, tu dois vraiment te montrer patiente avec moi.

— Je le ferai, répondit Prudence. Je le fais toujours.

Elle lui sourit d'un air taquin et se remit à jouer.

— Sois prudente, Honor.

Tandis qu'elle sortait, il n'échappa pas à Honor que même quelqu'un de plus jeune qu'elle lui conseillait la prudence, maintenant.

Chapitre 29

Drapée dans une cape, sa capuche rabattue sur la tête, Honor utilisa les allées et les passages de derrière pour rejoindre Audley Street. Un fin brouillard planait sur la rue. Elle s'empressa de monter les marches du perron et frappa à la porte de George. Il lui sembla que plusieurs longues et pénibles minutes passaient avant qu'on ne lui ouvre. Finnegan se tint un instant sur le seuil, la contemplant avec curiosité. Puis il se pencha pour regarder sous sa capuche.

— Miss Cabot ? dit-il d'une voix pleine de surprise.

— Oui, je…

Il la prit par le bras, la tira vivement à l'intérieur, jetant un coup d'œil circonspect de part et d'autre de la rue, avant de refermer la porte.

— Je vous demande pardon, dit Honor d'un ton altéré. Je sais que ma visite doit paraître très inhabituelle, mais il est important que je parle à M. Easton. Est-il chez lui ?

— Oui, répondit Finnegan avec méfiance.

— Alors… alors pourriez-vous lui dire que je suis là, je vous prie ?

Le valet soupira et secoua la tête.

Le cœur d'Honor sombra. Elle n'était venue que pour être rejetée de nouveau.

— Je ne lui dirai pas que vous êtes ici — je pense qu'il vaut mieux que vous le lui annonciez vous-même, madame.

Il posa la main au creux du dos d'Honor et la fit entrer plus avant dans le vestibule. Puis il lui indiqua un long couloir.

— Suivez-le jusqu'à ce que vous voyiez une porte verte sur la droite. C'est son cabinet de travail. Vous l'y trouverez.

Elle le regarda d'un air incertain, puis scruta le couloir faiblement éclairé.

— Ne devriez-vous pas le prévenir ?

— Si je lui faisais part de votre présence, il pourrait très bien se munir d'un pistolet.

Il sourit comme si cela l'amusait.

— Quand vous le verrez, vous comprendrez. La porte verte, répéta-t-il en se détournant. Ne frappez pas. Cela ne servira à rien. Contentez-vous d'entrer.

Honor serra et desserra les poings pour se défendre de sa nervosité et s'engagea dans le couloir. Elle trouva assez facilement la porte en question et, lorsqu'elle jeta un coup d'œil en arrière, Finnegan avait disparu.

Elle regarda la porte. Elle fit tomber sa capuche, lissa ses cheveux et considéra la poignée. Lorsqu'elle songeait à toutes les choses osées qu'elle avait faites, à tous les risques qu'elle avait pris avant d'en rire, elle ne se souvenait pas d'avoir été effrayée. Jamais. Pas même la nuit où elle était allée à Southwark. Mais à cet instant, sa peur l'étouffait presque. Elle ignorait comment elle pourrait supporter que George la renvoie. Mais elle n'allait pas épouser Cleburne avant d'entendre la vérité de sa bouche. Soit il l'aimait, soit il s'était servi d'elle. Il fallait qu'il lui dise ce qu'il en était.

Elle tendit la main vers la poignée et la tourna lentement, entrebâillant la porte. Elle passa la tête dans l'ouverture et regarda à l'intérieur.

La seule lumière de la pièce venait de la cheminée. Honor aperçut l'arrière de la tête de George au-dessus du dossier d'un fauteuil. Il avait les pieds croisés sur un pouf. Un bras sur l'accoudoir, il balançait entre deux doigts un verre rempli d'un liquide ambré qui luisait dans la pénombre.

Elle entra et referma doucement la porte derrière elle.

— Allez au diable, Finnegan ! gronda George. Je vous ai dit de me laisser tranquille. Voulez-vous *vraiment* que je vous mette une balle dans la peau ? Faites encore un pas, mon vieux, et je serai heureux de vous satisfaire !

Honor défit l'agrafe de sa cape et la laissa tomber par terre.

— Ne vous faufilez pas derrière moi ! Savez-vous que vous êtes le *pire* valet de toute l'Angleterre ? Dieu m'aide à comprendre pourquoi je vous ai accepté un jour dans cette maison !

La brute s'était certainement réveillée en lui, pensa Honor.

Elle lissa sa robe et s'avança.

— Si j'avais eu un grain de bon sens, je vous aurais mis à la porte comme lord Dearing l'a fait. J'aurais eu moins de problèmes, si j'avais fait entrer un bouc chez moi.

Honor haussa un sourcil en entendant ces mots. Finnegan lui semblait être un homme très bien. Elle vint se placer juste derrière George, cherchant ce qu'elle allait dire. Toutes ses paroles, soigneusement répétées sur le chemin, lui étaient sorties de l'esprit.

— *Sortez !* ordonna George. Je ne veux pas vous entendre. Je ne veux pas vous *sentir*. Je ne veux pas de votre nourriture, ni de votre vin, ni quoi que ce soit que vous m'avez apporté. Je m'arrange très bien avec mon whisky et mon cognac. Regardez autour de vous et vous verrez ce que je veux dire. Ce sont mes amis.

— Ils ne sont pas vos seuls amis, dit alors doucement Honor.

George se leva si brusquement au son de sa voix qu'il en renversa le pouf. Il se tourna et ses yeux s'élargirent à sa vue. Il laissa tomber son verre sur le tapis et s'élança vers elle, la prit dans ses bras, enfouit son visage dans son cou, ses cheveux.

— Juste ciel, où étiez-vous ? gémit-il.

Une larme roula sur la joue d'Honor. S'il ne l'avait pas tenue si serrée, elle l'aurait giflé.

— Je pourrais vous demander la même chose !

Il l'embrassa, ses mains parcourant fébrilement son corps, ses cheveux. Il la serrait contre lui, l'écrasait, comme s'il craignait de la perdre s'il la lâchait.

— Bon Dieu, Honor, que vous m'avez manqué !

La peur d'Honor fit place au désir. La façon dont il la tenait, la regardait, l'embrassait la bouleversait… Elle ne s'était jamais sentie aussi désirable, et elle ne se soustrairait pas à son étreinte. Elle prendrait ce qu'elle pourrait, aussi longtemps qu'elle le pourrait.

Il lui semblait qu'il y avait tant à dire, mais tout se perdit dans le déferlement de la passion de George. Il se laissa choir dans le fauteuil, l'entraînant avec lui. Sa bouche était chaude et humide sur la sienne, la tourmentait autant qu'elle lui donnait du plaisir. Chaque caresse de ses lèvres ou de ses mains l'ébranlait jusqu'à la moelle. Elle s'accrochait à lui, à la force de ses bras et de son torse, à la chaleur intense qui émanait de lui.

Il glissa les mains sous sa robe et, lui enserrant la taille, la souleva et l'installa sur la bosse de son érection. Un frisson d'envie parcourut alors Honor et elle remua sur lui, réprimant une exclamation en le sentant si dur contre l'endroit le plus tendre de sa personne. Tandis qu'il mêlait sa langue à la sienne, il la caressait, parcourant son buste, ses seins…

Elle en oublia tout le reste. Elle ne voyait, ne sentait que lui, ne pensait qu'à lui. Des étincelles de désir jaillirent en elle tandis qu'elle se pressait contre lui, se mêlant à la puissante vague d'affection et d'amour qu'éprouvait pour lui, au besoin de le rendre heureux, de lui donner du plaisir. C'était comme si la sensualité les submergeait, formant un rideau entre le monde, cet homme et elle.

Il explora avidement son corps de ses mains et de sa bouche, les faisant glisser sur sa peau chaude, la palpant, la triturant pour exacerber son plaisir. Il coula les doigts dans ses cheveux, libéra une longue mèche et s'en frotta le visage. Il posa les lèvres au creux de sa gorge, soupira contre le rythme effréné de son pouls. Le cœur d'Honor galopait, sans se soucier de sa direction ni de sa vitesse.

George défit ses culottes, se souleva et les fit glisser sur ses hanches minces et ses cuisses musclées, libérant son sexe érigé et plein d'ardeur. Puis il souleva Honor et la guida, afin qu'elle se coule sur lui.

Une sensation incandescente la frappa aussitôt, irradia son ventre. Elle ferma les yeux et se pencha au-dessus de George tandis qu'il commençait à bouger en elle, la faisant haleter dans l'attente de l'assouvissement.

Il prit son visage dans ses mains, pressa son front contre le sien.

— Vous ne pouvez imaginer le pouvoir que vous avez sur moi, Honor !

Elle repoussa en arrière une mèche de ses cheveux, posa un baiser sur sa tempe.

— Je vous aime, dit-elle.

— Non !

Il s'enfonça plus profondément en elle, l'emplissant, la faisant changer de position pour aller plus loin encore.

— Je vous *aime*, répéta-t-elle avec obstination.

Il gronda contre sa peau, glissa une main entre eux, la caressa jusqu'à la rendre folle. Honor s'accordait au rythme de son corps dans le sien, allait à la rencontre de chaque assaut de sa chair virile. Elle lui enlaça le cou, taquina ses lèvres et sa langue. La faim qu'elle avait de lui augmentait, l'emplissait ; elle cherchait à atteindre quelque chose qui la précipiterait par-dessus le bord de la raison et des convenances. Elle chevauchait George, voulant tout éprouver et se sentir tomber du point le plus haut auquel elle pourrait accéder.

Les doigts de George tournaient autour du cœur de sa volupté, se glissaient en elle, accéléraient leur rythme.

Il prit son menton dans sa main.

— Ouvrez les yeux.

Elle obéit, plongea son regard dans le sien à l'instant exact où il se poussa plus fortement en elle, et elle tomba alors de la montagne, ne sachant plus où elle en était.

Elle devint toute molle, mais il l'entoura de ses deux bras, poussant encore plus fort en elle, lui donnant tout jusqu'au dernier moment, la prenant d'assaut jusqu'à ce qu'un orgasme explosif le fasse s'effondrer sur sa poitrine avec un cri guttural.

Un moment plus tard, il s'affala dans le fauteuil, la

tenant toujours, cherchant à reprendre son souffle, la joue contre la sienne. Son cœur battait si fort qu'elle le sentait vibrer dans le sien.

— Vous m'avez perdu pour toute autre femme, dit-il. Il n'y a que vous, Honor.

Ces mots signifièrent bien plus pour elle que le plaisir physique qu'il venait de lui donner. Elle prit son visage entre ses mains et baisa longuement, tendrement ses lèvres.

Il lui embrassa la joue, le front, puis sortit d'elle. Honor se repositionna pour être assise sur ses genoux, la tête sur son épaule. Ni l'un ni l'autre ne parla ; ils contemplèrent le feu, regardant danser les flammes au rythme du vent qui s'insinuait dans le conduit.

Le sang continuait à pulser dans les veines d'Honor, brûlant. George avait dû le sentir aussi ; il mit sa paume sur sa joue, lui embrassa la tempe.

— Comment en suis-je venue à vous aimer autant ? demanda-t-elle, rêveuse.

— Vous ne devez pas m'aimer.

Elle se redressa et se tourna pour le regarder, incrédule.

— Si vous pensez toujours que rien n'est possible pour nous, vous *devez* me dire que vous ne m'aimez pas comme je vous aime, George !

Il détourna légèrement la tête, mais elle prit son visage dans sa main pour l'obliger à lui faire face.

— *Dites-le !* insista-t-elle. Dites que vous ne m'aimez pas et je partirai, je ne vous ennuierai plus jamais. Mais si vous m'aimez, alors, pour l'amour du ciel, cessez de me dire que c'est impossible !

Les yeux de George s'arrondirent. Et leurs coins se plissèrent sous l'effet de son sourire.

— Bon sang, dit-il en la ramenant contre lui. Vous êtes

beaucoup trop effrontée pour votre propre bien. Et vous arrivez à vos fins, car Dieu sait que je vous aime ! Je vous aime plus que mon cœur ne peut le supporter, je crois.

Elle étouffa une exclamation ravie et lui couvrit le visage de baisers. Tout, en lui, lui disait son amour, la façon dont il la regardait, dont il lui caressait le bras…

— Mais vous ne devez pas venir ici, ma chérie. Si quelqu'un vous voyait…

— Je m'en moque.

— Je ne m'en moque pas, moi.

— Pourquoi ? Si cela vous tracasse autant, vous devriez me demander en mariage…

— Mordez-vous la langue, au lieu de dire de telles bêtises ! grommela-t-il.

Il la fit descendre de ses genoux et se leva, puis se pencha pour ramasser le verre qu'il avait laissé tomber.

— Le nouveau comte de Beckington n'acceptera jamais un mariage entre nous et, en outre, vous avez un très bon parti en la personne du pasteur.

Il se dirigea vers une console, sur laquelle il posa le verre.

— Le pasteur ! s'exclama Honor avec colère. Comment se fait-il que tout le monde pense que Cleburne est la meilleure solution pour moi ? Comment les gens peuvent-ils savoir ce qui me convient ou ne me convient pas ? C'est une supposition horripilante, surtout venant de *vous* !

George leva une main apaisante.

— Vous avez tout à fait raison. Mais, Honor… Beckington ne le permettra jamais. Votre affection, la mienne ne changent pas qui je suis ni ce que je suis. Cela ne change pas le fait que ma fortune gît au fond de la mer.

Ses paroles déplurent à Honor. Elle voulait qu'il se

rebelle avec elle, qu'il croit, comme elle, qu'ils étaient faits pour être ensemble, d'une manière ou d'une autre.

— L'amour ne compte-t-il pour rien ? demanda-t-elle, à bout d'arguments.

— Bien sûr que si, dit-il doucement en traversant la pièce pour prendre son visage entre ses mains. Mais ce n'est pas suffisant, Honor. Pas dans le monde où nous vivons, vous et moi.

— Pourquoi n'est-ce pas suffisant ? Qu'est-ce qui est *plus important* que l'amour, réellement ?

— Vous le savez très bien. L'influence. L'argent. Vous menez une vie privilégiée. Vous êtes reçue dans tous les salons de Londres. Vos habits sont de la meilleure qualité, vous avez les plus belles chaussures…

— Ce ne sont que des *choses* ! se récria-t-elle, furieuse. Avez-vous vraiment une si piètre opinion de moi ? Pensez-vous que je placerais des robes et des chaussures au-dessus de l'amour ?

— Honor… comment pourriez-vous comprendre ? Ce sont des choses que vous avez possédées toute votre vie, et à l'heure actuelle, je ne peux vous les donner.

— Je ne demande pas…

— Vous ne les demandez pas, je sais.

Il lui caressa la joue du bout des doigts.

— Mais je n'ai rien. J'ai tout investi, à part cette maison, dans un bateau qui est porté disparu. Vous méritez mieux que quelqu'un comme moi. L'amour entre nous n'a jamais été destiné à exister, chérie. Vous devez l'accepter.

Il ne l'écoutait pas, et elle sombrait dans un puits d'angoisse.

— Combien de fois dois-je vous le dire ? Je veux être

toujours avec vous, coucher avec vous, manger avec vous, vous dire que vous dansez atrocement mal…

Il secoua la tête et elle sentit son cœur quasiment exploser. Elle saisit les revers de sa redingote, les empoigna.

— Je n'ai jamais été aussi sûre de quoi que ce soit de *toute ma vie…*

— Bon Dieu, dit-il en la prenant dans ses bras, la forçant à se tenir tranquille.

Il posa tendrement un baiser sur le dessus de sa tête.

— Moi non plus. Mais il y a beaucoup plus en jeu que ce que vous voulez bien admettre. Au fond de vous, vous savez que ce que je dis est vrai. Au fond de vous, vous savez qu'Honor Cabot ne peut épouser un bâtard qui travaille dans le commerce. Un jour, vous me remercierez de vous l'avoir fait voir.

Elle le poussa.

— Je vous *remercierai* ? lança-t-elle avec colère. Je me moque de ne plus mettre un pied dans une salle de bal ! Je sais seulement que je vous aime, George. Peut-être ne m'aimez-vous pas comme vous le dites. Peut-être me l'avez-vous laissé croire pour profiter de moi…

— Ne soyez pas stupide ! dit-il d'un ton coupant.

— Alors, qu'est-ce qui vous fait si peur ?

— Peur ?

Il parcourut son visage, le scrutant, cherchant… quoi ? Que fallait-il donc qu'elle fasse pour qu'il l'aime comme elle l'aimait ? Il l'attira brutalement à lui. L'embrassa, d'un baiser dur et possessif. Puis il la tint contre lui, appuyant sa tête sur son épaule.

Honor ferma les yeux et retint son souffle.

— Je ne vous mérite pas, marmonna-t-il.

— Ce n'est pas vrai, vous méritez le meilleur de tout !

Vous êtes le fils d'un prince et le neveu d'un roi, et vous méritez toutes les choses dont vous avez été privé.

— Personne ne le croit, dit-il d'un ton railleur.

— Moi, si.

Elle leva les yeux vers lui.

— Je le crois.

Il la regarda avec tendresse.

— Vraiment ?

— De tout mon cœur.

— Par Dieu, ce que je vous aime, dit-il en soupirant.

Honor sentit un sourire se former sur ses lèvres, le sentit illuminer l'obscurité autour d'eux.

— Ne me souriez pas, Cabot, déclara-t-il. Résister à ce satané sourire éclatant qui est le vôtre est sans espoir.

Le sourire d'Honor ne fit que s'élargir. *Il l'aimait.* Elle s'appuya contre lui.

— Je sais, dit-elle, tout heureuse.

Chapitre 30

C'était vrai. George était incapable de lui dire non. Il la convainquit cependant de rentrer chez elle avant qu'on ne la fasse rechercher et accepta le repas que Finnegan lui servit d'un air suffisant. Le ventre plein, le cœur plus plein encore, il se demanda alors s'il n'y avait pas un moyen pour lui de se défaire des entraves de son éducation, de ses peurs les plus profondes à propos de sa place dans le monde, et peut-être de trouver une solution pour être avec la femme qu'il aimait.

Il se représentait sans mal le choc sur le visage affable de Sommerfield — maintenant comte de Beckington —, s'il lui demandait dans les formes la main d'Honor.

Peut-être que s'il possédait quelque chose de grandiose pour faire de l'impression — une grande propriété à la campagne, des bijoux coûteux, n'importe quel élément jugé acceptable par la haute société…

Il devait y avoir un moyen, mais, sapristi, il ne voyait pas lequel !

La réponse se présenta à lui tout à fait par hasard.

Un soir, il avait trouvé Mayfair ennuyeux et s'était aventuré dans Southwark et son tripot favori. S'il gagnait une partie ou deux aux cartes, avait-il songé, il pourrait peut-être retarder le moment de vendre ses meubles pour nourrir sa petite maisonnée et payer ses dettes. Il y avait songé comme à une plaisanterie, étant donné qu'il n'était pas aussi désespéré. *Pas encore.*

De fait, il gagna cinquante livres lors de la première partie, ce qui, pensa-t-il, outre le fait de constituer son premier moment de joie depuis quinze jours, paierait au moins les gages de cet affreux Finnegan pendant un an de plus. Il but deux whiskys et gagna deux autres parties. Sa vision de la vie commença alors à s'améliorer significativement. Il sentit revenir son assurance, sa confiance en lui.

L'un des gentlemen de sa table se retira après avoir perdu dix livres de plus, et ce fut comme si les cieux s'ouvraient et déversaient leur lumière sur sa tête, car l'insaisissable duc de Westport prit la chaise vide.

Westport était un homme réputé pour n'avoir que faire de la société.

Il ne se montra pas très bavard tandis qu'ils commençaient à jouer, mais il ne sembla pas s'offusquer des bavardages incessants de sir Randall Basingstoke, le troisième joueur. George n'avait pas écouté grand-chose de ses paroles ce soir-là, mais au milieu d'un jeu dans lequel il était en train de gagner l'argent du duc, il se trouva que Basingstoke mentionna l'abbaye de ce dernier, dans le Bedfordshire.

— J'ai eu l'occasion de passer par là. Elle m'a paru vide.

Westport lui jeta un coup d'œil par-dessus ses cartes.

— Elle est vide, en effet, car elle a terriblement besoin d'être réparée.

— Ah…, fit Basingstoke, comme si une énigme venait d'être résolue. Beaucoup de travaux à prévoir, alors ?

— Oui, répondit le duc en se détendant un peu. Et franchement, je ne suis pas enclin à les réaliser pour l'instant.

George devina qu'il n'avait pas l'argent pour le faire. Les vieilles propriétés étaient notoirement inaliénables et rapportaient souvent peu. Une idée germa alors dans l'esprit de George. Une abbaye ancienne et grandiose… Voilà exactement ce qu'il lui fallait ! Une respectable propriété de campagne, digne d'Honor Cabot. Il jouait bien, était en veine, alors que Westport n'avait pas de chance. *Et si…*

S'il augmentait les enjeux ?

S'il jouait pour une abbaye et gagnait ?

Il abattit sa carte, coupant celle du duc.

— Cette abbaye semble plus être un fardeau qu'un trésor, dit-il nonchalamment, en regardant Basingstoke replier sa main.

Westport tourna son regard acéré vers lui.

— Peut-être, répondit-il en haussant une épaule, et il posa plusieurs billets, augmentant la mise.

George fit de même et étala son jeu. Il avait trois rois.

— Aimeriez-vous faire un pari plus intéressant, milord ? demanda-t-il en battant les cartes.

— *Intéressant ?* dit Basingstoke en riant. Je ne peux pas dire que je trouve l'idée de perdre plus d'argent intéressante !

George l'ignora. Le duc aussi.

— Qu'avez-vous à l'esprit ?

— Il se trouve que j'ai besoin d'une abbaye…

Westport gloussa.

— Et qu'auriez-vous à proposer qui rendrait le jeu plus intéressant pour moi ?

— De l'argent, milord. Assez pour restaurer l'abbaye en question.

C'était un risque calculé. Perdre serait perdre le reste de sa fortune.

Le duc lui fit signe de distribuer.

Basingstoke les regarda tour à tour et leva les mains.

— Je vous demande pardon, mais je me retire, dit-il en quittant promptement la table, les laissant seuls.

George donna les cartes.

— Bonne chance à vous, milord, déclara-t-il, affable.

Le bruit que deux gentlemen jouaient pour une abbaye se répandit vite dans le tripot, attisé par la langue bien pendue de Basingstoke.

Pendant les deux premières levées, George fut confiant et jovial. Il avait amassé une petite fortune ce soir-là et avait l'impression que l'abbaye était déjà à lui. Il l'appellerait Easton Hall. Un monument aux hommes nés de ducs et de rois et que l'on avait laissés se débrouiller seuls dans la vie. « Regardez comme il s'est défendu ! proclamerait sa propriété. Regardez ce qu'il est devenu ! »

Mais tandis que nombre de spectateurs s'attroupaient autour d'eux pour suivre la partie, quelque chose d'horrible se passa : George se mit à perdre. De façon spectaculaire.

Cette descente débuta lors de la partie où la mise était plus importante que ce qu'il se sentait prêt à perdre. Une bouffée de panique le gagna, et il eut beau essayer de l'étouffer, il n'y parvint pas. Cette panique n'était pas nouvelle pour lui — il l'avait éprouvée maintes fois auparavant et était néanmoins allé de l'avant, l'ignorant, sachant qu'il fallait passer par-dessus l'inconfort d'un moment pour remporter les plus grandes victoires. Cela avait marché pour lui à de nombreuses reprises, mais, ce soir-là, peut-être l'enjeu était-il trop élevé.

Plus il perdait, plus il était désespérément résolu à gagner. Le duc souriait, flairant l'odeur du sang de son adversaire. Il fit des plaisanteries, disant par quoi il commencerait la restauration de l'abbaye.

La panique grandit alors, emplissant la gorge de George, l'obligeant à déglutir souvent, ne fût-ce que pour reprendre son souffle. Pendant que Westport souriait et bavardait avec ses connaissances autour de la table, il paria encore plus gros.

Une autre partie... Les spectateurs, éméchés, poussaient des exclamations à chaque carte abattue. Soudain, George ne put plus se souvenir des cartes qui avaient été jouées. Il fit des erreurs en calculant des probabilités. L'avenir heureux qu'il s'était permis d'imaginer s'effondrait comme un tas de cendres. Le bruit des rires — dirigés contre lui, contre sa malchance — résonnait à ses oreilles. Il perdit la vision de lui-même, de ce qu'il était devenu.

Et pour finir, il perdit littéralement tout ce qu'il avait.

Chapitre 31

La matinée était ensoleillée, et Honor s'apprêtait à sortir faire des emplettes. Si elle devait être pauvre, elle était déterminée à être la plus élégante des femmes pauvres.

Elle enfilait ses gants, quand Hardy ouvrit la porte d'entrée à Mme Hargrove et Monica.

— Oh ! Bonjour, Honor ! dit Mme Hargrove en ôtant son chapeau et en le tendant au majordome comme si elle était la dame de la maison. Où allez-vous donc ?

Honor posa sur ses cheveux une coiffe noire.

— A Bond Street.

Elle vit la réprobation passer sur les traits de Mme Hargrove.

Monica la surprit en passant son bras sous le sien et en l'entraînant un peu à l'écart.

— J'ai quelque chose à vous dire, murmura-t-elle en jetant un coup d'œil à Hardy.

— Quoi ? demanda Honor avec indifférence.

— Je veux vous aider.

Honor se figea.

— M'aider ?

— Ecoutez-moi. Je sais que vous n'êtes pas particulièrement ravie de l'intérêt que M. Cleburne vous porte, mais vous devez convenir qu'il représente un parti idéal pour vous. Et vous perdrez tout espoir de conclure un mariage avec lui, si vous ne mettez pas fin aux rumeurs.

Sa mère… Le cœur d'Honor bondit. Elle décida aussitôt d'en appeler au sens de la décence de Monica, à l'affection mutuelle de leurs mères pendant tant d'années.

— Je vous en prie, Monica, dit-elle à voix basse, sachant que dans cette maison les murs avaient des oreilles. Vous devez voir combien ceci est difficile pour moi. Mettez-vous à ma place.

Monica battit des cils.

— Vous avez vous-même essayé de me mettre à votre place, sans succès. *J'épouserai* Augustin, Honor, et vous devez vous marier aussi !

Elle jeta de nouveau un coup d'œil nerveux à Hardy et entraîna Honor plus loin.

— Vous *savez* que vous le devez, alors je n'arrive pas à concevoir pourquoi vous résistez. Je vous avertis en amie de prendre garde aux personnes que vous fréquentez avant que tout espoir ne soit perdu.

— Pardon ? fit-elle, sincèrement surprise par les dernières paroles de Monica.

Cette dernière leva les yeux au ciel.

— J'aimerais que vous ne prétendiez pas être aussi candidement ignorante avec moi. Vous n'avez jamais été candide *ni* ignorante.

— Et je ne prétendrais jamais l'être, en particulier avec vous. Mais j'ai été assez occupée avec le départ de ma sœur et le décès de mon beau-père et, honnêtement, je n'ai pas la moindre idée de ce que vous voulez dire.

— Pour l'amour du ciel ! Je parle d'*Easton*, bien sûr !

Le cœur d'Honor bondit encore plus fort. Elle le

sentit s'emballer, imaginant Monica debout dans la rue, la regardant entrer chez George.

— Quoi, Easton ? demanda-t-elle cependant, du ton le plus posé qu'elle put.

Monica battit de nouveau des cils et la regarda avec de grands yeux.

— Vous n'avez vraiment rien entendu dire ?

— Entendu dire *quoi*, bonté divine ?

— Qu'il a essayé de gagner une abbaye et a perdu.

— Une quoi ?

— Une *abbaye*. L'abbaye de Montclair, pour être précise. Il a essayé de la gagner en pariant avec le duc de Westport aux cartes. Mais il n'a pas gagné et, en plus, il paraît qu'il a *tout* perdu dans ce pari.

Cette nouvelle fit tourner la tête d'Honor. Que s'était-il passé ? Pourquoi George avait-il fait quelque chose d'aussi hasardeux ? Elle secoua la tête.

— Je ne le crois pas.

— Croyez-le, ma chère. Beaucoup de gens en ont été témoins. Je n'aimerais pas voir votre réputation ternie par votre association avec lui. Quant à M. Cleburne… *Lui* est au-dessus de tout reproche. Vous devez en tenir compte. Il a entendu les rumeurs, et maintenant vous feriez mieux de vous assurer son soutien.

Elle lui sourit avec sympathie et lui lâcha le bras.

— J'essaie vraiment de vous aider, dit-elle avant de s'éloigner.

Honor la regarda partir en clignant des paupières.

Son projet de courir les boutiques fut aussitôt abandonné. Elle envoya un billet à Easton House, par Foster. Puis elle l'attendit anxieusement dans le vestibule le retour du valet.

— Y a-t-il une réponse ?

Foster secoua la tête et lui tendit le billet qu'elle avait écrit.

— M. Easton l'a renvoyé sans l'ouvrir.

Honor s'empourpra ; elle lui arracha le message.

— Ah, oui, vraiment ? rétorqua-t-elle, avant de pirouetter sur place, puis de s'élancer dans l'escalier, pleine de dignité offensée.

Le lendemain après-midi, elle sortit par la grande porte et traversa le square d'un pas martial pour se rendre dans Audley Street. Cette fois-ci, elle n'emprunterait pas les allées de derrière. Elle irait tout droit jusqu'à la porte de George et exigerait d'être reçue. Il ne la rejetterait pas !

Ce ne fut pas George qui la rejeta, mais Finnegan. Au moins eut-il la décence de paraître affligé, quand il lui annonça qu'elle ne devait pas entrer.

— Monsieur Finnegan, dit-elle alors, s'efforçant de prendre un air innocent et triste. Vous n'avez sûrement pas l'intention de me laisser dans l'escalier et de me rejeter au vu et au su de tout le monde, n'est-ce pas ?

— Je m'en passerais bien, madame, répondit le valet avec une grimace. Mais M. Easton est aussi déterminé à ne pas vous voir que vous l'êtes à le voir.

— Pourquoi ? Qu'ai-je fait ?

— Il ne s'est pas confié à moi, miss Cabot. Mais je présume que vous lui avez souri et que folie s'en est suivie.

— J'ai souri…

— Bonne journée, miss Cabot. De grâce, rentrez vite chez vous avant que l'on ne jase davantage dans Londres.

Elle le fusilla du regard.

— Londres n'a même pas encore commencé à *jaser*, monsieur Finnegan, dit-elle.

Elle fit demi-tour, descendit les marches en trombe et frôla en passant deux gentlemen qui la fixèrent avec stupeur.

Comment osait-il ? Comment *osait-il* !

Elle était si furieuse qu'elle ne put prendre le thé. Elle arpentait sa chambre pendant que Prudence, assise sur la méridienne, l'observait, et que Mercy fouillait dans ses bijoux, essayant un collier par-ci, un bracelet par-là.

— Pourquoi es-tu si anxieuse ? demanda Prudence avec curiosité. Quelque chose est-il arrivé ?

— C'est difficile à expliquer, répondit Honor qui souhaitait, pour une fois, que ses sœurs trouvent autre chose pour se distraire et la laissent tranquille.

Comme elle aurait voulu que Grace soit là !

— Tu pourrais au moins *essayer*, ronchonna Prudence.

— Tu veux vraiment savoir ce qui me contrarie, Pru ? Eh bien, je vais te le dire. Je suis désespérément, complètement, *irréversiblement* amoureuse d'un homme que la société réprouve et qu'Augustin ne me laissera jamais épouser. As-tu ta réponse ?

Sa sœur parut déconcertée, mais ne se tut pas pour autant.

— Dois-tu avoir la permission d'Augustin ?

Honor grogna.

— *Evidemment* que je le dois ! C'est lui qui a la charge de nos dots, maintenant.

Prudence et Mercy échangèrent un regard.

— Si tu l'épouses, est-ce le pire que tu peux attendre ? Perdre ta dot ?

Grace était tellement meilleure qu'elle pour expliquer ces choses-là à leurs sœurs ! Elle fit cependant une tentative.

— Si je n'épouse pas quelqu'un ayant une position, je perdrai effectivement ma dot. En outre, sans un époux nanti de certains moyens, je n'aurai pas d'argent pour vous présenter en société, Mercy et toi. Qui épouserez-vous alors ? Et puis il y a la question de maman. Tu comprends sûrement qu'avec ses… problèmes, ce sera déjà assez difficile de trouver des partis pour nous quatre.

— Je m'en moque, dit Mercy en haussant les épaules. Je ne me marierai jamais. J'ai l'intention de voguer sur des bateaux et de chercher des fantômes.

Honor leva les yeux au ciel.

Mais Prudence quitta la méridienne et croisa les bras, ressemblant étrangement à Grace.

— Si tu veux savoir ce que *je* pense…

— Pas maintenant…

— Je pense que tu devrais épouser l'homme que tu aimes, et au diable le reste.

Honor lui décocha un regard sceptique.

— Même si cela signifie que tu ne feras pas ton entrée dans le monde ? Même si cela signifie qu'aucun gentleman ayant une position et de la fortune ne demandera ta main ?

— Si ce que tu dis est vrai, je ne serai pas tenue de faire un *bon* mariage, n'est-ce pas ? Je serai libre d'épouser qui me plaît.

Prudence marquait un point, pensa Honor. Néanmoins, elle secoua la tête.

— Je ne peux pas faire cela à maman.

— Ne sois pas sotte, Honor. M. Easton prendrait soin d'elle, non ?

— Il me plaît tout à fait, renchérit Mercy. Il aime les histoires de revenants. Il les trouve divertissantes.

— Comment… comment avez-vous deviné ? s'exclama Honor.

— Oh ! Honor !

Prudence soupira et tendit la main à sa petite sœur.

— Viens, Mercy. Honor veut être seule sans d'ennuyeuses enfants dans les jambes.

— Pru ! s'exclama Honor tandis que Mercy suivait Prudence de son plein gré.

Mais c'était trop tard — ses sœurs étaient parties, la laissant seule avec son malheur.

Pendant une demi-heure.

Plus Honor pensait à ce qui s'était passé, plus elle était furieuse. Comment George osait-il la rejeter ?

Elle attrapa sa cape. Il ne la laissait pas entrer chez lui ? Soit ! Elle resterait sur le trottoir jusqu'à ce qu'il sorte. Et si elle devait attendre toute la nuit, elle le ferait. Grace avait raison : elle pouvait être très têtue quand elle voulait quelque chose et, par Dieu, elle *voulait* quelque chose !

Chapitre 32

George chevaucha jusque chez lui sous la bruine. Le temps était aussi maussade que son avenir. Il sortait des bureaux de Sweeney et avait fini par admettre la rude vérité : son bateau était perdu. Les hommes, la fortune et les espoirs qu'il y avait embarqués gisaient à présent au fond de la mer.

Tout était perdu, y compris son maudit cœur.

Parvenu devant sa maison, il démonta et passa la bride dans l'anneau en fer. Il gravit les marches, ouvrit la porte d'entrée et pénétra dans le vestibule, ôtant sa cape pour la tendre à Finnegan.

Mais ce dernier ne voulut pas la prendre.

— Quoi ? demanda George sèchement.

— Allez-vous la laisser sous la pluie ? demanda Finnegan d'un ton chargé de reproches.

— Qui ?

— Vous le savez très bien, répondit le domestique en se tournant et en s'éloignant d'un pas martial.

George pivota brusquement, rouvrit la porte et regarda dans la rue. C'est alors qu'il vit Honor, debout en face de chez lui, tenant un parapluie au-dessus de sa tête.

Cette femme était décidément aussi tenace qu'une malédiction !

Il sortit en trombe et parcourut l'allée à grands pas.

— Rentrez chez vous, Honor.

— Pas avant que vous ne m'ayez expliqué ce subit changement !

— Que voulez-vous ? tonna-t-il, la surprenant assez pour qu'elle fasse un pas en arrière. N'est-il pas suffisant que j'aie tout perdu en essayant de gagner une abbaye pour vous ? Oui, Cabot, une *abbaye*. Cela devait être une consolation pour vous, quand je vous aurais dit que je ne pouvais vous retourner votre estime.

La bouche d'Honor s'ouvrit sous le choc.

— Vous en restez pantoise ? Votre cœur de débutante croit-il donc que tous les hommes que vous rencontrez vont tomber à vos pieds ? Vous pensiez que je vous demanderais en mariage ? Non, madame, je n'en ai jamais eu l'intention. Je n'ai que faire de vous, alors vous pouvez passer au célibataire suivant. Mais choisissez sagement. Faites porter vos vues sur quelqu'un qui vous conservera vos privilèges et que vous pourrez manipuler au gré de vos caprices !

Elle le fixait, hébétée, ses yeux bleus emplis de choc et de douleur. Il ne se serait jamais cru capable de dire de telles méchancetés à quelqu'un, encore moins à Honor. Il l'avait aimée dès l'instant où elle s'était assise à la table du tripot et l'avait dépouillé de cent livres. Mais il ne pouvait l'avoir, *en particulier* maintenant.

Il ne porterait pas la responsabilité d'avoir gâché sa vie.

Et elle était si fichtrement obstinée qu'il ne voyait pas d'autre moyen que de se montrer brutal.

— Il est peut-être temps que je dise ce que *je* veux, poursuivit-il. Je veux que vous me laissiez tranquille, comprenez-vous ? Vous aviez raison, je me suis servi de vous et maintenant, je veux que vous partiez. Pensiez-vous vraiment que je deviendrais respectable parce que vous daigniez me fréquenter ? La vérité, c'est que je suis un vaurien et que j'aime m'amuser. J'ai apprécié d'obtenir ce que je voulais de vous. Mais cela ne va pas plus loin... Allez épouser votre pasteur et laissez-moi *en paix*.

Il se tourna brusquement et repartit vers la maison.

Il gravit prestement les marches, entra et fit claquer la porte derrière lui. Finnegan apparut dans le couloir, et George pointa sur lui un doigt menaçant.

— Je vous tuerai ! Je vous mettrai littéralement en pièces de mes mains nues si vous envisagez seulement de dire *un* mot !

Il monta l'escalier quatre à quatre. Il entra en trombe dans sa chambre obscure, alla d'un pas raide jusqu'à la fenêtre et écarta les rideaux pour regarder dehors.

Elle était toujours là, sous la pluie, fixant sa porte. Même à cette distance, il voyait nettement sa poitrine se soulever et s'abaisser sous la force de sa respiration saccadée. Tandis qu'il l'observait, elle se retourna lentement et se mit à marcher.

Il sentit alors son cœur se briser dans sa poitrine, et eut l'impression que les morceaux s'accumulaient dans ses membres. Il ne s'était jamais senti aussi gourd, aussi inutile, aussi *cruel*. Il donna un coup de poing dans le mur, et entendit craquer un petit os.

George Easton n'était pas seulement un très mauvais danseur, il était aussi un très mauvais acteur. Et il était un sacré sot s'il pensait qu'elle croirait un mot de ce qu'il lui avait dit.

Enfin... hormis le fait qu'il avait tout perdu.

Et elle voulait bien croire qu'il avait essayé de gagner une abbaye pour elle. Une *abbaye* ! Son cœur se gonfla de tendresse rien qu'à cette pensée.

Malgré le choc initial, le trajet du retour lui avait donné le temps de réfléchir et elle souriait même un peu lorsqu'elle entra dans Beckington House. Elle imaginait George arpentant son cabinet de travail — buvant du cognac ou du whisky —, essayant de se convaincre qu'il avait agi noblement en la libérant.

Elle était si plongée dans ses pensées qu'elle ne remarqua pas M. Cleburne dans le vestibule.

— Miss Cabot ! s'écria-t-il.

— Oh ! Monsieur Cleburne !

Elle posa son parapluie dans le porte-parapluies.

— Je ne vous avais pas vu.

— Je suis si content d'être tombé sur vous. Je dois repartir pour Longmeadow demain matin.

— Oh ! Vraiment, si tôt ? demanda Honor, essayant de se rappeler leur conversation.

— Oui, répondit-il en souriant. Si je peux me permettre de vous déranger... J'aimerais vous dire un mot en privé.

Honor se figea ; elle n'était pas prête à entendre sa demande, ni à lui répondre.

— Si je peux..., répéta-t-il.

— Eh bien, je suis plutôt trempée, dit-elle.

— Vous pourriez peut-être ôter votre cape...

Il la tenait. Elle enleva lentement sa cape, révélant une robe sèche dessous. Elle eut un léger sourire lorsqu'il tendit la main pour prendre le vêtement mouillé et le suspendre.

Puis il fit un geste vers le couloir, en direction du petit salon où elle avait essayé d'instruire George Easton dans l'art de séduire Monica Hargrove.

Une fois dans la pièce, Richard Cleburne lui indiqua un siège, mais resta debout, les mains dans le dos, la tête basse. On aurait presque dit qu'il faisait une prière, jusqu'à ce qu'il relève la tête et déclare :

— Miss Cabot, j'aimerais beaucoup exprimer la bonne opinion que j'ai de vous…

— Monsieur Cleburne…

Elle se leva vivement pour se tourner d'abord vers la bibliothèque puis vers la cheminée, marchant à moitié, trébuchant à moitié, les mains serrées sur son ventre.

— Je vous en prie, écoutez-moi, reprit le pasteur. Ce n'est pas un secret pour vous que votre famille désire notre union…

Elle se stabilisa en posant la main sur le manteau de la cheminée, tandis que ses pensées s'emballaient et qu'elle cherchait ce qu'elle allait dire.

— Mais je ne peux pas, en toute conscience, demander votre main.

— Oh ! Monsieur Cleburne, j'apprécie tellement…

Elle s'arrêta, tandis que les paroles du pasteur pénétraient son esprit, releva brusquement la tête et le regarda.

— Je vous demande pardon ?

— Je vous en prie, ne soyez pas fâchée…

— Fâchée !

— J'ai eu le temps de réfléchir, s'empressa-t-il de continuer, et j'en suis venu à la conclusion que nous ne nous convenons pas.

Elle n'avait pas imaginé une seule fois que Cleburne ne *voudrait pas* la demander en mariage.

— Je n'ai pas l'intention de... de vous *blesser*, reprit-il, cherchant visiblement le bon terme, mais je ne peux m'empêcher de penser que ce serait une grave erreur de nous marier.

Elle était si surprise, si soulagée surtout, qu'un éclat de rire nerveux lui échappa. Elle plaqua aussitôt la main sur sa bouche.

M. Cleburne sourit.

— J'espérais que vous en seriez arrivée à la même conclusion.

— Je vous demande pardon, monsieur Cleburne. Je suis certaine que vous ferez un excellent époux...

— Et vous une excellente épouse...

— Mais vous avez raison, nous ne nous convenons pas.

Il rit avec un vif soulagement.

— J'étais certain que vous n'étiez pas favorable à cette union, mais par ailleurs Sommerfield se montrait très insistant.

— Augustin, ou miss Hargrove ? demanda Honor avec un léger sourire.

— Lord Sommerfield. Je me rends bien compte que la famille de miss Hargrove est assez impatiente de vous voir convenablement mariées, vos sœurs et vous, mais votre beau-frère a de l'affection pour vous. Il pense que lord Rowley vous a brisé le cœur et que vous avez perdu votre confiance en vous.

Honor battit des cils. C'était assez fin de la part d'Augustin.

— C'est vrai, admit-elle, mais c'était ma faute. Et... je pense que j'ai retrouvé ma confiance en moi.

Elle mit la main sur son cœur et poussa de nouveau un petit gloussement de soulagement.

— Vous ne pouvez imaginer combien je redoutais ce moment !

— Moi aussi.

Il contempla ses mains.

— En vérité, je n'ai pas été tout à fait sincère, l'autre jour : j'ai une estime particulière pour une jeune femme de ma paroisse.

— *Oh !* fit Honor en souriant.

Il eut un grand sourire, lui aussi, et haussa les épaules.

— Toutefois, quand votre bienfaiteur vous suggère une union, vous ne pouvez l'ignorer.

— Oui, dit Honor, souriant toujours. Je comprends *tout à fait.*

— Et vous, miss Cabot ? Avez-vous distingué quelqu'un de particulier ?

Elle songea à George, à son expression hagarde, aux cernes sous ses yeux, lorsqu'il lui avait parlé un peu plus tôt.

— Oui. Mais j'attends qu'il s'en rende compte.

Comme ses sentiments pour George étaient différents de ceux qu'elle avait eus pour Rowley ! Ils étaient tellement plus profonds, tellement plus complexes ! Et elle croyait que ses sentiments pour elle étaient tout aussi profonds. Si seulement il trouvait le courage de l'admettre !

M. Cleburne rit.

— Je suis certain qu'il le fera.

— Qu'en pensez-vous, monsieur Cleburne ? Renonceriez-vous à tout ceci par amour ? demanda-t-elle, désignant d'un geste la pièce où ils se trouvaient et son opulent décor.

— Ceci ? rétorqua-t-il en regardant autour d'eux. Que voulez-vous dire, les briques et le mortier ?

Quoi d'autre, en effet ? Honor sourit.

— Quelque chose de ce genre.

— Vous êtes une belle femme dotée d'un beau cœur, miss Cabot. Mes meilleurs vœux pour un avenir heureux. Allons-nous expliquer notre décision à votre frère ?

— Je pense qu'il le faut, dit-elle, et elle prit la main qu'il lui offrait.

La personne qui prit le plus mal l'annonce d'Honor ne fut pas Augustin, comme Monica aurait pu le croire, étant donné ses efforts pour convaincre M. Cleburne qu'Honor était le parti parfait pour lui, ce fut sa mère. Elle poussa un cri à cette nouvelle, puis arpenta le petit salon où Monica était assise avec ses frères, marmonnant tout ce qu'elle trouvait critiquable chez Honor.

La liste était plus longue que Monica ne l'aurait pensé.

Elle-même avait perdu l'envie de se battre. Elle était heureuse avec Augustin, se sentait parfaitement en sécurité dans leur affection mutuelle. Elle en était venue à se dire qu'elle ne se souciait pas vraiment que les sœurs Cabot restent ou non avec eux.

— Ce n'est pas une si mauvaise chose que cela, dit-elle dans un effort pour apaiser sa mère. Quelqu'un d'autre demandera sa main.

— Pas avant qu'elle n'ait dépensé l'héritage de son beau-frère ! Franchement, Monica, je pense que tu ne mesures pas combien il leur sera difficile de trouver quatre époux, avec une mère folle.

— Maman ! s'exclama Monica en regardant nerveusement ses frères, qui n'étaient pas loués, en général, pour leur capacité à garder des secrets.

— Quoi ? riposta sa mère avec colère. Il y a quelque chose qui ne va pas chez elle. C'est tout à fait évident.

Personne ne voudra introduire un risque de folie dans sa famille, n'est-ce pas ? Tu seras enchaînée à elles toute ta vie.

Monica quitta la pièce en se sentant légèrement malade.

Cette sensation ne fit que s'accroître, dans les jours suivants, quand elle surprit entre sa mère et son frère aîné une discussion visant à comploter pour sauver la fortune Beckington. Comment avait-elle pu être aussi aveugle à leur sujet ? Comment n'avait-elle pas compris que leur soutien enthousiaste à son mariage n'avait rien à voir avec son bonheur, mais tout avec la richesse et le titre du comte ?

Honor avait eu raison de la soupçonner. Elle-même avait cru que sa mère voulait le meilleur pour elle, mais ce qu'elle voulait en réalité, c'étaient des relations et de l'argent, comme tout le monde à Londres. Au moins, Honor voulait-elle quelque chose de pur. Elle voulait de l'amour. Quoi d'autre, sinon, pouvait expliquer son estime pour Easton ?

Ce fut pourquoi, quand elle apprit par Augustin qu'Easton jouait désespérément chaque soir, essayant de rebâtir la fortune qu'il avait perdue, elle le dit à Honor. Seulement, cette fois, elle ne le fit pas pour la détourner Honor de lui. Elle espérait vraiment qu'Honor trouverait un moyen de l'aider.

Car il se trouvait qu'elle admirait assez le charmant George Easton.

Chapitre 33

Honor soupçonna aussitôt une duperie de Monica, lorsque celle-ci lui apprit, au thé de lady Barclay, que George jouait désespérément.

— Pourquoi me dites-vous ceci ? demanda-t-elle en lui jetant un regard acéré.

Monica haussa les épaules.

— Je pensais que vous voudriez le savoir.

Il n'y avait rien dans l'expression de Monica ou dans son attitude qui suggérait autre chose. Mais, d'un autre côté, Honor ne la comprenait plus. C'était comme si son amie d'autrefois avait changé du jour au lendemain. Elle était devenue plus aimable, les acceptant mieux ses sœurs et elle. Leur mère également. Leur mère plus particulièrement, même…

— Que voulez-vous que je fasse ? demanda-t-elle, contrariée par cette nouvelle.

— Je ne sais pas, répondit Monica. Mais si quelqu'un peut le savoir, c'est vous.

Elle lui sourit et s'éloigna pour rejoindre ses amies.

Honor ne pouvait que s'interroger sur les mobiles de Monica, mais un peu plus tard, lors de ce même thé, elle entendit lady Vickers parler de George. Se moquer de lui, en vérité. Lord Vickers avait fréquenté le tripot de Southwark et lui avait rapporté que George était écarté de toutes tables, car personne ne le croyait plus capable d'honorer ses paris.

— Ce n'est pas vrai, corrigea lady Stillings. Il a délesté *mon* époux d'une belle somme !

Les dames gloussèrent.

Pendant des jours, après cela, Honor ne put penser à autre chose.

Après une longue nuit d'insomnie, elle se leva en sachant comment faire admettre la vérité à George et le faire cesser de continuer à perdre tout ce qu'il avait. Il était un joueur dans l'âme ; il n'offrirait jamais gratuitement quelque chose d'aussi personnel que ce qu'elle avait offert, elle, à savoir elle-même et son amour. Elle le connaissait également assez bien pour savoir qu'il avait besoin de se prouver qu'il méritait d'être heureux.

Une fois qu'elle eut pris conscience de cela, elle sut précisément ce qu'elle avait à faire. C'était un risque énorme, qui pouvait la perdre à jamais. Mais elle n'était pas d'un caractère à esquiver les risques, et si elle avait raison, elle gagnerait son bonheur. Si elle se trompait, eh bien… Elle pourrait aussi bien être reléguée à St Asaph avec sa mère ! Elle ne serait plus d'aucune utilité pour la société ou quoi que ce soit d'autre. Mais si elle échouait, elle n'aurait pas à se soucier de ce qui arriverait après.

Ce soir-là, elle revêtit la robe bleu paon qu'elle avait portée avec la fameuse coiffe commandée par Monica. Elle fit venir Prudence dans sa chambre pour la lui boutonner.

— Où vas-tu ? lui demanda sa sœur. Il ne t'est pas permis de porter quelque chose d'aussi coloré. Seulement du noir.

— Je pense que le comte approuverait, répondit Honor.

Prudence se recula.

— *Où* vas-tu ? demanda-t-elle de nouveau, d'une voix basse et sérieuse.

Honor lui sourit.

— Tu avais raison, Pru.

— *Pardon ?* Quand ?

— Quand tu disais que je devais me marier par amour.

Prudence étouffa une exclamation.

— Est-ce que tu *t'enfuis* avec M. Easton ?

— Non. Je vais lui demander sa main.

Prudence en parut si choquée qu'Honor ne put s'empêcher de rire.

— Souhaite-moi bonne chance, chérie. S'il refuse, je doute d'avoir une autre demande en mariage un jour. Et je n'en voudrais certainement pas !

Prudence croisa les bras et l'étudia un long moment.

— Il ne pourra pas refuser, finit-elle par déclarer d'un ton solennel. Et s'il le fait, tu n'aimerais pas être mariée avec lui, de toute façon, parce que cela voudrait dire qu'il est un fieffé idiot.

Honor lui sourit avec gratitude et l'étreignit.

— Merci. J'ai besoin de tous les encouragements possibles, parce que j'ai les genoux qui tremblent et l'estomac noué.

— Veux-tu que je vienne avec toi ?

Honor secoua la tête.

— Je ne te voudrais nulle part à proximité de ce que je vais faire ce soir.

En sortant de sa chambre, elle s'arrêta pour voir sa mère. Cette dernière sourit de plaisir en la voyant.

— Mon Dieu, dit-elle en hochant la tête d'un air approbateur. Comme tu es jolie, ma chérie !

— Merci, maman, répondit Honor, heureuse de la trouver dans un de ses moments de lucidité.

Elle s'approcha d'elle et s'accroupit près d'elle.

— Maman, j'aimerais que vous sachiez que j'ai l'intention de faire un mariage d'amour.

— Vraiment ? fit sa mère en lui caressant les cheveux. Très bien, car se résigner à moins revient à gaspiller quelques très bonnes années.

Surprise, Honor la regarda en battant des cils. Sa mère sourit.

— N'aie pas l'air si étonnée. Je me suis mariée par amour, autrefois.

Elle jeta un coup d'œil à Hannah et ajouta :

— N'est-ce pas, *mère* ?

Hannah sourit.

— En effet.

— Merci, maman.

En ce qui concernait Honor, elle avait la bénédiction de sa mère, pour autant que celle-ci soit capable de la donner, et cela suffisait.

Jonas la regarda de travers quand elle lui annonça qu'elle allait à Southwark, mais elle l'ignora, s'adossa à la banquette et serra fortement son réticule, le ventre retourné de nervosité. Elle se força à prendre de grandes inspirations dans un vain effort pour calmer son cœur emballé. Ce soir serait l'aboutissement de toute sa vie. Elle espérait se rappeler tout ce qu'on lui avait enseigné et trouver le courage de saisir à pleines mains la seule chose qu'elle voulait : aimer un homme de tout son cœur et être aimée de lui, quoi qu'il advienne.

Quoi qu'il advienne...

A Southwark, elle demanda à Jonas d'attendre.

— J'en ai peut-être pour un moment, dit-elle.

Il regarda le bâtiment, puis revint à elle.

— Vous êtes certaine de vouloir entrer seule, miss ? Vous ne voudriez pas que je vienne avec vous ?

— Merci, mais non. Il vaut mieux que j'y aille non accompagnée.

Elle n'en était pas sûre du tout, en réalité, mais cela semblait être quelque chose qu'elle devait faire par elle-même.

Elle pénétra dans le club faiblement éclairé ; aussitôt, de nombreuses têtes masculines se tournèrent vers elle. Des expressions choquées ou offusquées, étonnées ou lascives défilaient devant ses yeux. Elle se sentait aussi voyante qu'elle devait le leur apparaître — un poisson hors de l'eau, une femme qui avait franchi une ligne invisible.

Je vous en prie, mon Dieu, faites qu'il soit ici !

Elle releva le menton et parcourut la salle, cherchant George à chaque table.

— Miss Cabot !

C'était M. Jett, et Honor défaillit presque de soulagement à la vue d'un visage amical.

— Que faites-vous ici ? lui demanda-t-il en jetant un coup d'œil à la porte. Etes-vous seule ?

Elle hocha la tête.

— Miss Cabot ! Voilà qui est *beaucoup trop* déluré !

Comme si elle ne le savait pas.

Comme si elle était arrivée par hasard dans le tripot.

— M. Easton est-il ici ? demanda-t-elle.

Quelque chose brilla dans les yeux de M. Jett.

— Je crains que cette fois, vous n'alliez trop loin, miss Cabot, dit-il à voix basse.

— Monsieur Jett… est-il ici ? s'enquit-elle de nouveau.

Il soupira et regarda par-dessus son épaule.

— La dernière table. Il est là chaque soir.

— Merci.

Il secoua la tête et s'écarta, comme s'il ne voulait pas être associé à sa folie.

Elle ne pouvait guère l'en blâmer. Elle ne fit pas attention aux hommes qui la reluquaient comme si elle était du gibier de choix, gardant les yeux fixés droit devant elle, évitant un ou deux gentlemen qui s'étaient mis délibérément sur son chemin, et gagna le fond de la salle.

George ne la remarqua pas tout de suite — il était concentré sur ses cartes et sur l'argent posé au milieu de la table. Il paraissait plus mince que la dernière fois où il l'avait prise dans ses bras. Ses cheveux n'avaient pas été coupés et sa main droite était bandée.

Alors qu'elle s'approchait de la table, l'adversaire de George abattit ses cartes.

— Bon sang, ronchonna-t-il, et il ajouta un mot qui n'était pas familier à Honor, mais paraissait très grossier.

L'autre gentleman porta sa bière à ses lèvres, et en renversa un peu, voyant Honor, dans sa hâte de se lever.

— Madame.

A ce mot, George leva la tête. Il se mit à son tour vivement debout et Honor vit une lueur d'émotion passer dans ses yeux. Emotion qui fut rapidement balayée par la surprise et la colère. Mais elle l'avait *vue*, et elle savait qu'il l'aimait encore.

Cette conviction l'enhardit. Lorsqu'il exigea de savoir ce qu'elle faisait là, elle répondit :

— Je suis venue jouer, monsieur Easton. Ainsi que

vous l'avez peut-être deviné, avec le décès de mon beau-père, ma dot a fondu.

— *Non*, dit-il, et il indiqua la porte. Partez tout de suite. Ce n'est pas un endroit pour une dame.

Elle leva son réticule, consciente que plusieurs gentlemen s'étaient rapprochés de la table pour voir ce qui se passait.

— J'ai quatre-vingt-douze livres. J'aimerais m'en servir pour jouer.

— Vous n'allez pas fuir devant une femme, n'est-ce pas, Easton ? lança quelqu'un, et les autres partirent à rire.

George la regarda en plissant les paupières, l'expression presque meurtrière, et Honor fut soudain heureuse que d'autres hommes soient là.

— Ce ne sont pas des jeux pour débutante, dit-il d'un ton crispé. C'est dix livres pour entrer.

Honor ravala sa nervosité.

— J'ai dix livres.

Les gentlemen autour d'elle hurlèrent de rire. Elle sentait la foule de curieux grossir derrière elle et cela l'effrayait. Elle n'avait pas pris en compte la gêne d'être la seule femme dans une pièce pleine d'hommes imbibés d'alcool. George en était conscient, lui, car il tira soudain une chaise et lui fit signe de s'asseoir.

Elle prit le siège, son réticule serré sur ses genoux.

— Avez-vous perdu l'esprit ? lui demanda-t-il à voix basse, en se rasseyant.

— Non, répondit-elle. Et vous ?

Il la fusilla du regard, puis fit signe à un valet.

— Du vin, madame ?

— Non, merci, monsieur Easton. J'aimerais garder tous mes esprits.

Il la parcourut du regard et, si elle ne se trompa pas,

elle aperçut la minuscule trace d'un sourire au coin de sa bouche.

— Puis-je présumer qu'une partie de Commerce a votre approbation ? demanda-t-il en prenant les cartes.

— Certainement.

Elle sortit dix livres de son réticule et les posa sur la table.

— Permettez-moi de vous présenter M. MacPherson, reprit George et, tandis qu'elle saluait l'autre joueur, il se mit à distribuer les cartes.

Le vacarme autour d'eux augmentait, et Honor avait l'impression qu'il y avait deux fois plus de gens autour de leur table que lorsqu'elle était arrivée. Elle se sentit un peu troublée lorsqu'elle prit ses cartes, et vit les deux as.

Ils jouèrent la première partie sans parler. Honor avait appris à parier avec son père. Il trouvait très divertissant d'initier ses filles aux jeux de hasard, et plus amusant encore de les regarder pouffer, en jouant des tours à ses amis. Elle se souvenait encore d'un tour ou deux.

Il fut vite apparent que M. MacPherson n'était pas de taille à les affronter. Il joua tant bien que mal lors de la première partie, pariant aveuglément sur des cartes, même lorsque Honor passa.

George ramassa ses gains, regardant Honor, la jaugeant en silence.

Ils firent une deuxième partie, et alors qu'Honor avait la main, elle laissa croire à George que c'était lui qui gagnait.

— Vous êtes imprudente, ce soir, miss Cabot, lui dit-il, ramassant de nouveau ses gains.

— Vraiment ? demanda-t-elle, candide.

— Combien vous reste-t-il de vos fameuses quatre-vingt-douze livres ?

— Assez pour continuer, répondit-elle avec impertinence. Combien d'argent *vous* reste-t-il ?

Les hommes autour d'eux rirent haut et fort, ravis ; même George sourit de sa repartie.

— Assez, fit-il.

Quand il gagna le troisième pli, malgré les cartes manifestement supérieures d'Honor, il la regarda avec exaspération.

— Je ne vois pas ce que vous essayez de faire, mais si vous voulez me donner votre argent, allez-y, donnez-le-moi et partez. Laissez les gentlemen ici présents jouer comme des gentlemen.

C'était le moment qu'elle attendait, son tour de donner, et sa main trembla lorsqu'elle prit les cartes.

— Allons-nous augmenter les enjeux, monsieur Easton ? demanda-t-elle d'un ton léger. Cela pourrait accélérer les choses.

— Avec quoi ? Je vous ai pris presque toute votre bourse.

— J'avais à l'esprit autre chose que de l'argent.

Il y eut des exclamations et, en les entendant, Honor comprit que les lambeaux qui restaient de sa réputation venaient de s'envoler par la fenêtre. Il fallait qu'elle gagne maintenant. Son cœur battait à toute allure, ses paumes devenaient moites. Elle allait miser tout ce qu'elle avait — *tout*. Son cœur, son avenir, ses perspectives.

George l'observait comme s'il essayait de résoudre une énigme.

— Je vous écoute…

— Si vous gagnez, dit-elle en parlant comme si elle jouait à un jeu de société avec des enfants, je quitterai ce tripot et ne vous reverrai plus jamais.

Les hommes autour d'eux braillèrent de plaisir, criant à George qu'il était un sot. Il se pencha en avant et demanda :

— Et si *vous* gagnez ?

Elle déglutit et s'étonna de parvenir à battre les cartes sans trembler.

— Si je gagne — elle leva la tête, le regardant dans les yeux —, vous me demanderez en mariage.

Cette déclaration provoqua un silence total. Pendant un instant. Puis un chahut monstre se déclencha dans la salle. Soudain, tout le monde criait. Des spectateurs appelaient des amis pour qu'ils viennent voir, d'autres criaient à Honor de quitter le tripot, disant qu'elle déshonorait le nom de Beckington.

Mais George… *George…* Il la regardait d'un air stoïque, ses yeux fouillant les siens.

— C'est impossible. Je vous l'ai dit, Cabot… *impossible !*

— Seulement parce que vous refusez de croire aux possibilités.

— Je me retire, dit MacPherson en se levant. Je ne veux pas participer à ce… ce qui se passe…

Ni Honor ni George ne parurent remarquer son départ.

— Vous faites un pari abominable et *stupide*, Honor.

— Je ne suis pas d'accord.

— Alors laissez-moi vous dire à quel point c'est insensé, poursuivit-il, courroucé. Si vous gagnez, je ferai effectivement cette demande. Et vous serez obligée de vivre d'une manière à laquelle vous n'êtes pas *du tout* habituée. Je veux dire par là qu'il n'y aura pas de domestiques. Pas de robes. Pas de jolies choses. Il se peut même que vous n'ayez pas de toit sur la tête.

Honor espéra ne pas trembler.

— Easton, il y aura au moins une jolie chose ! dit quelqu'un, et ceux qui l'entouraient rirent.

Elle était acculée, mais déterminée. Il n'y avait pas d'autre homme pour elle, aucun qui avait un esprit semblable au sien, qui comprenait le genre de femme qu'elle était. Elle ne se réjouissait pas à la perspective d'une existence difficile, mais ne la craignait pas non plus. Comme sur un bateau, elle s'était avancée sur la planche au-dessus de l'eau et elle ne ferait pas marche arrière maintenant.

Elle commença à donner.

— Vous ne serez plus invitée dans les beaux salons de Mayfair, poursuivit George. Vous n'aurez peut-être même pas de viande sur votre table.

Elle finit de distribuer et prit ses cartes.

— Avez-vous l'intention de jouer ou de babiller, monsieur Easton ?

Il prit ses cartes et dit encore :

— Les gentlemen convenables réfléchiront à deux fois avant de courtiser vos sœurs.

Le cœur d'Honor cessa de battre un instant. Mais elle posa soigneusement sa première carte, un deux.

George la regarda et soupira.

— Dieu vous vienne en aide, Honor Cabot. Vous n'avez aucune idée de l'erreur que vous commettez.

Ils continuèrent à jouer. Plus d'un spectateur remarqua que les mains d'Honor tremblaient, comme elle l'avait craint. George l'observait avec attention, ce qui la rendait anxieuse. Juste comme tout semblait perdu pour elle, elle hésita avant de jouer sa dernière carte. Elle regarda George et lui sourit.

— Si je peux me permettre, monsieur Easton, je ne me

soucie pas de savoir qui est ou qui n'est pas votre père, ni de la taille de votre fortune, grande ou petite.

La foule devint soudain silencieuse, se penchant pour entendre ce qu'elle disait.

— Je me moque qu'il y ait des robes ou des bals, et même si mes sœurs ont un chemin difficile devant elles, je suis sûre qu'elles suivront leur cœur et persévéreront dans leur voie. C'est ce que nous faisons, nous, les Cabot. Nous nous fixons nos buts. Je me suis fixé le mien, et la seule chose dont je me soucie, c'est vous. Rien que vous.

Elle abattit son jeu, trois reines.

Des hourras, des moqueries jaillirent de la bouche des spectateurs. George regarda le jeu d'Honor et soupira comme s'il s'y était attendu.

— J'ignore qui vous a enseigné l'art de jouer, madame, dit-il en commençant à poser ses cartes.

Un roi. Puis deux.

— Mais votre maître a semble-t-il négligé de vous expliquer que l'on ne devrait jamais essayer de tricher.

Il posa un troisième roi, un quatrième.

— A moins de savoir exactement comment le faire.

Les gens se turent soudain devant le jeu de George. Honor était abasourdie. Les émotions et les tensions filtrèrent hors de son corps, sortirent d'elle, emportant avec elles le reste de ses forces. George se leva, ramassa ses gains et les empocha. Puis il baissa sur elle des yeux sombres et indéchiffrables, et écarta un homme pour quitter la table.

Elle ne pouvait plus respirer, encore moins bouger. C'était comme si elle venait d'être tranchée en deux. Il ne restait rien d'elle. *Rien.* Comment avait-il pu lui faire cela ? Comment pouvait-il la refuser si publiquement, d'une manière aussi horrible ?

Elle ne se rendit même pas compte que M. Jett la secouait jusqu'à ce qu'il prononce son nom d'une voix forte. Elle leva alors les yeux vers lui. Il fronçait les sourcils, tenant son réticule.

— Venez, dit-il, et il la saisit par le bras, lui faisant quitter sa chaise.

Elle avança à côté de lui en chancelant, presque à l'aveuglette. La seule chose qu'elle voyait était la main gagnante de George, la façon dont il s'était levé et avait quitté la table sans la regarder, sans se retourner. Il l'avait *abandonnée* ! Il avait rejeté sa requête publique, l'avait rejetée *elle*, complètement. Il lui avait brisé le cœur, et la douleur était intolérable.

M. Jett l'aida à monter dans sa voiture. Elle pleura tout le long du trajet jusqu'à Mayfair, puis pleura sur l'épaule d'Augustin, quand Jonas la remit à son beau-frère. Elle pleura la tête enfouie dans son oreiller tandis que Prudence et Mercy lui tapotaient le dos, essayant de l'aider.

Il n'y avait pas de secours possible pour elle. Pas d'espoir. Elle avait réellement tout perdu.

Chapitre 34

En rentrant chez lui, George alla directement dans le salon, se versa un whisky, le but d'un coup et frappa de nouveau le mur de son poing. La douleur fut atroce et le mit à genoux.

Mais elle n'était rien, à côté de celle d'avoir humilié Honor devant la moitié de la haute société. Seulement, qu'aurait-il pu faire d'autre ? Bon sang de bonsoir, *pourquoi* était-elle venue ? Elle pensait qu'elle pouvait le défier publiquement, le plier à sa volonté ? Elle pensait qu'elle pouvait se frayer un chemin jusqu'à son cœur en *trichant* ? Elle pensait qu'elle pouvait faire une demande aussi déraisonnable, aussi impossible, et *gagner* ?

A quatre pattes, le souffle coupé par la douleur, George sourit. Cette effronterie, ce sens absurde de ce qui était son droit, c'était pour cela qu'il l'aimait. Aucune autre femme ne pouvait rivaliser avec une telle audace, une audace qu'il trouvait dangereusement excitante.

Mais cela ne changeait *pas* le fait qu'il n'était pas en position de la demander en mariage. Il fréquentait les tripots pour mettre de la nourriture sur sa table, ce n'était guère une situation à imposer à une épouse. Il n'y aurait pas de domestiques, pas de robes, pas de bijoux…

— Elle ne sera jamais d'accord, marmonna-t-il entre ses dents.

— D'accord pour quoi ?

Finnegan était entré sans qu'il l'entende. George grogna, exaspéré, se laissa tomber sur le côté et roula sur le dos.

— Elle ne sera pas d'accord pour épouser un homme qui n'a rien, voilà.

Finnegan l'enjamba, ramassa le verre qu'il avait lâché avant de frapper le mur et, tandis que George vérifiait l'état de ses doigts, le remplit.

— Vous en êtes sûr ? demanda-t-il en s'accroupissant à côté de lui. Il me semble à moi que la seule chose que cette jeune dame veut, c'est vous.

George s'assit, prit le whisky que Finnegan lui tendait et l'avala d'un coup.

— Parce qu'elle est jeune et amoureuse. Mais au bout d'un moment, elle voudra des robes et des chaussures… Or je ne peux même pas payer *vos* fieffés gages, alors l'entretenir et entretenir toutes les Cabot comme elles devraient l'être !

— Elle a une dot, non ? fit remarquer Finnegan, pragmatique.

George grogna de nouveau et agita la main dans sa direction.

— Je suggère, monsieur, que si vous voulez cette femme comme vous la voulez apparemment, étant donné le nombre de fois où vous avez planté votre poing dans un mur, vous trouviez un emploi afin de pouvoir les entretenir, elle et toutes les Cabot, comme vous dites.

— Pardon ? fit George.

— Un *emploi*, répéta Finnegan comme si c'était un mot étranger. Du travail. C'est une activité que d'autres personnes moins fortunées, comme moi, trouvent nécessaires de pratiquer.

— Quoi ? Vous suggérez que je devienne un valet ?

— Absolument pas. Vous seriez complètement inutile dans ce domaine. Il semble que vos talents concernent l'achat et la vente de marchandises. Le coton, par exemple. Si j'étais vous, je commencerais par là.

Il se leva, et l'enjamba une nouvelle fois.

— Dois-je appeler le médecin pour soigner votre main ? demanda-t-il en marchant vers la porte.

— Oui, répondit George.

Il soupira, se remit sur le dos, sa main blessée sur la poitrine, et contempla le plafond peint.

Un emploi. Cela faisait longtemps qu'il n'avait pas travaillé pour un salaire. Mais s'il avait ne fût-ce qu'un modeste revenu, il pourrait vendre cette maison — le symbole de l'homme qu'il était devenu, ce qui, avec le recul, avait été une assez cruelle plaisanterie —, et s'installer avec une épouse et même un satané valet dans un manoir respectable.

Honor trouverait cette idée répréhensible, à coup sûr. Si elle ne le faisait pas, elle était plus sotte qu'il ne le pensait. Mais c'était tout ce qu'il pouvait faire. Sans bateau, sans fonds suffisants à la banque, il avait les mains liées.

Ou brisées, au sens propre.

Il se mit debout et passa sa main valide dans ses cheveux. Il avait traversé de pires périodes que celle-là, c'était certain. Et il n'avait jamais eu peur du travail honnête. S'il y avait une chose qu'il pouvait dire en sa faveur, c'était qu'il croyait en sa capacité à se redresser.

Un emploi. Il irait voir Sweeney dès le lendemain. Peut-être pourrait-il devenir son associé. Il possédait des relations utiles pour acheter et vendre du coton, des relations dont ce dernier pourrait se servir.

Il alla chercher un peigne pour se rendre présentable avant que le médecin n'intervienne pour la deuxième fois.

Trois jours passèrent avant qu'Honor cesse enfin de pleurer ou de rester allongée, inerte, les yeux perdus dans le vide. Ce fut Mercy qui finit par la convaincre que le temps du chagrin était passé.

— Je pense que tu devrais sonner pour un bain, lui dit-elle en fronçant le nez d'une façon très explicite.

— Très bien, répondit Honor d'un ton coupant.

Elle releva ses cheveux, enfila sa robe de chambre et descendit en trébuchant dans la salle à manger du matin, pendant qu'on emplissait sa baignoire.

Augustin et ses sœurs étaient là. Son beau-frère se leva aussitôt, sa fourchette tombant bruyamment par terre.

— Honor, chérie ! Vous allez bien ? Vous êtes en train de vous remettre ? Vous allez redevenir vous-même, n'est-ce pas ?

— Elle n'est pas en train de devenir folle, si c'est ce que vous pensez, dit Prudence.

Ils savaient tous ce qui était arrivé à Honor ce soir-là, à Southwark. Tout Londres le savait. M. Jett, son sauveur, n'avait pu se retenir de raconter l'histoire, en se donnant le rôle du héros, naturellement.

— Je vais bien, répondit Honor, qui se laissa tomber lourdement sur une chaise à côté de lui.

Augustin lui fit passer sa propre assiette, lui offrant du bacon. Elle secoua la tête et s'en détourna. La vue de la nourriture la rendait malade.

— Je pense que vous devez vous ressaisir, poursuivit Augustin. Vous remettre d'aplomb. Monica et moi avons pensé qu'il serait peut-être bon pour vous d'aller vous reposer à Longmeadow.

Honor lui jeta un regard méfiant.

— C'est ce qui semble le mieux, jusqu'à ce que la Saison soit terminée. N'êtes-vous pas d'accord ? demanda-t-il d'un ton prudent, comme s'il s'attendait à ce qu'elle s'en prenne violemment à lui.

— De fait, Augustin, je veux bien, répondit-elle. Rien ne me plairait plus que de quitter Londres et, je l'espère, de ne plus jamais revoir George Easton.

Elle refusa d'un signe de tête le petit déjeuner qu'Hardy lui offrit, mais accepta du thé.

Augustin mâcha son bacon tout en l'étudiant.

— Dois-je faire venir quelqu'un ? Grace, peut-être ?

— *Non !* dit vivement Honor en se redressant. Je vous en prie, non, Augustin. Elle serait très fâchée contre moi, et par ailleurs elle doit profiter de quelques semaines de bonheur avant d'apprendre ce qui sera sans doute le plus grand scandale de la Saison.

— Je suppose, répondit le comte d'un ton incertain. Oh ! Honor ! *Pourquoi* avez-vous fait cela ? Et à Southwark ! *Seule !* Mme Hargrove en était toute retournée, mais je lui ai dit que si vous y étiez allée, vous aviez sans doute une *très bonne* raison pour le faire. Il y en avait une, n'est-ce pas ?

— C'était une très bonne raison pour moi, répondit platement Honor. Mes sentiments sont beaucoup trop compliqués pour que je les explique correctement, mais vous comprendrez peut-être si je vous pose cette question : avez-vous déjà admiré quelqu'un au point de penser que vous ne pourriez même pas respirer sans cette personne ?

Prudence et Mercy se regardèrent d'un air curieux, mais Augustin opina avec enthousiasme.

— Ou aimé quelqu'un de tout votre être, persuadé qu'il ne sert à rien de continuer sans lui ?

De nouveau, Augustin hocha la tête avec vigueur.

— C'est vrai, Honor ? demanda Mercy. Tu voulais *mourir* ?

— Pas exactement mourir, Mercy. Mais je ne peux expliquer ce que je ressens pour M. Easton, chérie. Cette démarche semblait si… importante, ajouta-t-elle en secouant la tête d'un air las. Je suis allée là-bas pour lui dire ce que j'éprouvais. Pour le lui *prouver*. Mais la seule chose que j'ai réussi à faire, c'est de m'humilier et de ruiner ma réputation.

Augustin se pencha vers elle.

— N'auriez-vous pas pu le lui dire ailleurs qu'à Southwark ? demanda-t-il avec précaution. Sans recourir au jeu et tout cela ? D'une manière plus privée, peut-être ?

Honor sourit pour la première fois depuis des jours.

— Non, répondit-elle en secouant légèrement la tête. C'est ce qu'il y a de particulier dans cette histoire. Southwark était un endroit parfaitement adapté pour lui et moi. Nous sommes ce genre de personnes — des fiers-à-bras.

— Mon Dieu, fit Augustin, qui paraissait vraiment affligé.

— Mais… — Mercy se pencha et remonta ses lunettes sur son nez — ne veut-il pas t'épouser ?

— Non, répondit Honor d'une voix si basse qu'elle l'entendit à peine elle-même.

Des larmes emplirent ses yeux.

— *Mon Dieu*, répéta Augustin. C'est l'histoire Rowley qui recommence.

— Cela n'y ressemble absolument pas ! Lord Rowley ne m'aimait pas. Le pire, dans cette tragédie, c'est que George Easton m'aime vraiment.

— Je ne comprends pas, reprit Mercy, la fixant à travers ses lunettes, les paupières plissées. S'il t'aime, pourquoi ne veut-il pas t'épouser ?

— Mercy, laisse-la tranquille, dit gentiment Prudence.

Ils ne la questionnèrent pas davantage, se retranchant tous dans un silence pensif.

Honor prit le bain que Mercy lui avait recommandé. Elle mit ses habits de deuil et laissa ses cheveux lâchés, n'ayant ni la force ni le désir de les relever. Elle erra sans but et les pieds nus dans la maison, regardant gravement des portraits, s'interrogeant sur les romances compliquées qu'avaient pu vivre les personnages. Elle prit des livres et les reposa.

Elle ne savait pas du tout quoi faire, où aller après une ignominie aussi colossale. Il semblait n'y avoir aucun endroit pour elle où continuer sa vie.

Elle finit par entrer dans la suite de sa mère pour lui faire la lecture. Cette dernière se tint debout à la fenêtre, regardant fixement dehors, pendant qu'Honor lisait d'une voix sans entrain.

— Il est venu ! dit soudain sa mère.

Honor leva les yeux.

— Qui, maman ?

— Cet homme. Le comte !

Elle eut un grand sourire.

— Il est venu. Oh ! Mon Dieu, as-tu des chaussures ?

— Je les mettrai plus tard, répondit Honor, en reprenant sa lecture.

Mais sa mère ne l'écoutait plus. Elle se pencha, les mains sur la vitre, le nez pressé dessus.

— Il arrive, Juliette ! répéta-t-elle, complètement excitée, appelant Honor par le nom de sa sœur décédée. Le comte vient *ici* !

Honor soupira et posa le livre.

— Venez vous reposer, maman.

Sa mère se précipita à sa coiffeuse. Elle ouvrit un tiroir et fouilla dedans, puis se tourna avec un sourire éclatant et montra un pendentif en émeraude à Honor.

— Tiens… Il ira très bien avec ta robe.

Honor baissa les yeux sur sa robe noire.

Sa mère la rejoignit, la fit pivoter et écarta ses cheveux pour fermer le pendentif en forme de cœur. Elle la fit de nouveau tourner et recula, hochant la tête d'un air approbateur.

— Tu dois être la plus belle possible pour le comte ! Qui t'a volé tes chaussures ?

— Personne ne m'a volé mes chaussures…

— Honor !

C'était Prudence, qui l'appelait du couloir.

— Honor, où es-tu ?

Elle fit irruption dans la chambre, les yeux agrandis.

— C'est *lui* ! s'exclama-t-elle à mi-voix, et durant un instant Honor crut presque que le comte était revenu d'entre les morts.

— *Qui ?*

— Easton !

Honor étouffa une exclamation. Elle recula machinalement, heurtant sa mère.

— Non ! Non, Prudence, tu dois le renvoyer ! Je ne veux pas le voir !

— Tu le dois ! dit sa mère en la poussant en avant. Tu ne peux ignorer le comte !

Prudence, un instant troublée par cette remarque, reprit :

— Augustin lui a dit que tu ne voudrais pas le voir, et il a répondu : « Très bien. Je resterai dans le vestibule jusqu'à ce que l'on me chasse de force. »

— *Quoi ?*

Le cœur d'Honor se mit à battre douloureusement dans sa poitrine.

— Je ne peux pas le voir ! Je ne pourrai le supporter !

— Honor, dit Prudence en lui prenant la main. Je dois te le dire, il s'est montré très ferme avec Augustin. Il a insisté pour te voir, disant qu'il te le devait, que tu méritais cette visite.

Quelque chose, alors, se déclencha en Honor. Elle ne saurait jamais très bien ce que Prudence avait dit exactement pour lui donner une échine d'acier, mais elle connut un rare moment de lucidité où tout ce qu'elle connaissait du monde et des gens devint très clair. Les morceaux de sa vie, de son cœur, se réorganisèrent d'une façon cristalline.

Elle regarda sa mère qui souriait d'un air serein.

— Tu ne dois pas faire attendre le comte, chérie. Cela ne fera que le rendre plus déterminé.

On n'avait jamais dit plus vrai. Habitée d'une force nouvelle, Honor enlaça sa mère et la tint serrée contre elle. Lorsqu'elle la lâcha, elle demanda à Prudence :

— Comment suis-je ?

— Horrible, répondit sa sœur.

— *Bien.*

Elle sortit de la pièce, arpenta le couloir au pas de

charge et s'arrêta en haut de l'escalier. George se tenait dans le vestibule, campé sur ses jambes, les bras croisés, incarnation de la détermination. Une ombre de barbe couvrait sa mâchoire crispée.

Le cœur d'Honor bondit, voltigea dans sa poitrine.

— Easton !

Il leva la tête. Non loin de lui, Augustin paraissait sur le point de s'évanouir.

— Honor ! s'exclama-t-il. J'ai essayé de le faire partir, mais il n'a pas voulu s'en aller !

— Il va le faire, dit-elle avec assurance, et elle descendit l'escalier en courant, ses pieds nus atterrissant sans bruit sur le sol de marbre.

Elle marcha sur George, Prudence sur les talons.

— Que voulez-vous ? lui demanda-t-elle sèchement. N'en avez-vous pas assez fait ? Comme Augustin vous l'a dit, je ne souhaite pas vous voir. Je vous ai dit tout ce que j'avais à vous dire, alors partez !

— Juste ciel, quelqu'un aurait dû vous prendre en main il y a des années ! Que croyiez-vous, Cabot, que vous pouviez arriver allègrement à Southwark et me plier à votre volonté ? Que vous pourriez tricher pour arriver à vos fins ?

— Tu as *triché* ? s'exclama Prudence.

Honor l'ignora.

— Qu'auriez-vous voulu que je fasse ? Vous êtes si convaincu de votre propre infériorité que cela vous rend aveugle et sourd à toute raison !

Il fit un pas menaçant en avant.

— Permettez-moi de *vous* instruire pour changer, *madame*. D'ordinaire, c'est le gentleman qui fait la demande en mariage.

Elle croisa les bras.

— A moins qu'il ne soit aussi têtu qu'un vieux goret !

Une lueur dangereuse s'alluma au fond des yeux de George.

— Et le *gentleman* fait habituellement sa demande en sachant comment il pourra faire vivre cette femme quand elle deviendra son épouse. Ai-je raison, Sommerfield ? demanda-t-il sans regarder Augustin.

— Vous me le demandez à moi ? couina Augustin.

— Oui, à vous ! tonna Easton, les yeux rivés à ceux d'Honor.

— En effet, très certainement, s'empressa de répondre Augustin.

— Y a-t-il un *objet* à votre visite, monsieur ? reprit Honor. Vous avez rejeté mes déclarations pas une fois, mais *deux*. Dois-je être repoussée une troisième fois ? Si c'est votre intention, ce n'est pas nécessaire, car je vous ai *très bien* entendu les deux premières fois !

— Les deux premières fois, vous avez endossé le rôle du gentleman, Honor. Quant à moi, vous le savez, je n'étais pas en position de présenter cette demande. Mais cela vous a-t-il fait réfléchir le moins du monde ? Non ! Vous avez tenu à me faire honte devant tout Londres.

Elle réprima un cri outragé.

— *Honte ?* Vous me parlez de *honte*, à *moi* ? s'écria-t-elle, serrant les poings de rage et se dressant sur les orteils.

— Personne ne vous a invitée à Southwark. Si je me souviens bien, plusieurs gentlemen vous ont même conseillé de partir !

— Parfois, on est obligé de prendre les choses en main !

— Et nous avons *tous* vu ce que le fait de prendre les choses en main vous a rapporté !

Elle le regarda, bouche bée.

— Au moins, *moi*, je n'ai pas *peur* de vous !

— Je ne vous ai jamais crainte ! Mais je n'étais pas préparé à vous rencontrer. J'ignore si je serai un jour préparé à fréquenter quelqu'un comme vous, Honor Cabot. Néanmoins, j'ai fait de mon mieux pour chercher un emploi…

— Vous voyez ? Vous insistez pour rendre les choses impossibles ! s'écria-t-elle, en lui enfonçant un doigt dans la poitrine.

— Un emploi ! releva Augustin, troublé.

— Et je l'ai obtenu.

Honor n'avait aucune idée de ce dont il parlait.

— Obtenu quoi ?

— Un emploi, je pense, coupa Prudence, qui paraît aussi troublée qu'Augustin.

— C'est exact, confirma George. J'ai cherché un emploi et je suis le nouvel agent de M. Sweeney. J'ai perdu ma fortune et je ne pouvais vous faire vivre, Honor. A présent, je peux vous fournir une modeste maison. Je peux vous nourrir. Je pourrai même nourrir quelques bouches supplémentaires, dit-il en indiquant Prudence. Je peux vous habiller… dans une certaine mesure. Mais je ne pourrai vous permettre d'acheter des coiffes pour huit fieffées livres.

— Pardon… quoi ? demanda Honor, tandis que son cœur se mettait à tressaillir dans sa poitrine.

— Et je dois vous prévenir, ce revers de fortune peut se reproduire de temps à autre. Je mène ma vie en prenant des risques. Parfois, mes poches sont pleines. Parfois, elles sont vides.

Le cœur papillonnant d'Honor changea de rythme. Il

se mit à s'emballer, lui donnant l'impression qu'il pourrait la soulever de terre.

— Comprenez-vous ? demanda George en la prenant par le coude.

— *Oui*, répondit-elle, émerveillée. Je comprends qu'il s'agit là de la demande en mariage la plus mal formulée qu'on ait jamais entendue !

Il sourit.

— Eprouvez-vous toujours la même chose ? Pouvez-vous accepter ce que je vous propose ?

Elle hocha la tête. Des larmes lui montèrent aux yeux, mais cette fois, c'étaient des larmes de bonheur.

— Oui, dit-elle. Je peux tout accepter à partir du moment où vous êtes là.

George recula et posa un genou sur le sol.

— Honor Cabot, dit-il, voulez-vous me faire l'honneur d'être mon épouse ?

Honor n'aurait pas bien su dire ce qui se passa ensuite. Elle pensait qu'elle avait crié « Oui ». Elle se rappelait que George l'avait soulevée dans ses bras, et qu'il y avait eu beaucoup d'autres cris. A son avis, ils venaient surtout d'Augustin, qui protestait qu'il ne pouvait absolument pas accepter. Elle se souvenait de George l'embrassant si complètement qu'elle en avait la tête qui tournait de soulagement, d'amour, de désir.

Et de beaucoup de bonheur. Un bonheur euphorique, aérien. Et une conviction sauvage qu'avec George, *tout* était possible.

Il l'embrassa dans le cou.

— Vous êtes une sacrée sotte, chuchota-t-il. Je suis presque sans le sou.

— Je m'en moque, répondit-elle comme dans un rêve.

— Vous pourriez bien avoir fait la chose la plus touchante que quiconque ait faite pour moi, le savez-vous ?

— Ah oui ?

— Vous avez triché pour essayer de me gagner, Honor. Je n'ai jamais été aussi flatté de ma vie. Mais bonté divine, apprenez à tricher ! ajouta-t-il, en la couvrant de baisers.

Chapitre 35

— C'était digne d'une scène de théâtre ! déclara Augustin, encore tout retourné par ce qui s'était passé dans le vestibule de Beckington House.

— Il n'est peut-être pas l'homme que vous aviez à l'esprit pour elle, dit alors Monica d'un ton apaisant, mais Honor semble très heureuse.

Il plissa légèrement les paupières, réfléchissant à ces paroles.

— Elle semble heureuse, en effet.

— Et je suis d'avis qu'après tout ce qui s'est passé, personne d'autre ne voudrait d'elle.

— Oh non ! s'écria Augustin, en hochant furieusement la tête. *Personne* ne voudrait d'Honor maintenant.

— Alors, je pense que vous devriez leur demander de se marier rapidement, étant donné les spéculations qui courent dans Mayfair à l'heure actuelle.

— Oui, bien sûr, vous avez absolument raison, ma chère. Je vais exiger qu'ils se marient tout de suite !

Soudain, il s'illumina.

— Je sais ce qu'il faut faire ! Nous allons tous nous rendre à Longmeadow. M. Cleburne pourrait célébrer le mariage.

— Ce serait peut-être un peu trop, fit observer Monica avec une petite grimace.

— Bon. Nous mettrons alors sur pied une cérémonie quelconque.

Augustin se servit de son nouveau titre de comte pour obtenir une licence spéciale. Honor et George se marièrent quelques jours plus tard, lors d'une cérémonie privée. Personne n'eut le temps de se préparer convenablement, à la vive contrariété de Prudence et de Mercy qui auraient aimé toutes les deux commander des robes à la dernière mode.

Honor, elle, ne se souciait guère de ce qu'elle portait ; elle arriva dans une robe grise toute simple, sans aucun ornement. La toilette lui était sortie de l'esprit ; tout ce qu'elle avait en tête, c'était qu'elle allait épouser l'homme qu'elle aimait par-dessus tout, et c'était là tout ce qui comptait.

Augustin insista, étant donné les événements qui avaient conduit à leurs « fiançailles », pour qu'ils ne sortent pas dans le monde pendant un certain temps, ce qu'Honor et George acceptèrent volontiers. Après la cérémonie, ils se retirèrent dans la maison d'Audley Street.

Ils passèrent la majeure partie des premiers jours au lit, autorisant de temps à autre Finnegan à leur apporter de quoi manger. George apprit à Honor au sujet de leurs corps respectifs des choses qui la stupéfièrent et la ravirent. Elle aimait la façon dont sa bouche se promenait sur sa peau, dont sa langue s'insinuait en elle. Elle adorait la manière dont il la caressait quand il lui faisait l'amour, comme pour s'assurer qu'elle était bien là, là tout entière, toujours dans son lit, toujours sous lui ou sur lui, faisant toujours partie de lui. Elle adorait ce qu'il lui apprenait — comment le prendre dans sa bouche et lui donner du plaisir, comment le chevaucher, tandis que, de ses mains, il l'aidait à atteindre la jouissance.

Mais ce qu'elle aimait surtout, quand ils avaient trouvé l'assouvissement l'un dans l'autre — et, dans le cas d'Honor, plusieurs fois de suite —, c'était la tendresse qui les liait. Le corps épuisé, George la couvrait encore de baisers à la lueur du feu, descendant lentement le long d'une jambe jusqu'à ses orteils, remontant sur l'autre jusqu'à ses seins et sa bouche, murmurant son amour pour elle, sa prise de conscience du vide de sa vie avant qu'elle ne l'accoste dans Rotten Row, cet après-midi fatidique.

Honor ressentait la même chose. Son existence avait été faite de toilettes et de mondanités, et jusqu'à George, il n'y avait rien eu de substantiel pour l'ancrer dans cette terre, dans cette vie. Maintenant, elle l'avait et, si Dieu le voulait, ils auraient une grande famille. Rien ne pourrait la rendre plus heureuse que de vivre avec lui dans un cottage ou un manoir, présidant une table pleine d'enfants rieurs, cet homme en face d'elle.

Un soir, tandis qu'ils se prélassaient nus dans le lit, picorant dans un plateau de poulet rôti, de fromage et de fruits, ils parlèrent de leur avenir.

— J'aimerais avoir cinq enfants, dit Honor comme en passant.

— Bonté divine, chérie, c'est un petit village !

— Vous n'en voulez pas autant ? demanda-t-elle, en lui embrassant le nez.

— J'en veux six !

Elle rit.

Il enroula ses cheveux autour de sa main bandée.

— Comment nourrirai-je tout un village ? Mais je ne vais pas m'inquiéter pour cela. Je me suis toujours arrangé pour retomber sur mes pieds. M. Sweeney cherche un nouveau bateau…

— Vraiment ? demanda-t-elle, surprise.

Il haussa les épaules et la laissa lui mettre un morceau de poulet dans la bouche.

— Un jour ou l'autre. Je crains qu'il ne faille un coup d'éclat pour sortir de notre trou actuel.

Honor gloussa.

— J'adore notre trou, dit-elle, et elle se pencha pour l'embrasser sur la bouche. J'ai une foi énorme en vous, mon mari, ajouta-t-elle, parce qu'elle aimait l'appeler ainsi. Je sais que vous y arriverez. Et quand vous le ferez, nous trouverons un endroit pour loger toute ma famille et tous nos enfants.

— Même Grace ? demanda-t-il d'un ton détaché, tout en passant un grain de raisin autour de son mamelon. Vous lui avez écrit ?

Honor fit une petite grimace.

— Pas encore.

— Honor…

— Je sais.

Elle soupira.

— Elle sera tellement fâchée contre moi, George ! Je redoute sa réponse. Et puis, nous ne sommes mariés que depuis quinze jours.

— Elle devrait le savoir, mon amour, insista-t-il, se redressant pour lui embrasser un sein.

— Vous avez raison.

Elle soupira et ferma les yeux, savourant le contact de ses lèvres et de sa langue sur son téton.

— Vous avez toujours raison.

— Mmm, redites-le, murmura George. Cela m'excite de vous entendre l'admettre.

— Vous avez raison, chéri. Vous avez raison, raison, raison.

George écarta le plateau et les fit rouler de telle sorte qu'Honor soit sous lui.

— Une fois que nous aurons toutes les sœurs Cabot sous un même toit, nous œuvrerons à notre maison pleine d'enfants, les arrière-petits-enfants d'un roi.

Il sourit en se penchant pour lui embrasser le creux du ventre.

— Avec un nom que personne ne pourra réfuter.

Honor lui caressa la tête et sourit au dais du lit, tandis que George glissait sa bouche entre ses jambes.

— J'aime entendre cela, dit-elle.

— Il n'y a vraiment pas de temps à perdre…

Il descendit plus bas, lui écarta les cuisses et y enfouit la tête. Pas de temps du tout, marmonna-t-il, la caressant de sa langue.

Honor leva les bras au-dessus de la tête et sourit avec délice. Ils avaient une vie entière pour faire des enfants, un voyage dont elle n'avait jamais mesuré qu'elle le souhaitait, avant d'être confrontée à la perspective d'en être privée.

Oh, oui, elle le voulait ! Elle le voulait farouchement, profondément, passionnément.

Elle écrirait à Grace pour la mettre au courant… plus tard. Un autre jour…

Pour l'instant, elle était totalement et très agréablement occupée.

Chapitre 36

Grace portait une simple robe bleue avec un col, comme la cousine Beatrice le lui avait demandé. Elle était assise sur un banc de bois depuis plus d'une heure et attendait. Elle avait mal dans les membres, et plus encore à la tête. Elle se trouvait dans un petit bureau obscur, et aurait aimé que quelqu'un ouvre les rideaux. La seule lumière était celle d'une bougie, ce qui rendait la pièce aussi lugubre et sombre que son humeur, même s'il n'était que midi.

Elle fixait la feuille froissée qu'elle tenait à la main. Elle l'avait reçue le matin même ; la cousine Beatrice la lui avait remise quand la voiture était venue la chercher. Grace l'avait lue trois fois, peut-être quatre, et chaque fois les larmes avaient ruisselé sur ses joues.

Oh ! Honor.

La porte s'ouvrit ; un homme aux cheveux bruns et aux farouches yeux verts entra. Il se tint sur le seuil, un poing serré le long de son corps, et frappait légèrement de l'autre le cadre de la porte.

Un, deux, trois, quatre, cinq, six, sept, huit.

Puis il laissa retomber sa main.

— Il est l'heure, miss Cabot, dit-il.

— Ne devriez-vous pas m'appeler Grace ?

Il ne répondit pas, mais tapota de nouveau le cadre.

Un, deux, trois, quatre, cinq, six, sept, huit.

Grace rangea la lettre dans son réticule et se leva lentement. Elle regarda l'homme aux farouches yeux verts et ravala une boule de nervosité.

Sa mâchoire était crispée, son expression distante, froide et irritée. Comme elle ne bougeait pas, il jeta un coup d'œil à la petite pendule sur la cheminée.

— Je vous en prie, venez… Il est l'heure, répéta-t-il.

Elle baissa les yeux en passant devant lui, frémissant en entendant la porte se refermer derrière elle.

Comment avait-elle réussi à mettre une confusion aussi prodigieuse dans sa vie, en si peu de temps ? Elle n'en était pas vraiment sûre, mais elle aurait pas mal de temps pour contempler ce fouillis et y mettre un peu d'ordre, avant d'écrire à Honor pour lui dire ce qui était arrivé.

Si on lui permettait d'envoyer des lettres, bien sûr. Elle ne savait plus très bien à quoi s'attendre.

L'homme s'arrêta devant la porte suivante et frappa. Tandis qu'ils attendaient qu'elle s'ouvre, il tambourina de nouveau sur le cadre de son poing.

Un, deux, trois, quatre, cinq, six, sept, huit.

Grace leva les yeux au ciel et fit une prière silencieuse pour avoir du courage.

Vous avez aimé *Pour le baiser d'un libertin* ?
Ne ratez pas le tome suivant, *La séductrice piégée* !